破門

黒川博行

角川文庫
20047

3　破　門

1

マキをケージに入れて餌と水を替え、エアコンを切って事務所を出た。エレベーターで一階に降り、メールボックスを見る。チラシが一枚あった。手書きの下手くそな字だ。

《あなたは奇跡を信じますか——。不治の病がなおった、宝くじが当たった、あこがれのひとと結婚した、仕事で大成功をおさめた。願えば実現します。ぜひ一度、わたしたちの集会に参加してください。奇跡はほんとうにあるのです。ワンダーワーク・アソシエーション大阪支部》

どちらが北かも分からない殴り書きのような地図が添えられていた。どうせなにかのインチキ宗教だろうが、こんな誘いに乗るやつがいるのか。不治の病がなおるのはまだしも、結婚は奇跡でもなんでもないだろう——。

チラシを丸めて廊下の鉢植に捨てた。福寿《ふくじゅ》ビルを出る。そこへＢＭＷが停まった。シルバーのＢＭＷ７４０ｉ。わるい予感がする。

「どこ行くんや」

4

スモークのウインドーが下り、オールバックに縁なし眼鏡、黒スーツにダークグレーのネクタイを締めた悪魔が顔をのぞかせた。「まだ六時すぎやぞ。ちゃんと働かんかい」

「おれはね、定時に退社すると決めてますねん」

「退社やと？　そらおまえ、従業員が百人はおる会社やろ。おまえんとこはおまえひとりだけの超零細個人商店やないけ」

　くそっ、六時前に帰ったらよかった。こんな腐れに会わずに済んだのに。

「おまえ、映画好きか」桑原《くわはら》は訊《き》く。

「嫌いですわ」

「嘘つくな。わしは聞いたぞ。年に百本はＤＶＤを観ると」

「そんなこと、いいましたかね」

　こいつはよく憶《おぼ》えている。どうでもいいことを。

「おまえみたいに暇な貧乏人はレンタルの映画で孤独を紛らわすんや。女がおらんから映画館に行くこともないしのう」

「いったいなんですねん。嫌味をいいにきたんですか」

「おまえに仕事を持ってきたったんや。ありがたいと思え」

「仕事……。建築ですか、解体ですか」

「ま、乗れ。立ち話はしにくい」

「おれは立ってるけど、あんたは座ってるやないですか」

「そういう賢い理屈こねてると、せっかくの仕事をフイにするぞ」

「フイでけっこうですわ」

こいつと仕事はしたくない。身に染みている。

「二宮《にのみや》くん、わしは頼んでるんや。車に乗ってくれとな」

桑原の声が低くなった。この男は唯我独尊だから、怒らせると暴れる。

二宮は諦《あきら》めて助手席に座った。車は音もなく動き出す。

「この車、旧型ですね」

7シリーズは確か、三年前にモデルチェンジした。「高級車フェチの桑原さんに旧型は似合わんのやないですか」

「若頭《かしら》にいわれたんや。組長《おやじ》よりええ車に乗るなとな」

「組長の車はなんです」

「センチュリー」

「センチュリーは7シリーズより高い車やないですか。向こうは十二気筒で、こっちは八気筒」

「ごちゃごちゃうるさいのう。わしは車に厭《あ》きたんや」

「へーえ、そうですか」

桑原のシノギが細っているのかもしれないと思った。長びく不況で二宮の仕事も減っている。七月も半ばをすぎたというのに、今年の売上は二百万にとどいていない。事務所の家賃や経費をひくと、まちがいなく赤字だ。母親から借りた金は、いくら催促なしとはいえ八十万を超えている。

車は四ツ橋《よつばし》筋に出た。五車線の一方通行路を北上する。

「どこ行くんです」

「飯、奢《おご》ったる」

「そらごちそうさんです」

どういう風の吹きまわしだろう。「それで、仕事というのは」

「映画や。映画を撮る」

「撮る？　観るのまちがいやないんですか」

「製作するんや。映画を」

「桑原さんが？」

「わしやない。プロデューサーが製作するんや」

桑原は不機嫌そうに、「名前は小清水《こしみず》。組長の古い知り合いで、Vシネのプロデューサーをしてた」

このところVシネマは売上が減少し、製作本数も激減した。小清水の本業は映画プロデューサーだが、それでは食えず、タレント養成学校をしているという。

「もう二十年ほど前や。うちの組長がまだ若頭やったとき、東大阪のパチンコブローカーが小清水を連れてきた。どういう話やったんかは知らんけど、組長は小清水の映画に組の金を出資したんや。それがそこそこ当たって三百万ほどの稼ぎになった。組長は味をしめて、そのあと二本、出資したけど、みんなポシャッた。……そらそうやろ。映画は博打《ばくち》や。当たるか当たらんかは上映するまで分からん。わしはそのころ堺《さかい》におったから、どんなもんか観てないんやけどな」堺とは、大阪刑務所のことだろう。

「Ｖシネて、ほとんどがヤクザ映画でしょ」

「ホラーも多いらしい」

「二蝶会《にちようかい》が初めて出資した映画は、なんてタイトルです」

「『大阪頂上戦争・組長の身代金』。高凪剛志《たかなぎつよし》が主演した」

高凪剛志――かつてＶシネの頭領《ドン》と呼ばれて粗製濫造のヤクザ映画に次々に主演し、最近はテレビドラマで顔を見る。なかなかに味のある、二宮は好きな俳優だ。

「おまえ、観たんか。『大阪頂上戦争』」

「ヤクザ映画はどれも同じようなストーリーやし、観ても憶えてませんわ」

「麻雀《マージャン》映画はどうや。『天和《テンホー》の鷹《たか》』『大阪頂上戦争』のあとに出資した映画だという。

「麻雀と映画は合わんでしょ。『麻雀放浪記』はよかったけど」

「なんや、その『麻雀放浪記』いうのは」

「知らんのですか。阿佐田哲也《あさだてつや》原作、和田誠《わだまこと》監督のモノクロ映画」

「おまえはフェチやのう。白黒の映画まで観るか」

「『七人の侍』『用心棒』『椿三十郎』『天国と地獄』、どれもモノクロですよ」

「知ったかぶりすんな。黒澤《くろさわ》ばっかりやないけ」

「好きですねん、黒澤明《あきら》。活劇を撮らせたら最高ですわ」

「活劇は『仁義なき戦い』やろ。日本映画の金字塔や」

「キンジトー？　なんです、それ」

「あほやろ、こいつは。金字塔も知らずに映画を語るな」

ちょっとからかってやったらこれだ。桑原はすぐ増長する。

桑原は長堀通《ながほりどおり》を右折し、松屋町《まつやまち》まで走って『コルカタ』というインド料理店横のコインパーキングに車を駐《と》めた。

「カレー食うんですか」

「わるいか、カレーで」

「いや、桑原さんのイメージは、ステーキとか鮨《すし》やから」

「フレンチもイタリアンも食う。今日はインディアンや」

車を降り、『コルカタ』に入った。香を焚《た》いているのかジャスミンの香りがする。壁はインドのポスター、天井は造花だらけ、床は塩ビのタイル張りで、テーブルと椅子も安っぽい。桑原は窓際に席をとり、生ビールをひとつ注文した。

「なんでも食え。好きなもんを」

「まずはタンドリーチキンですかね」

メニューを開いた。できるだけ高いものを食ってやろうと思ったが、カレー料理はたかが知れている。ウェイターを呼んで、オリエンタルサラダ、ガーリックスープ、マサラオムレツ、チキンサモサ、タンドリーミックスグリル、グリーンカレーにナンを二枚頼んだ。

「おまえ、そんなにぎょうさん頼んで、みんな食うんやろな」

「桑原さんもつまんでください」

「わしはさっき食うた。鰻《うなぎ》をな」

「それを早ようにいうてくださいよ。あほみたいに注文せんかったのに」

「おまえの食いっぷりが愉《たの》しみやのう。もし残したら、その大口をこじあけて皿ごと詰め込んだるから、そう思え」

「それより、さっきのことはどうなったんですか。映画を撮るんでしょ」話を逸《そ》らした。

「おう、そのことや」

桑原は煙草をくわえた。「先週の月曜日、小清水が毛馬《けま》の事務所に来よったんや。風《ふう》采《さい》のあがらん、よれよれのスーツ着た百ワットがなにをいうんかと思たら、組長の森山《もりやま》さんに会いたい、とぬかすんや」

「百ワットて、なんですか」

「電球や」

「ハゲてるんですか、頭が」

「よう光っとる」

「なるほどね」

「組長は義理ごとでおらんかった。小清水は組長の知り合いやというから無下にもできん。若頭とわしが応接室で話を聞いた」

小清水隆夫《たかお》は『株式会社フィルム&ウェーブ　代表取締役』の名刺を出し、企画書をテーブルに置いた。《映画・メディアクロス企画書　フリーズムーン》とあり、会社案内と作品概要、主な登場人物のイメージキャストが書かれていた。

「『フリーズムーン』いうのは原作や。羽田弘樹《はだひろき》のハードボイルド小説で、韓国と日本が舞台になってる。北朝鮮から日本に潜入したスパイを韓国のKCIAが追いかけてきて、日本の公安刑事と組んで暴れまわるストーリーや。カーチェイスあり、ドンパチあり。どえらい派手な映画になると、小清水はいうてた」

「シナリオあるんですか」

「まだや。いま書いてる」

脚本は三宅芳郎《みやけよしお》、監督は千葉浩明《ちばこうめい》――。ふたりとも、二宮は知らない。

「製作費はいくらです」

「三億とかいうてたな」

「で、二蝶会はいくら出資するんです」

「組長《おやじ》は出さん。前の博打で懲りてる」

「出資もせんのに、映画を撮るというたんですか」

「若頭がえらい乗り気なんや。なにを血迷うたんか、金を出すといいだした」

「二蝶会の金ではなく、嶋田組《しまだぐみ》の金を？」

「そういうこっちゃ」

神戸川坂会《こうべかわさかかい》の直系団体である二蝶会の構成員は約六十人で、組持ちの幹部が五人いる。嶋田は二蝶会の若頭だが、自分の組にもどると三次団体嶋田組の組長になる。嶋田組の構成員はいま、十二、三人のはずだ。

「小清水は口が巧《うま》いんですか」

「そう巧いとは思わんかったな。百万の金が一千万、二千万に化けるような大ボラは吹かん。それで若頭も乗り気になった」

「嶋田さんはいくら出すんです」

「さぁな……。若頭の腹づもりは分からんけど、一千万は出すんとちがうか」

「映画はコケる。コケたらパーですよ」

「わしもそういうたんや、若頭に。そしたら、おまえが製作に嚙《か》んで売れる映画にせんかい、とこうや。むちゃくちゃやで。わしがあの日、事務所におらんかったら、こんなめにあうことはなかった」

聞いていておもしろかった。桑原の難儀は二宮の幸せだ。もっと困れ、もっと。

生ビールが来た。桑原はさっさと手を出して口をつける。半分ほど一気に飲んで、煙草に火をつけた。

「車やのに、飲んでええんですか」

「どうってことあるかい」

「おれも飲も」ウェイターに手をあげた。

「あほか、おまえは。ショーファーが飲酒運転してどないするんじゃ」

くそっ、端《はな》からおれに運転させるつもりやったんや——。腹が立つから桑原の煙草を一本抜き、桑原のライターで吸いつけた。

サラダとスープ、サモサが来た。どの皿も量が多い。サモサは五つも載っている。桑原に勧めたら、揚げ物は食わん、と横を向いた。

「そもそも、おれはなんでこんなとこにおるんですか。まさか、ショーファーに雇うたんやないでしょ」スープを飲みながら訊《き》いた。ガーリックが利いていて旨《うま》い。

「一昨年、わしとおまえは北朝鮮に行った。若頭はそれを知ってて、シナリオをチェックせいというた」

「おれは建設コンサルタントです。そんな畑ちがいのことができるわけないやないですか」北朝鮮のことなど、思い出したくもない。

いままで桑原にはどれほどひどいめにあわされたことか。中朝国境の豆満江《とまんこう》では北朝鮮国境警備隊に銃撃され、東三国《ひがしみくに》のマンション建設現場では基礎坑に埋められかけた。桑原に敵対するヤクザに監禁されてずたぼろになったことも一度や二度ではない。触らぬ神に祟《たた》りなし。たとえ火が降り地が裂けようと桑原には近づくまいと誓ったのに、いつもこの疫病神から近づいてくる。

「とにかく、映画関係の仕事はできません。無理です」首を振った。

「わしもおまえみたいな瓢簞《ひょうたん》と組みとうないわい」

桑原はせせら笑った。「けど、若頭が二宮に声かけたれというたんじゃ」

「有難迷惑ですね。なにがシナリオチェックや」

「そうかい。それやったら若頭にいえや。有難迷惑やと」

桑原は携帯のボタンを押した。ほら、と二宮に差し出す。しかたなく、受けとって耳にあてた。

——二蝶興業。

いきなり大声が聞こえた。二蝶会に限らず組事務所の電話番はコール音一回で受話器をとり、○○組、××会、と簡潔にいうのが定まりだ。

——二宮企画の二宮といいます。嶋田さん、いてはりますか。

——お待ちください。

電話が切り替わった。

——啓坊《けいぼう》か。

——ご無沙汰《ぶさた》してます。お元気ですか。

——元気でもないけど、ゴルフぐらいはしてる。たまには新地でも行こうや。

——ありがとうございます。連れてってください。

嶋田はむかしから面倒見がいい。死んだ二宮の父親が現役だったころは、よく家に遊びにきて賑《にぎ》やかに花札を繰っていた。二宮はそんな博打《ばくち》のようすを見るのが好きで、いつも部屋の隅に座ってい、駄賃をもらって煙草や酒を買いにいったものだ。

嶋田は二宮を啓坊と呼び、遊園地や競馬場や競艇場によく連れていってくれた。二宮は大きくなったら競馬の騎手か競艇のレーサーになりたいと作文に書き、おたくの息子さんはいつもどんな遊びをしているんです、と母親が担任に訊かれたこともあった。思えば、あのころからもう三十年が経つ。

——啓坊、桑原から話を聞いたか。

——聞きました。映画の件ですよね。

——わしは桑原にいうたんや。啓坊とふたりで北朝鮮に二回も行ったんやから、脚本に協力したれと。

——嶋田さんは小清水いうプロデューサーを知ってたんですか。

——知らんこともない。わしはむかし、小清水が製作した映画にチョイ役で出た。

——『大阪頂上戦争』ですか。

——そう。ミナミのクラブのバーテンの役や。

笑ってしまった。嶋田が映画に出たとは初耳だ。嶋田は若いころ、リーゼントにスカジャン、ぴちぴちのジーンズといった装《な》りで、ひっきりなしに髪に櫛《くし》を入れていた。バーテンダー役は自分から希望したのだろう。
――セリフはあったんですか。
――なかった。ワイシャツに蝶《ちょう》ネクタイで、主役の煙草に火をつけただけや。
いまもビデオカセットを持っていると嶋田はいった。
――そのカセット、いっぺん見せてください。
――あかん、あかん。イメージがくずれる。
嶋田の笑い声が聞こえた。
――いま、桑原さんといっしょですねん。
――そうか。それやったら啓坊が守《も》りをしてやってくれ。
――おれ、なんの役にも立ちませんよ。
――立たんでもええがな。桑原は後先見ずに走りよるから、たまにブレーキかけたれ。
――ブレーキね……。
雲行きが怪しい。二宮は断わるつもりで話をしているのだが。
――映画ができて儲《もう》かったら、啓坊にも配当出すからな。
――いや、それはありがたいですけど……。
――ほな、またな。
電話は切れた。どうやった、と桑原が訊く。
「桑原さんの守りをせいといわれました」

「なんやと。誰がおまえみたいなヘタレに守りをしてもらわないかんのじゃ」

「嶋田さんがそういうたんです」

「若頭は喧嘩《けんか》は一人前やけど、シノギは半人前や。金には緩いし、脇が甘い。わしは若頭の名代《みょうだい》で小清水に掛け合うんや」

桑原はいって、「こら、さっさと食わんかい。おまえが注文したんやろ」

「やいやいいわんでも食いますわ」

サモサをほおばったところへオムレツが来た。これもまた皿が隠れるほど大きい。

「おれは桑原さんの分も頼んだつもりなんですけどね」

「やかましい。ひとの食いもんを頼むんやったら金払え」

桑原は天井に向かってけむりを吐いた。


カレーが喉《のど》から出かかるまで食って店を出た。桑原がキーを放って寄越す。BMWの運転席に座ってシートを調整し、エンジンをかけてコインパーキングを出る。

「おまえは無法者か。シートベルトせんかい」

「したら、吐きそうですねん」

「吐いてみい、わしの車に。ゲロに顔突っ込んで吸いもどしさせたるからそう思え」

「人間掃除機やな」

尻《しり》からプラグが出そうだ。「どこ行くんです、次は」

「阿倍野《あべの》や。このまま走れ」

「阿倍野になにがあるんです」

「いちいちうるさい男やのう。小清水の事務所に行くんやないけ」

「シナリオチェックするんですか」

「シナリオはまだやというたやろ。おまえを小清水に会わしたる」

「別に会いとうないんですけどね」

「ああいえばこういう。ほんまに口の減らんやつや」

口が減らんのはそっちやろ――。無駄にテンションが高くて忙《せわ》しなく、二宮のすることなすことにいちいちケチをつけてくる。よほど血圧が高いにちがいない。

松屋町筋を南下し、天王寺《てんのうじ》動物園を左折して谷町《たにまち》筋に入った。天王寺駅をすぎて近鉄前の交差点を右へ行く。旭町《あさひまち》の信号手前のビルに入れ、と《と》桑原はいった。

地階駐車場にBMWを駐めた。天井の低い、こぢんまりした駐車場だ。打ちっ放しの柱と壁はところどころにクラックが入り、モルタルで補修している。

車を降り、奥へ歩いた。桑原が鉄扉を引く。エレベーターホールは狭かった。

「なんか、しょぼいビルですね」築三、四十年は経っていそうだ。

「わしも初めてや」桑原はボタンを押す。

「地震が来たら倒壊しますよ」

「下敷きにならんかい」

「桑原さんもいっしょやないですか」

「おまえとだけは死にとうないのう」

「おれもそうですわ」

エレベーターのドアが開いた。

七階にあがった。薄暗い廊下の突きあたり、あずき色のドアに《FILM&WAVE》とプレートが貼ってあった。

桑原はドアをノックした。女の返事が聞こえる。中に入った。

雑然とした事務所だった。ブラインドの窓をのぞく三方の壁はスチールキャビネットとスチール棚で埋まり、段ボール箱が積みあげてある。デスクは四つ。その上も本やファイルでいっぱいだ。茶髪の女がパソコンのキーボードから顔をあげて、どちらさまでしょう、といった。

「二蝶興業の桑原です。七時半に来る約束でしてん」

「そうですか……」

「小清水さんは」

「来客中です」

女は衝立《ついたて》を見た。奥に応接室があるらしい。「ここで待たれますか」

「しゃあない。待ちますわ」

桑原は意外におとなしい。いつもなら喚《わめ》き散らすのに。

「そのへんの椅子、使ってください」

「すんませんな」

桑原はスチールチェアを引き寄せて座った。二宮も腰をおろす。

「お嬢さん、テレビに出てませんか」女に向かって、桑原はいった。

「いえ、出てませんけど」

「小顔でスタイルがええから、女優さんかと思いましたわ」

とってつけたような追従だが、女の顔がほころんだ。

「コーヒー、淹《い》れましょうか」

「よろしいね。わしはブラックで」

「そちらさまは」

「ミルクだけで」

いうと、女は立ちあがった。背が高い。白のカットソーに花柄のスカートだ。腰にぴったりしたスカートはパンツが見えそうに短い。素足にピンクのミュールを履いていた。

「お嬢さんとは、よういいましたね」女の後ろ姿を見ながら、二宮はいった。

「憶《おぼ》えとけ。口と愛想はタダや」

「けど、あれだけの器量やったら女優でもとおりますわ」

「おまえのレベルは低いのう。あんなもん、新地のキャバクラに行ったらごろごろころがってる」

「齢《とし》は三十前ですかね」

「もっといってるやろ」

「おれ、タイプですねん。脚フェチやし」

「好きにせいや。脚フェチでも乳フェチでも極めんかい」

そこへドアが開いた。衝立の向こうから男がふたり現れて挨拶《あいさつ》を交わし、ひとりは事務所を出ていった。

「えらいすみません。お待たせしました」

薄茶のカーディガンを着た小肥《こぶと》りが桑原に頭をさげた。「急なお客さんで、断われんかったんですわ」

赤ら顔、丸い頭はみごとに禿《は》げあがり、ワックスをかけたような艶《つや》があった。鼈甲《べっこう》縁の眼鏡に白い髭《ひげ》、六十代半ばか。

「どうぞ。こっちへ」

いわれて、応接室に入った。狭い部屋だが、片付いている。応接セットは円いガラステーブルと白木にスエードのソファだった。

「初めまして。小清水と申します」

小清水は名刺を差し出した。二宮も出して交換する。ソファに腰をおろした。

「二宮さんは二蝶興業の方やないんですか」眼鏡をずらして名刺を見ながら、小清水はいう。

「ぼくは建設コンサルタントです」

「どういうご関係ですか」

「むかし、父親が二蝶興業にいてまして、嶋田さんには子供のころからお世話になってます」桑原との腐れ縁はいわなかった。

「二宮とわしは北朝鮮に二回、行ったんですわ」

桑原がいった。「平壌《ピョンヤン》、開城《ケソン》、図們《トゥーメン》、羅津《ラジン》……。多少とも現地の事情に詳しいから、シナリオに協力できるかなということで連れてきたんですわ」

「それは心強い」

小清水はうなずいて、「原作はお読みになりましたか。『フリーズムーン』」

「いや、まだですねん」

「北のスパイの回想シーンで平壌市街が舞台になります。さすがにロケはできないから、韓国の街をそれらしく撮って、チュチェ思想塔や凱旋門《がいせんもん》をCG合成しようと考えてます。おふたりのお知恵をお貸しください」

「そんなん、易《やす》いことですわ。いつでも呼んでください」

「『三丁目の夕日』とか、背景はみんなCGですよね」二宮はいった。

「よう知ってはりますね」

小清水は笑った。「しかし、CGは高こうつくんです。できるだけ実写で撮らんとあきません」

ノック——。さっきの女がコーヒーを持ってきた。テーブルに三つのカップを置き、ポットのコーヒーを注ぐ。二宮は視線を低くしたが、パンツは見えなかった。女は一礼して出ていった。

「きれいなひとですね」

「そうですか」

と、小清水。「娘です」

「えっ……」小清水にはまるで似ていない。

「というても、血はつながってないんですわ」

後妻の連れ子だといった。「恥ずかしながら、ぼくは四回も結婚しましてね。……いまはあの子の母親とふたり暮らしです」

「お名前は」

「玲美《れみ》です」

去年の暮れまで千年町《せんねんちょう》でスナックを経営していたが友人に譲り、いまは小清水のアクターズスクールを手伝っているという。

「アクターズスクールて、なんです」

「このビルの二階に『TAS』という看板が出てたのを見ませんでしたか」

「いえ、気ぃつかんかったです」

「トレアルバ　アクターズスクール。俳優と声優の養成学校です」

「へーえ、手広くやってはるんや」

「プロデューサー業だけでは食えませんからね」

そういえば、事務所にポスターが貼ってあった。アイドルふうの男と女が並んでポーズをとっているポスターが。

「演技指導とかボイストレーニングとかするんですか」

「もちろん、します。アクション、ダンス、ミュージカル、マイム、モデル……。これと見込んだ子は芸能プロダクションに紹介するし、ぼくの映画にも出てもらいます」

「娘さんは女優にはならんのですか」

「それはない」

小清水は笑いながら手を振った。「男も女も俳優を目指すのは十代から。いくらセンスがあっても人生を賭《か》ける覚悟がないとできませんわ」

「二宮くん、君はちょっと喋《しゃべ》りすぎや」

桑原がいった。「わしらは映画の話をしにきたんや。君の趣味嗜好《しこう》で時間をとるんやないで」

「えらいすみませんね」

コーヒーにミルクを入れた。軽く混ぜて飲む。インスタントだった。

「わしはもうひとつ分からんのやけど、映画製作の流れというやつを教えてくださいな」桑原は小清水にいった。

「はいはい、説明しましょ」

小清水はソファに浅く座りなおして、「まず最初は原作です。小説や漫画を読んで、映画になりそうかどうか判断する。判断したら原作者に連絡とって、これを映像化したいと了承を得るんです」

「原作料は」

「ぼくのほうから金額はいわんけど、たまに向こうさんから訊《き》かれますな」

原作料の相場は三百万円。高名な作家は五、六百万円を要求することもあるが、そこは話し合いで折り合いをつけるという。「──ま、小説家や漫画家は鷹揚《おうよう》なもんですわ。正式に製作が決まった段階で、これこれの金額をお支払いできますというたら、断わるひとはまずいてません。原作者にしたら思わぬ臨時収入やからね」

原作にツバをつけたら、次は製作資金。企画書を作成し、企業や資産家を訪れて投資を募る。同時にシナリオを依頼し、書きあがったらキャスティングをする。シナリオを俳優に読ませて所属事務所に出演交渉し、スケジュールを押さえる──。

「このスケジュールというのが難物でね、売れっ子の役者ほど押さえるのがむずかしい。二年、三年先までぎっしり詰まってますんや」

一線級の主演俳優は撮影拘束日数が四、五十日で二千万円。キャスト費は全製作費の三割を目途にしているから、高い主演俳優を使うと脇の役者のギャラが安くなる──。

「シナリオが気に入ったら安うても出る役者もいれば、やたら強気でふっかけてくる事務所もある。スケジュールがぽっと空いてる役者もおって、キャスティングはそのときどきの運ですな」

「高凪剛志のギャラは高いんですか」

「あれは旬をすぎた役者やから八百万でＯＫです。ぼくは今回、女優に金遣おうと思てますんや」

宮下香織《みやしたかおり》、小林《こばやし》まゆ、樋渡《ひわたし》ゆう――何人かの名を小清水はあげた。

「樋渡ゆうは、こないだの大河ドラマに出てましたな。ＮＨＫの」

「映画も話題作に出てます。『抱きしめて』『この海の果て』『新宿ラプソディー』……アート系の監督に一番人気の女優です」

「おれ、小林まゆが好きですわ」

二宮はいった。「春川典明《はるかわのりあき》の『ウォーターフォールズ』。水に透けたおっぱいの形がほんまにきれいやった」

「あの作品はよかったですね。春川監督は女優を撮らせたら巧《うま》い」

「宮下香織の代表作は『さよならが言えるとき』ですか」

「二宮さん、お詳しいですな」

「ビデオショップの新作はほとんど見てますねん」

「二宮くん、さっきわしがいうたこと忘れたんか」桑原に睨《にら》まれた。

「あ、そうでしたね」口をつぐんだ。あとで殴られる。

「韓国の女優も押さえんとあかんのです」

小清水はつづけた。北朝鮮スパイを追うＫＣＩＡの捜査員を、原作は男だが、女に替えるという。

「チャ・ジュンミ、イ・スジファあたりをキャスティングします」

「なかなか豪勢なキャストですな」

「総製作費三億。九千万を役者のギャラにあてます」

「シナリオを頼んではるそうやけど、その金は映画ができてからですか」

「いえ、先払いです。いまんとこ、ぼくの持ち出しですわ」

三宅芳郎の脚本は三百万円。半金を渡していると小清水はいう。「新人で十万円。大家で五百万円から一千万円。脚本家も役者と同じように幅があります」

「三宅芳郎は巧いんですか」

「せりふが巧いですね。オリジナルはストーリーテリングに難があるけど、原作ものを書かせたら一流です」

「原作をシナリオにするキモはなんです」

「どこを省略するかでしょ。映画は長くても百二十分以内に収めるのが鉄則ですから」

シナリオができ、キャスティングが終了すると、出資者を募って製作委員会を設立する。メインプロデューサーは小清水、アシスタントプロデューサーは製作プロダクションや各企業の担当者が務める。

「出資者は普通、七、八社です。映画配給会社、商社、広告代理店、メディア、芸能プロダクション、ビデオソフト制作会社……。いろいろですね」

「うちの嶋田も投資したら製作委員会に入るんですな」

「そうしていただけるとありがたいです」

「〝嶋田組〟で入るのはまずいでしょ」

「〝シマダアソシエーション〟でも〝シマダプロ〟でも、なんでもいいんです。桑原さんがアシスタントプロデューサーになってください」

「ほう、そいつはおもしろそうですな」

桑原はにやりとした。「わしもチョイ役で出ましょか」

「女優とからむのはどうですか」

「ラブシーン？」

「いいですね」

「勃《た》ったら困るやないですか」

「キャメラの前で勃ったら一人前です」

「わし、からみは小林まゆがよろしいな」

ばかが調子にのっている。二宮には口をきくなといいながら。

「いま、邦画の年間製作数はアニメを含めて五百本前後で、うち半分はペイできます」

「なんと、そんなに歩どまりがええんですか」半分もペイできるとはとても思えないが。

「『フリーズムーン』は富士映京都で撮ります。上映は百五十館。大々的に宣伝します」

FUJIシネマズのスクリーン数は全国に三百以上あると小清水はいい、富士映は『フリーズムーン』に興味を示しているといった。

「興行収入というやつは読めるんですか」

「クランクアップして編集が終わって上映館数が決まったら、だいたい読めます。あとは初日の観客動員数ですね」

統計ソフトに動員数を入力すると百万円単位までの数字が分かるという。「興行収入そのものは赤字がほとんどです。それをDVDの売上で補塡《ほてん》して、テレビ・オンエアで最終的な損益が確定します」

シナリオからテレビ・オンエアまで二年以上の長丁場だと小清水はいった。

「プロデューサーはめんどい商売ですな」

「ま、いうたら中毒ですわ。好きでなかったらやれませんね」

「なんでこの道に入ったんです」

「ぼくの親父が富士映京都のキャメラマンやったんです。それで、子供のころから衣笠《きぬがさ》の撮影所によう連れていかれました。大部屋の俳優さんに遊んでもろたり、女優さんの膝《ひざ》で寝たり、キャメラをいじったりして育ちましたんや。大学は衣笠の立命館で、映画研究部ですわ。親父の顔で用もないのに撮影所に出入りするうちに、大部屋女優とできてしまいましてね、二十歳で籍を入れたんやから世話がない」

子供ができて小清水は大学を中退し、富士映の制作部に入った。〝暗黒街〟シリーズを多く撮った直井東一《なおいとういち》監督の〝直井組〟で製作助手をするうちにシナリオを書いてみろといわれ、短いアクションものを書いて監督に見せると、原案にして一本撮るといわれた──。「息子が幼稚園に入った年ですわ。舞い上がりましたな。たとえ原案でも、自分のシナリオが本編になるんやからね」

小清水のシナリオは翻案されて七十五分の映画になり、二本立ての並映作品として封切られたが反響はなく、映画評に取りあげられることもなかった。

「レコードでいうたらB面ですわ。そんなもんがヒットするわけがない。……けど、ぼくは仕事の合間にシナリオを書きつづけた。とどのつまり、芽は出んかったけどね」

小清水は直井組からテレビ制作部門に移った。富士映は当時、シリーズものの時代劇を多く撮っていた。

「月に二、三本撮るんです。いちおうは助監督やけど、寝る間もないほどこき使われてね。十二指腸潰瘍《かいよう》から腹膜炎を起こして手術ですわ。一ヵ月半も入院して、現場にもどったときは、ほかの助監督がいてましたな」

「そら、きついですな」

「いま思たら、そのほうがよかったんです。現場から企画管理にまわされて金勘定をきっちり仕込まれた。プロデューサー業のはじまりですわ」

制作プロダクションやテレビ局との折衝、撮影スタッフの調整、俳優のキャスティングなど、すべてを統括する仕事が小清水にはおもしろかった。「──初めてチーフプロデューサーをしたんが『大江戸捕物帳』でした」

「ああ、憶《おぼ》えてる。わしが中学のころでしたな」

二宮は知らない。テレビの時代劇にはまったく興味がなかった。

「けっこう視聴率もとれて、天狗《てんぐ》になってしもたんです。毎晩のように祇園《ぎおん》や先斗町《ぽんとちょう》を飲み歩いて、家はほったらかし。縄手《なわて》のクラブのホステスとええ仲になって、よめはんに逃げられましたわ」

あっけらかんと小清水はいう。「そのホステスが二番目のよめで、三番目が演歌歌手、いまのよめは芸能プロのマネージャーでした」

「子供は何人です」

「ひとりだけ。……二番目からは作らんようにしてました」

「これに関しては羨《うらや》ましい人生ですな」桑原は小指を立てた。

「桑原さん、子供は」

「いてません」

桑原は二宮を見て、「二宮くんもわしも独りです」

「いっぺんくらい結婚してみはったらどうです」

「わしの稼業で妻子を持つのは無責任やと思いますねん」

「かもしれませんね」小清水はあっさりそういった。

「それより、富士映はいつやめはったんですか」

「八八年です。バブルの最盛期で世間はみんな浮かれてました。仕事はいくらでもあったし、独立して自分の映画を作りたかったんです」

「会社案内にぎょうさん書いてはりましたな。製作した映画を」

「自社製作が五本、協力製作六本、Vシネ十二本です」

テレビの単発ドラマが八本、テレビコマーシャルもいくつか製作したという。「自分でいうのもなんですが、関西の映画製作会社では、うちがいちばん多いはずです」

「なるほどね。大したもんや」

「ぼくは業界の古狸やし、あちこちにコネがありますから」

小清水は上体を起こしてコーヒーに口をつけた。桑原はワイシャツのポケットに手をやって、

「煙草、よろしいか」

「あ、どうぞ。気がつかんで……」

小清水はテーブルの下から灰皿を出した。

「これは嶋田から訊《き》いてこいといわれたんやけど、『フリーズムーン』は当たりますか」

桑原は煙草に火をつけた。小清水はしばらく間をおいて、

「たぶん、当たります」

「たぶん……ですか」

「映画は水物です。出資金の回収率が一〇〇パーセントのときもあれば、五〇〇パーセントを超えることもある。映画賞を総なめにした映画でも損益マイナスといった例は多々あります」

「アートとエンターテインメントの差ですか」

どこで仕入れたのか、桑原が洒落《しゃれ》た言葉を使った。エンターテインメントとは英語でどう書くのだろう。

「ぼくの映画はエンターテインメントです。それを信条にしてやってきました」

「うちのほかに投資しようという企業は何社ですか」

「それはいえません。いまは」

正式契約を交わして製作委員会を設立するまでは公表できないという。

「なにかとややこしいんですな」

「プロデューサーは出資と製作の両方を統括します。資金を集めてクランクインしたら、あとは苦情処理係です」

「どういうことです」

「現場はモメるんですよ。監督も役者も我が強いから衝突する。それを宥《なだ》めてヨイショして、前に進めるのがプロデューサーです」

「わしはプロデューサーがいちばん偉いと思てましたけどね」

「財布を握っているという意味では権限大です。しかし、人間は感情の動物ですから」

「わしらの業界も同じですな。どいつもこいつもばらばらで、自分のシノギしか考えてませんわ」

「組長は絶対やないんですか」

「そんなもん、お題目ですがな。上が締めつけたら下は横を向く。下が上納せんかったら上は枯れる。税金も払わんのに生活保護受けてるやつばっかりでっせ」

「……………」小清水はなにもいわない。

「ま、概要は分かりました。嶋田に伝えますわ」

「わざわざ来てもろて、ありがとうございました。シナリオができ次第、連絡します」

「原作の『フリーズムーン』、読んどきます」

桑原は煙草を一吸いして消した。腰を浮かす。

「撮影が本決まりになったらロケハンで韓国へ行くかもしれません。いっしょにいかがですか」

「そらよろしいな。最近は明洞《ミヨンドン》で博打《ばくち》できるそうやないですか」

「ソウルヒルトンですね」南大門《ナムデムン》にも近いと小清水はいう。

「わし、自慢やないけど、カジノ弱いんですわ」

「それはないでしょ。プロやのに」

「二宮くんは強いでっせ。マニアやから」

「じゃ、行きましょう、ソウルへ。二宮さんも」

あほくさい。誰が行くか——。一礼して応接室を出た。玲美という子は帰ったのか、事務所にいなかった。

2

地下駐車場に降りた。キーを寄越せ、と桑原はいう。

「わしは毛馬にもどる。おまえは本を買うて読んどけ」

「本はタダやないですよ」

「いちいち細かいやっちゃ」

桑原は札入れを出して二枚の千円札を抜いた。二宮は受けとって、BMWのキーを渡す。桑原は車を運転して駐車場を出ていった。

いま谷町筋を北に向かってるシルバーのBMW740iは酒気帯び運転ですよ——検問にひっかかることを切に願った。

『あべのルシアス』の喜久屋《きくや》書店に入った。レジで『フリーズムーン』を訊くと、置いていないという。

「おかしいな。著者は羽田弘樹です」

「だったら〝フローズンムーン〟のおまちがいじゃないですか」

レジの女の子は売り場まで案内してくれた。棚にあった本は『凍月』だった。

『凍月』を買って二階の喫茶店に入った。アイスコーヒーを注文し、煙草を吸いながらページを繰る。《厚木を越えたあたりで東の空が白んだ。菊池皓一郎《きくちこういちろう》はサービスエリアに入り、トレーラーの後ろに車を駐めた。》——いかにもハードボイルドらしい出だしだった。巻末の著者紹介を見ると、羽田弘樹は1978年、東京生まれとなっている。なんや、こいつ、おれより若いやないか——。そう思ったら読む気が失《う》せた。もともと小説を読む習慣がないのだ。

あくびをしたところへアイスコーヒーが来た。


煙草を三本吸って喫茶店を出た。エスカレーターで一階に降りる。このまま家に帰るのも能がないと思い、旭町に向かって歩いた。旭町商店街の先には飛田《とびた》新地がある。遊廓《ゆうかく》てなもんは何年ぶりやろな——。二宮が三十になった年、船場《せんば》のうどんすき店で高校の同窓会があり、酔った勢いで悪友どもと松島新地へ行ったのを憶えている。花代は一万円くらいだったと思うが、忘れてしまった。

商店街を抜けて飛田新地に入った。狭い通りの両側に『すみれや』とか『錦』といった行灯《あんどん》をともした料亭が並んでいる。どこも玄関は開け放されていて、式台の座布団に膝小僧《ひざこぞう》を見せた薄着の女の子が座り、全身に強烈な赤いライトがあたっている。

ちょっと兄ちゃん、遊んでいって——。遣《や》り手のおばさんに手招きされ、ふらふらと近づいた。女の子と眼が合う。小さく微笑んだ。齢《とし》は二十歳すぎか。キタやミナミのキャバクラにも、これほどの美人はめったといない。

おばさんに値を訊いた。ショートで一万五千円だという。

「ショートて、何分?」

「三十分」

「ほんまにショートやな」

念のため、ポケットの金を確かめた。五千円札が一枚と、千円札が七枚しかない。

「あれっ、なんでや……」

思い出した。今日の夕方、悠紀《ゆき》が事務所に来て、これから三番街のバーゲンに行くといい、二宮はたまっていたバイト代の一部として三万円を渡したのだ。

「わるい。金ないわ」おばさんにいった。

「なんぼ持ってんの?」

「一万二千円」

「そらあかんわ、兄ちゃん。三千円も負けられへん」笑いながら、おばさんはいった。

たとえ一万二千円にしてもらっても、帰りの電車賃がない。飛田から千島《ちしま》のアパートまで、歩くと二時間は優にかかるだろう。

「ごめんな。また来るわ」

女の子に手を振って通りをあとにした。二宮はクレジットカードを持っていないし、キャッシュカードの残高もほとんどない。部屋に上がってから金が足りないことに気づいたら、とんだ恥さらしだった。

旭町商店街へもどりながら、思いたって悠紀の携帯に電話をした。

――はい。啓ちゃん？

――そう。啓ちゃんですよ。悠紀はどこにいるんや。

――いま梅田。買物して帰るとこ。

――おれは阿倍野や。ミナミで会わへんか。

――それってなに？　デートのお誘い？

――なんとなく、人恋しいてな。

――いいよ。つきあったげる。

――悠紀、飯は。

――まだやけど。

――蕎麦《そば》とか、まわる鮨《すし》でもかまへんか。

――お蕎麦屋さんやったら、宗右衛門町《そうえもんちよう》の交番の近くに『更紗庵《さらさあん》』いうお店があるし、そこで会おうか。鴨せいろが美味《おい》しいねん。

――分かった。電車で行く。

電話を切り、地下鉄天王寺駅に向かった。

宗右衛門町、更紗庵の暖簾《のれん》をくぐると、悠紀は奥の窓際の席にいた。

「えらい早かったな」

二宮も座った。窓の外は道頓堀《どうとんぼり》川だ。

「お腹空《す》いてたし、特急で来てん」

「そうか。最近の地下鉄は特急があるか」

「啓ちゃん、そういう賢いことばっかりいうてるからデートの相手がいないんやで」

「おれは悠紀がいてたら充分や。いっしょに歩いてたら、男はみんな振り返る」

「もっと褒めて。気分いいわ」

「よれよれのTシャツと穴だらけのジーパンがよう似合うてはる。スレンダーで手足が長い。色白で、眼がクリッとして、焼きたてのメロンパンみたいなべっぴんさんや」

そのべっぴんさんに飛田新地から電話をしたといったら張り倒されるだろう。

「はい、学習効果あり。嘘でもいいから、ほかの女の子もそんなふうに煽《おだ》てるんやで。メロンパンは余計やけど」

そういいながら、悠紀は両腕を頭の後ろに組み、上体を左右にひねった。顔がほぼ真後ろを向く。驚くほど身体が柔らかい。

悠紀は日航ホテル裏の『コットン』というダンススタジオでインストラクターをしている。レッスンは朝と夕方だから、空き時間は歩いて十分足らずの二宮の事務所に来て、バレエやミュージカルのビデオを、それも同じものを繰り返し見て、ときには自己流のボイストレーニングもする。去年の秋は湊町《みなとまち》の『フォルムズ』で『マイ・レディー・クレメンタイン』という三カ月のロングランミュージカルに出演した。

オーディションダンサーなんていくらでもいる。歌手や女優みたいにキャラクターを売るわけやないから、ダンサーだけで食べていくのはむずかしい。でも、わたしは踊るのが好きやねん——。悠紀は幼稚園から高校までクラシックバレエを習っていた。高校を出てハンブルクに二年間のバレエ留学をし、六年前の春、帰国した。かなり才能はあるらしく、ドイツ国内のバレエコンクールで何度か入賞した。悠紀は二宮の叔母《おば》、英子《えいこ》の娘で、二宮には従妹《いとこ》にあたる。

「注文したんか、鴨せいろ」メニューを開いた。

「ううん。まだ」

「ビールは」

「飲む」

「おれは酒にしよ」

さっきのカレー料理で腹はいっぱいだ。鴨せいろとそばきり、ビールと冷酒を頼んだ。

「それで、本日のバーゲンはなにを買うたんや」

悠紀の足もとに手提げの紙バッグがふたつ置かれている。

カットソーとジーンズ、タンクトップ、キャミソール、シルクのアロハシャツに下着も買った、と悠紀はいった。

「下着て、どんなんや」

「おフランスのブラとショーツ」

「Tバックか」

「そう、透け透けのTバック」

悠紀は二宮の顔を覗《のぞ》き込むようにして、「見たい？」

「おう、見たい」

「見せへん」

「それやったらいうな」

「啓ちゃんて、やっぱりかわいいわ」

「ああ、そうですか」

窓の外に眼をやった。道頓堀川に赤や青のネオンが揺れている。「——今日、悠紀が帰ったあと、桑原が来た」

「あの疫病神が？」

「映画を作るんやと」

「どういうことよ」

「若頭の嶋田さんが出資するんや」

経緯を手短に話した。ひととおり悠紀は聞いて、

「——啓ちゃんが本を持ってる理由《わけ》が分かった。読んだの、それ？」

「読むわけない。教科書もろくに読まんかったのに」

悠紀は単行本を手にとった。

『凍月』か。洒落《しゃれ》たタイトルやんか」

「原作は『フローズンムーン』やのに、映画は『フリーズムーン』や。おれは〝フローズン〟のほうがええと思うけどな」

「『フローズン・リバー』いう映画があったやんか。メリッサ・レオ主演の」

「そうか。あの映画といっしょくたにならんようにしたわけか」

国境の寒々とした風景、広大な積雪の原野がきれいだった。派手なアクションもない淡々としたストーリーだが、早送りもせずに最後まで見た、いい映画だった。

「いろいろ考えてるんやね。プロデューサーは」

「当たると思うか、『フリーズムーン』」

「どうやろ……。北朝鮮のスパイとKCIAいうのはありきたりやけど」

悠紀は首をひねる。「この原作者は北朝鮮へ行ったんかな」

「行くわけないやろ。あんな危ない国」

「啓ちゃんは行ったやんか、二回も」

「無理やり連れてかれたんや、桑原に」

「啓ちゃん、撃たれたんやろ。国境警備隊に」

「あのときはほんま、死ぬかと思たな」

身を切るような冷たい川を泳ぎ渡ったのだ。遠く警備隊の銃声と身体のすぐそばにあがった着弾の水柱をいまも思い出す。水をはらんで膨れた服が重く、チリチリと刺すような痛みが全身を締めつけた。二宮は急流に巻き込まれて暗い淵《ふち》に沈み、気がついたときは中国側の岸辺に倒れていた。いまこうして笑っていられるのは運がよかったとしかいいようがない。「──自慢やないけど、北朝鮮で撃たれた日本人は、おれと桑原だけやろ」

「その稀有《けう》な体験を映画に生かしたらいいやんか」

「桑原はその気や。おれはどうでもええ」

悠紀にはそういいながら、今回の仕事を請けようと思っていた。映画が当たったら配当をくれると嶋田がいったからだ。桑原はうっとうしいが、嶋田には恩義がある。それに、今年の収入を考えると、本業の建設コンサルタントだけでは事務所を維持できない。

「北朝鮮、ロケするの」

「できるわけない。国交のない国やのに。……韓国へは行くらしい」

「韓国か。わたしも行きたいな」

「小清水にいうたろか。渡辺《わたなべ》悠紀いう女優を使うてください、て」

「わたし、ミュージカルしか知らんもん」

「溺死体《できしたい》でも〝喜び組〟でも使い途《みち》はあるやろ」

「溺死体はあかんわ。水脹《みずぶく》れで身体が風船みたいやんか」

笑ってしまった。悠紀は案外に本気なのかもしれない。

飲み物とそばきりが来た。そばきりを肴《さかな》に冷酒を飲む。

「このごろ、カラオケは」

「行くよ、ときどき」悠紀はビールを飲んだ。

「新曲は」

「けっこう古いけど、ワンナイト・オンリー」

映画『ドリームガールズ』の挿入曲で、ジェニファー・ハドソンが歌ったという。

「その歌、聞きたいな」

「歌ったげる。このあと、スナック行くんやろ」

「ゲイバーにな」

新歌舞伎座裏のゲイバーなら、ひとり三千円か四千円で飲める。ボトルはまだ残っているはずだ。

悠紀がビールを飲みほしたところへ、鴨せいろが来た。


九時に眼が覚めて、十時に事務所へ行った。留守電なし。ファクスなし。

エアコンの電源を入れ、マキをケージから出して餌と水を替えてやる。マキはひとしきり事務所内を飛びまわってから二宮の肩にとまった。〝チュンチュクチュン〟〝ケイチャン　オイデョ〟〝ユキチン　キレイ〟と鳴き、『メリーさんの羊』を歌う。

「マキ、遊んでばっかりせんと飯食わんかい」

餌と水はデスクの上にも置いてある。月曜から金曜までマキは事務所で暮らし、土日は二宮が大正区《たいしょう》のアパートへ連れて帰るのだ。

「マキ、今日もおれとふたりやろな」

この一週間、来客はない。たまに電話はかかっても、依頼されるのは大した金にならない半端仕事ばかりだ。

仕事が減った理由は分かっている。平成二十三年春から施行された大阪府暴力団排除条例だ。その概要は〝府の事務及び事業の内容により「暴力団員または暴力団密接関係者」や「暴力団を利するものであること」などが判明した場合は許可や承認などを与えないこと〟であり、〝事業者はその事業に関して暴力団員に対し、「暴力団の威力を利用することにより利益を供与してはならない」「暴力団の活動を助長し、資することとなる利益を供与してはならない」〟とされている。

二宮はこの半年の収入を考えた。一月は掘削基礎工事の仲介で二十八万円、二月は収入なし、三月は解体工事の斡旋《あっせん》で十五万円、四月はサバキ一件で四十万円、五月はサバキと仮枠工事の仲介で七十万円、六月は収入がなく、今月もこの調子では仕事がない。

「マキ、えらいこっちゃ。今年の売上はまだ百五十三万やぞ」

二宮企画の表看板は建築工事や解体工事の仲介斡旋をする建設コンサルタントだが、収入の半分以上は〝サバキ〟で得てきた。そうしてそのサバキが今年は二件しかない。

ビルやマンション、自治体の再開発といった建設現場にはヤクザがまとわりつく。地元建設業者の手先になって下請工事を強要することもあれば、騒音がうるさい、振動で家にひびが入ったと、難癖をつけて役所や現場事務所に怒鳴り込み、担当者が面会を断わると、毎日のように現場付近をうろつき、搬入道路を車でふさぐこともある。暴対法の施行後、露骨なゆすりたかりは減ったが、あらゆる嫌がらせで工事を妨害する。結果的に工期は遅れ、建設会社は多大な損失を被るため、暴力団対策を欠かすわけにはいかない。

毒をもって毒を制す——。ヤクザを使ってヤクザを抑える対策を建設業界では〝前捌《さば》き〟と呼び、略してサバキという。二宮企画は建設会社からサバキの依頼を受けて適当な組筋を斡旋し、その仲介料で事務所を維持してきたのだが……。

「おれはひょっとして密接関係者か」

サバキに関係して、二宮は何度か府警捜査四課の刑事に事情を訊《き》かれたことがある。死んだ父親が二蝶会の幹部だったことも、彼らは知っている。そう、二宮は暴力団密接関係者として四課のデータに記載されているにちがいない。

「マキ、おれは堅気やぞ。喧嘩《けんか》をしたこともなけりゃ、税金もちゃんと払うてきた。そら経費はごまかしたけどな。おれがいったい、なんの悪事をしたというんや。理不尽やろ、この状況は」

〝チュンチュク　チュンチュンチュン　オウッ〟マキは鳴いた。

少し吐き気がした。頭の芯《しん》がどんより曇っている。

昨日は飲みすぎた。一軒目のゲイバーは金を払ったが、二軒目は払った憶《おぼ》えがない。たぶん、悠紀が出してくれたのだ。千島のアパートに送ってくれたのも悠紀だろう。二宮のポケットにはタクシー代もなかったのだから。

飲みに行こうと従妹《いとこ》を誘いながら、金も払えないような男が西心斎橋《にししんさいばし》に事務所をかまえて〝建設コンサルタント〟を名乗っている。お笑いぐさだ。こんな貧乏コンサルタントに誰が仕事を持ってくる。

金が底をついて事務所を閉めようと思ったことは一度や二度ではない。街金や賭場《とば》の廻銭屋《かいせんや》に追い込みをかけられたこともある。それでも、なんとかしのいできた。母親からの借金はいま八十万円だが、それまでに三百万円以上を踏み倒している。母親は借金が百万円を超えると、いったんチャラにしてくれるのだ。

救いはカードローンや闇金からの借金がないことだ。事務所の家賃も滞納はしていない。しかしながら、この状態がつづくと今年いっぱいはもたないだろう。

「このあたりが潮時かもしれん。密接関係者の烙印《らくいん》が消えることはないしな。……かまへん、マキの餌代ぐらいは稼ぐ。おれが食わんでもマキは食わしたるから心配するな」

そのとき、思った。桑原のシノギはどうなんや、と。桑原は守口《もりぐち》市内にカラオケハウスを二軒持ち、債権取立てと倒産整理で食っている。カラオケハウスはともかく、桑原のシノギに暴力団排除条例が影響を及ぼさないはずはない。

二宮はパソコンを起動させた。グーグルに《カラオケ　キャンディーズ　守口》と入れてクリックする。《キャンディーズⅡ》は出たが、《キャンディーズⅠ》が出ない。

「マキ、桑原はやっぱり左前や。カラオケ屋を一軒、閉めよったぞ」

〝ソラソウヤ　ソラソウヤ〟マキは肩の上で羽づくろいをする。

「昨日は小清水に『税金も払わんのに生活保護受けてるやつばっかりでっせ』と、えらそうにいうてた。あいつももうすぐそうなるんやで」

〝マキチャン　カワイイコ〟

「頭痛い。ちょっと寝る。マキも寝よ」

電話の子機をテーブルに置き、靴下とローファーを脱いでソファに横になった。あくびをひとつして眼をつむると、すぐに眠り込んだ。


電話――。無意識でとって通話ボタンを押した。

――はい、二宮企画です。

――こら、その声はなんや。また寝てくさったやろ。

思わず、子機を落としそうになった。マキはケージの上できょろきょろしている。

――本は読んだか。

――本……？

――『フリーズムーン』じゃ。読めというたやろ。

そういえば、宗右衛門町の蕎麦屋《そばや》では持っていた。そのあとは知らない。

──まさか、買うてへんとはいわんやろな。

──途中まで読んで、アパートに置いてますわ。いったい、なんですねん。

──シナリオライターに会う。取材したいんやと。

──ああ、脚本家ね。

名前は忘れた。昨日、聞いたばかりなのに。

──京都や。行くぞ。

──取材は向こうが来るのが筋やないんですか。なんでおれが京都まで……。

──やかましい。講釈たれんな。すぐ出んかい。

──すぐは無理ですわ。服も替えんといかんし、お化粧もせないかん。

──おまえ、そういう眠たいことほざいてええんかい。眼のまわりの青タンを化粧で隠したいんやな。

──京都のどこで会うんです。

──わしはな、おまえんとこのぼろビルの前で待っとんのや。

──そら用意周到ですね。

ほんとにうっとうしいやつだ。死ね。誰かに撃たれて。

──五分以内に出てこい。来んかったら、迎えにいくぞ。

──分かった。分かりました。出ますわ。

電話を切って起きあがった。壁の時計は十一時を指している。

「マキ、出かける。夕方には帰ってくるからな」

靴下を拾ってポケットに入れ、ローファーを履いて事務所を出た。

BMW740iが福寿ビルの前に駐《と》まっていた。桑原は助手席にいる。運転せい、とステアリングを指さした。二宮はしかたなく、左のドアを開けて乗り込んだ。

「なんじゃい、そのぼさぼさの頭は。やっぱり寝てくさったな」

「お願いやし、普通に喋《しゃべ》ってくれませんか。二日酔いですねん」

「どこで飲んだ」

「ミナミです。新歌舞伎座裏のゲイバー」

「おまえ、ホモか」

「バイです」

「嘘ぬかせ」

「ほんまにバイやったらどうします」

「どうもせんわい。うちの組にもひとりおる」

「誰です」

「プライバシーに関することはいえんな」

呆《あき》れた。この腐れヤクザがプライバシーだと。

「京都のどこへ行くんです」シートベルトを締めた。

「久世橋《くせばし》や。名神の京都南で降りんかい」

目的地はカーナビに入力した、と桑原はいう。「ほら、行け」

くそっ、おれをなんやと思てんねん――。黙って車をスタートさせた。

京都南インターを出たのは十二時前だった。ナビの指示ラインに従って国道1号線を北上し、久世橋通を左に折れた。桑原はシートを倒して寝ている。

「桑原さん、約束は何時です」

「なんやと……」

「何時にシナリオライターに会うんです」

「一時や」

「それやったら、なにか食いましょうな」

「ハンバーガーでも食うとけ。わしは要らん」

「腹、減らんのですか」

「うるさいのう。要らんというたら要らんのや」桑原はまた眼をつむった。

「なんでそんなに眠たいんです」

「見て分からんのかい。睡眠不足やないけ」

「飲んだんですか、遅うまで」

「女が寝かせよらんかったんや」

「若いんですか」

「三十前やろ」

「ええ女ですか」

「わるい女とはようせん」

桑原とするくらいだから性根のわるい女に決まっている。

「おれ、自慢やないけど、この十年、素人さんとはしたことないんですわ」

「そうかい。そらご愁傷さまやのう」

「どこのホステスです」

「じゃかましい。話しかけんな」桑原は腕を組み、横を向いた。

国道沿いのラーメン店に入った。車を駐めて外に出る。ズボンのポケットを探ると、千円札が一枚と小銭しかなかった。ラーメンと餃子《ギョウザ》くらいは食えるだろう。

店内に入ってカウンターに座り、壁の品書きを見て、ラーメン定食と餃子を注文した。

悠紀の携帯に電話をする。

――はい、なに？

――いま、休み時間か。

――そう。サンドイッチ食べてる。

――おれ、京都なんや。夕方までには帰るつもりやけど、事務所へ行って、マキのようすを見てくれへんか。ケージから出してるし、気になるんや。

――分かった。夕方のレッスンまで事務所にいるわ。

——すまんな。……今朝はおれ、何時に帰ったんや。

——四時ごろかな。

——まるで憶《おぼ》えてへんのや。

——『わがまま』の遼《りょう》ちゃんとキスしてたよ。

——えっ、ほんまか。

遼はNTTの現業職員だ。昼間は営繕で電柱にのぼり、夜は『わがまま』でバイトをしている。

——啓ちゃん、危ないで。ノンケとゲイは紙一重なんやから。

ゲイバーには当分、出入りしないでおこうと決めた。

——『フローズンムーン』、読んでるねん。けっこうおもしろいわ。

——そうか。読んだらあらすじを教えてくれ。

電話を切り、ポットの麦茶をグラスに注ぐ。桑原が入ってきて隣に座った。

「眠たいんやないんですか」

「おまえがごちゃごちゃいうから眼が覚めた」

桑原は生ビールと搾菜《ザーサイ》を注文した。「あの本は北朝鮮のどこが出てくるんや」

「平壌です」

「平壌だけか」

「いうたやないですか。まだ途中までしか読んでませんねん」

「韓国はどこや」

「ソウルです。KCIAのソウル本部」適当にいう。

「ソウルでなにがあるんや」

「謀略です。北朝鮮スパイの」

「どういう謀略や」

「それは最後の種明かしでしょ」

「事務所で寝てる暇があったら、ちゃんと結末まで読まんかい」

「最近ヒットした『アジョシ』いう韓国映画があったでしょ。あんな感じですわ」

「なんで日本の小説が韓国映画に似てるんや」

「作者が韓流ドラマのファンなんでしょ」

いちいち、こうるさいやつや。おれに訊《き》かんと自分で本を読め——。

搾菜とビールが来た。餃子はまだだ。桑原は搾菜をつまんでビールを飲み、二宮は麦茶を飲んだ。


十二時半にラーメン店を出た。久世橋通を西へ走り、吉祥院池田町《きつしょういんいけだちょう》の交差点を右折する。目的地は塔南高校の近くだ。

高校の裏門前で車を停めた。『ユニオン池田』というマンションを探せ、と桑原はいう。少し先の寺の向こうに、それらしい煉瓦《れんが》タイルの建物があった。

「あれですわ、たぶん」

ゆっくり走った。煤《すす》けた五階建ビルの玄関庇《ひさし》に《UNION・IKEDA》と、プレートが埋め込まれている。左隣にパーキングはあるが、五台の車でいっぱいだった。

「近くのパーキングに車を駐めてこい。わしはここで待ってる」

桑原はシートベルトを外した。

「ここに駐めといたらええやないですか」

「おまえが出頭するんならそうせんかい。駐車違反でな」

桑原は車を降りてドアを閉めた。二宮は舌打ちして、また走り出す。四つ角の左側にコインパーキングがあった。

車を駐めてマンションにもどった。桑原は玄関前で煙草を吸っている。オールバックに縁なし眼鏡、ダークスーツに白のワイシャツ、ノーネクタイ、靴はクロコダイルのローファーだ。服装だけなら新地あたりのクラブのマネージャーでとおるだろうが、左の眉《まゆ》からこめかみまで切れた傷痕《きずあと》と、どこかなげやりな身ごなし、ときおり見せる射すくめるような眼差《まなざ》しに隠しきれないプロの匂いがある。宗右衛門町あたりを桑原と歩いていても、黒服は決して声をかけてこないのだ。

桑原は二宮を見て煙草を捨てた。風防室に入って〝309〟と壁のボタンを押す。スピーカーから声が聞こえた。

──三宅です。

――桑原です。

――いま、開けます。

カシャッと音がしてロックが解除された。ガラスドアを押し、エントランスホールに入る。エレベーターは二基だった。

「外装もぼろいけど、中はもっとぼろっちいですね」

安っぽい吹きつけタイルの壁面と塩ビタイルのフロアはバブル期以前の造りだ。築三十年は経っている。メールボックスのネームプレートは真鍮《しんちゅう》に名前が刻印されているから、賃貸ではなく、分譲マンションなのだろう。

エレベーターで三階にあがった。３０９号室は廊下の端だった。

桑原はインターホンを押した。すぐにドアが開き、白髪の小柄な男が顔をのぞかせた。

「桑原です」

「二宮といいます」頭をさげた。

「遠いところまでありがとうございます」

三宅は愛想よくいい、桑原と二宮を招じ入れた。玄関は狭く、廊下は短い。

リビングに通された。色褪《いろあ》せた革張りのソファに桑原と並んで腰をおろす。六〇型ほどの液晶テレビが正面に置かれ、両側にスピーカーが配されていた。

「でかいテレビですな」

「商売柄、映像機器だけは新しいものを揃えてます」

テレビ台にはＤＶＤデッキとブルーレイデッキ、カセットデッキ、ＡＶアンプが収められている。

「お飲み物は」

「コーヒーを」

「じゃ、淹《い》れてきましょう」

三宅は立って、リビングを出ていった。

「よめはん、おらんみたいですね」

この家には女気がない。玄関に女物の靴がなかったし、リビングも殺風景だ。掃き出し窓の薄汚れたカーテンは洗った形跡がない。

「シナリオライターてなもんは堅気の仕事やない。注文がなかったら一銭にもならん」

ソファにもたれて桑原はいう。「おまけにオタクで気難しいから、嫌気がさしたよめはんに逃げられたんや」

「見てきたような講釈やな」

「どこが講釈じゃ。貧乏でよめはんがおらんのは、おまえも似たようなもんやろ」

「おれはね、縁がないんですわ。年がら年中、事務所でひとりやから」

「悠紀とかいう利かん気な女がおったやないけ」

「あれはバイトの子です。ときどき顔を出す」

「ああいうのはわしのタイプや。いっぺん紹介せいや」

『キャンディーズ』で雇うてくれますか。時間給三千円で」

「へっ、一昨日来い」

「最近、カラオケ人口が減ってるそうやけど、『キャンディーズ』はどうですか」

「知らん。わしは経営にタッチしてへん」

やはり、『キャンディーズⅠ』は閉めたようだ。

三宅が盆を持ってもどってきた。テーブルにマグカップを三つ置き、角砂糖とミルクを添えた。

「三宅センセはいつからですか、脚本家」

カップに角砂糖をひとつ落として、桑原は訊く。

「大学からです。映画研究部で書いてました」

「京都の大学ですか」

「京大です」

驚いた。こんな貧相な男が京大出だった。

「六年間、雀荘《ジャンそう》に入り浸りで、ほとんど単位もとらずに退学しました」

大阪の広告代理店に途中入社し、CM制作をしていたが五年で辞め、貯金をとりくずしながらNHKや民放のシナリオコンクールに応募して、二年目にようやく入選したのが、『人形の家』というミステリー仕立ての脚本だったという。「NHK大阪制作の単発ドラマです。見られましたか」

「いつの放送です」

「八八年です」

「わしが塀の向こうにおったころですな」

桑原は懲役を隠そうともせず、「テレビは大相撲とホームドラマぐらいでしたわ」

「何年、おられたんですか」

「六年。ションベン刑です」

「失礼ですが、罪名は」

「殺人未遂、かな」

「抗争で？」

「鉄砲玉みたいな真似してね。……若気の至りというやつですわ」

桑原は三宅の顔をじっと見た。これ以上は訊くなということだ。三宅は眼を逸《そ》らして、

「コンクールに入選して、ぼちぼち仕事の依頼がくるようになりました。近畿テレビでワンクールの連ドラを書いたりしましてね」

「なんて番組です」二宮は訊いた。

「『しぶちん』です」

なんとも大阪風のタイトルだ。船場の商家でも舞台にしたのだろうか。

「残念ながら、視聴率はとれませんでした。ぼくとしては自信があったんですが」

三宅はテレビから映画にシフトしていったという。映画は原作ものが多く、Ｖシネマ

はオリジナルだが脚本料が安い。それでも途切れずに仕事があったのは、関西在住で大阪弁や京都弁を自在に書けたからだといった。

「なるほどね。任侠《にんきょう》もんのVシネに大阪弁はつきものですわ」

二宮はコーヒーを飲んだ。けっこう旨《うま》い。

「二宮さんもご同業ですか」

「いや、ぼくはちがいますねん」

名刺を差し出した。「申し遅れました。アメ村の近くで建設コンサルタントしてます」

三宅も名刺を出して交換した。肩書はなく、住所と名前、電話番号とメールアドレスだけのシンプルな名刺だった。

「小清水さんから聞きました。おふたりで北朝鮮に行かれたそうですね」

「二回行きました。平壌、開城、板門店《パンムンジョム》、羅津先鋒《ソンボン》の経済特区と」

いま、羅津先鋒は羅先《ラソン》市というらしい。「息がつまるような国です。なにをするにも監視がついてて自由行動なし。夜、街中《まちなか》をひとりで歩いてるだけで保安員に逮捕されますねん」

「保安員とは」

「人民保安員。警察官です」

「そのあたりの事情をお聞かせください」

三宅はテーブルの下からノートとボールペンを出した。「保安員はどんな制服です」

「暗いカーキ色の制帽、制服ですわ。両襟に緑色の階級章をつけてましたね」

「どいつもこいつも栄養不足で背が低いのに座布団みたいなでかい帽子かぶるから、椎《しい》茸《たけ》が歩いてるみたいですわ」桑原が補足した。

「平壌の夜は真っ暗です」

二宮はつづけた。「電力不足で灯《あかり》がない。星がきれいに見えました」

「星がきれいというのはいいですね」三宅はノートにメモをする。

「平壌の街は灰色です。ブロック積みの集合住宅が多いし、外装材のタイルやペイントが少ないから、街全体がセメント色です」

「凱旋門《がいせんもん》も灰色ですわ。セメントの板を貼り合わせたみたいな、シケた建物です」

桑原がまた口を出す。この男が黙っているのは寝ているときだけだ。

「映像で見る平壌とはちがうんですか」

「ま、いうたら書き割りの街ですな。表と裏ではまるっきりようすがちがう。市民は貧しい。道路は広いけど、通る車はめったにない。信号もないから、保安員が交差点に立って交通整理してましたな」

「市民は黙々と歩いてます。大阪やったら、おばさんが立ち話して笑うてるのに、そういう光景は見んかった。なんというか、笑顔のない街ですわ」と、二宮。

「下町の雑踏といったものはないんですか」

「ぼくは見てませんね。とにかく、出歩いてる人間が少ないんです」

「おふたりの話はすばらしいですね。ほんと、取材の値打ちがあります」

三宅は追従をいい、「北朝鮮スパイの回想に羊角島《ヤンガクト》ホテルのカジノのシーンがあるんですが、原作はさらっと流してるんです。おふたりはカジノに行かれましたか」

「我々が行ったときはオープン前でした。内装工事にはかかってましたけど」

「そうですか。それは残念だ」

「ソウルのカジノを撮ったらよろしいがな」桑原がいう。

「カジノはどこも撮影禁止です」

「ベガスのカジノは映画で見るやないですか」

「ハリウッド映画は製作費が一桁《けた》ちがいます。西部劇だったら町ひとつ、カジノだったらホールごとセットで作りますからね」

「むちゃくちゃしよるな、アメリカは」

「映画は博打《ばくち》といわれる所以《ゆえん》です。一億ドルの製作費を使っても、二億ドル稼げばいい。それがハリウッドです」

「スパイは韓国へも行くんですか」二宮は訊《き》く。

「船で江原道《カンウォンド》に上陸します。そこから鉄道で蔚山《ウルサン》へ行って、船を仕立てて対馬《つしま》に渡ります。その船を追ってくるのがKCIA局員です」

局員と警視庁の公安刑事が協力してスパイを追跡し、横浜で銃撃戦になるという。

「原作には荒唐無稽《むけい》な設定が多々あります。そこにどうリアリティーを付与するか、脚本家の腕の見せどころです」

「スパイが江原道に上陸するのは、原作のどのあたりです」桑原が訊いた。

「冒頭の十ページです。趙承虎《チョスンホ》という特殊部隊員の上陸から小説が始まります」

「へーえ、そうでっか」

桑原は二宮を睨《にら》んだ。こいつ、まるで読んでへんな――という顔だ。

「羅津先鋒は小説に出てきませんが、どういった街ですか」

「街というよりは田舎ですな。わしらが行ったときは冬で、赤土に石ころだらけのジャガイモ畑が細い道の両側に延々とつづいてた。レーニン帽をかぶった痩《や》せた爺《じい》さんが、白菜積んだ荷車を牛に曳《ひ》かせてたりしててね。……農家の土間で食うたトウモロコシそばがどえらい不味《まず》うて、吐いたんを思い出しますわ」

「牛に曳かせる荷車ですか。これは使えそうだ」三宅はメモをする。

「シナリオはどれくらいまで進んでます」

「いちおう、書き上がったんですよ。今日、おふたりからお聞きしたことを加筆して、今週中には完成する予定です」

「そら、楽しみですな」

「小清水さんの意見をもらって決定稿ができたらお渡しします」

「ほかに質問はありますか」

「平壌の食べものです。市民はどんなものを食べてました？」

「そいつは二宮くんがいいますわ。なんせ、食い意地が張ってますねん」

桑原は答えを振ってきた。話に厭《あ》きたのだろう。それから小一時間、二宮は三宅の取材にひとりで応じた――。

3

八月、盆明けの二十日――。桑原が事務所に来た。勧めもしないのにソファにふんぞりかえって、小清水が失踪《しっそう》したという。

「失踪て、行方が分からんのですか」

「消えたんや。金持って」

「出資者から集めた金を？」

「製作委員会のな」

「なんぼほどあったんです」

「分からん。一億か二億か三億か……」

吐き捨てるように桑原はいい、「おまえんとこに連絡はなかったやろな。小清水から」

「あるわけないやないですか。たった一回、会うただけやのに」

名刺は交換したが、どこかに捨てた。三宅とかいう脚本家の名刺も。

「わしがさっきまでどこにおったと思う」桑原は煙草を吸いつける。

「車ん中でしょ」

「おまえ、どつかれたいんか」

「いや、車で来はったと思たから……」

「わしはな、天王寺におったんや。旭町の西邦《せいほう》ビル」

「フィルム&ウェーブの事務所ですか」

「蛻《もぬけ》の殻や。というより、ドアに錠がかかって、誰もおらんかった」

「定休日とちがうんですか」

「ばかたれ。フリーランスのプロデューサーに定休日なんぞあるかい。小清水の携帯も事務所の電話も先週から不通や」

先週の金曜日、嶋田が小清水に電話をしたが、つながらなかった。土曜も日曜も不通。それで週明けの今日、桑原は嶋田にいわれて西邦ビルに行ったという。「まちがいない。小清水はフケくさった」

「あのビルの二階で芸能学校やってたやないですか。『TAS』やったかな」

「トレアルバ　アクターズスクールや。行ってみたら、小清水は雇われの校長やった」

TASの事務員に訊くと、理事長は天王寺と新世界でキャバクラやラウンジを経営する金本《かなもと》という不動産屋だといい、校長の小清水は週に三コマ、〝俳優養成講座〟を教えていたという。

「不動産屋の事務所は通天閣《つうてんかく》の近くのぼろビルや。一階で喫茶店をしてた」

「その事務所にも行ったんですね」

「行った。金本に会うた。あれは堅気やない。齢《とし》は小清水と同じぐらいやけど、目付きがちがう。どうせ、どこぞの組の舎弟やろ」

「企業舎弟やったら、調べたらええやないですか。蛇の道はヘビなんやから」

「おまえはあほか。そんなこと調べて、なんのメリットがあるんや。わしがひっ捕まえたいんは小清水やぞ」

「金本はどういうたんです」

「ここ三ヵ月、小清水の顔は見てないと、それだけや」

「フィルム&ウェーブには小清水の娘がいてましたよね。玲美とかいう後妻の連れ子」

「おまえ、女のことだけはよう憶《おぼ》えとるな」

「花柄のミニスカートにピンクのミュールですわ。背は百六十五くらいかな」

そう、あの日、飛田新地へ行ったのは玲美の脚を見たからかもしれない。

「あの女、ほんまに小清水の娘やと思とんのか」

「ちがうんですか」

「おまえは青い。人間観察せんかい。あれは小清水のスケや。それも分からんのか」

「へーえ、そうやったんや」

愛人でも義理の娘でも、どうでもいい。分かりたくもない。ちょっと羨《うらや》ましいが。

「若頭《かしら》はな、千五百やられたんや」桑原はつづけた。

「千五百万も出資したんですか」

「半金や。製作委員会ができたときに千五百万、クランクインのときに、あとの千五百を渡す予定やった」

「よかったですね。三千万、丸々やられんで」

「もういっぺんいうてみい。よかったとはどういうことや」

「不幸中の幸いといいたかったんです」

「くそったれ、わしもやられた」

桑原はテーブルに足をのせる。靴下はチャコールグレー地に白のピンストライプ、靴はメッシュのローファーだ。

「出資したんですか、桑原さんも」

「洒落《しゃれ》でな」

「いかほどです」

「三百や」

「半金ですか」

「半金や。百五十やられた」

思わず笑いそうになったが、堪《こら》えた。医者には行きたくない。

〝ユキチン　ゴハンタベニイコカ〟マキが鳴いた。ブラインドのレールにとまっている。

「なんじゃい、まだ鳥を飼うてんのか」桑原は後ろを振り仰ぐ。

「一日中、事務所で遊んでますねん」

「鳥も飼い主も遊んでたら世話ないのう」

桑原はけむりを吐く。「名前、なんやった」

「マキです」

「誰がつけた」

「自分で名乗ったんです」

マキを飼いはじめたのは去年の春だった。いつものように昼寝をしていたら、そばで鳥の鳴き声がする。デスクのレターケースに鳥がとまっているのを見たときは、ソファから落ちそうになった。身体はグレーで顔が黄色、ほっぺたが赤い。頭のてっぺんに長い羽根ができそこないの暴走族のように立っている。鳩をほっそりさせたような体形だった。

鳥は開け放した窓から入ってきたらしかった。どこかの家で飼われていたのが逃げ出して迷い込んできたのだろう。「なんや、おまえ」といったら、ひょいと飛んで二宮の膝《ひざ》にとまった。ずいぶん馴《な》れ馴れしい。これもなにかの縁だと、飼ってやることにした。あとで知ったがオカメインコという鳥で、マキと名づけたのは〝マキちゃん〟と鳴いていたからだ。鳥をペットにしたのは初めてだが、懐いてくるとほんとうにかわいい。マキが来てからは事務所を空けてパチンコへ行くこともほとんどなくなった。

「こら、マキ、なんぞ喋《しゃべ》ってみい」

桑原がいうと、マキは警戒して冠羽を逆立てた。

「こいつか。迷子になったときに住所と名前をいう鳥は」

「あれはセキセイインコ。これはオカメインコです」

マキが飛んできて二宮の肩にとまった。プリッと糞《ふん》をする。

「おまえのポロシャツ、肩のとこが斑点《はんてん》になってんのは鳥の糞か」

「そういうことです」

「なんで糞を拭《ふ》かんのや」

「乾くまで放ってたら、ポロッと落ちるんです」

そやからポロシャツですねん――。いおうとして、やめた。桑原が暴れだす。

「嶋田さん、怒ってるでしょ。小清水の爺《じじい》に千五百万も騙《だま》しとられて、どういう落とし前をつけさせるんです」

「さぁな、若頭は小清水を捜せというただけや」

「小清水を捕まえたらどうするんです」

「それは若頭の胸三寸や」

「まさか、殺したりはしませんよね」

「小清水の命なんぞ馬の餌にもならんわ」

「桑原さんもやられたんでしょ。百五十万」

「わしのケジメは金や。あの爺には金で始末をつけさせる」

「えらい優しいですね」

「優しい?」

桑原は二宮を睨《ね》めつけた。「二蝶会の桑原がたった百五十でチャラにするとでも思とんのかい。舐《な》めんなよ、こら」

桑原の表情が険しい。笑いながらひとを殴るヤクザの眼だ。この男は堅気の世界の住人ではないと、改めて認識した。

「流れが読めんのですけど、あれからどうなったんですか。京都でシナリオライターの取材を受けてから」視線を逸《そ》らして訊《き》いた。

「脚本は七月二十五日にできた。決定稿や。それを持って小清水は出資者をまわった」

製作委員会の発足は八月六日、京都グランドホテルの会議室に関係者が集まり、最終的な出資額と『フリーズムーン』製作に関する諸条件を確認して契約書を交わした。チーフプロデューサーは小清水隆夫、アシスタントプロデューサーに出資各社の局長、部長級担当者が名を連ねた。

原作―羽田弘樹『凍月《フローズンムーン》』、脚本―三宅芳郎、監督―千葉浩明、出演―高凪剛志、樋渡ゆう、イ・スンファ――。決定稿に付記されていた。

「わしは若頭の名代で出席した。出資者は企業が五社と個人が六人や」

「嶋田さんはアシスタントプロデューサーやないんですか」

「さすがに嶋田という名前を表に出すのは憚《はばか》られた。若頭はAPやないけど、契約書には製作委員会メンバーに『シマダカンパニー』というのが入ってる」

「桑原さんは」

「わしはシマダカンパニーの一員や」

桑原の三百万円はシマダカンパニーの出資額に含まれているという。

「それはつまり、嶋田さんが二千七百万、桑原さんが三百万ということですか」

「若頭が二千六百、わしが三百や」

「百万、足らんやないですか」

「それはおまえの百万や」

「なんですて……」

「おまえ、若頭からどう聞いた。映画が当たったら、おまえにも配当があると聞いたんとちがうんかい」

「そういや、そうですわ」

「配当をもらうには元金が要る。そんなあたりまえのことを、おまえは知らんのかい」

「まさか、ひょっとして……」

「若頭はな、おまえに黙って百万を出したんや。二宮啓之《けいすけ》というヘタレの名前でな」

どういっていいか分からなかった。嶋田は二宮のために百万円を出資してくれたのだ。そのことも知らずに、ただ〝配当がある〟と、のほほんと考えていた自分が情けなかった。

「若頭は、おまえには喋るなとわしにいうてた。そういう昔気質《かたぎ》の人間なんや。ぐうたら貧乏のおまえは若頭の恩も知らずに、鳥と昼寝しとんのじゃ」

桑原は舌打ちして、「若頭にはいうなよ。わしが喋ったことを。おまえは若頭に借りがあると、そのスポンジ頭に叩《たた》き込んどけ」

「ほな、おれは嶋田さんに……」

「半金の五十万を返すとでもいうんかい。あほんだら。若頭の顔をつぶす気か」

嶋田の厚意がうれしかった。がしかし、これからは嶋田への信義として、知らぬ存ぜぬでは済まないことを自覚した。

「おれ、どうしたらええんですか」

「小清水の爺を捜すんやないけ」

「けど、手がかりは」

「これから小清水の家に行く」

「家、分かってるんですか」

「茨木《いばらき》や。茨木の郡《こおり》」

金本から住所を聞いたという。「おまえは若頭に借りがある。行かんとはいえんわな」

「…………」

くそっ、また巻き込まれた。この疫病神に。しかも、小清水を捕まえたところで、二宮にはなんのメリットもない。

「ほら、行くぞ」桑原は腰を浮かした。

立ってケージの扉を上げる。マキはケージに入って水を飲んだ。
「マキ、おいで。お留守番やで——」いうと、マキは飛んできて指にとまった。二宮は
「マキをケージに入れますわ」

「聞きわけのええ鳥やのう。おまえとちごて」

「喉《のど》が渇いたときと眠たいときは、自分からケージに入るんですわ」

エアコンの電源を切り、窓を開けた。事務所の鍵《かぎ》をとり、ジャケットをはおった。


BMWを運転し、新御《しんみ》堂筋《どうすじ》を北上した。国道171号を東へ行き、名神茨木インター近くの交差点を右折する。配水場の脇を抜けると、こぢんまりした一軒家の建ち並ぶ住宅街が広がっていた。

「小清水の家に電話したんですか」

「金本に聞いたんは住所だけや」

「番地は」

「郡七丁目二の五四」

給水タンクの脇に住居案内板が立っていた。前に車を停める。案内板は錆《さ》びて、ところどころペイントが剝《は》げ落ちている。

二宮は車を降り、案内板のすぐそばに立った。かろうじて住人の名が判読できる。小清水の家は給水タンクから一筋北へ入った私道の突きあたりにあった。

　BMWを私道に乗り入れた。道幅が狭いせいか、各家のカーポートに駐《と》められているのは軽自動車と小型車ばかりだ。

　突きあたりの家の玄関先に車を停めた。ブロック積みの門柱には表札がない。家は青いセメント瓦《がわら》に薄茶のモルタル壁の二階建で、敷地は三十坪もないだろう。

「おまえ、ちゃんと見たんか、さっきのボード」

「いや、まちがいないですわ」門柱には表札を剝がした痕《あと》がある。

　二宮は車を降りた。桑原も降りてインターホンのボタンを押す。ピンポーンと電子音は聞こえたが、返答はない。

「おらんな」

「みたいですね」

「訊いてみい。隣の家で」

「なにを訊くんです」

「なんでもええから訊け」

　いわれて、左隣の家のチャイムを押した。カーポート横の玄関ドアが開いて、髪をひっつめにした五十がらみの女が顔をのぞかせた。

「すんません。お隣の家、小清水さんですよね」

「はい、小清水さんですよ」

「なんで表札がないんですかね」

女は意外そうにいい、外に出てきた。二宮の横に立って門柱を見る。

「いつ、外しはったんやろ」

「最近ですか、表札を外したん」

「と思いますけど……」口もとに手をやって女はいう。

「引っ越しするような話はなかったですよね」

「わたしは聞いてません」

「小清水さん、奥さんは」

「独りですよ。小清水さんは」

「へーえ、そうですか」

「でも、小清水さんのことはあんまり知りません。家にいてはることが少ないし、たまに顔見ても挨拶《あいさつ》するだけで、口を利きませんから」

夜、小清水の家に灯《あかり》がつくのは月に二、三日で、カーポートに車が駐められることもないと女はいう。小清水の生活の本拠はほかにあるのだろう、と二宮は思った。

「小清水さんはいつからここに住んでます」

「さぁ……、十年くらい前ですかね」

中古で売りに出された家を買って引っ越してきたという。「そのときは女のひとといっしょでした。髪をショートカットにした垢《あか》抜けた感じのひとで、働いてはったみたいやけど、二、三年して、見んようになりました。……立ち入ったことは知らんのやけど、別れはったんやないかな」

小清水から聞いた〝四番目の妻〟、芸能プロのマネージャーだろう。

「最近、小清水さんが三十すぎの背の高い女といっしょにおるとこ、見たことないですか」桑原が訊いた。

「いえ、ないです」

女はかぶりを振って、「おたくさんら、小清水さんの知り合いですか」

「ちょっとした知り合いですわ」

「金融関係のひとですか」

「金融関係とは……」

「ごめんなさい。そんな気がしたんです」

喋《しゃべ》りすぎたと思ったのか、女は背を向けるなり、そそくさと家に入っていった。

「なんじゃい、まだ訊《き》くことあるのに逃げよったぞ」

「怖かったんですわ」二宮は笑った。

「なにが怖いんじゃ」

「闇金の取立てと思われたんです」

「わしのどこが闇金や、こら」

「おれやない。あのひとがそう思たんです」

「あの女に教えたれ。ほんまもんの闇金はわしみたいに上品やないぞ」

いうにこと欠いて、上品ときた。おもしろい発想だ。

「くそっ、撤収や。時間の無駄やった」

桑原はBMWに乗った。二宮も乗って、エンジンのスターターボタンを押す。セレクターを〝R〟に入れてルームミラーを見ると、私道の入口に黒い車が鼻先をこちらに向けて駐まっている。クラウンだ。二宮は近くまでバックしたが、クラウンのドライバーと助手席の男はじっとこちらを見ているだけだ。

「桑原さん、車が邪魔してます」

いうと、桑原は振り返って、〝退《ど》かんかい〟と手を振った。ドライバーは無表情で、車を移動させる気配はない。

「こいつら、筋者や」低く、桑原はいう。

「わざと道を塞《ふさ》いでるんですか」

「そういうこっちゃ」

桑原はクラウンから眼を離さず、「おまえ、ここへ来るのに尾《つ》けられたか」

「そんなん、分かりませんわ。意識もしてへんし」

「おまえのシートの下にホイールレンチがある。ベルトに差して、わしについて来い」

「ちょっと待ってくださいよ。おれは……」

呼びとめる間もなく、桑原はドアを開けて降りていった。二宮は俯《うつむ》いてシートの下を覗《のぞ》く。ホイールレンチを拾って車を降り、ベルトの後ろに差してクラウンに近づいた。

桑原はクラウンのサイドウインドーをノックした。ウインドーが下りて茶髪にサングラスの痩《や》せた男がこちらを見る。唐獅子《からじし》柄のアロハシャツに太いゴールドのネックレスチェーン、まぎれもないゴロツキだ。

「な、兄ちゃん、車を退けてくれや」

桑原は下手に出た。「ここは袋小路《ふくろこうじ》やし、出られへんのや」

「…………」男はなにもいわない。反応がない。

「聞こえんのか、こら」

桑原は半歩さがった。右の拳《こぶし》を固めている。いまにも殴りつけそうだ。

「おまえら、どこのもんや」

嗄《しゃが》れた声で助手席の男がいった。黒いジャケットに白いシャツ、ノーネクタイ。はだけたシャツの胸元から青い絵模様がのぞいている。

「そういう挨拶は、同業かい」と、桑原。

「おいおい、訊いてんのはこっちやぞ」

「どこのもんでもええがな。おたがい、名乗ったらあとが面倒やろ」

「おまえら、嶋田のもんか」

「なんやと……」

「そうかい、やっぱり嶋田組か」

白シャツはせせら笑って、「小清水はおったか」

「このガキ、誰に大口叩《たた》いとんのじゃ。おどれらこそ、小清水になんの用や」

「おどれら？　舐《な》めたものいいやのう」

白シャツの表情が一変した。おい、とアロハシャツに合図する。アロハシャツはドアを開けて片足を車外に出した。

桑原はドアを蹴《け》った。アロハシャツは足を挟まれ、バランスを崩す。その鼻梁《びりょう》に桑原の拳が炸裂《さくれつ》する。サングラスが飛び、アロハシャツは腰から路上に落ちた。

桑原はすばやく助手席にまわった。ドアを開けて白シャツを引きずりおろす。殴りかかろうとする白シャツの股間《こかん》に桑原の膝《ひざ》が入り、白シャツは腰をくの字に折って呻《うめ》く。

いつのまにか、周囲の住宅からひとが出ていた。携帯電話を手にしている女もいる。桑原も気づいたのか、白シャツを突き放してBMWのほうへ歩いていく。白シャツは桑原を追おうとはせず、這《は》うようにしてクラウンに乗り込み、アロハシャツも乗ってドアを閉めた。

二宮はBMWに乗った。エンジンはかかったままだ。クラウンは後退し、切り返して住宅街を出ていく。二宮もバックして私道を出る。クラウンはもう見あたらなかった。

「おまえ、レンチは」桑原の息が荒い。

「いや、持ってましたけど……」

腰をずらして、ベルトに差していたホイールレンチを抜いた。足もとに放る。

「なんで、わしに渡さんのや」

「渡す前に手を出したやないですか」

「頭ん中の赤い糸がプチッと切れた。ああいう腐れには辛抱たまらん」

「一一〇番、してましたよ。黄色いサンダルのおばさんが」

「警察がどうした。ゴロまいたやつはおらんわい」

「けど、現場にサングラスが落ちてますよ。たぶん」

「それが分かってんねやったら拾わんかい」

「そんな余裕ありますかいな」

いいつつ、傷害事件にはならないと思った。現場には加害者も被害者もおらず、凶器を使ったわけでもないのだから。

１７１号線に出た。名神茨木インターから豊中《とよなか》に向かう。

「あいつら、なんですねん」

「極道や」

桑原は右の拳を撫《な》でる。人差し指と中指の付け根が少し腫《は》れている。

「極道は分かってるけど、なんで小清水の家に来たんです」

「わしと同じや。小清水に出資してたんやろ」

「桑原さんのこと、嶋田組といいましたね」

「そこや、気に入らんのは。なんで分かった」

「製作委員会に〝シマダカンパニー〟が入ってるからやないんですか」

「シマダカンパニーは小清水に騙《だま》された被害者や。極道に喧嘩売られる筋合いはない」

「ほな、あいつらは勘違いしてるんですか」

「勘違いも筋違いもあるかい。売られた喧嘩は買う。わしの流儀や」

「しかし、相手の筋も分からずに殴りつけたんは拙《まず》いでしょ」

「講釈垂れんな。おまえはなんでも他人事《ひとごと》やのう」

「他人事やない。あいつらはおれのことも嶋田組やと思てます」

「それでええやないけ。おまえはレンチ持って構えてたんや」

「そんな、あほな……」

せやから、いわんこっちゃない――。またひとつ火種を抱え込んだようだ。このイケイケの、出たとこ勝負の、喧嘩の星のブチ切れヤクザのせいで。

「桑原さんはよろしいわ。いざというときは二蝶会という盾があるんやから。けど、おれはどうですねん。監視カメラもないしょぼい事務所でインコとふたり、つつましく暮らしてるんですよ」

「この遊び人がつつましいとはよういうた。どこぞでチャカでも買わんかい。外を歩くときは防弾チョッキや」

「逆さに振っても、そんな金ありませんわ。なにが悲しいて防弾チョッキなんか……」

「おまえはほんまによう喋るのう。ぶちぶち泣き言並べさしたら、大阪一や」

「口と愛想はタダやというたやないですか」

「泣き言は愛想やないわい」

桑原はサンバイザーを倒した。バニティーミラーのカバーを開けて、乱れていたオールバックの髪を直す。ついさっきヤクザを殴った自嘲《じちょう》、悔恨は微塵《みじん》もない。CDデッキに『パティ・ラベル』をセットして聴きはじめた。

4

そして三日——。桑原から連絡はなかった。事務所に目付きのわるい連中が来ることもない。仕事の依頼が一件もないのは困ったものだが。

電話。〝ケイチャン　ケイチャン〟とマキが鳴く。

——二宮企画です。

——わしや。嶋田。

——あ、どうも。お世話になってます。

——啓坊、桑原を知らんか。

——いや、知りませんけど……。なんか、あったんですか。

——組に顔出さんのや。携帯に電話してもつながらん。

あのトラブルが原因だと思った。桑原は身を隠しているのかもしれない。

——啓坊、いま暇か。

——暇です。インコに餌やってましてん。

マキがどんなに賢いか、どんな言葉を喋《しゃべ》るかをいった。嶋田はウン、ウンと聞いて、

——めんどいやろけど、事務所に来てくれへんか。

——どっちの事務所です。

二蝶会の事務所は都島《みやこじま》区の毛馬、嶋田組の事務所は旭区の赤川にある。毛馬と赤川は直線距離で一キロほどか。

——毛馬に来てくれ。組長《おやじ》は今日、組におらん。

——ほな、いまから出ますわ。

用件は訊《き》かなかった。

——わるいな。待ってる。

電話は切れた。

「マキ、今日は森山がいてへんのやて」

ピッピキピー——。マキは羽づくろいをする。

二蝶会の二代目組長森山は、二宮の父親孝之《たかゆき》が現役だったころ、孝之の弟分だった。なにかと軽い男で、二宮の母親悦子《えつこ》の遠縁にあたるミナミのクラブホステスとつきあいはじめ、男の子ができたが認知せず、そのホステスを捨てて東大阪のパチンコ屋の娘と結婚した。森山はそのことを意識してか、たまに二宮が事務所に行っても顔を見せよう

としない。あとで知ったが、森山は若いころから下には横柄で上には要領がよく、先代組長角野《かくの》の腰巾着《こしぎんちゃく》だったという。森山は闇金をシノギにして力をつけ、角野の金庫番と称されるようになった。角野のあとは孝之か森山がとると目されていたのだが、孝之は日雇い労働者の不法就労および不法斡旋《あっせん》行為（孝之は港区で築港興業という土建会社をやっていた）によって懲役二年半の実刑判決を受け、その収監中に角野は森山を跡目に指名した。〃いまどきの極道は力やない。森山のオヤジは喧嘩なんぞせずに金をためた。本家筋にせっせと金積んで直系になりよった〃——桑原はいつもそういって、森山を嘲《あざけ》る。桑原が自前の組を持てないのは、森山と反りが合わないのも理由のひとつだろう。

「啓ちゃんは出かける。マキはお留守番やで」

ジャケットと車のキーを持って事務所を出た。

四ツ橋入口から阪神高速道路に上がって長柄《ながら》で降り、大川沿いを北へ走った毛馬橋のたもとに二蝶会の事務所はある。二宮はベンツとレンジローバーのあいだにアルファロメオを駐《と》めた。

三階建、鉄釉《てつゆう》タイルの壁面に、小さく《二蝶興業》のステンレスプレート。ジャケットをはおり、事務所のドアを押した。ガラス製パーティションの向こうにデスクが五つ。組当番だろう、男がふたり、胡散《うさん》臭そうな顔をこちらに向ける。二蝶会の構成員は六十人だから、二宮を知らない組員がほとんどだ。

「二宮企画の二宮です。嶋田さんは？」

「若頭でっか」左の年嵩《としかさ》がいった。

「そう、若頭の嶋田さん」

嶋田をさん呼ばわりしたのが気に入らないようだ。

「お約束でっか」

「電話で呼ばれました」

年嵩はもうひとりの坊主頭にあごを振った。坊主頭はさも面倒そうに奥へ行き、すぐにもどってきた。さっきとはうって変わった神妙な顔で、

「どうぞ、こちらです」と、頭をさげた。

階段をあがり、二階へ行った。右のドアを坊主頭はノックする。返事があり、二宮は中に入った。

「おう、ご苦労さん。呼びつけて、すまなんだな」

嶋田はソファにもたれていた。正面に神棚。その下に両袖《そで》のデスク。代紋や神戸川坂会会長の写真は見あたらない。

勧められて、ソファに腰をおろした。イームズだろう、座り心地がいい。

「部屋、替わったんですか」

「替わった。一階から二階に引っ越しや」

隣が組長室だという。「ゴルフ、やってるか」

「いや、知り合いがいてませんねん、ゴルフやる」

去年、この事務所に来たとき、ＤＶＤデッキとゴルフのレッスンディスクをもらったが、ディスクは一度も見ていない。

「啓坊、道具は持ってんのか」

「持ってます。グリップが革のクラブ」

「そら古いな。わしのをやろ」

嶋田は後ろを向いた。両袖デスクの脇にゴルフバッグがふたつ置いてある。

「そんな高いもん、けっこうです」

「車で来たんやろ」

「そうですけど……」

「ほな、載せて帰れ。ゴルフは道具や。いっぺん、わしとまわろ」

「ありがとうございます」

嶋田はいいだしたら聞かないからもらうことにした。「嶋田さん、コースは」

「月に二、三回やな」

嶋田は小指を立てる。「これとちごうて、安うつく」

「おれはからきし縁がないですわ。飲みに行くのは安物のゲイバーばっかりです」

「悦子さんが心配してたぞ。啓之は一生、独りかなと」

「おれ、女とつきあうのがめんどいんです」

見栄《みえ》を張った。ほんとうはモテないし、つきあうには金が要る。

「わしの知り合いにめんどくさない女がおる。いっぺん、会うてみるか」

齢は二十七。赤川の小料理屋で手伝いをしているという。「けっこう、きれいや」

「それ、よろしいね」二十七の女なら会いたい。悠紀と同じ齢だ。

「子持ちやけど、かまへんか」

「つくる手間が省けますわ」

「子供は九つと八つの年子や」

「ヤンママやないですか」

「あかんか」

「考えさせてください」

ヤンママはともかく、年子はつらい。「さっきの電話ですけど、桑原さんに連絡つかんというのはどういうことですか」話を変えた。

「今週の月曜や」

嶋田は真顔になった。「桑原は啓坊のとこへ行ったんか」

「来ました。小清水が姿をくらましたとかいうて」

「ふたりで小清水の家に行ったんやな」

「行きました。茨木の郡です」

「極道ともめたんか」

「そうです。黒いクラウンが袋小路《ふくろこうじ》を塞《ふさ》いで、桑原さんが怒ったんです」

相手はふたり。痩《や》せのチンピラと刺青《いれずみ》のヤクザ。向こうから喧嘩《けんか》を売ってきた──。顚末《てんまつ》を話した。「──警察がなにかいうてきたんですか」

「警察やない。極道が来た」

「どこへ」

「この事務所や」

「やっぱり……」

恐れていたことが現実になった。だから、桑原とは縁を切らないといけないのだ。

「尼崎《あまがさき》の亥誠《いせい》組。川坂の直系や。組長の諸井《もろい》は本家の若頭補佐で、組員六百人。どえらい大きいのともめてしもた」

亥誠組は知っている。諸井は神戸川坂会若頭補佐の序列で四番目か五番目だ。諸井は〝本家〟そのものであり、森山のようなヒラの直系組長とは格がちがう。二宮は亥誠組傘下の大浜《おおはま》組に尼崎塚口の解体工事でサバキを依頼したことがあるが、その大浜組でさえ、組員は四十人以上だった。

「亥誠組はいつ来たんですか」

「今日の昼前や。わしを名指しで来た」

亥誠組副本部長の滝沢《たきざわ》という男がボディーガードをふたり連れて現れたという。「桑原が極道を殴ったんはしゃあない。その場のなりゆきや。しかし、相手が同じ川坂の枝内で若頭補佐の組というのがややこしい。桑原が指つめて済むような問題やない」

桑原ともめたのは滝沢組の久保《くぼ》と磯部《いそべ》。久保は組員だが、磯部は半堅気だという。

「向こうは端《はな》からその気でした。喧嘩両成敗やないんですか」

「啓坊《あんぼい》、極道の喧嘩は組と組の込みあいや。どこまで突っ張ってどこで収めるか、その塩梅をまちごうたら組が潰《つぶ》れてしまうんや」

「つまりは金を払えということですか」

「ま、そうやな」

嶋田はあごに手をやって、「滝沢は手形を持ってた。小清水が振り出した〝フリーズムーン製作委員会〟の手形や。そいつを決済したら、桑原の件は不問にするというた」

「手形……。亥誠組も出資してたんですか、『フリーズムーン』に」

「出資やない。滝沢は小清水に金を貸してた」

手形の額面は一千万円。それを十五枚、滝沢は持っていたという。

「小清水は滝沢に一億五千万を借りて、担保に手形を渡してたんですね」

「嘘かほんまか、滝沢の言い分では、そういうこっちゃ」

「振り出しはいつでした、その手形」

「今年の五月や」

「決済日は」

「八月十日」

「もう過ぎてるやないですか」

「手形は不渡りや。小清水はわしらが出資した金を当座から引き出してフケた」

「その手形の振り出し名義人は小清水ですよね」

「そうや。《映画製作委員会共同組合　理事長　小清水隆夫》となってた」

典型的な詐欺師の手口だった——。小清水は法務局に共同組合を登記し、取引銀行に当座口座を開いて約束手形用紙を手に入れた。用紙さえ入手すれば、あとはいくらでも金額を書いて振り出すことができる。当座開設の銀行審査は申請者の過去の取引実績を重視するため、小清水はそれまでに少額の取引を繰り返して実績を積んでいたのだろう。そうして小清水は期日三カ月の約束手形を乱発し、滝沢から金を引いて高飛びした——。

「小清水は滝沢にどういう名目で金を借りたんです」

「『フリーズムーン』という映画を撮る。製作委員会を組織して資金が集まるまでのつなぎとして金を借りたい、というたらしい」

「滝沢は出資ではなくて、融資したんですね」

「滝沢は『ミネルバ』いう街金のオーナーや」

「おれ、一億五千万は嘘やと思いますわ。街金がそんな大金を貸すわけない」

「そんなことは分かってる。せいぜい二、三千万を貸しただけやろ」

「しかし、亥誠組の副本部長が製作委員会振り出しの手形を持ってるのは厄介ですね」

委員会のメンバーには〝シマダカンパニー〟が明記されている。「滝沢はいくら寄越せというたんですか」

「金額はいわんかった。けど、四百万や五百万ではケリつかんやろな」

「滝沢は債権者で、嶋田さんは債務者ですか」

「法的にはそうなるんかもしれん」嶋田は笑った。

「弁護士入れて整理に持ち込んだらどうです」

「それは世間一般の話や。滝沢もわしも堅気やない。裁判で白黒つけるようなみっともない真似はできんわな」

「ひどいやないですか。小清水が逃げて、今度は同業が出てきよった」

「滝沢の表稼業は街金やけど、ほんまのシノギは極道相手のヤクザ金融や。亥誠の組長は本家の若頭補佐いう貫目がある。とことん追い込みかけてくるやろ」

ヤクザ金融は抵当も担保もとらない。名刺の裏に名前と金額を書くだけで一千万、二千万を融通するのは、取立てに絶大な自信があるからだ。資金力はもちろんだが、返済が滞ったときの威圧がなければヤクザ金融はできない。その意味でも〝ヤクザ金融の胴元＝川坂会内で有数の強大な組〟という図式になる。

「滝沢の組は大きいんですか」

「けっこう大きい。組員、五十人。事務所は尼崎の長洲町《ながすちよう》や」

滝沢は六十代半ば。白髪、白髭《ひげ》の飄々《ひようひよう》とした爺だという。

「滝沢はほかの出資者もまわってるんですか。映画配給会社とか広告代理店とか」

「そこまでは知らんけど、まわってるやろ。紙切れ手形を持ってな」

「出資者には嶋田さんのほかに個人が五人いてるんですよね」桑原からそう聞いた。

「パチンコ屋がふたりや。通販の化粧品屋と警備会社、業界誌の社長もおったな」

警備会社と業界誌の社長はともかく、パチンコ屋や化粧品屋は、亥誠組の副本部長が来れば震えあがって金を出すだろう。

「森山さんはこのことを知ってるんですか」

「オヤジの耳には入れてへん。こいつはわしと桑原の問題や」

「桑原さんと連絡つかんのは困ったもんですね。おれ、行ってみましょか、守口へ」

「そうやな、行ってくれるか」

「『キャンディーズI』は閉めたんですよね」

「なんやて……」

「聞いてはらへんかったんですか」

「あいつはなにもいわん。自分のことはな」

守口のマンションで女と暮らしているらしいが、顔も見たことがないという。

「桑原さんに会うたらどうしましょ」

「わしに電話せいというてくれ」

「了解です」腰をあげた。

「啓坊、忘れもんや」

「ああ、そうですね」

立って、ゴルフバッグのそばへ行った。「どっちをもらえるんですか」

「好きなほうにせんかい」

「ほな、こっちにします」

少し小さめの〝MIZUNO〟を肩にかけた。

「それは軽いほうや。初心者に向いてる」

「すんません。ありがとうございます」

頭をさげて部屋を出た。嶋田が五十万円を出資してくれた礼はいえなかった。


守口、大日東町《だいにちひがしまち》──。『キャンディーズⅠ』はフェンス囲いの駐車場に変わっていた。桑原のマンションはこの裏手だが、名称も部屋番号も知らない。二宮は『キャンディーズⅡ』に向かった。

国道1号線を南下し、パナソニック本社をすぎた。ガソリンスタンドの交差点を右に入る。『キャンディーズⅡ』の袖《そで》看板が見えた。

ゲートをくぐってパーキングに入った。敷地は約百五十坪。プレハブ造りの三角屋根の建物がコの字形に並んでいる。一階に五部屋と二階に三部屋。一階の真ん中に受付《と》がある。桑原のBMW740iは見あたらず、パーキングの隅にミニバンと軽自動車が駐められていた。

車を降りて受付に行った。窓口に茶髪のおばさんが座っている。いまどき真っ赤な口紅は珍しい。

「二宮といいます。桑原さん、いてはりますか」訊《き》いた。

「桑原さん？」おばさんは怪訝《けげん》な顔をした。

「『キャンディーズ』のオーナーですけど……」

「ここをやってはるのは多田《ただ》さんですよ」

「多田……真由美《まゆみ》さんですか」

「はい、そうです」

真由美には何度か会ったが、苗字《みょうじ》は知らなかった。齢は三十すぎ、色白、黒眸《くろめ》がちの眼、髪は栗色のミディアムショート。あの桑原の愛人という派手なイメージとはずいぶんちがう清楚《せいそ》な女性だ。桑原にはもったいない。

「多田さんはいてはりますか」

「おたくさんは」

「二宮です」さっきもいうたやないか。

「この左に事務室がありますわ」

いわれて、左へ行ったが、事務室はなかった。おばさんから見て左なのだろう。引き返して右へ行くと、待合室の隣が事務室だった。

ポロシャツのボタンをとめ、プリント合板のドアをノックすると返事があった。開ける。真由美はデスクの前でパソコンのモニターを見ていた。

「あら、二宮さん」顔をあげた。

「ご無沙汰《ぶさた》してます」

一礼した。「お元気ですか」

「はい。お久しぶりですね」

おたがい、ぎごちない挨拶《あいさつ》だ。真由美はシルクだろう、さらっとしたピンストライプの白いシャツにプラチナのネックレスをしている。

「いつもながら、おきれいですね」

「お上手ばっかり」真由美はほほえむ。

「桑原さんを訪ねてきたんですけど、家が分からんのでこっちに来ました」

「桑原は留守にしてます」

一昨日から帰省しているという。「お盆に帰られへんかったし、お母さんの墓参りをするとかいって」

意外だった。桑原が墓参りとは。

「携帯、かからなかったでしょ」

「あ、はい……」桑原の携帯番号など知らないのだ。

「田舎に帰るときは携帯を置いていくんです。おかしいでしょ」

「桑原さんの田舎、竹野《たけの》でしたね」

「お姉さんのお家にいると思います」

「その電話番号、教えてもらうわけにはいきませんか」

「はい……」

真由美は少しためらったようだが、デスクの抽斗《ひきだし》からアドレス帳を出した。コピー用紙に番号を書いて二宮に差し出す。《0772－69－55××　宮永《みやなが》》とあった。

「真由美さんは竹野に行ったことあります？」

「いっぺん、行きました」

姉夫婦が歓待してくれたという。「あのひと、向こうでは借りてきた猫みたいです」

それはそうだろう。子供のころはさんざっぱら暴れたのだから。

桑原は兵庫県の城崎《きのさき》郡竹野町に生まれた。七歳のときに母親が亡くなり、二年後に中学校教諭の父親が再婚。中学生のころから喧嘩《けんか》に明け暮れ、単車を乗りまわして、地元では名の通った不良少年だった。恐喝、傷害を繰り返して鑑別所から少年院に送られ、少年院を出たあと、大阪に出て旭区の自動車整備工場に就職したが、ひと月もしないうちに先輩を殴って解雇。釜ヶ崎に流れて日雇い労働をするうちに、二蝶会の幹部と知り合って〝ノミ〟の電話番と集金を手伝うようになった。そうして一年後に、組幹部は野球賭博《とばく》のツケを抱え込んで失踪《しっそう》。桑原は毛馬の二蝶会にころがり込んで組長角野達雄《たつお》の預かりとなり、盃《さかずき》をもらった。

神戸川坂会と真湊《しんそう》会の抗争の際、桑原は真湊会尼崎支部にダンプカーで突っ込み、追ってきた組員の拳銃《けんじゅう》を奪って傷を負わせた。二蝶会の名をあげ、六年の懲役に行ったのは、ヤクザ世界では大きな勲章であり、彼は出所してすぐ幹部に取立てられた。刺青はなく、指は五本とも揃っている。シノギは倒産整理と債権取立て。『キャンディーズ』も倒産整理で手に入れたらしい。本人はエリートの経済ヤクザと称しているが、性格は極めて粗暴。何十人もの組員がガードを固めている真湊会の支部事務所にひとりで突っ込んだくらいだから世の中に怖いものはなく、いったん金の匂いを嗅《か》ぎつけたら、なにがあろうと食いついて離れない。二宮も多くのヤクザを見てきたが、桑原ほどの天性の〝イケイケ〟は初めてであり、二度と遭遇することはないだろうと思っている——。

「桑原さんはいつ帰りますかね」

「分かりません。ただ、竹野に行くと聞いただけです」

着替えも持たず、車に乗って出ていったという。

「いや、どうもすんませんでした」コピー用紙を折ってポケットに入れた。

「ごめんなさい。コーヒーでも……」

真由美はパソコンを閉じる。

「用事がありますねん。失礼します」

立とうとする真由美を制して事務室を出た。

あの疫病神、どこにフケよったんや——。二宮は車に乗り、真由美にもらったメモを見ながら電話をした。

――はい、宮永です。

――大阪の二宮といいます。桑原さんがそちらにいてはると聞いて電話しました。

――ああ、保彦《やすひこ》さんは散歩です。みすずと。

驚いた。桑原はほんとに竹野にいた。

――みすずさん？

――犬です。みすずは。

ラブラドルリトリバーだと、訊きもしないのにいう。

――もう、そろそろ帰ってくるはずなんですけど。

――ほな、また電話します。二宮です。

――分かりました。伝えます。

電話を切り、『キャンディーズⅡ』のパーキングを出た。

国道1号線を西へ走り、守口料金所から阪神高速に上がったところで携帯電話が鳴った。着信ボタンを押す。

――こら、誰に聞いたんじゃ。ここの電話を。

無駄な大声は桑原だった。

――真由美さんです。

――おまえ、真由美んとこへ行ったんか。

——行きました。『キャンディーズⅡ』。

——ストーカーか、おまえは。

——嶋田さんにいわれたんです。桑原さんを捜せと。

——なんで、若頭がそんなこというんや。

——今日の昼前、亥誠組の副本部長の滝沢いうのが二蝶会に来たんです。

——亥誠組？　本家やないけ。

——茨木で桑原さんが殴ったゴロツキ、滝沢の組員ですわ。

——なんやと、おい。

——滝沢は小清水が振り出した『フリーズムーン製作委員会』の手形を持ってきました。それで嶋田さんに、手形を決済したら桑原さんのことは不問にするというたんです。

詳しい事情を話した。桑原は黙って聞いている。

——嶋田さんがいうには、滝沢組のシノギはヤクザ金融やそうです。

——おまえ、若頭にいうたんか。わしが竹野におると。

——まだ、いうてません。

——若頭には黙っとけ。桑原さんは小清水を追って潜行したみたいです、とでもいうとけ。

——しかし、携帯がつながらんのはおかしいでしょ。

——わしは潜行したんやぞ。携帯に出んのはあたりまえやないけ。

——おれ、嶋田さんに嘘はつきとうないんです。

——そうかい。おまえはわしが滝沢組に殺《と》られてもええんやな。

——まさか、それはないでしょ。

——短い仲やったのう。わしが白装束で三途《さんず》の川を渡ったら、線香の一本も手向けてくれや。

——そんな縁起のわるいこと、いわんとってくださいよ。

桑原の指が飛ぶのはかまわないが、白装束は後味がわるい。

——五日や。わしは五日で小清水を捜す。それで目途がつかんかったら、滝沢組に行って話《ナシ》つけたる。

——嶋田さんに電話してください。報告、連絡、相談ですわ。

——わしは極道やぞ。喧嘩のケツを若頭に持っていくような、恥さらしな真似ができるかい。

——分かった。分かりました。桑原さんは行方知れずです、というときます。

——おまえ、どこにおるんや。

——いま、阪神高速です。

——どこ行くんや。

——事務所にもどるんですわ。マキが待ってるし。

——わしはこれから大阪に帰る。おまえは事務所におれ。

――おれ、六時になったら出ますよ。

――やかましい。わしが行くまで待っとれ。

くそっ、勝手なことばっかりほざきよって――。桑原が竹野から来るには四、五時間はかかるだろう。

電話は切れた。

桑原は身体を躱《かわ》したのだろうか。茨木で殴ったヤクザがどこの組員であったにせよ、向こうが仕返しにくることは充分に考えられる。桑原はそれを予測して竹野に行き、ようすを見ていたのかもしれない。桑原はイケイケだが、そのときどきの状況によって火の粉を避ける狡《ずる》さもある。ヤクザや半堅気にはすぐ手を出すが、堅気は殴らない。それは桑原のいう任侠《にんきょう》ではなく、殴っていい相手とそうでない相手を選別しているのだ。

がしかし、今度ばかりは桑原も相手をまちがえた。嶋田は、極道の喧嘩は組と組の込みあいや、といったが、亥誠組傘下の滝沢組と二蝶会傘下の嶋田組では明らかに分がわるい。亥誠組六百人、二蝶会六十人――。滝沢組五十人、嶋田組十数人――。組員数にしても圧倒的な差がある。

相手が同じ川坂の枝内で若頭補佐の組というのがややこしい、桑原が指つめて済むような問題やない――。嶋田は醒《さ》めた口調でそういったが、あれは本音だ。嶋田が滝沢を向こうにまわしてどこまで突っ張るか、そこで桑原はどんなケジメをつけるのか、片棒を担いでしまった二宮も知らんふりはできないだろう。

ま、ええわい。サバキで食える時代やない。コンサルの看板おろしたら、桑原みたいな腐れとは縁切りや――。

環状線に入り、道頓堀出口を降りた。千日前通から四ツ橋筋に向かう。イタリアンレッドのアルファロメオ156は来月が車検だが、その費用がない。車検切れで売っても、せいぜい二、三十万だ。

医者の車やで――。このところ、わるいほうにばかりまわっている。

5

マキに唇をつつかれて眼が覚めた。"マキクン　ゴハンタベヨカ"と鳴く。

「マキ、どうした。腹減ったんか」

上体を起こしたとき、ノックの音がした。マキは耳がいいから、廊下の足音に反応するのだ。

マキを肩にとまらせて、ドアの錠を外した。桑原が入ってくる。和柄小紋のアロハシャツを着ていた。

「暑い。ビールや」

「冷蔵庫に入ってますわ」

桑原は奥へ行って冷蔵庫の扉を開け、

「これがビールかい」と、発泡酒を取り出す。

「その手のビールも馴《な》れたら旨《うま》いんです」

「貧乏を煮染めとるな」

桑原は発泡酒のプルタブを引いて口をつけた。〝ユキチン　キレイ　スキスキスキ〟とマキが鳴く。

「うるさい鳥やのう。なに喋《しゃべ》っとんのや」

「おれも分からんのです」いちいち解説するのも面倒だ。

「おまえ、腹は」

「減ってます」

時計を見た。七時二十分。レンタルDVDの『ヒミズ』はいつのまにか終わっていた。

「晩飯食お。支度せい」

「フレンチですか、イタリアンですか」

「そういう洒落《しゃれ》たもんは、おまえとは食わん」

「インド料理はやめましょね」

ケージの扉を上げて、マキを中に入れた。餌と水を替えて窓を開ける。テレビとDVDデッキの電源を切り、ケージのそばの蛍光灯をひとつだけ点《つ》けた。

「鳥は留守番か」

「日が暮れたら寝るんです」

土日はケージごと大正のアパートに連れて帰る。「さ、行きましょか」

「靴ぐらい履かんかい」

いわれて、サンダルを脱ぎ、ローファーを履いた。


桑原のBMWは福寿ビルの真ん前に駐《と》められていた。二宮が運転して堀江のほうへ走り、ちょっと古びた鰻屋《うなぎや》に入った。小座敷に上がり、桑原は白焼きと冷酒、二宮は鰻《うな》重《じゅう》と肝吸いを注文する。

「おまえ、若頭にどういうた」

「『キャンディーズ』に行ったけど、桑原さんは車に乗って出たきり連絡がない、携帯は家に忘れてます、といいました」

「それで、若頭は」

「相変わらずの鉄砲玉やの、とそれだけです」

突出しの骨せんべいをつまんだ。「嶋田さんは肚《はら》決めてるんですかね」

「なんの肚や」

「滝沢組とことをかまえるんです」

「若頭は金筋や。のらりくらりと躱して、ここ一番は行く」

「しかし、亥誠組と滝沢組は川坂の本家筋ですよ」

「おまえはなんや、極道か」

「堅気です」

「堅気が極道のことに口出すな」

それやったら、おれを巻き込むな――。骨せんべいを齧《かじ》った。ただ油っこいだけで、旨くもなんともない。

「わしはこのあと、新世界へ行く。不動産屋の金本に会うて小清水のヤサを訊《き》く」

「小清水の家は茨木やないですか」

「隣のおばはんがいうてたやろ。小清水の家に灯《あかり》が点くのは月に二、三日やと。小清水は玲美いう女と、他んとこに住んどるんや」

「なるほどね」

桑原のいうとおりだ。おばさんから話を聞いたとき、二宮もそう思った。

「金本は隠しとる。小清水のヤサを知っとるんや」

「金本はヤクザですか」

「ちがう」

「なんで分かるんです」

「さっき調べた。西成《にしなり》のダチに電話してな」

ダチは桑原の同業だろう――。「金本は堅気や。外山《とやま》組がケツ持ちしてる」

「聞いたことないですね、外山組」

「山王《さんのう》の朱雀《すざく》連合の枝や」

朱雀連合は知っている。西成を縄張りにしている一本独鈷《いっぽんどっこ》だ。

「外山組は大きいんですか」

「いちおうは老舗《しにせ》や。いまは大したことない」

博徒系だが博打《ばくち》では食えず、組員はせいぜい五、六人だろうという。「去年、ガサが入って半分ほど持っていかれたらしい」

「盆にガサが入ったんですか」

「盆やない。シャブや。食い詰めの三下が五万、十万を出し合うてシャブを仕入れた」

覚醒剤《かくせいざい》を仕入れるのは簡単だが、捌《さば》くのはノウハウが要る。博徒にはそのノウハウがないから、すぐに足がついて逮捕される、と桑原はいった。「――おまえ、シャブは」

「するわけないやないですか」

深夜、アメ村を歩いていると物陰に売人が立っている。売人はアラブ系が多く、眼が合うと〝なにが欲しい？〟というような顔をする。二宮はもちろん相手にしない。大麻やハシシは若いころインドに行って、いやというほどやった。

「シャブも刺青《ほりもん》もやめとけよ。むかしの極道はみんな、肝臓をいわしてた」

「近ごろ流行《はや》りのタットゥーはどうです」

「あれもあかん。針の消毒なんぞしとらへんし、絵具も危ない」

「おれの親父、刺青はなかった。糖尿で死にましたわ」

「ほな、おまえもいずれは糖尿やの」

やかましい。ほっといてくれ——。

冷酒が来た。白焼きと鰻重はまだだ。

「ここ、天然ですかね、鰻」

「なわけないやろ。フィリピンやベトナムあたりの養殖や」

「ほんま物知りですね。タットゥーから鰻まで」

「なんでも訊かんかい」

「監獄で鰻とか食えるんですか」

「調子こくなよ、こら。なにが監獄じゃ」

桑原は二宮を睨《ね》めつけて冷酒を飲む。二宮はまた、骨せんべいを齧った。


新世界、通天閣脇のパーキングにBMWを駐めた。通天閣本通商店街を北へ行き、二筋目を右に入る。『茶房ひかり』という昭和レトロな喫茶店があった。

「これや。金本のビルは」

喫茶店の二階が《金本不動産》だが、窓に明かりはない。

「誰もいてませんよ」

「よう見んかい。三階や」

三階は《金本総業》、明かりが点いている。

桑原は喫茶店横のガラスドアを押し、ビル内に入った。狭い階段をあがる。三階、階段室向かいの鉄扉をノックすると男の声で返事があり、桑原と二宮は中に入った。

「すんまへん。金本さんは」

「おたくさんは」

「桑原いいます。こないだ、金本さんに会いましたんや」桑原は下手に出る。

デスクの前に座っている茶髪の男は、見るからにチンピラだった。黒のジャケットに黒のボートネックニット、眉《まゆ》を細く剃《そ》り、耳にガラス玉のピアスをつけている。

「社長は出てますわ」

「もどりまっか」

「さぁ、どうやろね」

男は桑原を警戒している。桑原の眉からこめかみまで切れた傷痕《きずあと》に気づいたらしい。

「金本さんの携帯に電話してくれんかな。二蝶興業の桑原が来たと」

「わるいけど、出直してくださいな」

「出直すのはめんどい。ここで待つわ」

「それ、困りますねん」

「あんた、留守番やろ。金本は帰ってくるはずやで」

いつのまにか桑原のものいいが変わっていた。傍らの椅子を引き寄せて、桑原は座る。脚を組み、金張りのカルティエで煙草を吸いつけた。男は気圧《けお》されたように電話をとり、ダイヤルボタンを押した。

「あ、どうも――。いま、桑原いうひとが来てるんですけど――。いえ、社長を待ついうて、居座ってますねん――。分かりました。そうします」

男は受話器を置いた。桑原に向かって、「社長は三十分ほどでもどります」

「金本は集金か」

「集金？」

「この界隈《かいわい》でキャバクラやラウンジやってるんやろ」

「見まわりですわ。集金とちがいます」

「客を前にして、居座ってる、いうのは行儀わるいな、え」

「すんません」男は頭をさげる。

「灰皿、あるか」

「あ、はい……」

男は立って、灰皿を持ってきた。

「喉《のど》渇いた。ビールくれや」

「ないんですわ、ビールは」

「ないんやったら買うてこいや。缶ビールでええから」

桑原は札入れから千円札を抜いて男に渡した。男は事務所を出ていった。

「あいつ、パシリですね。桑原さんの」二宮も椅子を転がしてきて座った。

「金本のラウンジのバーテンあがりや。女のヒモで食う芸もない」

桑原は勝手な講釈をいい、デスクに脚をのせた。

そうして三十分、金本が現れた。鍔広《つばひろ》のパナマ帽に鼈甲《べっこう》縁の眼鏡、あごひげが白い。白い縦縞《たてじま》の開襟シャツにだぶだぶのゴルフズボン、メッシュの革靴を履いている。金本は留守番の男に帰るようにいい、

「なんですねん、今日は」と、仏頂面を桑原に向けた。

「金本さんに聞いた小清水の家、行って来ましたんや。表札、外してましたわ」

「それは……」

「フケよったんです」

桑原はせせら笑い、「小清水のヤサ、教えてくれまへんか」

「ヤサもなにも、わしは茨木の住所しか知らんがな」

金本はパナマ帽をとり、奥のデスクに腰をおろした。

「小清水は玲美とかいう若い女を囲うてますねん。たぶん、天王寺近辺に」

「へーえ、あのハゲがな」金本は髪に櫛《くし》を入れる。

「玲美、知ってますか」

「知らんな。見たこともない」

「小清水のヤサ、教えて欲しいんですわ」

「あんたもしつこいな。知らんというたら知らんのや」

「そら妙やな。TASの事務員がいうには、おたくは前から小清水と知り合いで、四年前にTASを開校したとき、おたくが小清水を校長に据えたど聞きましたんや」

「それがどないしたんや」

「あんた、小清水と親しいのに、玲美を見たことないというのはおかしいで」

「おいおい、因縁つけとんのか」

金本はデスクに櫛を放った。「わしを脅すつもりやったら相手がわるいぞ」

「ほう、そうでっか」

「おまえが極道なら、わしも極道や。後悔せんうちに帰るこっちゃな」

「なんと、かっこええがな。どこの組内や」

桑原は立ちあがった。金本に近づく。

「わしに手ぇ出してみい。外山組が黙ってへんぞ」

金本は突っ張る。それなりに修羅場をくぐってきたのだろうが。

「ほら、外山に電話せいや」

桑原はデスクの電話をとった。「おどれのケツ持ちやろ」

「やかましい。半端ヤクザが偉そうにぬかすな」

「ええ根性や。二蝶会の桑原さんを半端ヤクザといいよったで」

桑原は金本の胸ぐらをつかんだ。デスクの上に引きずり倒して首に電話のコードを巻きつける。金本は必死でもがくが、食い込んだコードは外れない。レターケースや電話機が床に落ち、金本は宙を蹴《け》る。

「どこや、小清水のヤサは」

桑原は耳もとで訊《き》く。金本は呻《うめ》いた。

「ちゃんと喋《しゃべ》らんかい。聞こえんぞ」

金本の顔が紅潮した。口から泡を吹く。金本は白眼をむき、そこでようやく桑原はコードを弛《ゆる》めた。

「どないや、思い出したか」

グフッ、グフッと、金本は背中を丸めて息をつぐ。

「やめてくれ……」

振り絞るような声が聞こえた。桑原は金本の口もとに耳を近づける。

「おう、分かった。昭和町《しょうわちょう》やな」

桑原はいって、顔をあげた。金本はデスクから落ちて部屋の隅に這《は》っていく。

「行くぞ」

桑原は二宮に向かってあごをしゃくった。

金本ビルを出た。通天閣へ歩く。

「おまえ、ボーッと座ってんと、とめんかい」

「とめてもとまらんやないですか」

「死んだらどないするんや、金本が」

「そんな心配してませんわ」

「けっこう、しぶとかったな。爺のくせに」

「いまごろ、外山組に電話してますよ」

「それがどうした。川坂の枝でもないハグレが仕掛けてくるわけないやろ」

ヤクザの力は代紋であり、つまりは金だと、桑原はいう。「朱雀も外山もいずれは潰《つぶ》れる。ケチな不動産屋のケツ持ちなんぞできるかい」

「小清水のヤサ、どこです」

「あびこ筋の教会や。その裏に『グレース桃ヶ池』いうマンションがある」

桑原は立ちどまり、煙草に火をつけた。


昭和町——。聖ヨハネ教会の交差点を左折すると、テラスハウス風の低層マンションがあった。一階の7号室だと桑原はいう。

車寄せにBMWを駐《と》め、外廊下を右へ行った。7号室に表札はなかった。

桑原はドアをノックした。返答なし。ドアハンドルをまわしたが、施錠されていた。

「金本は嘘ついたんとちがうんですか」

「くそったれ、どつきまわしたる」

車寄せにもどりかけたとき、背後でカチャッと音がした。振り向くと、ドアが小さく開いて坊主頭の男が顔をのぞかせている。なんや——と、野太い声でいった。

「小清水いう爺の部屋を探してるんやけどな」

桑原がいった。「知らんか」

「おまえ、誰や」

「誰でもええやろ」

「おまえか、二蝶会の桑原いうのは」

男は廊下に出てきた。短パンにTシャツ、驚くほど大きい。頭半分、桑原より背が高く、胸筋が盛りあがっている。

「デカいな、おい。相撲あがりか」

「プロレスじゃ」男は胸筋を見せつける。

「レスラーがなんで、わしの名前を知ってるんや」

「茨木や。ケジメとったる」

「なんやと……」

桑原は身構えた。間合いをとる。

「やめとけ」

男の後ろからもうひとり、小柄な男が出てきた。「こんなとこでゴロまくな」

「けど、牧内《まきうち》さん……」

「ええから、おまえは引っ込んどれ」

小柄な男は牧内というらしい。頰の削《そ》げた生白い顔、肩口に龍の刺繡《ししゅう》の入った黒のスウェット上下を着ている。

「桑原さんよ、小清水はおらんで」

牧内はいった。「わしらも待っとんのや。小清水を」

「あんた、滝沢組の？」

「わしは牧内、こいつは村居《むらい》。そっちは」

「二宮といいます。建設コンサルタントです」

二蝶会の組員ではないと示唆した。でないと、ケジメをとられる。

「立ち話もなんやし、中に入ったらどないや」

牧内は桑原を手招きした。桑原はうなずいて部屋に入る。二宮も入った。

リビングダイニングは足の踏み場もないほど荒れていた。ダイニングテーブルにはカップラーメンやコンビニ弁当の食べ残しが散乱し、床はゴミだらけでビールの空き缶がいくつもころがっている。調理台に炊飯器、コンロ台の脇にフライパンや鍋《なべ》が吊《つ》るしてあるのは、玲美という女がここで料理をしていたのだろう。

「あんたら、いつからここにおるんや」桑原はダイニングチェアに腰かけた。

「かれこれ一週間かな」

牧内は冷蔵庫から缶ビールを二本出した。「ま、飲めや」

桑原はプルタブを引いて口をつけた。二宮は飲まない。

「車か」

「そうです」

「どこに駐めた」

「車寄せです」

「ここ、誰に訊いた」

「金本いう不動産屋や」

桑原が答えた。「あんたは？」

「わしは端《はな》から知ってた。小清水はうちから金を引っ張ったんやからの」

「小清水はなんぼ借りたんや、滝沢組に」

「手形を見たんとちがうんか。一億五千万や」

「どえらい金を貸したもんやな」桑原は薄ら笑いを浮かべる。

「んなことは、わしは知らん。うちのオヤジの考えや」

牧内もビールを飲む。「で、あんた、どういう落とし前つけるんや」

「さぁな。そいつは小清水をひっ捕まえてからの話やろ」

「わしがいうてんのは、そっちやない。茨木で久保を殴ったやろ」

「あの刺青《モンモン》入れてたほうが久保か」

「あれはな、わしの舎弟なんや」

「久保のほうからちょっかい出してきた。なりゆきの喧嘩《けんか》や」

「町内会のおばはん連中の前で、いきなり手を出すのはあかんやろ」

粘りつくような口調で牧内はいう。「舎弟が恥かいた。落とし前つけんとな」

「なんじゃい、こら。因縁つけてんやないぞ」

桑原は椅子を引く。いつでも立てるように。

「二蝶会ごときが亥誠組に弓引くか。分かってへんのぅ」

牧内はテーブルの下から手を出した。柳刃包丁が握られている。刃渡りは七寸。

「おいおい、わしを刺すてか」

「舐《な》めんなよ、こら」

牧内の生白い顔が蒼白《そうはく》になっている。危ない。本気だ。二宮は震えた。搏動《はくどう》が耳の奥に聞こえる。

瞬間、桑原はテーブルを撥《は》ねあげた。牧内はテーブルごと後ろに倒れる。村居が殴りかかった。桑原はかいくぐって拳《こぶし》を突きあげる。あごに入ったが効かず、村居は桑原の腕をとって捻《ひね》った。桑原はコンロ台にぶつかって背中から床に落ち、村居がのしかかる。桑原は玉杓子《たまじゃくし》を拾って村居の顔を突いた。玉杓子は折れ、村居の頰に刺さる。村居はのけぞり、両手で顔を覆った。指のあいだから血が滴る。桑原は反転して起きあがり、村居の頭にポットを叩《たた》きつける。熱湯が飛び散った。牧内はテーブルを蹴り、落とした包丁を探している。「逃げろ！」桑原は叫んだ。

二宮は我に返った。玄関に走る。ドアは開かない。錠を外そうにも指がいうことをきかない。肩からドアにぶつかった。ドアは弾《はじ》けて、二宮は外にころがり出る。後ろも見ずに走った。BMWに乗り、エンジンをかけて発進する。あびこ筋まで出たとき、ようやくまともに息が吸えた。

あいつ、大丈夫か――。そればかりが気になった。桑原の首に包丁が刺さる光景が眼に浮かぶ。桑原は倒れ、鮮血が床に広がっていく。桑原は仰向《あおむ》きになったまま、ぴくりともしない――。

携帯を広げ、震える指で短縮ボタンを押した。コール音は鳴るが、嶋田は出ない。桑原の携帯にもかけたが、つながらない。

どうする？　一一〇番か――。ボタンを押しかけたが、やめた。桑原がやられたとは限らない。あの男はゴキブリだから死にはしない。桑原が逃げろといったから、二宮は逃げた。そう、いうとおりにしただけだ。

なにをどうしていいか分からなかった。だが、こうしてじっとしているわけにはいかない。考えろ。考えるんや――。

嶋田に会おうと思った。会って、このことを報告しないといけない。嶋田ならなんとかしてくれる――。

煙草を吸い、あびこ筋を北上した。旭区赤川まで三十分か。嶋田が自宅にいることを、二宮は願った。

あびこ筋から谷町筋、四天王寺《してんのうじ》にさしかかったところで携帯が鳴った。

――はい、二宮です。

――くそボケ。どこにおるんじゃ。

――ああ、よかった。

思わず、そういった。

――迎えに来んかい。

――どこへ。

――教会の裏や。

――さっきの教会ですね。

――早よう来い。

電話は切れた。二宮はウインカーを点滅させて交差点を右折する。谷町筋をUターンしてあびこ筋に向かった。


聖ヨハネ教会――。生垣のそばに車を停めた。桑原はいない。

車を降りて裏口へ行った。ここや、と声がする。桑原は生垣の陰、教会の壁にもたれて座っていた。小紋のアロハシャツが左の肩口から脇にかけて血に染まっている。

「大丈夫ですか」そばに寄った。

「大丈夫やないわい」

桑原は指を立てた。「煙草や」

二宮は煙草を渡した。桑原はくわえる。火をつけてやった。

「刺されたんですか」

「くそったれ。やられた。バケツ一杯ほど血が出たわ」

吐き気がするという。そばにもどした痕《あと》があった。

「おまえ、どこへ行こうとしてたんや」

「嶋田さんの家です」

「若頭にいうたんか」

「いや、携帯がつながらんかったから……」

「ばかたれ。若頭には黙っとれというたやろ」

「ほな、どうしたらええんです。アパートに帰って寝るんですか」

「おまえは状況判断ができんのか。あのマンションの近くで待機せんかい」

「煙草なんか吸うてる場合やない。病院、行きましょ」

「島之内や。内藤《ないとう》医院へ行け」

内藤はヤクザ御用達の医者だ。二宮も頭の怪我を診てもらったことがある。

車を教会の裏口にまわした。桑原の腋《わき》の下に肩を入れて立たせる。ふらつく桑原を助手席に押し込んで島之内に向かった。

島之内——。旧南府税事務所の筋向かい、ハングルとアルファベットの袖《そで》看板が並ぶ雑居ビルの隣に、木造瓦葺《かわらぶ》きの商家がある。煤《すす》けて黒ずんだ板塀、枝振りの疎《まば》らな柳が玄関脇に植えられ、ガラス戸に金文字で『内藤醫院』と書かれている。この医院だけが時代に取り残されているようだ。

二宮はインターホンのボタンを押した。応答はない。門灯も消えている。もう十一時すぎだ。

寝とるな。飲んだくれて——。ボタンを押しつづけた。一階は医院、二階が住居で、内藤は独り住まいだ。六、七年前まではホステスあがりの妻がいたが、男をつくって出ていった。島之内は彫師が多く、客の刺青が膿《う》んだり、熱が出たりしたときは内藤医院に連れてくるという。

——誰や。こんな時間に。

不機嫌そうな声がインターホンから聞こえた。

——二宮企画の二宮です。診てもらえませんか。

——二宮？　知らんな。

内藤はやはり、二宮を忘れていた。

——二蝶興業の桑原さんが怪我したんです。

——桑原？　一昨日診る、というとけ。

——出血多量で死にかけてますねん。

——そんなもんが診られるか。救急車呼んだれ。

——頼みますわ。このとおりです。いま、ここにいてるんです。

レンズに向かって頭をさげた。

——死にかけの人間を連れてくるな。

——すんません、ちょっと大袈裟《おおげさ》にいうたんです。

玄関に明かりが点《つ》いた。ガラス戸の向こうに人影が見える。

二宮は桑原を車からおろした。桑原は門灯に寄りかかる。

ガラス戸が開いた。

「入れ」内藤はいう。

「ありがとうございます」

桑原を支えて医院内に入った。靴を脱ぎ、桑原の靴も脱がせる。板張りの床がギシギシ軋《きし》む待合室を通って診察室に入り、桑原を診察台に横たえた。

内藤は椅子に腰かけた。着古した白衣に膝の抜けた麻のズボン、サンダルの先に出た足の爪は水虫で肥厚している。寝癖のついた半白の髪、レンズの厚い銀縁眼鏡、ちょび髭《ひげ》は真っ白だ。

内藤は椅子を近づけて、桑原のアロハシャツを無造作に鋏《はさみ》で切った。ガーゼで血を拭《ぬぐ》う。左の上腕に長さ七センチほどの切り傷、脇腹に二センチほどの刺し傷があった。腕の傷は白い脂肪層が見えて、すぐに血が滲《にじ》み出る。

「得物はなんや」

「包丁です。柳刃包丁」二宮が答えた。

「錆《さ》びてたか」

「いえ、刃は光ってました」

「刃渡りは」

「七寸ほどです」

「二十センチか。そら危ないな」

内藤は左手にゴム手袋をつけた。中指を桑原の脇腹の傷口に差し入れる。桑原は呻《うめ》いた。

「肋骨《ろっこつ》にあたって上に行っとるな。肺をやられてるかもしれん」

「心臓にはとどいてないんですね」

「とどいてたら死んどるわ」

内藤はいい、「息はどうや。苦しいか」

桑原に訊《き》く。桑原は首を振った。

「さっき、煙草吸いました」と、二宮。

「無茶しよるな」

「重傷ですか」

「どうやろな。開いてみんと分からん」

「手術ですか」

「そういうこっちゃ」

「出血は」

「肺下葉に大きな動脈はない」

内藤は机の電話をとって、短縮ボタンを押す。

「おう、夜分にわるいけど、出てくれんか――。そう、オペや――。左脇の刺創が肺に入ってるかもしれん――。ま、一時間ほどやろ――。すまんな。待ってる――」

口早にいって、内藤は受話器を置いた。

「看護師を呼んだ。時間外やから高いぞ」

「金はもちろん払います。桑原さんが」

「相手は何者や」

「喧嘩《けんか》の相手ですか」

「そらそうやろ。自傷やないんやから」

「ヤクザです。雲つくような大男と、痩《や》せの小男。痩せが包丁持ってました」

「弱いやつは刃物を振りまわすんや」

「おれ、逃げたんです」

「正解や。包丁は怖い」

包丁よりキレたヤクザのほうがよほど怖いと思うが――。

「わしがいうたんや。逃げろと」

桑原がいった。「こいつはヘタレで、足手まといなんや」

「助けてもろて、それはないやろ」

内藤は桑原の腕の傷を開いて洗滌《せんじよう》し、消毒する。傷のまわりに麻酔薬を注射し、縫合用の針と糸を用意する。

「看護師が来る前に、縫うとこ」

「先生、眩暈《めまい》がしますわ」

「眼をつむっとけ」

内藤は桑原の左腕の下に採血用のスタンドを入れて固定し、もう一度、傷口を消毒する。麻酔の効きを確認し、縫いはじめた。

内藤は看護師を呼んだといったが、現れたのは髭面の男だった。

「先生、このひととふたりで手術するんですか」二宮は訊いた。

「オペはせん。ここではな」

「どういうことです」

「肺損傷は簡単なオペやない。全身麻酔には麻酔医と、助手も二、三人は必要や」

救急病院で手術をする、と内藤はいう。「肺出血と気胸をCTで確認せないかん。そのあと開胸して、肋骨のあいだから肺の損傷部位を見つけて縫うんや」

「先生、そんな大袈裟な手術は要りませんわ」桑原がいった。

「あほなこといえ。おまえは重傷なんやぞ」

「けど、意識はありますわ。このとおり」

「ばかたれ。死にたいんか」

「先生が手術してくれるんですか」

「わしやない。救急病院の医者や」

「救急病院に行ったら事情を訊かれるやないですか」

「おまえ、よめさんは」

「いてません」

「その齢で独り者か」

「内縁の妻らしきものはいてますわ」

「ほな、その内妻と痴話喧嘩した、台所で揉《も》み合った拍子に包丁が刺さった、といえ」

「そんな嘘、とおりませんで」

「嘘でも言い張れ。内妻と口裏を合わせるんや」

内藤はいい、二宮に向かって、「あんた、内妻を知ってんのか」

「知ってます。いちおう」多田真由美だ。

「内妻に連絡して救急病院に連れてったれ。湊町の大橋《おおはし》病院や」

大橋病院の外科部長は内藤の後輩だから、あとあとの融通が利くという。「内妻にはちゃんと言い含めるんやぞ」

「分かりました。そうします」

「というこっちゃ」

内藤は髭面の男に「この男を大橋病院に連れてったれ。内藤医院から転送や」

「先生、わしは大丈夫です」桑原がいった。

「その生白い顔で、なにが大丈夫や。声が掠《かす》れとるやないか」

「片肺が萎《しぼ》んでますねん。穴あいて」

「それだけ喋《しゃべ》れるんやから損傷は大したことないやろ。穴を塞《ふさ》いで止血してもらえ」

早ければ三、四日で退院できるだろうと内藤はいった。

髭面の男は桑原をストレッチャーに乗せて出ていった。

「先生、あのひとは看護師やないんですか」

「介護タクシーのドライバーや」

「なんで看護師というたんです」

「そういわんと、桑原が逃げるやろ」

「なるほどね」

「治療費四万、ドライバーに二万。六万円、もらおか」内藤は手を出した。

二宮は桑原から預かった十万円から六万円を渡した。

「さっきの話、ほんまにとおりますか」

「なんの話や」

「痴話喧嘩」

「内妻がどこまでいえるかやな」

「医者は内妻が刺したと思いますよ」

「そら、思うやろ」

「警察に連絡は」

「するやろ。そういう決まりや」

「それ、困りますわ」二宮も現場にいたのだ。

「困るんやったら、早よう内妻を連れていけ。大橋病院に」

「了解です」

内藤に礼をいい、医院を出た。

ＢＭＷに乗り、『キャンディーズⅡ』に電話した。真由美が出た。

――二宮です。桑原さんが刺されました。

――えっ、ほんま？

――命にかかわるような傷やないけど、手術せないかんのです。いますぐ、湊町の大橋病院に来てください。

状況を手短に説明した。桑原は見るからにヤクザだから、真由美が来ないことには、医者は桑原のいうことを信用しないだろう。

——おれ、病院のロビーで待ってますわ。

ロビーで真由美に会い、もし警察が来ても事故だと言い張るよう説得するのだ。

——分かりました。すぐ出ます。

真由美は聡明《そうめい》な女だから、うまく話してくれるだろう。犯罪性の立証ができない限り、警察が動くことはないはずだ。

電話を切り、千日前通を西へ向かった。御堂筋にさしかかったあたりで大橋病院がナビに出た。

6

真由美が大橋病院に来たのは零時すぎだった。急いで出たのだろう、白のTシャツにジーンズ、肩に薄手のカーディガンをはおっている。赤いセルフレームの眼鏡をかけていた。

「桑原は」

「いま、手術してます」

「傷は深いんですか」

「肺に血がたまって空気が漏れてるみたいです」

意識ははっきりしていた、ちゃんと喋っていた——、そういった。

「わたしが包丁を振りまわしたというたらいいんですか」

「すんません。そんなキャラクターやないのに、勝手な話を押しつけて」

「いいんです。気にしないでください。二宮さんに迷惑かけました」

「なにせ、いきなりの喧嘩でした」

「相手は」

「ヤクザです。ふたりとも」

「なんで、ふたりも……」

「桑原さん、強いんです。喧嘩はいつも水際だってました」

「いつもって、どういうことですか」

「いや、本人がそういうてます」

「あのひと、家では黙ってるのに、外で危ないことばっかりしてるんですね」

「稼業が稼業やから。避けてとおれんこともあるんでしょ」

「二宮さん、疲れた顔」

「よれよれですわ。心労で」

「ごめんなさい。帰って寝《やす》んでください。あとはわたしが」

「そうですか」

ありがたかった。真由美といっしょにいると余計なことまで喋ってしまう。「BMW

はおれが預かります」

頭をさげた。真由美もさげる。二宮はロビーを出た。

さて、どうする——。考えた。このまま家に帰るのか。

桑原は若頭《かしら》に知らせるなといったが、それでいいのか——。嶋田も桑原も小清水を捜している。二宮にもできることはあるはずだ。

ふと、中川《なかがわ》の顔が思い浮かんだ。府警捜査四課の刑事だ。性根は腐っているが仕事はできる。

阪町の『ボーダー』に電話をした。中川の巣だ。

——はい、ボーダー。

カラオケが聞こえた。

——二宮企画の二宮といいます。

——ああ、久しぶりですな。

マスターは二宮を憶《おぼ》えていた。

——中川さん、いてますか。

——いま、歌うてますわ。

——代わってもらえますか。

——歌を途中でやめさしたら暴れますねん。

——ほな、そっちへ行きます。十分で。

電話を切った。駐車場に駐《と》めたBMWに乗り、阪町へ走る。

三年ほど前、二宮は中川に仕事を頼んだ。真湊《しんそう》会系の企業舎弟がやっている重機レンタル会社とトラブって、中川に七十万円を渡したら、あっというまに片をつけた。ヤクザに対する四課の刑事の威圧を実感し、それからも何度か相談事を持ち込んでいる。

中川は四十すぎ。階級は巡査部長で出世の見込みはない。西淀川に女を囲っていて、いつも金に困っている。素行のわるさは仲間うちに知れ渡っているが、叔父《おじ》が大阪府警の大物で、なんとか首がつながっている汚れた刑事だ。


千日前通――。関電千日前変電所前のコインパーキングにBMWを駐めた。あたりは客待ちのタクシーが何十台と列をなしている。

二宮は変電所の一筋北の通りに入った。眼に入るのは飲み屋と風俗店とラブホテルだけ。ポン引きが次々に声をかけてくる。にいちゃん、一万円や、女子大生やで――。笑ってしまう。二万円で三段腹の大年増《おおどしま》がホテルに来るのだ。

派手なネオンのキャバクラの隣、ラッカーの剝《は》げた寄木のドアを引いた。カウンターだけの細長い店、客は中川と近所の商店主風のオヤジだけだった。

「ご無沙汰《ぶさた》してます。お元気そうですね」

「お元気やあるかい。痛風や」

足もとを見ると、中川はスーツにサンダル履きだった。

「嶋田さんも痛風持ちですわ。二蝶会の」

「やかましい。極道といっしょにすんな」

「酒はあかんでしょ。尿酸値があがるし」

「嫌味をいいに来たんか、え」

中川は表情がとぼしく、言葉に抑揚がない。短髪、猪首《いくび》、がっしりしている。耳がひしゃげているのは柔道の高段者によく見られる畳擦れだ。

「頼みがあるんです」

「頼む前に注文せんかい。ここはスナックやぞ」中川はボトル棚に眼をやる。

「すんません。ノンアルコールのビールを」

車で来た、とマスターにいった。マスターはうなずいて、カロリーフリーのビールとグラスを出した。

「なんや、頼みは」中川はいう。

「ちょっと、ここではいいにくいんです」

カウンターの向こうにマスター、奥にもうひとりの客がいる。

「先輩、なにかかけてくれるかな」

中川はマスターにいった。マスターは府警の退職警察官で、中川と同じ捜査四課にいた。マスターはカラオケをセットし、奥の客が演歌を歌いはじめた。

「ほら、あのヘタクソが歌うてるあいだに頼みをいえ」

「ある人物のデータが欲しいんです」

「名前は」

「小清水隆夫。天王寺で『フィルム&ウェーブ』いう映画製作会社をやってます」

齢《とし》は六十五くらいで、『トレアルバ　アクターズスクール』という芸能学校の校長もしているといった。

「本籍、住所は」

「本籍は分かりません。住民票を置いてるのは、たぶん茨木の郡です」

「顔洗うて出直してこい。齢も本籍も分からん人間のデータがとれるかい」

「小清水は詐欺師です。『フリーズムーン』いう映画を製作するから出資してくれと嶋田さんに持ちかけて、けっこう大きな金を引っ張りました。ほかにも被害者はいてます」

出資者は企業が五社と個人が六人、総額は二億から三億といった。

「小清水は金を集めてフケたんか」

「先週末から行方知れずです」

「そら、おもしろいのう。嶋田の顔が見たいもんや」

「おれ、五十万やられました」自分が出資したわけではないが、そういった。

「そら、めでたい。おまえみたいな欲かきが騙《だま》されるんや」

「小清水のデータをとるか、居所を探るか、してください」

「なんぼや」

「はい……？」

「わしの手数料や」

「四万円でどうですか」さっきの残りの金がある。

「もうええ。去《い》ね」

「ほな、七万円で」

「歌、終わるぞ」

「十万円。精一杯です」

「おまえとセットの桑原はなにしとるんや」

「あのひとは噛《か》んでません。おれと嶋田さんの話です」

「あいつがおったら二十万ほど請求するんやけどのう」

中川はコースターを裏返した。上着の内ポケットからボールペンを抜いて、「ここに小清水の名前を書け。それと、さっきいうた企画会社と芸能学校の名称や」

三つを書いた。中川はコースターをポケットに入れて、

「映画のプロデューサーいうのは、ほかにもなんか撮ったんか」

「Vシネの『大阪頂上戦争・組長の身代金』『天和の鷹』、ほかに何本か製作してます」

小清水は立命館大学を中退して富士映に入社し、テレビ時代劇の『大江戸捕物帳』などをプロデュース。八八年に独立し、映画とVシネを二十数本製作した、といった。

「関西の映画製作会社ではいちばんやと、大口叩《たた》いてましたわ」

「そういう履歴があるんやったら、データはとれるやろ。二、三日、待てや」

「ついでに、小清水をひっ捕まえてくれませんかね」

「そいつは懸賞金が要るのう」

「懸賞金ね……」

「六十万や。データが十万で、懸賞金が五十万」

「おれ、そんな金ないです」

「嶋田に頼まんかい」

歌が終わった。マスター、もう一曲頼むわ──。中川はいい、奥の客がまた演歌を歌う。

「ほら、五万寄越せ。データ料の半金や」中川は手を差し出した。

「それはデータをもろたら払いますわ」

「甘いのう。着手金や」

「いま、四万円しか持ってませんねん」

「出せ。四万」

しかたなく金を渡した。残ったのは七千円だった。

「ひとつ頼みがあるんやけど、明日、昭和町に行ってもらえませんか」

「なんでや」

「小清水は高飛びするまで、玲美いう愛人と昭和町のマンションにいてました。おれは玲美の名義でマンションを借りてたような気がするんです」

「その女のフルネームは」

「知らんから、中川さんに調べて欲しいんです」

「あれこれ要求が多いのう。たった四万で」

「あびこ筋の聖ヨハネ教会、その裏の『グレース桃ヶ池』いうマンションです。おれが案内しますわ」

「わしが行かんでも、おまえひとりで行けるやないか」

「おれは警察手帳を持ってません。訊込《ききこ》みは無理ですわ」

「分かった、分かった。十二時に府警本部へ迎えに来い」

「すんません。感謝します」

頭をさげた。さげるのはタダだから。


阪町から西心斎橋に帰った。四ツ橋のコインパーキングにBMWを駐め、福寿ビルに入る。おんぼろビルにオートロックというような上等なシステムはない。

五階にあがり、ドアにキーを挿すと、中からマキの鳴き声がした。事務所に入って照明を点《つ》け、エアコンの電源を入れる。

「マキ、いっしょに寝よ」

ケージの扉を開けると、マキは鳴きながら肩にとまった。二宮は冷蔵庫から発泡酒を出し、靴を脱いでベンチソファに横になる。

「マキ、今日は恐ろしいめに遭うた。啓ちゃんはへろへろやで」

〃ポッポチャン　オイデヨ　イクヨ　イクヨ〃マキは鳴く。

「おれは啓ちゃんや。ポッポちゃんとちがう」

発泡酒を飲んだ。「桑原が刺された。あいつもスーパーマンやないな」

手術は終わったはずだ。真由美から電話がないということは、うまくいったのだろう。

マキは二宮の胸にとまり、羽に頭をうずめて眼をつむった。人間とちがって夜は眠るのだ。マキの寝姿を見ているうちに、二宮も眠った。


八月二十四日──。ドアが開いて眼が覚めた。

「あれっ、啓ちゃんがいるわ」

悠紀だった。「泊まったん？」

「ああ、夜中に来た」

腕の時計を見た。十一時をすぎている。

「マキちゃん、啓ちゃんと寝たんやね」

〃ソラソウヤ　ソラソウウヤ〃マキは飛んで悠紀の頭にとまった。

「お腹、空《す》いてるの」

悠紀はケージの上の皿に餌を足した。マキは降りて、ついばむ。

二宮は起きて洗面所に行った。浮腫《むく》んだ顔が鏡に映る。髭《ひげ》を剃《そ》ろうと思ったが、シェービングフォームがないのでやめた。顔を洗い、放尿してもどった。

「おれ、もうすぐ出る。府警本部へ行かなあかん」中川に会う、といった。

「中川って、あのゴリラみたいな刑事？　ヤーさんよりガラのわるい」

悠紀は中川を見たことがある。いつだったか中川がアメ村のライブハウスへ訊込みに来たとき、この事務所に寄ってコーヒーを飲んだのだ。

「あいつは便利や。警察手帳を持っとる」

「拳銃《けんじゅう》は」

「普段は持ち歩かんやろ」

「いっぺん、撃ってみたいな」

「おれは済州島《チェジュド》で撃った。拳銃てなもんは十メートル先のドラム缶にも当たらへん」

サンダルを脱ぎ、靴を履く。「マキを頼むわ」

いって、事務所を出た。


馬場町《ばんばちょう》、大阪府警本部――。受付で捜査四課の中川を呼んでもらった。ほどなくして、中川がロビーに現れた。ダークグレー、ピンストライプのスーツに白のワイシャツ、昨日と同じモスグリーンのネクタイを締め、ちゃんと靴を履いている。

「おはようございます」

「おはようやない。いまは昼や」

さもうっとうしそうに中川はいう。「車は」

「府庁の駐車場です」

「足が痛いのに、府庁まで歩くんかい」

「眼と鼻の先やないですか」横柄な上に文句の多い男だ。

府庁第一駐車場まで歩いてＢＭＷに乗った。

「これ、おまえの車やないやろ」

「桑原さんのです。借りてますねん」

「くそ生意気なやっちゃ」中川は靴を脱ぎ、シートにふんぞり返る。

二宮は駐車場を出て、谷町筋を南へ走った。中川はベルトも締めずにオーディオのスイッチをいじる。ＣＤはロックとブルースしかないので、中川は電源を切った。

「昼飯や。昭和町へ行く前に鰻《うなぎ》でも食おかい」

「鰻は昨日、食いました」

「ほな、ステーキや」

「おれ、七千円しか持ってませんねん」

「カードがあるやろ」

「クレジットカードは審査がとおらんのです」

「うどんでも蕎麦《そば》でもええ。そこらに駐《と》めろや」

中川は舌打ちした。

昭和町、『グレース桃ヶ池』に車を駐めたのは二時すぎだった。二宮は一階の7号室まで中川を連れていった。

「この部屋です」

小さくいった。さすがに昨日のヤクザはいないだろう。

中川は無造作にドアをノックした。返答なし。施錠されている。

がしかし、中川はドアに耳をつけて、

「誰かおるぞ」テレビの音が聞こえるという。

「えっ……」一瞬、背筋がこわばった。

中川はドアスコープを覗《のぞ》きながら、またノックする。錠の外れる音がしてドアが開いた。

「なんや、こら」

ドアチェーンの向こうにいたのは村居だった。左の頰に大きな絆創膏《ばんそうこう》を貼っている。村居は二宮に気づいて、「このガキ……」と睨《ね》めつける。

「開けろ。話がある」中川がいった。

「なんじゃい、おどれは」

ドア越しに金属バットが見えた。村居が手に持っている。

「極道か、おまえ」低く、中川はいう。

「それがどないした」

「開けんかい。蹴破《けやぶ》るぞ」

中川は警察手帳を出して村居の眼前にかざした。村居はハッとして、

「警察かい……」

「府警本部捜査四課や」

「四課の刑事がなにしに来た」

「なんでもええから開けろや。小清水のことが訊《き》きたい」

「分かった」

村居はバットを置き、ドアチェーンを外して廊下に出てきた。村居は大男だが、中川も見劣りはしない。

「おまえ、どこのもんや」

「滝沢や」

「尼崎の滝沢組か」

中川はいって、「尼崎の極道が、なんでこんなとこにおるんや」

「上にいわれたんや。ここで小清水を張れと」

「この部屋は玲美とかいう女が借りてるんやろ」

「よう知っとんな」

「玲美のフルネームは」

「知らん」

「玲美は小清水と飛んだんか」

「たぶんな」

「頬っぺたの絆創膏はなんや」

「試合で怪我した」

「なんの試合や」

「プロレスや」

「おまえ、ヒールか」

「顔が怖いからの」

村居はうなずいて、「こいつがなんぞいうて来よったんか」と、二宮を見る。

「この男は被害者や。小清水の詐欺のな」

昨日、ここで桑原が刺されたことを中川は知らない。

「電話、あったか。小清水や玲美の知り合いから」

「この部屋に電話はない」

「おまえはただ待ってるだけか。バットかまえて」

「暇でしゃあないわ」

「ひとつ教えといたろ。テレビは見るな。中にひとがおると分かる」

「へっ、余計なお世話じゃ」

「おまえ、名前は」

「村居や」

「リングネームは」

「んなもんはない」

「わしは中川。興行のチケットが余ったら四課に送ってこいや」

中川は踵《きびす》を返し、二宮は慌ててあとを追った。


車寄せに駐めたBMWに乗った。エンジンをかける。ここで待て、と中川はいった。

「このマンションの管理会社や。誰ぞ出てきたら、訊く」

管理会社には玲美の入居申込書があると中川はいう。

「さっきのヤクザ、プロレスで食えるんですか」

「食えるわけない。試合の日当は一万もないやろ」

「あの部屋でテレビ見てるほうがマシですか」

「あんな下っ端は飼い殺しや。なまじ身体が大きいから鉄砲玉にも使えん」

鉄砲玉——ヒットマンは目立ってはいけない。中川のいわんとすることは分かる。

がしかし、村居はなぜ、あの部屋にいたのか——。昨日、桑原を刺したのだから、報復を避けるのが普通だろう。

村居と牧内は桑原との喧嘩《けんか》を組に報告したのか——。いや、それはない。報告すれば滝沢組と嶋田組の抗争になる。牧内は村居に片をつけろといい、村居はひとりであの部屋にいたのだ。村居は案外に腹の据わった男なのかもしれない。

いずれにせよ、中川といっしょに村居に会ったのはよかった。二宮には捜査四課の保険がかかったのだから。

しばらく待つうちに、二階の外廊下から初老の女が降りてきた。中川はサイドウインドーをおろして呼びとめる。

「ちょっと訊きたいんやけど、このマンションの管理会社はどこですかね」

「『アトラス』です」阪南《はんなん》町営業所だという。

「場所は」

「西田《にした》辺《なべ》の駅前です」

「ああ、どうも。すんませんでしたな」

中川は礼をいい、ウインドーを上げた。

地下鉄御堂筋線西田辺駅前――。交差点角のテナントビルに『アトラス』の屋上看板が見えた。二宮はバス停近くのコインパーキングに車を駐める。中川はさっさと降りてビルに入っていった。

三階にあがって『アトラス』の事務所に入ると、中川はカウンターの係員に手帳を見せていた。

「『グレース桃ヶ池』の107号室。入居申込書か賃貸契約書を見たいんですわ」

「107号室ですね」

係員はうなずき、キャビネットからファイルを出してきた。表紙に《賃貸借契約書　グレース桃ヶ池107号室　平成21年3月20日》とある。

中川はファイルを広げた。《氏名——真鍋恵美《まなべえみ》　生年月日——昭和56年9月13日　自宅電話——075・391・95××　携帯電話——080・4668・07××　現住所——京都市西京区桂木ノ下町××メゾンオオタ306　勤務先——FILM&WAVE　所在地——大阪市阿倍野区阿倍野筋1丁目××西邦ビル703　連帯保証人——小清水隆夫　住所——大阪府茨木市郡7丁目××　勤務先——FILM&WAVE　所在地——同上　電話——06・6772・43××　年収2600万円》

賃貸借契約書の後ろには真鍋恵美の住民票と免許証の写しがクリップでとめてあった。

「これ、コピーしてくれますか」

「いえ、それは……」

「捜査のために必要ですねん。用済みになったら、責任をもって破棄します」

「承知しました」

係員はコピー機のところへ行った。

「大した威力ですね、警察手帳」

「分かったたか。これが国家権力や」

こともなげに中川はいった。

テナントビル一階の喫茶店に入った。二宮はアイスティー、中川はアイスコーヒーを注文し、さっきもらったコピーをテーブルに広げる。真鍋恵美の運転免許証に印字された本籍は《愛媛県今治《いまばり》市別宮町《べつくちよう》──》だった。

「玲美の本名は真鍋恵美。三十歳。今治出身。京都で小清水と知り合うて『フィルム&ウェーブ』に就職し、小清水に昭和町のマンションを借りてもろた……。そう読んでよろしいね」

「玲美いうのは源氏名やろ。どこぞで水商売してたんかもしれん」

「ミナミの千年町でスナックやってたと、小清水がいうてました」

「スナックの名前は」

「聞いてません」

「雲をつかむような話やのう」

「玲美の携帯、電話してみますわ」

〇八〇・四六六八・〇七××──。コール音は鳴るが、つながらない。「電源、入ってませんね」

「まちがいない。玲美は小清水と逃げとる」

「どないします、これから」

「どうもこうもあるかい。あとはおまえがやれ」

「刑事としての意見を聞きたいんです」

「桂にでも行ってみいや。『メゾンオオタ』」

「玲美は三年前に引っ越してます」

「ほな、やめとけ」

「今治に行くのはどうですか」

「好きにせいや」

「懸賞金五十万、要りませんか」

「あほくさい。たった五十万で、わしを使うな」

中川は舌打ちして、「データ料の残りの六万、さっさと払えや」

「さっきもいうたやないですか。七千円しか持ってない、て」昼飯代を払ったから、もう五千円しかない。

「おまえ、役者やのう」

「いや、そんなつもりは……」

「嶋田んとこに行ってもええんやぞ、集金に」

「分かった。分かりました。ATMに行きます」

三協銀行の口座に十万円ほどあるはずだ。なけなしの金だが、しかたない。

アイスコーヒーとアイスティーが来た。中川はシロップを三杯も入れる。

「血糖値とか大丈夫ですか」

「糖尿はない。痛風だけや」

「尿酸値は」

「おまえはなんや、看護師かい。ごちゃごちゃいうな」

中川はアイスコーヒーを飲んだ。


コンビニのATMで十万円をおろし、六万円を中川に渡した。府警本部まで中川を送り、事務所に電話をすると、悠紀が出た。

――おれ、啓之。マキは。

――お昼寝してる。カーテンレールにとまって。

――夕方のレッスンは何時からや。

――今日は五時から七時半。

――ちょっと頼みがあるんや。パソコンで料飲組合を調べてくれへんか。ミナミの千年町。スナックが何軒ほどあるか知りたいんや。

――千年町のスナックやね。

――おれ、馬場町や。これから、そっちへ帰る。

電話を切り、西心斎橋に向かった。

事務所に入ると、悠紀はパソコンを睨《にら》んでいた。

「大阪市中央区の料飲組合は三つある。『大阪南料飲協会』と『大阪南地区飲食業振興会』と『大阪市飲食業同業組合南支部』」

会員数は、料飲協会が二百八十、振興会が百六十、同業組合南支部が百五十、と悠紀はいう。

「あのミナミで加入店が五百九十というのは少なすぎへんか」

「料飲組合は任意団体でしょ。未加入のお店のほうが多いのとちがうかな」

「千年町だけの料飲組合はないんやな」

「そんな細かい区分けはないみたい」

「組合の事務所へ行って、名簿を見んとあかんな」

「啓ちゃん、なにが知りたいの」

「去年の暮れまで千年町でスナックをやってた真鍋恵美いう女を見つけたいんやけど、スナックの名前が分からんのや」

「名前が分かっても、そのひとは店閉めたんやろ」

「スナックは友だちに譲ったらしいんや。その友だちに会うて話を聞きたい」

「すごい、まわりくどいね」

「まわりくどいけど、いまはそれしか考えられへんのや」

「真鍋恵美って、誰？」

「愛人や。小清水隆夫の」

「『フリーズムーン』のプロデューサー？」

「あれからいろいろあったんや。小清水は嶋田さんから千三百五十万と、桑原から百五十万騙《だま》しとって高飛びした。真鍋恵美もいっしょのはずや」

詳しい経緯を話した。悠紀は肚《はら》が据わっているから多少のことでは動じない。昭和町のマンションで桑原が刺されたといっても顔色ひとつ変えなかった。

「――それで、桑原はどうなったん？　手術して」

「聞いてへんのや。真由美からも電話ないし」

「警察沙汰《ざた》にはならんかったんやね」

「なってたら、この事務所に来てるはずや。浪速《なにわ》署か守口署の刑事が」

「啓ちゃん、桑原をシャットアウトし。いまに逮捕されるで」

「あいつは芝居の幽霊や。斬っても斬っても出てきよる」

「もう最低。そんなふうに笑うてるからつけ込まれるんや」

「これが最後や。この始末がついたら、桑原とは二度と会わん」

〝マキオイデ　マキオイデ〟マキが飛んできて、悠紀の頭にとまった。

「マキちゃん、お目覚めですか」

〝ゴハンタベヨカ　ゴハンタベヨカ〟頭に糞《ふん》をした。

「おれ、料飲組合に行く。その三つの事務所、プリントしてくれへんか」

「うん、待って」悠紀はマウスを操作する。

二宮はキャビネットから地図帳を出した。一九八〇年刊の大阪市内地図だ。いま宗右衛門町から北の住所表示は〝東心斎橋二丁目〟になっているが、この地図には千年町、玉屋町、笠屋町など、古い地名が載っている。千年町は南北二百メートル、東西七十メートルほどの、思ったより狭い区域だった。

「啓ちゃん、料飲組合で真鍋恵美が分からへんかったら電話して。訊込《ききこ》みにつきおうたげるわ」悠紀は頭の糞をティッシュで拭《ふ》く。

「訊込み……？」

「千年町のスナック。せいぜい二、三百軒やろ。真鍋恵美か真鍋玲美を知りませんかって、訊《き》いて歩くねん」

考えてもみなかった。悠紀のほうが二宮の先を行っている。

「その代わり、『ポンピドーレ』でイタリアン。八時に予約しといて」

「分かった。予約する」

ポンピドーレはハコが大きいから席はとれるだろう。

悠紀は約束どおり八時に来た。ワインリストとフードメニューを広げて、ブラッカーレという赤ワインのフルボトルとコースディナーを注文する。二宮はビールを頼んだ。

「悠紀は詳しいな。日本酒とかワイン」

「ほんまは、エスコートする啓ちゃんがオーダーするんやで」

「おれはなにも知らん。出されたもんを飲むだけや」

「羨《うらや》ましいわ。そういう舌」

「褒めてるようには思えんな」

「料飲組合、どうやったん」

「真鍋恵美、真鍋玲美、ここ五年間、そういう会員はおらんかった」

千年町で組合に加入しているスナックは四十八軒あった。未加入のスナックは、たぶん百軒もないだろう。「三つの事務所で店名地図をもろてきた。それに載ってるスナックを除外したら、今晩中にまわれるかもしれん」

「啓ちゃんと別々にまわろか。そのほうが効率いいし」

「おれは効率より、悠紀とまわりたい」

「それって、わたしといっしょにいたいの」

「ああ、そうや」

「啓ちゃんて、ときどきかわいいわ」

悠紀は頬杖《ほおづえ》をついて微笑む。これが従妹《いとこ》でなければ、と二宮は思う。隣のテーブルもカップルだが、男はちらちらと悠紀を見る。こら、無断で見るな——。

「今日は『ポンピドーレ』でイタリアン。来週は新地の『ル・グランジェ』でフレンチ。贅沢《ぜいたく》してるわ」

「ちょっと待て。フレンチてなんや」

「ごちそうしてくれるねん。青年実業家」

「なんやと……」

「レッスンの生徒さんの友だち。ゲームソフトを作ってるんやて」

「そいつ、齢は」

「三十九かな」

「やめとけ、やめとけ。三十九にもなって、どこが青年や。ゲームおたくの成れの果てやないか」

「啓ちゃんと同じ齢やんか」

「おれは青年やない。立派なおっさんや」

ビールとワインが来た。悠紀はテイスティングして、けっこうです、といったが、けっこうでないときはタダになるのだろうか。

前菜も来て、乾杯した。ビールが旨《うま》い。考えてみれば、この二日間、まともな酒を飲んでいなかった。

二宮はビールを三杯とワインのハーフボトルを一本、悠紀はフルボトルを一本飲み、九時半すぎに『ポンピドーレ』を出た。勘定は三万七千円だった。

畳屋町《たたみやまち》から千年町まで歩いた。コンビニの前で店名地図を広げる。

「南から北へ行こか。まずはこのビルや」

ロビーに入り、手前の『サザンクロス』というスナックに入った。

「すんません。ちょっとお訊きしたいんですけど、真鍋玲美さんか真鍋恵美さんという
ママさんを知ってはりませんか」

「真鍋さんね……。知りませんわ」厚化粧のママが答える。

「おおきに。すんませんでした」

隣の『エイプリル』に入った。収穫なし。また隣の『りえ』に入る──。

そうして一時間。二十軒ほどまわったあとの『ぽっぷこーん』というスナックで見知
ったマスターに会った。

「あら、二宮さん。お久しぶり」

「あの、どなたさんでしたかね」

「まことやんか。忘れたん？」

「ああ、新歌舞伎座裏の……」なんというゲイバーだったか。

「五年前、こっちに移ったんよ。手紙出したでしょ」

「いや、もろたような気はするけど」

「座って、座って。お連れさんもどうぞ」

ほかに客がいないから出るに出られない。悠紀と並んでカウンターに腰をおろした。

「きれいなひと。お名前は」

「悠紀です」

「悠紀ちゃん……。宝塚の女優さんみたい」

「ありがとうございます」

「飲み物は」

「じゃ、ウイスキーもらいます。ボウモアのロックを」悠紀はボトル棚を指さした。

「おれもロック。ダブルで」

悠紀が飲めば、二宮も飲む。一杯で出ればいいだろう。

マスターはロックとチェイサーをカウンターに置いた。二宮はグラスを口に運ぶ。アイラモルトは海の香りがした。

7

マキが浜辺で水浴びをしている。〝マキハドコ　マキハドコ〟

危ない、マキ。波にさらわれるぞ──。

〝ソラアカンワ　ソラアカンワ〟

マキが溺《おぼ》れそうになったところで眼が覚めた。マキはケージの中で羽づくろいをしている。二宮は事務所にいた。

起きて流しのところへ行き、水を飲んだ。頭に霞《かすみ》がかかっている。

壁の時計は午前六時を指していた。またブラックアウトだ。『ぽっぷこーん』で飲みはじめたあとの記憶がない。悠紀が送ってくれたのだろうか。

〝ユキチン　オイデヨ　イクヨ　イクヨ〟

マキは外に出たがっている。二宮がいるから遊んで欲しいのだ。

「マキ、もうちょっと寝よ。まだ六時や」

ベンチソファに横になった。ケージはテーブルに置いている。

眼をつむってじっとしていたが、眠れない。体中からアルコールがたちのぼっているようだ。ポロシャツにも煙草の匂いが染みついている。

眠ることを諦《あきら》めて、マキをケージから出してやった。マキは事務所を飛びまわり、ポポポッポポッポポと歌をうたう。

ポロシャツと靴下を脱ぎ、流しで洗った。替えのポロシャツは何枚かロッカーに放り込んである。湯を沸かしてカップラーメンを食った。

テレビをつけてスポーツニュースを見た。昨日も阪神は負けている。別に阪神のファンではないが、巨人が勝つとおもしろくない。マキを膝《ひざ》にのせてテレビを見ているうちに、また眠った。

「夢か……」

携帯に電話――。着信ボタンを押した。

――二宮さん？　多田です。

――ああ、おはようございます。

――連絡が遅れてごめんなさい。桑原の手術、うまくいきました。

――そら、よかった。

――気胸はひどくなかったけど、肺に血がたまってます。このまま安静にして吸収されるのを待つそうです。

――警察はどうでした。

――浪速署の地域課の刑事さんが来ました。

真由美も桑原も事故だと言い張った。刑事は事務的に事情を聴き、帰っていったという。

――それ、地域課やったからよかったんですわ。暴対やったら、無理やり事件にしたかもしれません。

刑事も面倒なのだ。ふたりの話を鵜呑《うの》みにしたわけではないだろうが。

――ちょっと待ってください。桑原に代わります。

――そばにいるんですか。

――こら、なにしとんや。

掠《かす》れた声が聞こえた。

――いま、電話で起きたんです。

――昼前やぞ。このぐうたらが。

――おれ、二日酔いですねん。

――おまえというやつは、わしが死にかけてるのに大酒食ろうとんのか。

――昨日、千年町で訊込《ききこ》みしたんです。

――なんじゃい、訊込みやと。

――小清水がいうてたやないですか。玲美は去年の暮れまで千年町でスナックしてたと。本名は真鍋恵美。中川に十万も払うて、突きとめたんです。

――中川に会うたんかい。

――桑原さんのことは、なにもいうてません。

小清水を捕まえれば五十万円、と餌を投げたが、中川は乗らなかったといった。

――あんな腐れにもの頼むな。気分わるい。

――十万円、おれが立て替えました。

――そらよかったの。自分で払えよ。

――おれ、今日も千年町に行きます。

――行かんかい。おまえの勝手や。

――いつ退院するんです。

――知らんわい。わしは重病人やぞ。

──重病人が電話なんかしたらあかんでしょ。

──おまえの声が聞きたかったんや。

──嶋田さんに訊《き》かれたらどういいます。

──若頭にはなにもいうな。わしから話す。

──BMW、どうしましょ。『キャンディーズ』に持っていきましょか。

──洗車して、ガソリン満タンにしとけ。

電話は切れた。なんやねん、くそ偉そうに──。

いっそ、片肺を切除すればよかったのだ。少しはまともになる。

「マキ、啓ちゃんは昼飯を食うてくる」

サンダルのまま、事務所を出た。


アメリカ村のラーメン屋で炒飯《チャーハン》ランチを食った。七百八十円を払おうとしたら、ポケットの中には千円札が二枚しかなかった。『ポンピドーレ』のディナーと『ぽっぷこーん』の飲み代ですっからかんになったらしい。

「また、文無しかい……」

もう預金はない。今夜、千年町に行こうにも、ビール一杯飲む金もない。

しゃあない、大正へ行くか──。四ツ橋通に出てタクシーを停めた。

大正区三軒家《さんげんや》──。おふくろは玄関前に並べた鉢植に水をやっていた。

「あら、啓之、どないしたん」

おふくろは顔をあげ、額の汗を手の甲で拭《ふ》いた。

「いいにくいんやけどな……」

「お金かいな」

「正解です」

「いくら？」

「二十ほど貸してくれたらありがたい」

「三十万くらいあるよ。へそくり」

「二十でええ。ごめんな」

「そんなんいうことない。親が子に頼られるのはあたりまえや」

おふくろは背筋を伸ばして腰を叩《たた》いた。「昼ごはん、食べたんかいな」

「さっき、ラーメン食うた」

「そう……」

「いや、おふくろが食うんやったら、つきあう。まだ腹いっぱいやないし」

「啓之の好きな、大根とお揚げさんの味噌汁《みそしる》作るわ」

おふくろはにっこりして家に入った。どこまでも優しい。こんなぐうたらで甲斐性《かいしょう》なしの息子に。

玉子焼き、めざし、大根おろし、味噌汁、白菜の浅漬けで飯を食った。おふくろがコーヒーを淹《い》れてくれる。

「最近、仕事は」

「減った。あの条例や」

大阪府の暴力団排除条例だ。「世の趨勢《すうせい》やな。ヤクザつながりで食える時代やない」

「事務所の家賃、払えてるの」

「なんとかな」

「足らんときはいうといで」

「いま、いいに来た」

「ほんまやな」

おふくろはカップをテーブルに置いてコーヒーを注ぎ、仏壇の部屋に行ってもどってきた。「――はい、お金。裸やけど」

二十万にしては厚みがあった。たぶん、三十万だ。

「わるい。恩に着る」

なぜ金が要るのか、なにに使うのか、おふくろに訊かれたことはない。いつもこうして黙って貸してくれる。まとまった金が入ったときは返そうと思うのだが、そのときはおふくろのことをすっかり忘れている。

親不孝を絵に描いたようなやつやで――。

「ん？　なにかいうた」

「いや、独り言や」

コーヒーに口をつけた。ほろ苦い味がした。

仏壇に線香をあげ、畳に横になったら眠ってしまった。眼が覚めたときは夕方で、おふくろは買物にでも行ったのか、姿が見あたらない。

千年町へ行くには、まだ陽が高い。テレビのスイッチを入れたが、ろくな番組がない。なぜこうして漫才あがりの芸人ばかり出てくるのだろう。よほど製作費が安いのか。

小清水は『フリーズムーン』で二億、三億の製作費を集めたというが、ほんとうのところはどうなのか。滝沢組が小清水に貸した金額も分からない。嶋田と桑原が千五百万をやられたのは確かだが。

ダイニングで冷めたコーヒーを飲み、煙草を吸いつけたときに、ふと思いついた。通天閣の金本だ。金本は玲美を知らないといったが、あれは嘘だ。桑原も金本に〝あんた、小清水と親しいのに玲美を見たことないというのはおかしいで〟といっていた。そう、金本は玲美を知っている。

二宮は大正の家を出た。鍵《かぎ》はかけられないが、おふくろはおっつけ帰ってくるだろう。環状線の大正駅まで歩いてタクシーに乗った。

新世界、通天閣本通でタクシーを降りた。『茶房ひかり』のビルに入って三階にあがる。『金本総業』の鉄扉をノックし、二宮は事務所に入った。

「すんません。金本さん、いてはりますか」

「なんや、あんた」

　このあいだ顔を見たチンピラふうの男がデスクの前に座っていた。「社長はおらんで」

男は二宮の後ろを見る。桑原がいっしょでないか確かめているようだ。

「今日はおれ、ひとりです」

「帰れ。うっとうしい」男は邪険に手を振った。

「おれが帰ったら、桑原が来ますよ。そのほうがええんやったら出直しますけど」

「なんの用や」思い直したように男はいった。

「ひとつだけ、金本さんに訊きたいことがあるんです。聞いたら帰ります」

チンピラ相手に下手に出るのは気分がわるいが、腕力では負ける。それは自信がある。

「あんた、名前は」

「二宮です。二宮企画の二宮。建設コンサルタントです」

「変なもん、持ってへんやろな」

「変なもん？」

「チャカとかナイフや」

「おれ、堅気ですよ。ゴキブリもよう殺しませんん」

「そうかい」

　男は舌打ちして、デスクの電話をとった。内線のボタンを押す。

「二宮いう男が来てます——。こないだの桑原いうヤクザの連れですわ——。そう、ひとりです——。はい、分かりました——」

　男は受話器をおろした。「社長はあがってくる。そこに座れや」

「どうも……」ソファに腰かけた。

　ほどなくして、金本が現れた。二宮の前に腰をおろして、

「しつこいな、おい。わしはなにも知らんというたやろ」

　横柄に脚を組んだ。このあいだは桑原に首を絞められて床を這《は》いずったくせに。

「教えてください。小清水の愛人の玲美いう女。千年町でスナックやってたんやけど、その名前を教えて欲しいんです」

「それだけか」

「それだけです。ほかにはなにも訊きません」

「あの極道は」

「桑原ですか。スナックの名前さえ教えてもろたら、もう顔出しません」

「ほんまやろな」

「ほんまです」

「『鞠《まり》』や」

「マリ……？」

「ややこしい漢字や。女の子の遊び道具」

「ああ、あの鞠ね」

「いっぺんだけ行った。小清水に連れられてな」

『鞠』は店名が変わってますか」

「んなことは知らん。一階に一口餃子《ギョウザ》の店があった」

「分かりました。一口餃子のビルですね」腰を浮かした。

「二度と来んなよ」

「そのつもりです」

二宮は事務所を出た。おい、塩まけ──。金本の声が背中に聞こえた。


タクシーで千年町──。『ぽっぷこーん』から北へ少し行った雑居ビルに一口餃子の店を見つけた。袖《そで》看板を見あげると、『鞠』というスナックはなく、八階までの各フロアに三、四軒の店が入っている。

エレベーターで二階にあがり、『ゼエロン』というスナックに入った。ママがカウンターの向こうで水仕事をしている。

「あの、七時からなんですけど」顔をあげて、いった。

「すんません。客やないんです。このビルに『鞠』いうスナックはなかったですか」

「ごめんなさい。知りません」

「そうですか……」

礼をいい、『ゼエロン』を出た。隣の『紗和』で同じことを訊《き》く。水商売五十年といった感じのママが、七階にそんな店があったといい、いまの店名は知らないといった。

二宮は七階にあがった。『SUN』とスナックのプレートが新しい。梨子地《なしじ》のステンレスを張った扉を開けた。

いらっしゃいませ――。ショートカットの髪、眼のくりっとした女が愛想よくいった。

店内は明るい。カウンターとテーブル席がふたつ、スナックにしてはけっこう広い。

「カウンターになさいますか。それとも……」

「いや、客とちがうんです。ちょっと訊きたいんやけど、真鍋玲美さん知ってますか」

「はい、知ってます。ママのお友だちです」

「おたく、ママさんやないんですか」

「わたし、お手伝いです」ママは八時ごろ来るという。

「ママさんて、お名前は」

「恭子《きょうこ》さんです」

「ほな、恭子さんを待ちますわ。ビールください」

カウンターの椅子をひき、腰をおろした。

「ここ、初めてですか」

女はコースターにグラスを置き、ビールを注ぐ。

『鞠』を目指して来たんです。前に玲美さんがやってた」

「わたし、まだ三カ月なんです」

女は小さく首を振った。「この五月から、週末だけ」

「おれ、二宮といいます。おたくさんは」

「あけみです。よろしく」

よく見ると、かわいい子だ。小顔で口もとが涼しい。シンプルなライトグレーのジャケットがよく似合っている。

「あけみちゃんも飲み」

「ありがとうございます」

あけみもビールを注ぎ、乾杯した。よく冷えている。

「あけみちゃん、いくつ」

「いくつに見えます」

「二十歳……いや、二十一かな」たぶん、三十前だ。

「それ、いいすぎですよ」

あけみは笑った。「二十八です」

「へーえ、きれいな子は若く見えるんや」

「二宮さんは」

「三十九」要らぬことを訊かなければよかった。自分の齢も訊かれるのだから。

「渋いですね」

「おおきに」

渋い、の意味を訊きかねて煙草をくわえた。あけみがライターを点ける。

「あけみちゃんは、なんで玲美さんを知ってんの」

「ここに飲みに来はったからです」

「いつ？」

「六月かな……。梅雨のころでした」

「誰といっしょやった」

「おひとりでした。ママと楽しそうにお喋《しゃべ》りして。とても仲いいんです」

「玲美さん、なんかいうてた？　仕事のこととか、どこか行くとか」

「さあ……、なにを喋ってはったんやろ。わたし、すぐに忘れるし……」

あけみは皿にナッツを盛りながら、「そういえば、ママに電話がかかってきましたね。玲美さんから」

「最近？」

「そう、先週です。玲美さん、マカオに行くって」

「マカオ……」

「ママがいってました。カジノなんかやめときって。負けるに決まってるから」

「ほな、玲美さんはいま、マカオにいてるんかな」

「知りません。……香港かも。マカオは船で渡れるんでしょ」

「玲美さんはギャンブルが好きなんか」アーモンドをつまんだ。

「そうみたいですね」

あけみはうなずく。「若いころ、ママとふたりでソウルの……どこやったかな」

「ウォーカーヒル」

「はい、ウォーカーヒル。ママは負けたけど、玲美さんは勝ったそうです」

やった。ビンゴや──。玲美はいまマカオにいる。小清水もいっしょにちがいない。

玲美が泊まっているホテルを知りたいが、それを知るには恭子に会わないといけない。

恭子は二宮を警戒するだろうし、二宮が来たことを玲美に知らせるだろう。そうなると、
小清水は逃げる。

「ごめん、あけみちゃん。行くわ」ビールを飲みほした。

「えっ、ママは八時に来ますよ」

「これ、飲み代」ポケットから二万円を出した。カウンターに置く。

「多すぎますよ。こんな……」

「おれのこと、ママに黙ってて欲しいねん」

「あ、はい……」

あけみがうなずくのを見て、二宮は『ＳＵＮ』を出た。

一階に降り、一口餃子でビールを飲もうと暖簾《のれん》をくぐったところで電話が鳴った。悠紀だった。

——啓ちゃん、どこ？

——千年町。

店の外へ出た。

——なんや。今日も訊込《ききこ》みにつきあおうと思てたのに。

さっきレッスンが終わった、と悠紀はいう。

——悠紀、腹減ってるやろ。

——うん。ぺこぺこ。

——一口餃子、食うか。

——要らんわ。

——ほな、なに食う。

——魚がいいな。

——分かった。『銀斎《ぎんさい》』で鱧《はも》でも食お。

——啓ちゃん、どないしたん。『ポンピドーレ』に『銀斎』やて。超貧乏やのに。

——自己破産の前に、悠紀と旨《うま》いもんが食いたいんや。

——わがままやね。つきおうたげるわ。

——おれはいったん事務所に帰ってマキを見る。八時に『銀斎』集合や。

——今日は土曜日やで。マキちゃん、家に連れて帰らんでもいいの。

——明日も事務所へ行くつもりや。マキは事務所のほうが好きやしな。

電話を切り、御堂筋へ歩いた。

『銀斎』のあと、悠紀とふたりで馴染《なじ》みのバーとスナックを三軒まわって零時に解散。大正区千島の『リバーサイド・ハイツ』に帰り着いた。二階5号室、ハイツとは名ばかりのプレハブアパートの1DK、裏のバルコニーから褐色に濁った木津川《きづ》が見おろせる。夏は川面にぶくぶくと泡がたち、藻か黴《かび》のような臭いがあがってくる。月に七万円もの家賃を払っているのは、隣に車を駐《と》められる空き地があり、大正橋の実家と西心斎橋の事務所に近いというのが理由だが、住んで八年も経つと道具が増えて引っ越しも煩わしい。誰かと同棲《どうせい》でもすればもっと広いところへ移るのだろうが、それも相手がいればこその話だ。

鉄骨階段をあがって部屋に入ると、中はうだるような暑さだった。澱《よど》んだ空気が体中にまとわりつく。服を脱いでトランクス一枚になり、扇風機の前にあぐらをかいて発泡酒をあおった。

小清水はマカオか——。

マカオへ行く是非を考えた。行くのなら、できるだけ早いほうがいい。でないと小清水が動く。追われているやつは本能的に巣を移すから。

しかし、マカオへ行って小清水を見つけられるのか――。

たぶん、できる。マカオは狭い。ホテルの数は多いが、フロントに訊《き》いたら、小清水という名の日本人が泊まっているかどうかは教えてくれるだろう。

ひとりか。ひとりでマカオへ行くんか――。

ばかばかしい。小清水を捕まえたところで二宮にメリットはない。小清水を脅しつけたところで〝出資金〟の五十万をとれるだけだ。

やっぱり、桑原にいうしかないか――。

あの疫病神につきまとわれるのは心底うっとうしいが、それさえ我慢すれば金は要らない。桑原を煽《おだ》てていれば、粋《いき》がって金を出す。マカオ行きの飛行機代もホテル代も桑原の払いだ。桑原が小清水から金をとれば、百万や二百万の分け前はある。桑原は見栄で生きている単細胞だから、二宮には吝嗇《けち》なところを見せない。要は交渉だ。マカオへ行く前に褒賞金を決めておけばいいのだ。

よっしゃ。あいつは人形、おれは黒衣《くろこ》や――。

滝沢組がからんでいるが、危ないときは逃げればいい。二宮に捜査四課の中川がついていることは滝沢組の村居に教えた。

こいつはおもしろい展開になってきたぞ――。

酔った頭で一攫千金《いっかく》の策をあれこれ考えた。それにしても暑い。アルコールの汗が噴き出す。BSのサッカー中継を見ながら、二本目の発泡酒を飲んだ。

八月二十六日、朝——。二宮は大橋病院へ行った。四階の13号室。桑原は個室にいた。

「おはようございます。見舞いに来ました」

桑原の顔は生白い。頰も削《そ》げている。髭《ひげ》は剃《そ》っていた。

「なにが、おはようじゃ。能天気なものいいしくさって。花ぐらい持って来んかい」

「それは気の利かんことで、失礼しました」丸椅子を引き寄せて座った。

「煙草や。煙草寄越せ」

「ここ病室ですよ。肺に穴あいてるのに」

「窓を開けて吸う。おまえはそこで見張りをしとけ」

「そんなに吸いたいんやったら、外に出たらええやないですか」

病院の裏手は駐車場で、その隣は児童公園だ。

「わしは病人やぞ。歩くのがしんどい」

「看護師に怒られるようなことはしとうないんですわ」

「くそったれ。いうこときかんやっちゃのう」

桑原はリモコンのボタンを押してベッドの背もたれを起こした。立ってスリッパを履く。「それ、真由美さんの見立てですか」

「なにがや」

「パジャマ」

桑原は苺《いちご》模様のパジャマを着ている。

「嫌味をいいに来たんか、こら」

「行きましょ。外へ」

病室を出た。桑原がついてくる。いつものヤクザ歩きではなく、歩幅が狭く、足どりが弱い。肺損傷というのは、やはり重傷だったのだ。

児童公園のベンチに並んで座った。大きな銀杏《いちょう》の陰だが、風はそよりとも吹かず、じめっとしている。

「ほら、煙草や」

「はい、はい」

一本くわえさせて、火を点《つ》けてやった。「──いつまで入院です」

「明日か明後日には退院やろ」

肺の血は吸収されたと桑原はいい、さも旨そうに煙草を吸う。

「小清水の居場所、分かりました」

「なんやと……」

「マカオです。たぶん、玲美もいっしょですわ」

経緯を話した。桑原は黙って聞いていたが、

「なんでホテルを訊かんのや」

「恭子が玲美にチクッたら、小清水が逃げるやないですか」

「おまえもちょっとはまわるんやのう、スポンジ頭が」

「中川に会うたり、千年町に行ったり、要らん金を遣いましたわ」

「えらそうにぬかすな。端金《はしたがね》で」

「ひとつお願いやけど、小清水を捕まえたら、百万円くれますか」

「若頭からもらわんかい。若頭はおまえの名前で五十万、出資したんや」

「それとは別の褒賞金ですわ。桑原さんからおれに百万円」

「じゃかましい。おまえがなにをした。肺に穴あいたんは、このわしやぞ」

「小清水を捜しあてたんはおれです」

「まだ、ひっ捕まえたわけやない」

「小清水を捕まえて金を取りもどすだけですか。もっと余禄《よろく》があるはずですよ」

「あたりまえや。たった千五百万で堪忍したら、わしの名が廃《すた》る」

「その節は百万ください。事務所の家賃も払いかねてますねん」

「くそめんどくさいやっちゃ。そんなに金が欲しいか」

「百万円。もろたら一生、恩に着ます」

「分かった、分かった。くれてやる」

「ほんまですね」

「わしがいっぺんでも嘘ついたか」

「いえ、桑原さんに限ってはありません。金には恬淡《てんたん》としてはります」

舌先三寸、褒めるだけ褒めた。こいつは単純だから。

「それで、マカオはどうするんです」気の変わらぬうちにいった。

「行くに決まってるやないけ。チケットとれ」

「片道、一枚？」

「病人がひとりでマカオに行ってどないするんや。行き倒れるやないけ」

「飛行機賃は」

「おまえが出すんかい」

「そんな金、逆さに振ってもありませんわ」

「わしの部屋にもどってキャッシュカード持ってこい。そこのコンビニでおろす」

桑原はパジャマのポケットから鍵《かぎ》を出した。「テレビ台の抽斗《ひきだし》や。鍵穴がついてる」

「飛行機は明日か明後日ですか」

「あほぬかせ。今日の便をとらんかい」

「今日の便やと、ファーストクラスしかないかもしれませんよ」

「ええ加減にせいよ、こら。誰がマカオみたいに近いとこにファーストで行くんじゃ」

「ほな、ビジネスですか」

「ごちゃごちゃいうてんと、カードをとってこい」

煙草とライターを置いて行け、と桑原はいった。

8

桑原から二十万円を預かり、事務所にもどった。

関空からマカオへの直行便は十六時三十分発の一日一便しかなく、当日便の航空券はとれなかった。大阪─香港間は七便あり、十六時二十五分発の香港エクスプレス航空617便のビジネスクラスを予約した。片道、約十五万円。支払いは空港ですればいい。

悠紀に電話をして、マキの世話を頼んだ。

──マカオって、ひょっとして、桑原もいっしょ？

──しゃあない。あいつが金出すんやから。

──カジノですっからかんにならんときや。なっても、桑原にお金借りたらあかんで。

──大丈夫や。そこは心得てる。

──啓ちゃん、頼りないんやから。

──土産はなにがええ。

──コロン、かな。柑橘《かんきつ》系の。

──分かった。マキを頼む。

電話を切り、ソファに横になった。マキが飛んできて胸にとまる。

「マキ、お昼寝しよ。啓ちゃんは眠たい」

〝ポッポチャンハドコ　ポッポチャンハドコ〟

「ここにおるやないか」

〝ユキチン　スキスキスキ〟

マキはしばらく鳴きつづけていた。

関西国際空港国際線出発ロビー――。桑原は香港エクスプレス航空のカウンター近くのベンチに座っていた。黒地に鶴と松の刺繍《ししゅう》をしたシルクふうのシャツにチノパンツ、脇にヴィトンのハードトランクがある。

「たいそうな荷物ですね」

「おまえはなんや、そんなリュックサックひとつで足りるんかい」

「これはね、デイパックといいますねん」

「貧乏臭いのう」

「そのシャツ、アロハですか」

「留袖《とめそで》や。仕立て直した」

「いつでも、葬式できますね」

「ばかたれ。留袖は結婚式に着るもんや」

「男は留袖着んでしょ」

「二宮くん、講釈はええからチケットを買うてこいや」

「二人分で三十万。十万足りませんねん」

「高いチケット、とりくさって」

桑原は札入れから十万円を出した。「エコノミーはなかったんか」

「当日は無理ですわ」

「ホテルは」

「向こうでとったらええやないですか」

「行きあたりばったりやの」

「おれの流儀ですわ。臨機応変、変幻自在の出たとこ勝負」

金と予約番号のメモを持ってカウンターに行った。チェックインを済ませてエアポートラウンジに入る。水割りを飲みながら出発を待った。


二十時五分、香港国際空港着――。空港インフォメーションでマカオのホテルを探し、『グランド・ラパ』のツインをふたつとった。タクシーで香港島フェリーターミナルへ行き、出国審査を受けてターボジェットに乗る。客席はほぼ満員で、リゾートふうの乗客が多かった。マカオのカジノで一晩を過ごすのだろう。

『グランド・ラパ』にチェックインするとき、このホテルで連れと待ち合わせをしている、日本人で名前は小清水隆夫と真鍋恵美――。訊《き》くと、フロントマンはすぐに調べてくれた。宿泊はしていないし、予約もないという。フロントマンがいうには、マカオシティには安ホテルを含めて約百、対岸のタイパ島にも二十あまりのホテルがあるらしい。

「百軒いうのは多いのう」

「カジノのある大きなホテルからあたりましょ。小清水は大金持ってるし、玲美は博打《ばくち》好きですわ」

「なんで、そんなことが分かるんや」

「千年町のスナックの子がいうてました。玲美はむかし、ウォーカーヒルで勝ったと」

高飛びしようとする小清水に、マカオへ逃げようといったのは玲美かもしれない。

「おまえ、なかなかに使えるのう」

「頭がまわりますねん。スポンジ頭が」

観光地図をもらい、ボーイの案内でエレベーターホールへ歩いた。

荷物を部屋に置き、『ラパ』を出た。地図を見ながらマカオフェリーターミナル近くの『ランカイフォン』『ゴールデンドラゴン』『カーサレアル』『ロックス』に行き、フロントで小清水と玲美の宿泊を訊いたが、収穫なし。次に『サンズ・マカオホテル』で同じことを訊き、カジノに入った。広い。天井が高い。二フロアに五百台以上のゲームテーブル、千台のスロットマシーンがあるという。

桑原と二宮はカジノのレストランでサンドイッチを食った。

「歩きすぎた。今日はもう、小清水捜しはやめた」

博打をする、と桑原はいった。

「カジノ、得意ですか」

「渡世人にそういう質問は失礼やろ、え」

「お手並み拝見ですね」

「とりあえず、百万ほど稼いだろ」

レストランを出て、桑原は近くのルーレットテーブルに腰を据えた。二宮も隣に座る。テーブルには先客が十人いた。

桑原は十万円、二宮は三万円をチップに替え、三十枚ほどをばらばらに張ると、桑原の〝17〟が当たった。

「幸先《さいさき》よろしいね」一点張りは三十六倍だ。

「十万ほど儲《もう》けたか」

「二万もないでしょ。外れのチップを引いたら」

桑原は二十ドルチップを三枚張っているから、六十ドルが二千百六十ドルになる。日本円に換算して二万二千円ほどだ。

「香港ドルて、なんぼや」

「約十円です」

「米ドルの八分の一かい」

桑原はカジノ初心者だろう。出目表示も見ずにチップを置いた張り方で分かる。

「端《はな》から大勝負することないですわ。小さく賭《か》けて流れを読んだらどうですか」

「やかましい。いわれんでも分かっとる」

桑原は配当のチップをもらい、すぐにまた張りはじめた。

まだサバキの仕事が多かったころ、二宮は鰻谷《うなぎだに》の裏カジノによく行った。花札やサイコロを使う賭場《とば》とはちがって客の多い裏カジノは動く金額が大きく、バカラテーブルで一ベット百万円の勝負をしているのを見たこともある。賭けていたのは地上げ屋ふうの若い男だったが、一千万以上のチップをあっというまにスッて、顔がひきつっていた。いくら地上げ屋でも一千万円はひどい。男はハウス側に小切手を出してチップを借りようとしたが、断わられてふたりのツケ馬といっしょに消えた。ああいうやつが裏カジノを警察にチクるのだろう。それからしばらくしてガサが入り、鰻谷の裏カジノはなくなった。

桑原は賭けつづけたが、三十分でチップがなくなり、また十万円をテーブルに放った。二宮はちびちびとやりとりして、まだ一万円しか負けていない。

「ルーレットて、セオリーがあるんかい」

「出た目を追え、とはいいますけどね。アテにはなりませんわ」

ルーレットはテラ銭がきつい。玉の落ちる枠が〝0〟から〝36〟までの三十七カ所あって、一点張りが当たったときの配当は三十六倍だ。三十七分の三十六――。つまり勝負一回につき二・七パーセントのテラを客はハウスに払っていることになる。

「それでも、マカオのルーレットはまだマシですわ。ラスベガスルールのルーレットは

〝0〟と〝00〟があるから、一回に五・三パーセントものテラを切られますねん」

ルーレットは勝負が早い。一時間に三十回は玉をまわす。一回に二・七パーセントのテラをとられたら、一時間で五七パーセントをとられる計算になる。ルーレットで勝つのは至難の業なのだ。

「おまえ、堅気やないな。どえらい詳しいやないけ」

「学習したんです。どえらい負けて」

カジノ通いをしていたころはよかった。西成近辺のサイホンビキの賭場にも行って十万、二十万を負けたが、本業の稼ぎで補塡《ほてん》できた。母親に金を借りることもなかった。がしかし、いま二宮が張っているチップは母親のへそくりなのだ。

「こら、ボーッとしてんと賭けんかい」

桑原にいわれて、二回前に出た〝26〟の周辺――〝17〟〝20〟〝26〟〝28〟〝30〟にチップを置いた。

ノーモア・ベット――。玉がまわされ、ウィールの突起にコツンとあたって落ちた。〝30〟だった。

そのあと、二宮はツイた。三万円のチップが十万円を超えた。桑原はもう一山しかチップがない。

「こいつら、わしが張ったとこを外して玉を落としとんのか」

「ディーラーは出目を操作できるか、ということですか」

「そういうこっちゃ」

「凄腕《すごうで》のディーラーがここ一番で〝0〟を狙うとか、神話としてはおもしろいけど、それはないですね。玉がウィールのチョボに跳ねただけで軌道が変わりますわ」

「しかし、こいつらはプロやぞ。玉をまわして飯食うとんのや」

「おれがもし伝説の凄腕ディーラーで狙うたとこに玉を落とせるんやったら、桑原さんと組みますわ。おれはディーラーで、桑原さんは客。サインを決めといて『次は〝1〟』というたら、桑原さんは〝1〟の近くにチップを張る。ふたりで荒稼ぎやないですか」

「なるほどな。おまえのいうとおりや」

「ハウスは客と勝負してるんやない。客と客を勝負させて、テラで稼いでるんです」

それが博打の鉄則だ。ホンビキにしろアトサキにしろ、胴元は盆布《ぼんぎれ》の上で動く金のアガリをとるのだ。「――このベットテーブルを見てください。一勝負に二十万円のチップが載ってる。二十万の二・七パーセントは五千四百円ですわ。五千四百円のアガリが一時間に三十回。こんな小さいテーブルひとつで、一時間に十六万二千円もの粗利があがるような店、新地の超高級クラブでも無理ですわ」

「おまえはそこまで理屈が分かってんのに、なんでルーレットなんぞするんや」

「あほですねん。負けると分かっていながら、かかっていく」

賭場と裏カジノでどれだけ負けただろう。五百万か、一千万か。「ま、いうたら、滅びの美学ですね」

「人生が滅びかけてるやつの言葉は説得力があるのう」

桑原はチップを張らず、〝見《ケン》〟をした。「カジノで勝てる種目はないんかい」

「客が勝てるゲームなんかないけど、ひょっとして勝てるとしたらブラックジャックかバカラでしょ。ブラックジャックは場の流れ。バカラはツラ目が出たら子が勝ちます」

「ツラ目……？」

「バンカーとプレイヤーのどっちかが連勝することです」

「なんや、そのバンカーとかプレイヤーいうのは」

「ただの名称です。意味はない。バッタ撒きの〝アト〟〝サキ〟と考えてください」

「バッタ撒きはおまえ、渡世人の生業《ま》やないけ」

桑原は残るチップをみんな〝赤〟に張って負けた。二宮は少額チップを五千ドルチップ二枚に替えてルーレットテーブルを離れた。

ステージ前のカウンターに移ってブランデーを飲んだ。大音量のロックと大勢のダンサーのライブは華やかだ。こんな本格的なショーが間近で観られるのだから本場のカジノはいい。

「国が胴元になって開帳せんかい。こういう豪勢なカジノをな」

先進国でカジノがないのは日本だけだろう、と桑原はいう。

「けど、日本にはパチンコという博打産業がありますわ。そこらの年寄りやおばちゃんが歩いて行けるとこに博打場があるような国は日本だけでしょ」

「パチンコは警察と極道と腐れ議員の米櫃《こめびつ》や。下手に手を出したらヤバい」

「どこかの知事がカジノ構想を打ち上げてもあきませんか」

「知事もあほやない。本気で米櫃に手を突っ込む肚《はら》はない」

桑原はしたり顔で、「わしが知事やったら警察と組む。税金でカジノを作ってアガリは山分けや」

桑原が知事──。笑ってしまった。こんな男に投票するのは殴られて投票場に引きずられていったやつだけだ。

「次、どうします。バカラ？　ブラックジャック？」

「眠たい。腰も痛い。わしは帰る」

「無理せんほうがよろしいね。桑原さん、病人やし」

「今日のところは金を預けた。明日は百万とったる」

桑原はブランデーを飲みほして立ちあがった。背を向けてカジノを出ていく。鶴の刺繡《しゅう》が浮きあがって見えた。


電話──。放っておいたが、いつまでも鳴りつづける。寝返りを打ち、ナイトテーブルの受話器をとった。

──はい。

──グッドモーニング。ビッチ・ニノミヤ。

——あ、ウェルカム。

——起きんかい。いつまで寝とんのや。

——なんや、誰かと思た。

——十一時やぞ。寝ぼけくさって。

——そんな時間ですか。

——飯や。わしの部屋に来い。

——すぐには無理ですわ。シャワー浴びて、髪をセットして、今日はなにを着るか考えんとあきません。

——おまえはポロシャツとチノパンしかないやないけ。インコの糞《ふん》だらけの。

——よう知ってますね。

——五分以内に来い。でないと、わしが迎えに行く。

——はいはい、行きます。

煙草を一本吸い、床に脱ぎ散らかした服を着て廊下に出た。斜《はす》向かいのドアをノックする。錠があき、二宮は中に入った。窓際の円テーブルに点心の皿が並んでいる。

「ルームサービスですか」

「外に出るのはめんどい」

「旨《うま》そうですね」

テーブルの前に座った。『マカオビール』の栓を抜き、グラスに注ぐ。春巻と餃子《ギョウザ》、小籠包《ショーロンポー》を小皿にとった。

「何時まで博打《ばくち》してたんや」

「さぁ、朝の六時ぐらいですかね。帰るときはスズメが鳴いてましたわ」

「なんぼ負けた？」

「勝ったか、とは訊《き》いてくれんのですか」餃子を食った。中は蝦《えび》だ。

「おまえみたいな素人が勝つわけない」桑原はビールを飲む。

「五千ドルのチップ、二枚持ってましたやろ。あれが溶けました」

「ほな、おまえ、元手の三万しかスッてないんか」

「そういうことですね」

「朝まで賭場《とば》におって、たった三万とはな」

「桑原さんは一時間ほどで二十万でしたね」

「どういう意味や、え」

「いや、他意はないです」小籠包を食った。これも蝦だ。

「飯食うたら、おまえ、カジノ巡りをせい」

「今日は、ま、そのつもりですわ」

「ホリデイイン、コンラッド、オークラ、クラウンタワーズ、MGM、グランドハイアット……。大きなホテルからまわれ。小清水と玲美が泊まってないか、訊け」

「桑原さんは」

「ここで英気を養うとく」

思ったとおりだ。面倒なことは振ってくる。ルームサービスを食わせたのは、それが目的だったのだ。

「小清水が泊まってたら、わしに電話せい」

「携帯の番号はいっしょですかね、日本国内と」

「あたりまえやないけ。おまえはどこまで田舎者や」

くそっ、えらそうに。寝不足で外を歩きまわったら倒れるやないか。

「ほら、食え。腹いっぱい食うて、今日中に小清水を捜せ」

桑原は椅子にもたれてビールをあおった。

点心を食い、部屋にもどって昼寝をしようと思ったら、桑原が廊下までついてきた。しかたなく、二宮は携帯と煙草を持ってホテルを出た。

グランド・ラパから西へ、リオ、メトロパーク、ランドマーク、エンペラー、ホリデイイン、プレジデンテ、スターワールド、フォーチュナ、ウィンとまわって力尽きた。ウィンのカジノに降りてブラックジャックテーブルに座り、サービスのオレンジジュースを飲む。さすがに昼間のカジノは空いていた。

一万円をチップに替えて五百ドルを張ったら、いきなりダイヤの〝A《エース》〟とクラブの〝J《ジャック》〟の〝ブラックジャック〟が来た。五百ドルが千二百五十ドルになる。

こらえぞ——。チップを引かずにそのまま置いておいたら、ディーラーがバーストして二千五百ドルになった。次は迷ったが、引かずに勝負をかける。二宮の手札は〝K《キング》〟と〝10〟の二十。ディーラーは十八で、また勝った。五百ドルがあっというまに五千ドルになったのだ。

気分をよくしてチップを換金し、三百ドルの葉巻を一本買ってコーヒーショップに入った。ハバナ産の葉巻は旨い。たっぷり一時間半をかけて葉巻を吸い、三時すぎにウィンを出た。桑原に電話をする。

——おれ、二宮です。ホテル十軒ほどまわったけど、あきませんわ。

——いま、どこや。

——『友誼大馬路』と書いてますね。地図には。

マカオのメインストリートだろう。

——このあと、五、六軒まわるつもりやけど、小清水はタイパ島におるような気がしますねん。

——なんでや。

——タイパ島には世界一のカジノホテルがあります。『ヴェネチアン・マカオ・リゾート』。ばかでかいホテルやし、身を隠すにはええでしょ。

——『ヴェネチアン』か。わしも行ってみるか。

——ほな、四時に『リスボア』のロビーで会いますか。

——分かった。『リスボア』やな。

電話を切り、二宮はビバリープラザ、グランドエンペラー、シントラ、メトロポールをまわった。

四時。桑原は『リスボア』のロビーにいた。胸にドナルドダックを編み込んだサマーセーターを着ている。

「ぎょうさん着替えを持ってますね」

「昨日のシャツはクリーニングに出した」

「あの留袖《とめそで》、よう似合うてましたよ」

「留袖やない。アロハや」

「ドナルドダックも素敵ですね」

「そうかい。明日はミッキーマウスや」

こいつは褒めるとつけあがる。際限なしに。だからおもしろい。

「タイパ島は船か」

「この先に橋がありますわ。マカオタイパブリッジ」

桑原に地図を見せてロビーを出た。

タクシーでタイパ島に渡り、『ヴェネチアン』に入った。途方もなく大きい。日本語のパンフレットを見ると、三千室の客室はすべてスイートで、最上級のリアルトスイートは百七十平米以上というから、二宮のアパートなら四つ分だ。カジノのスロットマシーンは六千台、ゲームテーブルは八百台。フロントへ行くにもホテル内の地図が要った。

フロントで桑原が訊いた。

「マイ・フレンド・ステイ・ヒア……」

「お名前は」フロントマンは愛想よくいった。

「あんた、日本人？」

「はい、そうです」

「小清水隆夫と真鍋恵美。このホテルに泊まってるはずなんやけどね」

「お待ちください」

フロントマンはキーボードを叩《たた》いた。「――小清水さま、真鍋さま、明日からのご宿泊ですね」

「えっ、そう……」

「当ホテルに宿泊されてるとおっしゃったんですか」

「てっきり、そう思てましたんや。先週、日本を出たから」

「本日まで香港におられるんじゃないですか。香港とマカオに泊まられる方はたくさんいらっしゃいます」

「いつまでの予定です。小清水さんは」

「来月の四日まで、一週間のご予約です」

「いや、どうもすんませんでしたな。あんた、親切や」

「どういたしまして」

フロントマンは微笑んだ。「メッセージがあれば承りましょうか」

「また明日、来ますわ」

桑原はいって、フロントを離れた。

「くそったれ、香港におるとは思わんかったな」

「とうとう、小清水をひっ捕まえましたね」

「爺《じじい》をどうしたもんかのう」

「ふんじばって、便器に顔突っ込みますか」

「手緩《てぬる》い。血へど吐かして指を一本ずつ折る。爺は若頭とわしを虚仮《こけ》にした」

桑原は眉根《まゆね》を寄せた。いかにも凶悪なヤクザの顔だ。

「玲美はどないします」

「裸に剝《む》いて股裂《またさ》きじゃ」

「かわいそうに」

「なにが、かわいそうや。男の尻《ケツ》を搔《か》くのは女やぞ」

「そんなもんですかね」

「ま、ええわい。今日はゆっくり作戦練ろ」

「そうと決まったら、なにか食いましょか」

「おまえというやつは食うことばっかりやの」

「腹が減ってますねん。何十軒とホテルをまわって」

「たまには金出してみい。おまえの奢《おご》りや」

「ハンバーガーぐらいやったら出しますわ」

レストランフロアにあがった。広東料理店に入ってビールと紹興酒を飲みながら海鮮料理を食う。フカヒレの姿煮とスズキのソテーが旨《うま》い。

「昨日、ルーレットは勝てんと分かった。ブラックジャックはどうなんや」桑原がいう。

「ブラックジャックはテラ銭はない。……けど、親より先に子がドボンする。それがテラ銭ですわ」

「カードの引き方にセオリーはあるんか」

「ありますね。親が2から6までのカードをオープンしてるときは、子は三枚目のカードをヒットしたらあきません」

親が7から10をオープンしているとき、子は自分のカードによってヒットするかどうかを判断する、といった。

「セオリーどおりにしたら勝てるんかい」

「負けますね。親と子の両方がドボンしても、子はチップをとられます」

「バカラはどうなんや」

「プレイヤーが勝ったときはノーコミッション。バンカーが勝ったときは五パーセントのテラを抜かれます」

「それやったら、プレイヤーにばっかり賭《か》けたらええやないけ」

「誰でもそう考えます。ところが、統計的にはバンカーのほうが勝ちが多い。一・二パーセントか一・三パーセント、プレイヤーよりバンカーのほうが有利です」

「プレイヤーに賭けつづけても、テラは切られるわけか」

「それでもルーレットの二・七パーセントよりはテラが小さい。勝てるとしたらバカラですね」

「分かった。バカラで百万稼いだろ」

「勘どころが分かるまで〝見《ケン》〟してください」

そうはいったが、桑原は博打《ばくち》には向いていない。金には執着するくせに、負けることをさほど悔しがらないからだ。博打は粘りを欠いたら負ける。それをいえば、カジノで勝てるやつなんかいないと、最初から諦《あきら》めている二宮も同じだが。

「もうちょっと飲んでもよろしいか」

「好きにせいや」

二宮は紹興酒をまた一本、注文した。

広東料理のあと、桑原はスパでマッサージをし、二宮はカジノフロアに降りた。広い。サッカー場が二面や三面はとれそうな広さだ。ゲームテーブルが八百台以上あるのを実感する。いったいどこから湧いてきたのかと思うほど多くの客がひしめいていた。

二宮は通路を歩いた。ときおり日本語や韓国語を耳にする。客の九割方は中国人で、あとは外国人のようだ。

VIPルーム近くのブラックジャックテーブルに腰をおろした。七つの席に先客は四人。ベットはローリミットが五百ドル、ハイリミットが二万五千ドルだ。

ベット・プリーズ——。二宮は五百ドルチップを一枚張った。

女性ディーラーがディーラーシューから一枚ずつカードを抜き、五人のプレイヤーに配っていく。

配られた二枚のカードを見た。"Q《クイーン》・7"の十七だ。ディーラーのオープンカードは4。それを見て、プレイヤーはみんなステイした。

ディーラーがオープンカードの下の伏せカードを表に向けた。7だった。

ヤバい——。ディーラーは4・7の十一だ。

ディーラーが三枚目のカードをひく。Kがきて、二十一。ディーラーの総取りになった。

ええわい。まだ一敗や——。

次のベットに二宮は千ドルを賭けた。もらったカードは4と6。ディーラーのオープンカードは2だ。

「ダブル」千ドルのチップを追加した。ドローカードは10で、二十になった。

ディーラーは2・Jで十二だった。三枚目は4。十六だから、とめられない。四枚目に9をひいてバーストした。

二宮は二千ドルを受けとりながら、いまのゲームを分析する——。親は2・Jに4をひき、9をひいた。仮に子のひとりが4をヒット（ドロー）していたら、親には9が入って、また二十一になっていた——。

親は下がり目や。二十一の次にドボンして、しかもカードのひき方がわるい——。

二宮は勝った二千ドルをそのまま賭けた。もらったカードは9・9の十八。

ディーラーのオープンカードは7だった。伏せカードは十の可能性が強い（AからKまでの十三枚のカードのうち、10・J・Q・Kの四枚は十だから）。

二宮は9・9をスプリット（同じ数字のカードは分離することができる）し、二千ドルのチップを追加した。いきなりの大勝負だが、流れに乗らない手はない。

右の9にQがきて、これはステイ。十九なら強い。

左の9に5がきて、少し迷ったが、これもステイ。

ディーラーが伏せカードをオープンした。7・6で十三だ。ええぞ、ドボンせい——。

ディーラーが三枚目をドローした。

7だった。ディーラーは二十になって、二宮は憤死。

「くそっ」頭を抱えた。

二宮が左の9・5に7をヒットしていたら二十一になり、親は7・6に絵札をひいてバーストしていたかもしれない。

二宮は親の目を十七と決めつけていた。だから、右の９・Ｑでとりあえず一勝したと思い、左の９・５は負けてもイーブンになると弱気になってしまった。

もし右の９・Ｑがなく、左の９・５だけだったら――。

そう、二宮はヒットしていた。博打でいちばんのタブーは弱気であり、攻める姿勢を忘れることだ。

反省をするな、フォームを崩すな。うじうじと思い惑うことが心理的なマイナスを増幅させて、場の流れを読む冷静さを削《そ》いでしまう。

要は次のベットや。いま負けた四千ドルを取りもどしにいくか、いったん退くか――。

迷ったが二千ドルを賭けた。Ｋ・Ｊの二十。そしてディーラーのオープンカードはＫ。

まさか、親も二十とちがうやろな――。カードが二枚で二十になる確率は九・五パーセントだ。

ディーラーが伏せカードを開いた。ＫとＡで、ブラックジャック。総取りだった。

「あかん。最悪や」

どうやら、親のもっとも強い上昇期に仕掛けてしまったらしい。

――親は最初、４・７・Ｋで総取りをした。それで子は弱気になり、次のベットのチップを減らす。そうして場を小さくしたところで、親は２・Ｊ・４・９とバーストしてみせる。子は一転して強気になり、次のベットが大きくなる。そこへ親は７・６・７の二十をひき、大勝する。子は負けたが、ついさっき親の総取りのあとでバーストしたという記憶があるから、マイナスを埋めようと、より大きく賭けてくる。ここで親は仕上げのブラックジャックを作り、子は徹底して叩《たた》きのめされたという勝負の流れだった。

こうして、いったん波に乗った親のツキは容易なことでは落ちはしない。

しゃあない。頭を冷やそ——。二宮はテーブルを離れた。

オープンカフェでコーヒーを飲んでいるところへ桑原が来た。

「捜したぞ。博打もせんとなにしとるんや」

「しおたれてますねん。ブラックジャックでぼこぼこに殴られて」

「なんぼ、やられた」桑原は椅子を引いて座る。

「四千五百ドルかな」

「四万とちょっとやないけ」

「おれみたいな貧乏人に四万円は大金ですわ」

「哀しいのう。おまえは掛け値なしの貧乏人や」

「いわしてください。この、くそカジノを」

「任さんかい。いわしあげたる」

桑原はウェイターを呼んでアイスコーヒーを注文した。

「珍しいですね、桑原さんがビールを飲まんやて」

「アルコールはここいちばんの判断を鈍らせる」

「今日は大勝負ですか」

「わざわざ飛行機に乗ってきたんや。二、三百万は勝たんとな」

「原資はなんぼです」

「やかましい。ひとの懐を覗《のぞ》く暇があったら、自分の頭の蠅を追え」

「なかなか、ええことをいいますね」

「わるいことはようい わん」

桑原はポケットから葉巻を出した。吸い口に爪楊枝《つまようじ》を刺して穴をあける。黄色と黒のペーパーリングは『コイーバ』だ。

「おれも昼にハバナを吸いましたわ。三百ドルの『モンテクリスト』」

「シガーは旨《うま》いですね」

「ほう、そうかい」

「旨いから吸うんや」

一本くれるかと思ったが、素知らぬ顔だ。

「おれもくださいな」

「なんでや」

「理由を訊《き》かれたら困るけど」

「うるさいやっちゃ」

桑原はまた一本、コイーバを出した。二宮はもらって吸い口に穴をあけ、火を点《つ》ける。それからたっぷり一時間をかけてハバナ産最高級の葉巻を味わった。

オープンカフェ近くのミニバカラテーブルに、桑原と並んで腰を据えたのは九時前だった。赤いベストに蝶《ちょう》ネクタイの女性ディーラーはこちらを見るふうもなく、機械的にカードを配り、チップのやりとりをする。プレイヤーが2・6の〝エイトナチュラル〟、バンカーがA・3の四で、プレイヤーが勝った。液晶サインを見ると、ここ十回ほどはバンカーとプレイヤーがだいたい交互に勝っている。こんなふうに〝バラ目（場が散っている）〟のときはベットが難しい。

「バカラて、何語や。スペイン語か」

「イタリア語で〝ゼロ〟いう意味です」

ゲームの基本はプレイヤーとバンカーに配られた二枚ないし三枚のカードの合計数を比較して、端数が九に近い方が勝つというシンプルなものだが、三枚目のカードをひくかひかないかに厳密なルールがあり、子に選択の余地はまったくない。

「初めはようす見やし、ミニマムからはじめたらどないです」

二宮はプレイヤーに五百ドルを賭《か》けたが、見栄坊《みえぼう》の桑原は三千ドルのチップをプレイヤーに張った。

プレイヤーはA・2の三。バンカーは4・Jの四だった。三枚目にプレイヤーが4をひき、バンカーは9をひいて、プレイヤーの勝ち。幸先《さいさき》よく、二宮は五百ドル、桑原は三千ドルの配当を受けた。

「プレイヤーの三連勝ですね」

二宮はプレイヤーの枠に五百ドルを置いた。桑原は六千ドルをそのままにする。

そうして、またプレイヤーが勝った。〝ナインナチュラル〟の圧勝だった。

「勝負が早いのう、バカラは」

「要するに〝カブ〟やからね」次はバンカーが勝ちそうな気がする。

二宮は〝見《ケン》〟をした。桑原は一万二千ドルをひかずにプレイヤーに賭ける。

「端《はな》からそんな強気でええんですか」

「いまはプレイヤーのツキ目やないけ」

「そら、そうかもしれんけど……」

「博打《ばくち》と喧嘩《けんか》は勢いや。尻尾《しっぽ》まいてたら勝てんわい」

桑原は一万二千ドルに二万ドルを足した。

ほら、バンカーが勝て——。二宮は祈る。

ノーモア・ベット——。ディーラーがカードを配った。プレイヤーはJ・8のエイトナチュラル、バンカーはA・6でプレイヤーの勝ち。桑原のチップは六万四千ドルになったが、それもプレイヤーの枠に置いたままひこうとしない。

「あの、余計なことかもしれんけど、もうプレイヤーの五連勝ですよ」

「それがどうした」

「賭けるの、半分くらいにしはったらどないですか」

「ばかたれ。五連勝の次は六連勝じゃ」

そういわれて、二宮もその気になった。桑原のツキに乗るのだ。プレイヤーに三千ドルを張る。

ノーモア・ベット——。プレイヤーは3・3のスタンド、バンカーはK・6のスタンドで、引き分けた。

「ふーッ」

二宮はためいきをついた。「もうあかん。下がり目です」

連勝のあとの引き分けは、まちがいなく下がり目だ。次はバンカーが勝つ。

桑原は少し考えて、チップを減らした。プレイヤーに三万ドルを賭ける。

「おれ、変えますわ」

二宮は三千ドルをバンカーの枠に移した。

テーブルの客七人のうち、六人がバンカー側にまわった。プレイヤーに張ったのは桑原だけ。五万ドル近いチップがテーブルに置かれている。

カードが配られて、案の定、プレイヤーにQとJのブタ目。バンカーは3・4のスタンド。桑原に三枚目のカードが伏せて配られた。

桑原は無造作にカードをめくった。表に向けてテーブルに放る。8だった。

オウッ、と場がどよめいた。桑原のひとり勝ちだ。

あほたれ、なんでバンカーに乗り換えたんや——。二宮は歯がみする。

コングラチュレーション、とディーラーがいい、桑原は千ドルのチップを放った。

「ほんまにお強い。鬼ケ島の桃太郎です」

喉《のど》を鳴らして桑原に擦り寄った。「で、次はどちらに」

「分からん」桑原は首を振る。

「なんで……」

「分からんから、分からんのじゃ」

桑原はチップを引いた。見だ。二宮も見をした。

場のチップが一挙に減った。テーブルの上には五千ドルもない。

プレイヤーにQ・K、バンカーに5・9が配られた。桑原の隣の中年男に三枚目のカードが配られ、男はカードを破るようにオープンした。ピクチュア（絵札）のQだった。

「とうとうバンカーが来ましたね。それも、ほんまもんの〝バカラ〟で」

ピクチュア三枚が揃ったとき、それを真正のバカラと呼ぶ。

「ツラ目が終わったな」桑原はいう。

「どないします」

「おまえ、ここでなんぼ負けた」

「さぁ……。二千ドルほどやられましたかね」

「そら、めでたい」

桑原の前にはチップが山積みになっている。

「教えてください。次はどっちです」

「わしは洗う。このテーブルは終了台や」

桑原はチップを高額チップに替えて席を立ち、VIPルームのほうへ歩いていった。

なんやねん、勝ち逃げかい――。舌打ちして、二宮もテーブルを離れた。

9

バンカーに一万ドルのチップを張った。オープン――。

プレイヤーがA《エース》・Aの二。バンカーはA・K《キング》の一。ともに三枚勝負だ。

プレイヤーのドローカードはピクチュアのJ《ジャック》。一瞬、勝ったと思ったが、バンカーのカードもピクチュアのQ《クイーン》だった。

あかん、パンクや――。

椅子からころがり落ちて眼が覚めた。

「夢か……」

それにしても、わるい夢だ。せめて十万ドルくらいは勝つ夢が見たかった。

ナイトテーブルの電話がチリチリと鳴っていた。被《かぶ》せていた枕をのけて受話器をとる。

――グッドモーニング。アスホール・ニノミヤ。

――はいはい、なんです。

――起きんかい。十時やぞ。

――もうちょっとだけ寝さしてください。せめて、あと二時間。

――五分以内に来い。でないと、わしが迎えに行く。

――また、ルームサービスですか。

――なんじゃい、その言い種《ぐさ》は。誰が払いをしてるんや。

――分かりました。行きます。

昨日の朝と同じ展開だが、桑原の部屋に行くと、点心ではなくイングリッシュブレックファーストが用意されていた。

「何時に帰ったんや」

「『ヴェネチアン』を出たんが、八時すぎでした」

「わしはおまえを見なおした。ほんまもんのギャンブル依存症や」

「ありがとうございます」

オレンジジュースを飲み、ベーコンを指でつまんだ。カリカリして旨《うま》い。

「なんぼ負けたんや」

「いや、あれからもどしたんです。明け方に波が来て」

トータルで六千ドルほど勝った、といった。「桑原さんはどうでした」

「わしは帰った」

「博打せんと？」

「モデルタイプのスレンダーな女が声かけてきた。連れて帰ったんや」

そういえば、小さなポシェットを肩に提げたミニスカートの女が、何十人もカジノを回遊していた。みんなモデルタイプで脚がきれいだった。

「ちなみに、いかほどでした」

部屋の匂いを嗅《か》いだ。心なしか、甘い香水の匂いがする。

「三千やったな」

「ワンショットで？」

「おまえというやつはどこまでも下品やな、え」

一夜の花を買ったやつに下品といわれたら世話はない。

「結局、なんぼ勝ったんですか」トーストを齧《かじ》る。

「九万ほどやろ」

「九十万円……」

くそっ、気分がわるい。「百万か二百万円、勝つんやなかったんですか」

「一晩で勝つとはいうてへんわい」

「今日、『ヴェネチアン』に小清水と玲美が来ますよ」

「せやから、わしらも『ヴェネチアン』に泊まる」

「全室、スイートですね」スクランブルエッグを食う。

「しゃあない。おまえも寝さしたる」

「まさか、同じ部屋?」

「あほんだら。遊びに来たんやないぞ」

「で、作戦は」

「あとで考える」

朝飯を食ったら部屋にもどって荷物をまとめろ、と桑原はいった。

タイパ島に渡ったのは昼すぎだった。『ヴェネチアン』のフロントに行くと、昨日、話をした日本人のフロントマンがいた。桑原と二宮を憶《おぼ》えていたのか、微笑みかける。

「小清水隆夫さんと真鍋恵美さん、チェックインしましたか」二宮が訊《き》く。

「はい、ついさっきいらっしゃいましたが、キャンセルなさいました」

「キャンセル? どういうことです」

「昨日のことをお伝えしました。男の方ふたりが小清水さまを訪ねて来られたと」

「なんですて……」

「そしたら、キャンセルされたんです。……余計なことを申しましたでしょうか」

「余計もくそもあるかい」

桑原がいった。「なんでもかんでも喋《しゃべ》ったらええいうもんやないぞ」

「申しわけありません」フロントマンは低頭した。

「ついさっきいうのは、いつのことや」

「十分ほど前です」

「あかん、フケよったぞ」

桑原は舌打ちして、「マカオから日本へ飛ぶ直行便は何時や」

「成田便が九時三十分、関西国際空港便が十一時の出発です」

「その二便だけやな」

「はい、そうです」

フロントマンの答えを聞いて、ホテルを出た。タクシー乗場へ行く。チェックアウトした客が十数人、並んでいた。

「手分けして追うんや。おまえは身軽やから、タクシーでマカオシティに渡れ。フェリーターミナルへ行って、小清水と玲美を捜すんや」

桑原はタイパ島のほかのホテルをあたり、そのあとマカオシティのホテルをあたるという。

「フェリーターミナルにおらんかったら、どうしたらええんですか」

「香港の空港へ走れ。なにがなんでも小清水をひっ捕まえるんや」

「あの広い空港で見つかりますかね」

「なにを眠たいことというとんのや。気合で見つけんかい」

「気合でね……」

「やる気あるんか、おまえは」

「もちろん、あります」

「ほら、ボーッとしてんと乗らんかい」

背中を押されて、タクシーに乗った。

マカオタイパブリッジを渡り、マカオシティのフェリーターミナルへ行った。出発ロビーに小清水と玲美はいない。直近の九龍《クーロン》行きのチケットを買い、出国手続きを終えてロビーに入ると、乗客のほとんどはゲートを出ていた。二宮は走って桟橋に降り、高速船に飛び乗った。

小清水と玲美は二宮を知っている。ふたりが船内にいることを考えてディパックからバンダナを出し、頭に巻いた。少しは人相が変わるはずだ。

エコノミークラスはほぼ満席だった。通路をゆっくり歩いて小清水と玲美を捜す。ふたりの姿はなかった。

アッパーデッキのスーパークラスにあがった。空席が多い。右の後ろよりのシートに男と女の頭が見えた。男はパナマ帽を被り、女は茶髪だ。

あれか——。シートの背もたれに隠れて、顔は見えない。声も聞こえない。

二宮は左に移動し、後ろからそっと近づいた。男の横顔が見える。鼈甲《べっこう》縁の眼鏡に白い髭《ひげ》……。小清水だ。まちがいない。

二宮はエコノミークラスに降り、携帯の短縮ボタンを押した。

――二宮です。

――どないや、見つけたか。

――小清水と玲美、フェリーに乗ってます。

――おう、そうかい。

――あと三十分ほどで九龍に着きます。

――よっしゃ。わしも次の便で九龍に渡る。

――ふたりが九龍から香港の空港へ行ったらどないします。

――あいつらは今日、『ヴェネチアン』に泊まるつもりやったんやぞ。航空券なんぞ持っとるかい。

――それもそうですね。

――とにかく、おまえは地の底まで尾《つ》けて行け。

――了解です。また電話します。

通話終了ボタンを押した。

九龍半島、中国客運埠頭《ふとう》に着いた。乗客に紛れて小清水と玲美のあとを追う。小清水は黒いハードケースのトランク、玲美はピンクの大型トランクを引き、ターミナルを出てタクシー乗場へ向かった。

二宮は間隔を詰めた。バンダナで額を隠し、俯《うつむ》き加減で歩く。

ふたりはタクシー乗場に並んだ。二宮はあいだに若いカップルを挟んで後ろにつく。小清水も玲美も周囲を気にしているふうはない。

タクシーが停まり、ふたりは乗り込んだ。次のカップルも乗る。二宮も乗ってドアを閉めるなり、

「あのタクシー。レッドカラーのタクシー。マイ・フレンド」と、指を差した。

それで理解したのか、ドライバーは〝OK〟とうなずいた。

埠頭から十分、六車線の広い街路に面したホテルに小清水たちのタクシーは入った。

「ストップ・ヒア」

二宮はホテルの手前でタクシーを停めた。「ホァット・ディス・ホテル？」

「アイビス・カウルーン」

「オウ・イエース。アイビス・カウルーン・ホテル……。ハウ・マッチ？」

「アイ・ドンノウ」

「ノーノー。タクシーチャージ」

料金を訊くと、フィフティーン——といったので、二十ドル札を渡した。タクシーを降りる。ホテルに入ると、小清水と玲美はフロントで宿泊手続きをしていた。

二宮は柱の陰で待った。手続きが終わったらしく、ベルボーイがトランクをバゲッジ

カートに載せて小清水たちを客室に案内する。それを確認して、二宮は携帯を開いた。

――二宮です。いまどこですか。

――マカオシティのフェリーターミナルや。乗船を待ってる。

――小清水と玲美は九龍のホテルにチェックインしました。『アイビス・カウルーン』いうホテルです。

――どこや、そのホテルは。

――まるで分からんのです。香港の地図、持ってへんし。

――地図ぐらい見てから電話せんかい。

――ホテルが分かったらええやないですか。

――何号室や。

――それはまだ訊いてません。

――聞いて、待っとれ。九龍に着いたら電話する。

電話は切れた。なんやねん、くそ偉そうに――。


三時すぎ、桑原がトランクを引いて『アイビス・カウルーン』のロビーに現れた。二宮はオープンカフェの奥から手を振る。桑原は仏頂面でカフェに入ってきた。

「なんでこんなとこにおるんや。小清水に見つかるやろ」

「ちゃんと変装してるやないですか」

「思い切り目立っとるわ。くそ汚い風呂敷《ふろしき》が」

「これはね、バンダナといいますねん」

「何号室や。小清水は」桑原はトランクを脇に置いてシートに座る。

「２０１４です。……ここで見張ってたけど、ホテルは出てませんわ」

「小清水がひとりのときにどつきまわしたいのう」

玲美がいっしょだと騒がれる、と桑原はいう。

「けど、ふたりが別行動しますかね」

「女は街を歩きたいもんや。ウインドーショッピングとか、スイーツを食いにな」

「ほな、ここでずっと張りますか。玲美が出てくるのを」

「おまえは張っとれ。わしはチェックインしてくる」

「部屋はふたつとってくださいね」

「やかましい。自分の部屋は自分でとれ」

「そんな……」

「六千ドル、勝ったんやろ」

「その前に、もっと負けてますわ」

「素人が博打《ばくち》なんぞするからじゃ」

桑原はトランクを転がしてオープンカフェを出ていったが、いくら経っても、もどってこなかった。くそっ、部屋で寝てくさるな——。

二宮はデイパックを提げてカフェを出た。フロントで香港市街の地図をもらう。『アイビス・カウルーン』は西九龍走廊沿いの北河街というところに位置していた。

地図を手にホテルを出た。比較的新しいビルの建ち並ぶ繁華な通りは西心斎橋のアメリカ村に似ているが、いったいどこから湧いてきたのかと思うほどひとが多い。改装中のビルの足場を鋼管ではなく、竹で組んでいるのには驚いた。

北河街から大南街、汝州街へ歩いた。市場やカジノでもあればおもしろいが、どこもアメ村のようで代わり映えしない。歩き疲れて、通りかかったレストランに入り、ノコギリガザミの蒸し物と炒麵《チャーメン》を注文した。料理を待つあいだ、ビールを飲む。

せっかく香港まで来たのに、なにか見るもんはないんか――。

地図を広げた。漢字と英語ばかりで、ほとんど理解できない。市街の北のほうには獅子山郊野公園とか金山郊野公園といった丘陵地があるが、行く気にはならない。動物園や水族館も地図にはなかった。

料理が来た。ガザミは大味、炒麵は脂っこい。あとで頼んだ野菜スープも塩辛いだけで旨《うま》くなかった。腹が膨れると眠気が襲ってくる。

あほくさい。寝よ――。

『アイビス・カウルーン』にもどって部屋をとり、ベッドに潜りこんだ。

携帯に電話――。着信ボタンを押した。

――どこにおるんや。
――部屋ですわ。ホテルの部屋。
――寝てたんか。
――いつまでもカフェにおるわけにはいかんし、部屋をとったんです。
腕の時計を見た。五時二十分だ。
――小清水と玲美は。
――おれが張ってるあいだは、姿を見てません。
――いつ、カフェを出た。
――ついさっきですわ。
ほんとうは二時間前だが。
――しゃあないのう。飯でも食うか。
――そうですね……。
なにも食いたくない。もっと寝たい。
――五分後に集合や。二階に『みなづき』いう日本料理屋がある。
――ひょっとして、小清水に鉢合わせしたらまずいでしょ。
――かまへんわい。そのときはそのときや。
――ま、桑原さんがそういうんやったら、かまへんけど……。
――ジャケットくらい着てこいよ。

電話は切れた。相も変わらず勝手なやつだ。放尿して、部屋を出た。

桑原は『みなづき』の小座敷にいた。畳は日本のものらしいが、座卓は朱塗りに螺鈿《らでん》細工の中国風だ。

「おまえ、何号室や」

「1622です」いちばん安いツインをとった。

「わしは3105」

「スイートですか」

「そんな贅沢《ぜいたく》する金ないわい」

「九万ドルも勝ったのに」

「今晩もマカオにおったら、二十万や三十万は勝っとる」

「敬服しました。ほんまにお強い」

癪《しゃく》に障った。桑原が勝ったのは運がよかっただけだ。ルーレットのテラ銭も知らず、バカラの賭《か》け方もろくに知らなかったくせに。

「なんでも食え。奢《おご》ったる」

「ありがとうございます」

冷酒を頼み、メニューを開いた。あわび、とろ、うに、車海老《えび》と、高いものから順に刺身を注文する。さっきのノコギリガザミの口直しだ。

「桑原さん、なんぼ持ってきたんですか、現金」

「百万や」あとはクレジットカードだという。

「審査が通るんですか。クレジットカード」

税法上、ヤクザは無職だ。納税証明書もとれないだろう。

「わしはカラオケホールのオーナーやぞ」

「けど、所有名義は真由美さんでしょ」

「要らん心配せんでもええわい。銀行に残高があったらカードは作れるんや」

「おれもカードが欲しいですわ」

「分不相応なもんは持たんでええ」

「立ち入ったこと訊《き》きますけど『キャンディーズI』はなんで閉めたんです」

「あれは売った。稼ぎにならんからな」

「借金、あったんですか」

「そら、あるやろ。経営者に借金はつきものや」

『『キャンディーズI』を売って、チャラにしたんですか」

「二宮くん、おまえはなにを訊いとるんや」

「いや、桑原さんはいつも金が切れるから」

首を振った。「昨日のバカラの賭けっぷり、見事でした」

「よう聞け。博打は場の流れや。いま自分がツイてると思たら、目いっぱい突っ張る。

ツキが落ちたと思たら、さっさと洗う。そのめりはりが分からんやつは、おまえみたいにだらだら居座って、身ぐるみ剝《は》がれるんや」

　さも得意気に桑原は吹く。そんなあたりまえのことは、いわれんでも分かってるわい。

「おれ、朝まで粘ったから、もどしたんです」

「おまえの粘りは欲と道連れや。おまえは大阪一、欲が深い」

「百万円、くださいね。小清水をいわしたら」

「しつこいのう。やるというたらやる」

　冷酒が来た。手酌で注ぐ。桑原も注いだ。


　ふたりで二合瓶を一本ずつ空にし、刺身とにぎりを食って『みなづき』を出た。一階ロビーに降りてオープンカフェに入り、ビールを飲む。

「調子乗って酔うなよ。玲美がひとりで降りてきたら、カチ込むんやからな」

「2014にですか」

「小清水をぶち叩《たた》く。夕方はひとの出入りが多いから、わしらも動きやすい」

「けど、小清水と玲美が連れ立って飯でも食いに出たらどないするんです」

「そのときは帰りを待つ」

「夜中まで帰って来んかったら？」

「明日や。明日の昼、カチ込む」

「小清水もかわいそうにね。こんな怖いひとが同じホテルにおるとは、思いもしてませんやろ」

「なにがかわいそうや。吐いた唾《つば》は自分で呑《の》むんやないけ」

「あんまり手荒なことはせんとってくださいね」

小清水が重傷を負ったりしたら、二宮も共犯になる。

「なんや、その言い種《ぐさ》は。他人事《ひとごと》か」

「さっきもいうたやないですか。おれは百万円さえもろたら、それでええんです」

念を押して煙草をくわえたとき、視界の隅にパナマ帽が見えた。小清水と玲美が玄関からロビーに入ってくる。

「なんじゃい。あいつら、外に出てたんやないけ」

桑原が睨《にら》む。「おまえ、ほんまに見張ってたんか」

「おかしいな。いつ出よったんやろ」

小清水と玲美はロビーを横切り、エレベーターホールへ行った。

「よっしゃ。カタつけるぞ」

桑原は伝票をとり、ウェイターを手招きする。

「まさか、行くんですか」

「めんどい。いま、カチ込む」

「明日にしませんか。玲美が外に出たときにやる、いうたんは桑原さんですよ」

「おまえ、チビッてるんやないやろな」

「玲美が悲鳴あげたら、騒動になるやないですか」

「じゃかましい。四の五のいうな」

桑原は伝票にサインをし、ウェイターに渡した。


二十階にあがった。２０１４号室の前に立つ。

「わしは小清水をやる。おまえは玲美を押し倒して首絞めんかい」

「おれ、そんな性根はないんです」

「性根もないのに、金くれ、か」

桑原は吐き捨てて、ドアをノックした。はい、と男の声が聞こえた。

「ルーム・キャプテン。メッセージ・プリーズ」

少し間があって、ドアが開いた。瞬間、桑原の拳《こぶし》が伸びる。ガツッと鈍い音。桑原はドアを押して中に入り、二宮もつづいた。

小清水が足もとに倒れていた。跨《また》ぎ越して奥へ行く。

玲美はベッドに腰かけていた。桑原を見あげて驚愕《きょうがく》の表情を浮かべる。

「そのままや。黙っとれ」

桑原は鼻先に指をあてた。「女を殴るんは、わしの流儀やない」

玲美は何度もうなずいた。口もとが震えている。

小清水が呻《うめ》いた。鼻から血が滴っている。桑原は小清水の襟首をつかんでベッドのそばへ引きずっていき、床にころがした。

「こら、起きんかい」

桑原は小清水の腹を蹴《け》った。小清水は噎《む》せる。泡まじりの赤い唾がカーペットに散った。

「タオルや」

桑原にいわれて、二宮はバスルームからタオルを持ち出した。小清水に放るが、身体を丸めて呻くだけだ。

桑原は円テーブルのリモコンをとり、テレビの電源を入れた。ボリュームをあげる。

「おまえら、いつ香港に来た」

桑原は玲美に訊いた。玲美は怯《おび》えて口が利けない。

「答えんかい。いつから香港におるんや」

「──先週です。先週の土曜日」小さく、玲美はいった。

「小清水がいいよったんか。香港にフケよ、と」

「フケよ……?」

「高飛びや」

「ちがいます。どこか海外旅行しようと、このひとがいったんです」

「『フリーズムーン』の出資金を持ってか」

「そんなこと、知りません」

「とぼけんなよ。芸能学校の校長がいきなり職を放り出して愛人と旅行するてなことが、おかしいとは思わんのか。おまえはなにもかも知った上で、小清水とフケたんや」

「…………」玲美は俯《うつむ》く。

「出資金、なんぼ集めた」

「…………」答えない。

桑原は玲美の髪をつかんで上を向かせた。拳を構える。

「おまえ、どつかれんと分からんのか。このきれいな顔が破れ提灯《ちょうちん》みたいに腫《は》れあがる。前歯がみんな折れて、一生、差し歯や。女の顔面骨折は元どおりに整形できんのやぞ」

いった途端、

「助けて。誰か！」

玲美が叫んだ。ガツッと、桑原の拳が玲美の鼻梁《びりょう》に食い込む。玲美は白眼を剝《む》き、昏《こん》倒《とう》した。

「桑原さん……」二宮はいった。

「あほんだら。おまえも殴られたいか」

桑原はタオルを拾って玲美の鼻先に敷いた。少しずつ血が滲《にじ》む。二宮は玲美の脚をとってベッドに横たえた。スカートがまくれて白いショーツが見えた。

桑原はライティングデスクのボールペンをとり、小清水のそばにかがんだ。小清水はまだ呻いている。

「いつまでも寝てんやないぞ、こら」

桑原はボールペンを小清水の耳に差し込んだ。小清水は気づいたのか、頭をずらして逃げようとする。

「じっとせい。鼓膜、破れるぞ」

「──やめてくれ」力なく、小清水はいった。

「死ぬも生きるもおまえ次第や。脳味噌《のうみそ》にトンネル掘られとうなかったら、答えんかい」

「頼む。やめてくれ」小清水の顔は血塗《ちまみ》れだ。

「出資金、なんぼ集めた」

「八千……、八千二百万」

「それをどうした」

「銀行や。口座に入れた」

「現金はなんぼ持ってきた」

「二百万」

「どこにある」

「わしのトランクや」

「おい」

桑原がこちらを向いた。二宮は部屋を見まわしたが、トランクはない。クロゼットを開けると、大型のトランクがふたつあった。左はピンク、右は黒だ。

黒のトランクを出して、テーブルに置いた。ナンバー錠でロックされている。

「何番や」桑原が訊《き》く。

「9696」

そのとおりにダイヤルを合わせた。開錠してトランクを開く。上のポケットに封筒があった。中身は帯封の札束がひとつと、数十枚の一万円札だった。

「数えてみい」

二宮は数えた。百七十八万円──。

「どういうことや。減り方が少ないやないけ」

「ホテル代や飯代はカードで払《はろ》てる」

「くそボケ。おどれはフケたんやぞ。カードを使《つこ》うたら足がつくやろ」

桑原はボールペンを押し込んだ。小清水の頭はベッドの脚にあたって逃げられない。

二宮はトランクを探った。着替えやトラベルセット、処方箋《しょほうせん》薬──。金はなかった。

クロゼットからピンクのトランクを床に置いた。これもナンバー錠がかかっている。

「番号は」桑原が小清水に訊く。

「知らん……」

「このボケ」

桑原はなおもボールペンを押し込む。小清水は必死の形相で、

「9678」泣くようにいった。

二宮はトランクを開いた。中身を床に放っていく。トランクの底に封筒があった。帯封の札束がふたつと二十枚の一万円札。黒いトランクの金と合わせて三百九十八万円だ。

「おまえ、五百万持って飛んだな」

桑原は小清水の耳もとでいう。「それで、いままでに百万ほど使た。ちがうか」

小清水は黙っている。桑原のいうとおりなのだろう。

「嶋田の若頭《かしら》はおまえの口座に千五百万振り込んだ。耳を揃えて返さんかい」

「金は返す。もちろんや。わるかった」

「八千二百万。どこの銀行や」

「三協銀行。阿倍野支店」

「通帳と印鑑、キャッシュカードは」

「茨木や。茨木の家にある」

「それだけでは分からんな」

「台所の流し台。扉を開いたら排水ホースが見える。そのホースの裏に黒いビニール袋を押し込んでる」

「ほう、絵に描いたような隠し場所やのう」

「嘘やない。ほんまや。堪忍してくれ」

「わしは日本に電話する。舎弟にいうて、茨木の家に行かせる。家に入るんはどないするんや」

「門柱の裏に枯れたユッカの鉢がある。その鉢の下に鍵《かぎ》がある」

「もし、流し台にビニール袋がなかったら、おまえはボールペンが頭に刺さって死ぬ。それは覚悟してるんやな」

「分かってる。煮るなり焼くなり、好きにしてくれ」

「聞きわけのええ爺《じじい》やのう。見直したで」

桑原は笑って、こちらを向いた。「こいつらの服を紐《ひも》にせい。ふたりとも簀《す》巻《ま》きにするんや」

二宮はバスルームへ行き、安全剃刀《かみそり》を折ってブレードを外した。小清水の着替えのズボンや玲美のジーンズをブレードで裂き、つなげて紐にする。息を吹き返したが無抵抗の玲美を後ろ手に縛り、脚も縛って、口には猿轡《さるぐつわ》をした。玲美の鼻は腫れあがって人相が変わっていた。

「ほら、おまえもや」

桑原にいわれて小清水は口をあけた。二宮はジーンズの結び目を小清水の口に入れて猿轡をする。手足も縛ってカーペットにころがした。

桑原はナイトテーブルの電話をとった。携帯のアドレス帳を見ながら、

「フォンコール・プリーズ。ジャパン――。ゼロ・ナイン・ゼロ・ワン・フォー・トゥー・エイト――」

しばらく待って、話しはじめた。「わしや。ちょっと頼まれてくれ――。いや、探し

もんや――。茨木の郡へ走れ。名神の茨木インターの南や。配水場の先の住宅地――。ちゃんとメモせんかい――。おお、そうや。給水タンクの脇に錆《さ》びた案内板がある。小清水いう家に行け――」

鉢植の鍵。流し台。黒いビニール袋――。桑原はいって、「わしは香港におる。誰にも喋《しゃべ》るなよ――。よっしゃ。あと一時間半したら、また電話する」受話器を置いた。

「誰です」

「セツオや」

「ああ、やっぱり」

セツオのことは知っている。桑原の数少ない舎弟のひとりだ。セツオは都島のぼろアパートに住み、裏ＤＶＤのコピーと小売りをシノギにしている。

「彼、車持ってないのとちがうんですか」

「連れに借りるというてた」

「あと一時間半ね……」都島から茨木へ行くのに四、五十分はかかるだろう。

二宮は冷蔵庫から缶ビールを二本出して、テーブル脇のソファに座った。桑原も座って煙草に火をつける。

玲美が咳《せ》き込んだ。身体をくねらせる。ベッドから落ちそうだ。

二宮は玲美のそばに行った。膝《ひざ》を抱えて元にもどす。玲美は哀しそうな眼で二宮を見た。

そして一時間半――。桑原は電話をした。

「わしや。どうやった――。おう、そうか――。残高は――。記帳の最後の日付はいつになってる――。八月二十二日？　一週間も前か――。通帳にオペレーションセンターの番号が書いてあるやろ。そこに電話して、現在の預金残高を訊け。自動音声で答えよるわ――。そうや。また、こっちから電話する」

桑原は受話器をおろした。

「えらい慎重ですね」

「こいつは詐欺師や」

桑原は小清水に眼をやる。「帳面づらを鵜呑《うの》みにできんやろ」

「二十二日の残高、なんぼでした」

「七千百三十万」

桑原は上機嫌だ。「若頭の出資金に、わしの慰謝料。なんぼほどもらうかのう」

「ひとつ、頼みがあるんですけど……」

「なんや」

「おれの褒賞金、ここでもらえますか」

「しゃあないやっちゃ」

桑原はテーブル上の帯封の札束をひとつ、二宮の前に放って寄越した。

「ありがとうございます」

札束をポケットに入れた。小清水と玲美の前で受けとるのは抵抗があったが、桑原の気の変わらないうちに確保しなければいけない。百万円の収入は、やはりうれしかった。

10

桑原は十分ほど待って、またセッォに電話をかけた。

「わしや。残高、分かったか——。なんやと——。いつや、それは——。二十四日？　いっぺんに七千万もか——。振込み先は？——。現金かい——。いや、分かった。それでええ——。通帳と印鑑はおまえが持っとけ」

桑原は受話器を置いた。小清水のそばへ行くなり、脇腹を蹴《け》りつける。

「こら、くそ爺、残高は百三十万しかないやないけ」

小清水は苦悶《くもん》の表情で呻《うめ》く。

「二蝶会の桑原さんも舐《な》められたもんやのう。通帳の数字で、このわしを騙《だま》せるとでも思とったんかい」

桑原は身体をくねらせて逃げようとする小清水の頸《くび》を蹴った。小清水はのけぞり、跳ねあがる。気配を察したのか、ベッドに横たわった玲美は背中を向けた。

桑原はカーペットに膝をついてボールペンを拾った。小清水の顔に近づける。

「猿轡をとったる。叫ぶのも助けを呼ぶのも、おまえの勝手や。けど、そのときは、おまえの眼玉を抉《えぐ》る」

口の利けない小清水は何度もうなずいた。顔中に血がこびりつき、鼻の付け根が紫色に腫《は》れあがっている。

桑原は小清水の猿轡を外した。小清水は胸を波打たせて嘔吐《おうと》する。カーペットに散ったのは鮮血の混じった胃液だ。

「銀行からおろした七千万、どこにやった？」

低く、桑原は訊《き》いた。小清水はなにかいおうとするが、声にならない。

「聞こえんぞ、こら。どこへやったんや」

「――とられた。金はとられた」涎《よだれ》を垂らしながら、小清水はいった。

「なにをいうとんのじゃ。話が読めんぞ」

「七千万は滝沢組にとられた」

「くそボケ。わけが分からんやろ」

「嘘やない。二十四日におろした七千万は、滝沢組に渡したんや」

二十四日、金曜日の午後、小清水は滝沢組の組員ふたりに連れられて淀屋橋《よどやばし》の三協銀行大阪本店に行き、〝フリーズムーン製作委員会〟の口座から七千万円を引き出した。逃走資金として五百万円を受けとり、翌日、玲美といっしょに香港へ飛んだという。

「どこでもええから海外に逃げろ、といわれたんや」

「ちょっと待て。おまえは二十四日に通帳と印鑑で金をおろしたんやろ。七千万もの金の動きが通帳に記載されてないのはおかしいやないけ」

「通帳の磁気テープに傷をつけたんや。それをATMの機械に入れたら、読み取り不能で繰越し扱いになる。行員にいうて、新しい通帳を作らせるんや」

「大したノウハウやで。前の通帳には残高の数字が残って詐欺の道具にするわけか」

「わしは詐欺なんかする意思はない。ほんまに映画を作りたかったんや」

「おう、おう、口ではなんとでもいえるのう」

桑原はせせら笑った。「銀行へ行った滝沢の組員の名前は」

「初見《はつみ》と竹中《たけなか》」初見は滝沢組の舎弟頭だという。

「滝沢組はおまえが振り出した手形を持ってる。額面一千万が十五枚や。おまえ、ほんまはなんぼ借りたんや」

「一億五千万……」

「あほんだら。おまえみたいな老い先短い爺に、ヤクザ金融がそんな金を出すかい」

「………」小清水は口をつぐんだ。どうやってこの場を逃れようかという顔だ。

「なんぼや。いわんかい、こら」

「七千万や」

「ほう……」

瞬間、桑原は拳《こぶし》を振りおろした。太股《ふともも》にボールペンが刺さる。悲鳴をあげる小清水の口を桑原は塞《ふさ》いだ。

「痛いか、え。おまえが嘘つくたびに身体中が蜂の巣になっていくんやぞ」

「四千万や。わしは滝沢組に四千万借りた」

「勘定が合わんのう。滝沢が持ってる手形は偽物か」

桑原は太股からボールペンを抜く。血が滴った。

「白地手形を渡したんや。初見に脅されて」

「もっと詳しいにいうてみい。わしが納得するようにな」

「一昨年の夏、わしはVシネをプロデュースした。『雀鬼《ジャンき》七番勝負』いう八十五分の博《ば》打《く》物《ち》やけど、こいつがみごとにコケてしもた。製作費四千五百万で、三千万もの赤を出したんや」

作品がペイしなかった場合、出資者には出資額の二〇パーセントを補塡《ほてん》する契約だったため、小清水には二千万円近い借金が残った。銀行や信用金庫から新たな融資を受けることはできず、小清水は手持ちの金をすべて吐き出した上に商工ローン数社から一千万円を借りたが、利息を払うのが精一杯で元金を減らすことはできなかった——。「借りては払い、借りては払いの自転車操業で、一年後には借金が二千万に膨らんだ。もうほんまのお手上げかというときに『TAS』のオーナーが街金を紹介してくれたんや」

「新世界の金本不動産かい」

「金本さんに紹介されたんは阿倍野の『ミネルバ』いう街金やった。『ミネルバ』は借金を一本にまとめてくれた」

「街金は組筋がからんでる。『ミネルバ』が滝沢組のフロントやと知ってたんか」

「それはあとで分かった。知ってたら金は借りてへん」

「ええかっこぬかすな。溺《おぼ》れる狸は藁《わら》にも縋《すが》るし、泥舟にも乗るんじゃ」

「『ミネルバ』の借金はたった一年で四千万になった。どうにも返すアテはない。そこへ初見が現れて、映画作れ、といわれた」

「『フリーズムーン』かい」

「そういうことや」

「ほな、おまえは滝沢に尻掻《ケツか》かれて、あちこちまわってたんか。作る気もない映画を作ると、若頭やわしを誑《たぶら》かして」

「それはちがう。わしはほんまに『フリーズムーン』を撮りたかったんや。でなかったら、脚本なんぞ頼まへん」

「おまえが『フリーズムーン』で集めた金は八千二百万やろ。どう使うた？」

「義理のある借金を一千万ほど返した。あとの七千二百万は、さっきいうたとおりや」

「五百万は高飛びの金、残りはみんな滝沢か」

「そうや。嘘はない」

「おもろいのう。この爺はまだ与太を飛ばしくさるぞ」

桑原は小清水の口に手をあてるなり、今度は左の太股にボールペンを突きたてた。小清水は呻き、白眼を剝《む》く。

「おい、爺、次は腕や。ついでに指も折る」

「わしは……、わしは嘘ついてへん」

「極道に四千万もの借金のあるやつが、女にマンション借りたるんかい。茨木の家も売らずに残してるんは、どういうわけや、え」

「…………」

「滝沢はおまえが振り出した手形を持ってる。ほんまは滝沢になんぼ借りたんや」

「千八百万……。いや、利息がかさんで二千七百万や」

「おまえは口座から七千万をおろした。滝沢に二千七百万。マカオに持ってきたんが五百万。残りの三千八百万はどないした」

「二千七百万やない。滝沢組には三千万、とられた」

三協銀行大阪本店の応接室で行員立ち会いのもと、初見に三千万円を渡して借用証と領収証を受けとったという。「初見とは銀行で別れた。滝沢組とは縁が切れたんや」

「ほな、残りの三千五百万はどこにあるんや」

「大同銀行や。北浜支店に預けた」

「現金を持って行ったんか」

「淀屋橋から北浜は眼と鼻の先や」

「大同銀行の通帳は」

「…………」小清水は答えない。

桑原は刺さったボールペンを抜いた。振りあげる。

「通帳と印鑑は貸金庫や。北浜支店の」小清水はいった。

「金庫の鍵《かぎ》は」

「マンションや。昭和町の『グレース桃ヶ池』107号室」

「なんやと……」

「ダイニングの食器棚や。裏にテープで鍵をとめてる」

「なるほどな。おまえはどこまでも講釈師や」

桑原はボールペンを突きたてた。右の上腕だ。小清水はまた呻《うめ》く。

「滝沢とは縁が切れたやと？　昭和町のマンションには極道が巣くうて、おまえを待っとるやないけ。……おまえはフケたんや。滝沢に追い込みかけられてな」

「ほんまのことをいう。わしが香港に飛んだんは、初見にいわれたからや。三カ月か四カ月、金の回収が終わるまで帰ってくるなといわれた」

「金の回収？　どういうことや」

「初見はわしに白地手形を切らせた。そこにどんな数字を書いたかは分からんけど、初見はその手形を使うて『フリーズムーン』の製作委員会から金を毟《むし》る肚《はら》や」

「あほんだら。うちの若頭は千五百万も振り込んだわ」

「それは半額やろ。出資契約は三千万や」

「おどれはまだ金をとる気か」

「手形を振り出したんは、わし個人やない。『フリーズムーン製作委員会』という組合組織や。その組合員が出資を怠ったときは、利息の支払い義務と損害賠償義務がある」

「このガキ。他人事《ひとごと》みたいにいいくさって」

「わしはプロデューサーや。何本も映画を作ってきた。最低限の法的知識はある」

「昭和町のマンションに極道がおるのはどういうわけや」

「あんた、行ったんか」

「舐《な》めんなよ、こら。極道二匹を雑巾《ぞうきん》にしたったわ」

肺を刺されて一昨日まで入院していたと、桑原はいわない。

「滝沢の連中が部屋におるのは格好だけや。あんたみたいな同業が来たとき、債権者としてわしを捜してる格好をつけてるんや」

その証拠に、滝沢組には107号室のキーを渡した、と小清水はいう。

「おまえ、たった五百万の金で、女を連れて三カ月も四カ月もフケるつもりやったんかい。勘定が合わんぞ」

「こっちは物価が安い。節約したらなんとかなる」

「ちゃんちゃらおかしいのう。『ヴェネチアン』のスイートに泊まって博打するやつのセリフとは思えんぞ」

桑原は小清水のズボンの後ろポケットから札入れを出し、中身をカーペットに撒《ま》いた。日本円が十数万円と香港ドルが約一万ドル、クレジットカード三枚、運転免許証とレンタルビデオショップの会員カードもあった。

「大同銀行のキャッシュカードがないのはどういうわけや」

「作ってない。クレジットカードでこと足りる」

「へっ、ほざいとけ」

桑原は腕に刺したボールペンを抜き、小清水の口に紐《ひも》を巻いた。きつく縛って立ちあがる。ベッドに横たわっている玲美のそばにいった。

「訊《き》きたいことがある。大声出したら二度と見られんツラになるからそう思え」

桑原は猿轡《さるぐつわ》をとった。玲美は大きく息をする。

「爺の話を聞いてたやろ。ほんまか」

「ほんとです」力なく、玲美はうなずく。

「初見とかいう極道は爺を飛ばしたんか」

「詳しいこと、知りません」

小清水が旅行をしようというからついてきた、と玲美はいう。

「いつ帰る予定や。日本に」

「聞いてません」

「爺は三千五百万を大同銀行に預けたんか」

「そうです」玲美は無表情だ。

「爺はマンションのキーを滝沢に渡した。極道が居座る部屋に貸金庫の鍵を隠したんはおかしいやろ」

「そんなこと、わたしには分かりません」

「おまえ、あんな蛸《たこ》坊主みたいな爺が好きなんか」

「はい……」玲美の答えには間があった。

「なんで爺とひっついた。女優にしたるとでもいわれたんか」

「ちがいますよ」玲美は桑原を睨《にら》みつけた。

「おい、この女の財布を持ってこい」

桑原が振り返った。二宮はライティングデスクに置いてある玲美のバッグからヴィトンの財布を出して桑原に渡した。日本円が三万円と香港ドルが二千ドル、カード類は十数枚もあった。

桑原はカード類の中からキャッシュカード二枚を手にとった。

「ゆうちょ銀行、共和銀行……。残高はなんぼや」

「いちいち見てません」二十万円くらいだろうと玲美はいう。

「そうかい」

桑原はクレジットカードを調べて、「──これはなんや」

と、黒いカードを玲美の顔の前にかざした。玲美は横を向く。

「こいつはおもろい」

桑原は笑い声をあげた。「『ヴェネチアン』のカジノカードや」

「なんです、それ」二宮は訊いた。

「こいつらはな、カジノを銀行にしたんや」

「意味が分からんのですけど」

「角野のオヤジや。十五年ほど前、わしはオヤジの荷物持ちでマカオに来た」

その話は聞いたことがある。二蝶会の先代組長、角野達雄は博打《ばくち》好きで川坂会系の賭《と》場《ば》によく顔を出し、ウォーカーヒルやマカオにも遠征していたという。

「オヤジは『リスボア』にチェックインして、すぐにカジノへ行った。パスポートと五百万の金をカウンターに置いて、カジノカードをもらうんや」

「それはなんですか、預け金ですか」

「〝フロントマネー〟いうてな、まとまった金をカジノに積んどいたら、あとはカードで博打ができる」

「角野さんはVIPですか」

「リスボアに口座があった。東京のリスボアのマネージャーに電話一本入れたら、ファーストクラスのチケットが送られてくる。ホテルはスイート。飲み食いもフリーや」

「森山さんは博打せんのですか」いまの二蝶会組長だ。

「あのオヤジは金儲《もう》け命や。博打なんぞする性根があるかい」さも侮ったように桑原はいった。森山に聞かせてやりたい。

「カジノを銀行にしたというのは」

「フロントマネーや。カジノが預かる金には上限がない」

だから、ラスベガスあたりのカジノに口座を作ってマネーロンダリングに使う組長がいる、と桑原はいい、「このカジノカードは古い。爺のパスポートを見てみい。マカオに来たんは、これが初めてやないはずや」

二宮は黒のトランクから小清水のパスポートを出した。発行は二〇〇七年、有効期限は二〇一七年となっている。査証のページを広げると、二〇〇八年の二月と二〇一〇年の九月にも、小清水はマカオに入出国していた。

「そのとおりですわ。二回、マカオに来てます」

「役者やのう。こいつらは」

桑原は玲美を見た。「『ヴェネチアン』のフロントでわしらのことを聞いたやろ。日本人がふたり、おまえらを訪ねてきたと」

玲美は小さくうなずいた。

「おまえらは慌ててカジノへ行った。カジノに金を預けてカードをもろた。それからマカオシティにもどって高速船に乗った。ちがうか」

玲美はまたうなずく。

「なんぼ預けた？　『ヴェネチアン』のカジノに」

「一千万円です」玲美はいった。

「三千五百万やろ」

「ほんとです。一千万円です」

「二千五百万、足らんやないか」

「それは貸金庫やと思います」

「嘘やないやろな」

「貸金庫の鍵《かぎ》は、さっきのとこです」

「食器棚か。昭和町のマンションの」

「わたしがテープで貼ったんです。隠せ、といわれて」

「えらい信用されてるんやな。くそ爺に」

「貸金庫の鍵やというのは知ってたけど、銀行もどこの支店かも聞いてません」

「そういうことかい」

桑原は笑った。「あんた、ええ女や」

「鼻、冷やしてください」

「わるかったな。手荒いことした」

桑原はタオルを拾って、「氷や」と二宮にいった。

二宮は冷蔵庫から氷を出した。袋ごと桑原に渡す。桑原は氷をタオルに包んで玲美の鼻にあてた。

『ヴェネチアン』――。

二宮はバカラテーブルに腰をおろして、ディーラーにカジノカードを差し出した。

「マーカー・プリーズ」

「ハウ・マッチ？」

「ハンドレッド・サウザンド」

ディーラーはピットボスにカードを渡した。ピットボスはカードを端末機に挿して数字を打ち込む。端末機から薄っぺらいレシートが出てきた。

ディーラーはレシートを二宮の前に置いた。サインしろ、という。

〝小清水隆夫〟——。二宮は書いた。小清水のパスポートの署名を見て、何度も練習してきたのだ。ディーラーはレシートを受けとって金額とサインを一瞥《いちべつ》し、一万ドルチップ九枚と千ドルチップ十枚を、カジノカードといっしょに二宮の前に滑らせた。

二宮はフッと息をついた。カジノカードを使ったのは初めてだったし、サインはともかく、パスポートを見せるようにいわれたら、どうしようかと思っていたが、案外簡単にチップに換えることができた。十万ドルや二十万ドルのチップは、カジノにとって鼻くそみたいなものなのだろう。

ベット・プリーズ——。

液晶サインを見ると、バンカーの〝〇××〇×××〇〇×〇×〇〟となっている。八勝七敗のバラ目だ。

バンカーに五千ドルを賭《か》けた。〝ナインナチュラル〟でプレイヤーの勝ち。

次もバンカーに五千ドル賭けた。バンカーがQ・7のスタンド。プレイヤーがJ・3に5をひいて、プレイヤーの連勝だった。

こらあかん。もう一万もやられた――。小清水と玲美を見張っている桑原から、五万ドルまでは負けてもいいといわれたが、この調子だと三十分で溶かしてしまう。二宮は九百五十万円を『アイビス・カウルーン』に持ち帰らないといけないのだ。

くそっ、弱気はあかんと決めたやろ――。

バンカーの枠に一万ドルチップを置いた。プレイヤー9・4。バンカー、K・A。どちらも三枚勝負だ。

プレイヤーのカードが中国人のおばさんに伏せて配られた。おばさんはカードの端をつまんで絞る。

7や。8でもええぞ――。

おばさんは絞って折れまがったカードを放った。2だった。9・4・2の五。

バンカーのドローカードは5だった。K・A・5の六。ようやくバンカーが勝ち、五パーセントのコミッションはとられたが、二宮はチップをほぼイーブンにした。

二宮はチップを持ってテーブルを離れ、換金カウンターに行った。チップを渡して香港ドルを受けとる。そうして別のバカラテーブルに行き、カジノカードで二十万ドルのチップをもらい、三十分ほど少額の勝負をした。一万二千ドル負けて、また換金カウンターにもどる。同じような作業を三回繰り返して、ポケットにほぼ七十万ドルの香港ドルが溜《た》まった。

あまり頻繁に換金するのは不自然だから、葉巻を一本買ってオープンカフェに入った。そばを通るミニスカートにポシェットの女と眼が合い、女はにっこりした。

「お休みですか」少し、ぎごちない日本語で訊《き》かれた。

「ちょっと休憩ですわ」愛想よく応《こた》えた。

けっこう、いい女だ。色白で切れ長の眼、手足がすらりと長い。鼻が腫《は》れる前の玲美に似ている。

「なにか飲む？　あんたも」

いうと、女はオープンカフェに入ってきた。脚をそろえて浅く腰かける。

「おれはコーヒー。あんたは？」

「コーラをお願いします」

言葉遣いがきれいだ。玲美より若い。マカオで稼いで大陸の家族に送金しているのだろうか。二宮はコーヒーとコーラを注文した。

「このホテルにお泊まりですか」訊かれた。

「いや、香港の『アイビス・カウルーン』ですねん」

「今晩、お帰りですか」

「さぁ、どうかな。……負けてるし」

「大丈夫です。勝ちますよ」

「そのつもりなんやけどね」

葉巻の吸い口に穴をあけようとしたが、爪楊枝《つまようじ》がない。歯で噛《か》み切ったら、吸い口がバラバラになってしまう。そのようすを見て、女がヘアピンを外してくれた。

「ありがとう。気が利くな」

「シガーを吸うひと、少ないです」

「あんた、お名前は」ヘアピンで吸い口に穴をあける。

「アイリーンです。フランスではイレーヌです」

「フランス語まで、できるんや」

「ダメですよ。日本語と英語と韓国語が少しです」

アイリーンは脚を組んだ。真っ赤なエナメルのヒールを履いている。

アイリーンはいくらだろう――。訊くかどうか、迷った。カジノから連れ出しても部屋がない。アイリーンが契約しているホテルはあるだろうが、ポケットには七十万ドルもの現金がある。見知らぬホテルに行くのは、いくらなんでも危険だ。

コーヒーとコーラが来た。二宮は葉巻を吸い、コーヒーをブラックで飲む。

「アイリーンはおれに『お休みですか』と訊いたけど、日本人て分かった？」

「分かりますよ。あなたは日本のひとです」

「どうちがうんかな。中国人や韓国人と」

「日本の人は優しいです」

わるい気はしなかった。そう、おれは優しい。モテへんけど——。

「じゃ、行きましょうか」コーラを少し飲んで、アイリーンはいった。

「どこへ……」

「わたしの家です。この近くです」

「それはまずいな」

「どうして？」

「金、ないし」

「チェンジしたじゃないですか」

「見てたんかいな」

「見てましたよ」アイリーンはほほえむ。

これはいよいよ危ない。怖いお兄さんが出てきそうだ。桑原なら平気だろうが。

「ごめんな。おれ、よめはんが待ってるねん」

「そう……」

アイリーンは、フンといった顔でオープンカフェを出ていった。

時計を見ると、零時をすぎていた。二宮はブラックジャックテーブルに腰を据え、カジノカードで二十万ドルをチップに換える。すぐには賭けず、しばらく見《ケン》をした。ディーラーの目は、十九、十八と来て、三回目にバースト。下がり目か。

二宮は一万ドルから賭けはじめた。配られたカードはA・9で、ディーラーのオープンカードは5だった。

「ダブル」躊躇《ちゅうちょ》なくいって、一万ドルのチップを追加した。A・9は二十だが、Aを1とすれば十と数えることもできる。ディーラーのオープンカードは弱い。

ドローカードはJ——。A・9にJをひいて、二宮の目はまた二十になった。

ディーラーの伏せカードは8だった。5・8にQをひいて、つぶれた。

二宮は二万ドルのチップを受けとった。百ドルチップをディーラーにやる。

いま、親は弱い。ここで行くべきや——。考えてみれば、他人の金で勝負をしているのだ。勝てば二宮の金、負けても五万ドルまでは補塡《ほてん》しなくていい。

ベット・プリーズ——。

三万ドルのチップを枠に滑らせた。ハートのKとクラブのK。また二十だ。

ディーラーはQ・9の十九だった。コングラチュレーション——。三万ドルが来る。

百ドルチップを三枚、ディーラーにやった。

よっしゃ。おれは自分の才覚で稼いだる。目標二百万。事務所の家賃、一年分や——。

三万ドルをそのままにして、カードを待った。

『アイビス・カウルーン』にもどったのは朝の五時だった。２０１4号室をノックする。

すぐにドアが開いた。

「遅いのう」

桑原の不機嫌そうな顔。「博打《ばくち》してたやろ」

「そら、しますよ。そのために行ったんやから」

部屋に入った。玲美はベッドで寝ている。小清水もベッドの脚もとで動かない。桑原が拭《ふ》いてやったのか、小清水の顔に血はついていなかった。太股《ふともも》と腕の刺し傷も血はとまっているようだ。

「金は」

「ここに」

ジャケットの両ポケットから金を出した。テーブルに置く。「九百五十万です」

「五十万、足らんぞ」

「負けました」

「ほんまは勝ったんとちがうやろな」

「勝ったら、こんなに萎《しお》たれてませんわ」

百二十万も負けたのだ。自分の金が七十万、補塡の金が五十万。

「ま、ええわい。金持って逃げんかったんは褒めたる」

桑原はあくびをしながら、「支度せい。フロントにいうて、七時半発のエアインディアをとった」

「ファーストですか。ビジネスですか」

「ばかたれ。ビジネスじゃ」

ビジネスとエコノミーにしようとしたが、エコノミーはとれなかったという。

「シャワー、浴びたいんですけどね。自分の部屋で」

「浴びんかい。おまえの勝手や」

「アイリーンいうかわいい娘と知りおうたけど、連れて帰れんかったですわ」

「女は日本で買え。日本人の品位を落とすやろ」

「品位ね……」

こいつの頭をカチ割って中をかき混ぜてみたい。言葉が脳をスルーしている。

「早ようせい。五時半にはチェックアウトする」

「ひとつだけ、お願いがあるんですけど」

「なんや」

「おれの部屋代も、ついでに払うてくれませんかね」

「わしはおまえの財布か」

「桑原さんにもろた百万円、みんなやられたんです」かろうじて三十万は残ったが。

「立派や。マカオの大統領に代わって表彰状をやろ」

「あの、部屋代を……」

「分かった、分かった。払うたる」

さもうっとうしそうに、桑原は手を振った。二宮は2014号室を出て、ふわふわと廊下を歩く。博打で大敗した気分も、そうわるくはない。

11

十一時五十分、エアインディア314便は関西国際空港に到着した。カジノから持ち帰った九百五十万円と、小清水から召しあげた金は二宮のディパックに詰めて税関検査を受ける。係官はバッグを開けようともしなかった。

一階ロビーで桑原と合流した。

「どうやった」

「無事、通過です」

「ええのう、おまえは。貧乏臭うて」

「調べられたんですか」

「トランクを開けて底板の裏まで弄《いじ》りくさった」

当然だ。こんな目つきのわるい男のトランクを調べない係官は職務怠慢だろう。

「ほら、金寄越せ」

「ここで渡すんですか」人目がある。

「そうやの。ビールでも飲もかい」

桑原はエレベーターに向かった。

三階レストランフロア。禁煙表示のない喫茶店に入ってビールを注文した。

「金、出せ」

「はい」

ディパックから紙包みを出した。テーブルに置く。「あの、いいにくいんやけど……」

「なんじゃい。また、金くれか」

「おれ、おふくろに五十万借りてマカオに行ったんです」

「それがどうした」

「カジノでやられて、カラッケツですねん」

「わしから百万、とったやないけ」

「みんな溶かしました」

「めでたいのう」

「おふくろは年金暮らしです。乏しい蓄えから五十万、まわしてくれたんです」

「最低やの。このゴクツブシが。親の布団剝《は》ぐような真似さらすな」

「このとおりです。あと五十万、ギャラをください」

頭をさげた。我ながら芝居がかっているとは思うが、口と愛想に損はない。「博打が弱いのは、よう知ってます。けど、カジノカードを金に換えるにはレートの高い勝負をせないかんのです。桑原さんみたいにさくさく賭《か》けて、さらっと洗うてなことはできません」

「んなことは分かっとるわい。講釈たれんな」

「わしはこいつらを張る、おまえはカジノへ行け、というたんは桑原さんですよ」

「おまえは緩い。爺の口車に乗って逃がしてしまうやろ」

「ギャラください。せめて、おふくろに借金返したいんです」

「脅したり、すかしたり、おまえはほんまに芸達者や」

桑原は眉根《まゆね》を寄せて紙袋から札束を出す。五十枚を数えてテーブルに放った。

「すんません。親孝行できます」金をポケットに入れた。なんでもいってみるものだ。

「親孝行いうのはな、これで温泉でも行け、と小遣いをやるこっちゃ。借りた金を返すのが孝行やないぞ」

桑原は紙袋をトランクに入れた。九百万と三百九十八万で、約千三百万円を回収したのだ。その上に、桑原は『ヴェネチアン』で九十万ほど勝っている。

ビールを飲み、煙草を一本吸って喫茶店を出た。一階に降りる。

「どうも。お疲れさんでした」

デイパックを背負った。「兎小屋に帰って寝ますわ」

「誰が帰ってええというた」

「えっ……」

「おまえ、中川を連れて小清水のヤサに行ったとかいうてたな。『グレース桃ヶ池』」

「確かに、行きましたけど」村居とかいうプロレスヤクザがいた。

「中川の携帯や。番号は」

「知りません」

「府警に電話して訊《き》け」

「教えてくれるわけないやないですか」

「あいつの巣に電話して訊け」

「中川に用事でもあるんですか」

「二宮くん、ごちゃごちゃいうてる暇があったら電話せいや」

阪町のスナック『ボーダー』に電話をかけた。十数回のコールでつながった。

――ボーダーですか。

――はい。

――二宮企画の二宮といいます。

――ああ、二宮さんね。

眠そうな声。マスターは寝ていたようだ。

――中川さんの携帯、教えてもらえませんか。頼みがありますねん。

――とめられてるんや。教えるなと。あれでも刑事やもんな。

――マスターはおれのこと知ってるやないですか。決して迷惑かけません。

――〇九〇・七四八〇・七九××。

あっさり、マスターはいった。二宮は復唱し、桑原がパスポートに番号を書く。

二宮は電話を切り、桑原は中川に電話をかけた。

「おう、桑原や。二蝶興業の桑原――。ボーダーで聞いたんや。そんなに嫌なら口止めしとけ――。仕事や。五万出す――。こないだ行ったやろ。昭和町のマンション。滝沢のチンピラを放り出してくれ――。分かった、分かった。十万や――。二時や。遅れんなよ」

桑原はフックボタンを押した。二宮は携帯を受けとる。

「天王寺の喫茶店や。行くぞ」

「なんですねん。説明してくださいよ」

「玲美のマンションや。わしが行ったら、とことんやりあうことになる」

「中川に十万もやるんですか。村居を放り出すだけで」

「村居ひとりやない。二、三人はおるやろ」

「おれと中川が行ったときはひとりでしたよ」

「おまえというやつはどこまで鈍いんや。爺が滝沢に電話してるとは思わんのか。桑原がそっちへ行くかもしれんと」

「そうか……」いわれてみれば、そのとおりだ。

「爺も今日中には帰ってきよる。早ようカタをつけんと、貸金庫の鍵《かぎ》が手に入らん」

そう、小清水と玲美は紐《ひも》を解いて香港国際空港に走ったはずだ。二宮たちの二、三時間後には関空に着く。

「なにからなにまで、よう読んでますね。さすがにプロや」

プロのヤクザだとはいわない。殴られる。

「出来がちがうんや、出来が。おまえのスポンジ頭とはな」

「ああ、そうですね」

くそっ、さっさと逃げればよかった。五十万円、手に入れたのだから。

「ほら、ぐずぐずすんな」

桑原はトランクを送るといい、宅配便の受付カウンターに向かった。

二時——。中川はあびこ筋沿いの喫茶店にいた。中川をタクシーに同乗させて昭和町へ走る。桑原も中川も運転手の耳を気にして黙りこくっていた。

『グレース桃ヶ池』の前でタクシーを降りた。

「金や」中川がいった。

「先払いかい」

桑原は札入れから十枚の札を抜いて中川に渡した。「わしは近くで待ってる。チンピラを放り出せ」

「おまえは来んのか」

「わしは極道やぞ。刑事のおまえが極道連れてったら洒落《しゃれ》にならんやろ」

「おい、桑原、なんぞたくらんでへんか」

「あほんだら。チンピラの一匹や二匹、わしひとりで充分やけど、あとがめんどい。滝沢は本家筋や」

「二蝶会の桑原も怖いもんがあるんやの」

「金が怖い。女が怖い。ついでにいうたら、警察も怖いわ」

「へっ、いうとけ」

中川はこちらを向いた。「おまえも来い。桑原の代わりや」

「ちょっと待ってください。おれは堅気ですよ」

「行かんかい。刑事さんのリクエストや」

桑原に背中を突かれた。つんのめって前に出る。しかたなく、二宮はデイパックを路上に置いた。

マンション内に入った。中川を前に立てて107号室へ行く。中川はこのあいだと同じようにドアに耳をつけた。

「おる……」

と、低くいってノックする。少し待ってドアが開いた。

「なんじゃい。また来たんか」

顔を出したのは村居だった。左の頬に絆創膏《ばんそうこう》を貼っている。

「排除命令や。出ていけ」中川はいう。

「嘘ぬかせ。令状は」

「ほう、聞いたふうなことというやないか」

「一昨日、来いや」

「公務執行妨害。逮捕するぞ」

「あほか、おまえは」

「誰にものいうとんのや、おい」

中川はドアをつかんだ。村居は閉めようとするが、中川の靴が挟まっている。「四課の刑事が極道を引くには理由なんか要らん。……おまえは抵抗した。それで充分や」

「こいつ……」

「どうした。やるんかい」中川は挑発する。

そこへ、もうええ——と声がした。退《ど》け——いってドアを開けたのは、髭面《ひげづら》の四十男だった。黒のポロシャツに黒のズボン、煙草をくわえている。

「おたくさんは」

「四課の中川。手帳、見たいか」

「いや、よろしいわ。先週も来はったそうですな」

「排除命令や。１０７号室にヤクザが巣くうてると、通報があった」

「なるほどね。通報がね……」男はけむりを吐く。

「あんた、名前は」

「比嘉《ひが》、いいます」

「滝沢組の比嘉な。あとで記録を調べとこ」

「わし、弁当持ちやさかい、揉《も》めごとはあきまへんねん」

弁当持ちとは、執行猶予つきの有罪判決をもらっているということだ。

「なんで引かれたんや」

「出資法違反ですわ。有価証券虚偽記入、同行使。わしがやったことでもないのにね」

比嘉はにやりとして、「荷物、まとめんかい。出るぞ」

と、村居にいった。村居は奥に引っ込む。

「中に入れろや」中川はいった。

「なんやかやとありまんねん。見せとうないもんがね」

「チャカやないやろな」

「そんなん、わるい冗談でっせ。刃物もシャブもありまへんわ」

「分かった。五分だけ待と」

「おおきに。すんまへん」

比嘉は中川に頭をさげて、「早よう、せんかい」と、村居をどなりつけた。

比嘉と村居はバッグを提げて出て行き、中川と二宮は部屋に入った。リビングダイニングはこのあいだにも増して荒れている。段ボール箱三つにコンビニ弁当やカップラーメンの容器、ビールの空き缶が堆《うずたか》く積まれ、ダイニングテーブルの上には金属バットが二本、ころがっていた。

中川は冷蔵庫を開けて缶ビールを出した。ダイニングチェアに腰をおろして飲む。

二宮は桑原に電話をした。

――二宮です。村居と比嘉いうのがおったけど、尻尾《しっぽ》まいて出て行きました。

――中川は。

――部屋でビール飲んでますわ。

――うっとうしいやっちゃ。さっさと帰れといえ。

――桑原さん、どこです。

――あびこ筋の喫茶店や。

――近くで待ってるというたやないですか。

――村居とバッティングしたらどないするんや。道でゴロまくんかい。わしは病みあがりやぞ。

――早よう来てくださいね。

電話を切り、二宮も缶ビールを手にして中川の前に座った。

「探しもんか」ぽつり、中川はいった。

「なんのことです」

「この部屋になんぞあるんやろ。それが目当てで、桑原は極道を追い出したんや」

「真鍋恵美と小清水隆夫がどこに飛んだか、その手がかりを探したいんです」

「まだ分からんのか、行方が」

「正直なとこ、手がかりがないんです」

「ふたりは車でフケたんか」

「さぁ、どうやろ」

「車のナンバーが分かったら、ことは簡単や。Nシステムで捕捉《ほそく》できる」

「高速道路とか国道にあるやつですね。車線ごとにカメラが何台も並んでる」

「Nシステムの統括センターに車のナンバーを照会するんや。そしたら、すぐに回答が来る。当該車両は何月何日何時何分に何号線のどこそこを通過しました、とな」撮影された運転者の画像もとれるという。

「市民のプライバシーなんか、あったもんやないですね」

「おまえも犯罪をするときは気ぃつけるんやぞ。まず初めに、車のナンバープレートを盗んで付け替えるんや」

「警察官の言葉とは思えませんね」

「桑原にいうとけ。Nシステムのことをな」

「照会料、要るんでしょ」

「そら要るやろ。Nシステムはガードが堅い」

背中を向けて、部屋を出て行った。

中川はビールを飲みほして立ちあがる。「——二十万や」

桑原はいくら待っても姿を現さなかった。

あのバカタレ、いったい、なにをしてるんや——。電話をかけた。

——二宮です。待ってるんですよ。

——中川はいつ出た。

——四十分も前です。

——そうかい。ほな、行こか。

電話は切れた。

なんやねん、くそっ——。吐き捨てたとき、気づいた。桑原は時間待ちをしていたのだ。

比嘉と村居は姿を消したが、組に帰ったという確証はない。ふたりはマンションの近くで中川が出て行くのを待ち、１０７号室にもどる。そこには二宮がひとりでいるのだ。二宮は村居に殴られて半死半生になり、ことの経緯を洗いざらい吐く……。

飛んで火に入る夏の虫とは、おれのことやないか——。背筋がひやりとした。よくも平気でビールなんか飲んでいられたものだ。

玄関ドアの錠をおろしてチェーンをかけた。裏のベランダに出て、逃走経路を確認する。通路に飛び降りて右に走れば隣家の生垣だ。疎《まば》らな生垣だから容易に越えられる。

二宮はためいきをついてベランダに座り込んだ。

ドアがノックされたのは二十分後だった。玄関へ行き、ドアスコープを覗《のぞ》く。桑原が立っていた。

「どえらい遅かったですね」

桑原を中に入れた。施錠し、ドアチェーンをかける。

「キーや。この部屋のキーを寄越せ」

「そこですわ」

シューズボックスの上に置いてある。中川が比嘉から受けとったのだ。桑原は鍵《かぎ》をポケットに入れた。

「なんで、こんなに遅かったんです」

「喫茶店の週刊誌を読んでたんや」

『週刊大衆』、『アサヒ芸能』。おもしろい記事があったという。

「おれ、びくびくしてたんですよ。中川がおらんし」

桑原は反応しない。ダイニングの食器棚を指さして、

「探したんか。貸金庫の鍵」

「探してません」

「ちょっとは動けや。自主的に」

桑原は靴を脱がず、ダイニングにあがった。「ほら、手伝え」

ふたりで食器棚を前にずらした。裏を覗く。鍵はおろか、テープを貼った痕《あと》もなかった。

桑原はダイニングチェアに腰をおろした。

「やられたのう。小清水と玲美に」ムスッとしていう。

「あれだけボコボコにされて、まだ嘘ついてたんや……」ある意味、感心した。

「探せ。貸金庫の鍵」

「おれが？」

「おまえが探さんで、誰が探すんや」桑原は煙草を吸いつける。

「そら、まぁ、探しますけど、見つかるとは思えませんね」

「流しの下を見てみい。排水ホースの裏や」

いわれて、流し台の扉を開けた。排水ホースの裏に手を入れる。

「ありませんわ。なにも」

「部屋中、ひっくり返せ。鍵を見つけたら小遣いやる」

「なんぼです」

「三万や」

「大金ですね」

鍋《なべ》やザル、ボウル、プラスチック製の米櫃《こめびつ》、洗剤、スポンジ、ジャガイモとタマネギの入った段ボール箱を外に出した。ジャガイモは芽を出し、タマネギはくたくたに腐っている。米櫃の米をボウルにあけたが、鍵はない。

「ほら、ほかを探せ」

「ふたりでやったほうが効率ええと思うんですけど」

「おまえ、空港でわしからなんぼもろた？」

「五十万円です」

「ほな、黙って作業せんかい」

桑原はリビングへ行った。テレビの電源を入れ、ソファの肘掛《ひじか》けを枕にして横になる。

二宮は食器棚の皿、鉢、コップを片っ端から出してテーブルに置いた。切子のグラスにゴキブリの脚が一本あるだけだった。

冷蔵庫の中身もみんな出した。萎《しな》びたキャベツ、大根、ニンジン。飲みさしの牛乳やジュース類は空にして容器を潰《つぶ》す。ソースやぽん酢、焼き肉のタレも流して捨てる。そのあと冷蔵庫を引きずり出して裏を見たが、鍵はない。吊《つ》り戸棚とレンジフードも隅から隅まで調べた。

「桑原さん」

「なんや」

「おれ思うんやけど、小清水はそもそも貸金庫なんか使うてないんとちがうんですか」

「わしは、そうは思わんな。あの爺はこの部屋に鍵があるからこそ、滝沢のクソどもが巣くうように仕向けたんや」

「けど、小清水はいうたやないですか。〝滝沢組は債権者として、わしを捜してる格好をつけてるだけや〟と」

「格好づけで極道が二匹もおったんかい。そのほうがおかしいやろ」

「そしたら、小清水は滝沢に貸金庫のことをいうたんですか」

「詐欺師が極道に金の在《あ》り処《か》をいうてどないするんじゃ。尻《ケツ》の毛まで毟《むし》られるやろ」

「けど、小清水と滝沢組はグルでしょ」

「グルやない。あの爺は滝沢の初見とかいう極道に糸ひかれて踊っただけや」

桑原のいうとおりかもしれない。小清水は人形、滝沢組は黒衣《くろこ》――。「玲美もええ迷惑ですね。小清水について行ったばっかりに、桑原さんに殴られて」

「二宮くん、世迷い言いうてる暇があったら捜索をつづけろや」桑原は煙草のけむりをドーナツにする。

「この調子やと、夜中までかかりますよ」

あるかないか分かりもしないものを探すのはうんざりする。

桑原は携帯を出した。ボタンを押す。

「セツオか。わしや。ちょっと手伝え――。昭和町。あびこ筋に聖ヨハネ教会いうのがあるから、そこを左に入れ――。『グレース桃ヶ池』、テラス風のマンションや。107号室におる――。茨木で見つけた通帳と印鑑も持ってこい。107号室やぞ」

桑原は電話を切った。「セツオが来る」

「そら、ありがたいですね」別にありがたくはない。セツオも桑原と同じヤクザだ。

炊飯器の蓋《ふた》をあげた。飯が茶色になって干からびている。電気ポットは空、コンロ台をひっくり返したら、掌《てのひら》ほどもある大きなアシダカグモが逃げていった。

「桑原さん、クモ好きですか」

「クモ？　好きでも嫌いでもない」

「家にアシダカグモが何匹かおったら、ゴキブリが半年で消滅するらしいですね」

「なにをいうとるんや」

「アシダカグモはゴキブリの天敵ですねん」

「おまえというやつは、どうでもええことをくっちゃべるのう」

「ちょっと休憩してもよろしいか。小便したいし」

「ついでにトイレん中を探さんかい」

「了解です」

トイレに入った。便器に腰かけて煙草を吸う。眠い。タンクにもたれて眼をつむった。

セツオが来たのは五時すぎだった。茨木の小清水の家から持ち出した三協銀行阿倍野支店の通帳と印鑑を桑原に渡す。桑原は受けとって、

「貸金庫の鍵を探せ。どこかにあるはずや」

「どんな鍵です」セツオは訊《き》く。

「大同銀行の貸金庫や。北浜支店の番号札がついてるやろ」

ダイニングとキッチンは捜索済みだと、桑原はいった。

セツオはスカジャンを脱いで二宮のそばに来た。タイガースの野球帽、黒のTシャツ
によれよれのジーンズ、ソックスは五本指の軍足だ。

「久しぶりやな。元気にやってたか」

「ま、ぼちぼちやってる」

「ひょっとして、あんたも香港に行ってたんか」

「ああ。マカオにも行った」

「博打《ばくち》かいな」

「桑原さんのお供や」

「兄貴の博打はすごいやろ」

「メリハリが効いてるな。あの賭《か》けっぷりは真似できんわ」

「こら、喋《しゃべ》ってんと仕事せんかい」桑原に怒鳴りつけられた。

「おれ、どこ探そ?」セツオは眼を細くして部屋を見まわす。

「セツオくんは近視か」

「〇・二か三やろ。視力」

「裸眼で車を運転してきたんか」

「視力なんか関係ない。どうせ、おれ、無免許やし」

去年の秋、免停期間中に車を運転して取消しになったという。

「ええ根性やな」

「飲酒運転はせえへんで」

「こら、おまえら、ええ加減にせえよ」また、桑原に怒鳴られた。

「あんた、リビングをやってくれるか。おれは洗面所と風呂場《ふろば》や」二宮はいった。

「よっしゃ。分かった」

セツオはリビングへ行き、二宮は洗面所に入った。鏡の裏の棚から探しはじめる。歯ブラシ、シェーバー、薬、タオル――、みんな外に出した。ボウル下の収納も隈《くま》なく探し、天井の点検口も外して天井裏を覗《のぞ》く。

洗濯機の蓋をあけると、底に脱水した衣類があった。女物のタンクトップとショーツが二枚。ピンクのショーツを出して鼻にあてたが、洗剤の匂いがするだけだ。乾燥機とランドリーボックスは空だった。

二宮は服を脱いで風呂場に入った。ガスの種火を点《つ》けてシャワーの栓をひねる。水が湯になるのを待って頭から洗いはじめた――。

さっぱりして風呂場から出たら桑原がいた。慌てて前を隠す。

「誰が風呂に入れというた、え」

「ちょっとシャワー浴びただけです」

「シャワーも風呂もいっしょやないけ」

「身体がにちゃにちゃでしてん。世間に迷惑でしょ」

洗面所と風呂場は調べた、といった。「鍵《かぎ》、ありましたか」

「あるわけないやろ。さっさと探せ」

桑原は洗面所を出ていった。二宮はトランクスを手にとったが、臭い。思いついて、さっきのピンクのショーツを穿《は》いたら、妙に心地がよかった。チノパンを穿き、ポロシャツを着てリビングへ行く。ソファがみんな横倒しになり、サイドボードの中身が床に散乱して、足の踏み場もなかった。

「台風が来たみたいですね」

テレビの前で胡座《あぐら》をかいている、桑原にいった。「セツオくんは」

「寝室や」

「ほな、おれ、ベランダを探しますわ」

掃き出し窓を開けて外に出た。エアコンの室外機のそばに行ったら熱風が噴き出している。西陽がまともにあたって、また汗をかく。室外機の裏や鉢植を捜索してリビングにもどり、寝室に入った。

セツオはドレッサーの前に座り、野球帽をあみだかぶりにして鏡を覗き込んでいた。なにをしているかと近づいたら、ビューラーを睫毛《まつげ》にあてている。

「そういう趣味かいな」

「なんとなく、や」

セツオはビューラーを放った。傍らのチェストの抽斗《ひきだし》が開いてブラジャーやショーツがはみ出している。セツオも玲美の下着の匂いを嗅《か》いだのだろうか。

セツオとふたりでベッドを移動し、壁に立てかけた。埃《ほこり》が舞う。ベッドの下には潰れたティッシュの箱があるだけだった。

「貸金庫の鍵とかいうのは、ほんまにあるんかい」セツオが訊く。

「さぁ、どうやろな」

「もともと、ないもんを探してるんとちがうやろな」

「食器棚の裏にテープで貼ってると聞いたんや」

小清水は詐欺師だ。詐欺師が苦しまぎれにいったことを真に受けた桑原は甘い。

「もういっぺん、食器棚を探してみいや」

「無駄や。徹底的に探した」

「おれもとことん探したぞ」

セツオはウォークインクロゼットに眼をやった。「ビデオカセットとＤＶＤが何百本と積んであったわ」

「あんた、桑原さんから聞いてたか。小清水が映画のプロデューサーやと」

「それは知ってる。若頭が映画に金を出したこともな」

「金額は」

「知らん」

「千五百万や」

「そら、若頭もキリキリするやろ」

「カセットとDVD、調べたか」

「調べるわけない。めんどいわ」

　それを聞いて、二宮はクロゼットに入った。棚にぎっしり段ボール箱が積まれている。箱をひとつおろして蓋をあけると、ビデオカセットとDVDが詰まっていた。『浪華遊侠伝』『続浪華遊侠伝　命あずけます』『龍の宴』『標的』『雀鬼七番勝負』——。小清水が製作した映画やVシネマだ。カセットを一本ずつケースから抜いていったが、きりがない。二宮はクロゼットを出た。

「こんなこと、しらみつぶしにやってたら明日の朝までかかるな」

「おれはかまへん。どうせ暇や」

　セツオは両手に指輪を七つも八つもはめて眺めている。腕時計もふたつ、つけていた。

　二宮は壁に寄りかかって煙草を吸いつけた。セツオはドレッサーの化粧品を物色する。

「このごろ、景気はどうなんや」訊いた。

「あかんな。裏物がさっぱり売れん」

「パソコンで鮮明なやつが見られるもんな。無修正がタダで」

「おかげで商売、あがったりや」

街のビデオ屋は軒並み廃業したという。「あんたもあかんやろ」

「サバキで食える時代は終わったかもしれんな」

「あんたはまだマシや。二宮企画いう看板がある」

「看板な……」

業界に多少のコネがあるというだけだ。たまに建築業者の紹介やリフォームの口利きはするが、本来のコンサルタント業務はなにひとつできない。「──桑原さんは、なんで『キャンディーズI』をやめたんや」

「桑原の兄貴も苦しいみたいや。組の会費も滞納してるとかで、事務所にもめったに顔出さへん」

「会費て、月いくらや」

「兄貴は組持ちやないし、十万くらいとちがうか」

会費、つまり上納金は、二蝶会という代紋の使用料だ。二蝶会もまた本家に会費を納めて神戸川坂会の代紋を掲げている。

「桑原さん、整理のシノギはあるんやろ。この不景気やし」

「倒産は確かに増えてるらしいな。けど、むかしみたいに極道が仕切れるような場はなくなった。あの条例や」

「暴排条例か」

「名刺に代紋なんか刷れん。債権者の会に顔出しただけでチクられる。極道は飯食うな、息も吸うな、ということっちゃ」

諦《あきら》め口調でセツオはいう。「おれも桑原の兄貴に倣うて整理を勉強しようと思てたけど、もうあかん。どう立ち回っても金にはならんわ」

「桑原さん、借金まみれか」

「どうやろな。兄貴は金がのうても金使うひとやから、ほんまのとこは分からんわ」

セツオの話を聞いているとうれしくなる。桑原はいずれフェードアウトするかもしれない。やっと疫病神と縁が切れるのだ。


煙草を二本、灰にして寝室を出た。桑原はテレビの前で寝ている。

「鍵、見つからんです」セツオがいった。

「腹減った。鮨《すし》でもとれ」

桑原は肘枕《ひじまくら》であくびをする。「台所に箸袋《はしぶくろ》があったやろ。鮨屋の箸袋が」

それを聞いて、二宮は台所に行った。ごみ箱から箸袋を拾ってリビングにもどる。

「なに頼みましょ」

「好きにせいや」

「ほな、特上三人前と赤だしでよろしいね」

箸袋の電話番号にかけた。『グレース桃ヶ池』１０７号室――。出前を頼んで電話を切った。

「おい、なんやそれは」桑原はセツオの左手に眼をやった。

「いや、あったんですわ。三面鏡の中に」きまりわるそうにセツオはいう。

「盗人《ぬすっと》の真似すんな。時計も返しとけ」

「すんません。ちょっと、つけてみただけですわ」

「時計、見せてみい」

「はい」セツオはふたつの時計を外して桑原に渡した。

「『ゼニス』やな。こっちは『ロレックス』か」

桑原はゼニスをポケットに入れた。

なにが〝盗人の真似はするな〟や――。二宮は笑ったが、自分も玲美のショーツを穿いている。

「どないします。鮨食うて、もっと探しますか」セツオがいった。

「いや、もうええ。厭《あ》きた」

桑原は起きあがった。「鍵《かぎ》や。貸金庫の鍵」つまんで、ぶらぶらさせる。

「えっ、どこにあったんです」

「テレビ台の抽斗や」

「おれ、探しましたけど」

「ＤＶＤのケースまでは調べてへんやろ」

桑原は首をこくりと鳴らす。「『アウトレイジ』の中にあった」

「ほな、おれらが家中を探してたんは……」

「貸金庫がひとつだけとは限らん。ほかにも通帳や印鑑が見つかるかもしれんやろ」

「なるほどね。やっぱり、兄貴はよう考えてはるわ」

セツオは素直に感心するが、ばかばかしい。鍵があったのならあったと早くいえ。

「鮨、食うたら撤収や。病みあがりの身であちこち動きすぎた」

桑原はロレックスをセツオに放った。「質屋にでも持っていけ。『デイトジャスト』は十万や二十万にはなるやろ」

「すんません。来てよかったですわ」セツオはよろこぶ。

「明日は木曜か。銀行、やってるな」

「貸金庫を開けるんですか」

「十時や。朝の十時に北浜へ来い」

桑原はセツオにではなく、二宮にいった。がっくりする。

「あの、おれも忙しいんです。事務所、ほったらかしやし、仕事もたまってますねん」

「おまえ、なにかというたら、わしから逃げようとするな、え」

「銀行ぐらい、ひとりで行ってくださいよ」

「わしは極道《な》やぞ。おまえは堅気や」

「堅気の装りして行ったらええでしょ。髪を七三に分けて、ビジネススーツ着て」

「どの口がそういう戯言《ざれごと》ほざいとんのや」

桑原は眉《まゆ》からこめかみにかけて伸びた傷痕《きずあと》を撫《な》でる。「わしはこの顔が代紋じゃ」

「ま、否定はしませんけど」

「九時。淀屋橋。わしの車に乗って来い。スーツを着てな」

ガソリン満タン、洗車をしろという。

「こら、聞いとんのか」

「聞いてます」

「わしから金とるだけが能やないぞ。ちゃんと、やることやらんかい」

桑原はまた横になった。DVDデッキのリモコンボタンを押す。たけしが歯科医院に行って石橋蓮司を痛めつける場面だった。

「ようできた映画や。おまえらも見んかい」

上機嫌で、桑原はいった。


出前の鮨を食い、グレース桃ヶ池を出たのは八時前だった。悠紀の携帯に電話をする。

――おれ。啓之。香港から帰った。

――マカオは。

――行った。ちょっとだけ勝った。

――啓ちゃんがカジノで勝つやて、信じられへんわ。

――おれもたまには強いんや。……マキに会いたい。

――元気やで、マキちゃん。一日中、お母さんのそばで遊んでるわ。マキのこと、すごいかわいいって。

悠紀の家は福島区の玉川だ。ラブラドルの『ララ』と、モルモットの『モモ』も飼っている。

――マカオで見つけたん？　玲美とかいう子。

――ああ、見つけた。小清水もいっしょやった。

――すごいやんか。啓ちゃん、インターポールみたいや。

――なんや、それ。

――インターナショナル・ポリスなんとか。

――悠紀はどこや。『コットン』か。

――うん。いま、レッスンが終わったとこ。

――ほな、飯食うか。土産も渡したいし。

――うん。迎えにきて。

――三十分で行く。

電話を切った。鮨は食ったが、酒は飲める。悠紀と飲む酒はなにより旨《うま》い。

あびこ筋の化粧品店で柑橘《かんきつ》系のコロンを買い、リボンをかけてもらった。タクシーで西心斎橋へ走る。桑原が玲美を殴りつけた話はしないでおこうと思った。

12

八月三十日──。ＢＭＷ７４０ｉを運転して淀屋橋に行った。桑原は地下鉄の入口前に立っていた。ライトグレーのスーツにブルーのクレリックシャツ、ネクタイも締めている。黒縁眼鏡は『スーパーマン』のクラーク・ケントのようだ。

桑原は車に乗り込むなり、ダッシュボードを指で撫でた。

「これはなんや。洗車せいというたやろ」

「洗車しましたよ。ガソリンも満タンにして」

「車ん中も掃除するのが洗車やないけ」

「すんませんね。気がつかんで」

「おまえ、スーツは」

「持ってませんねん」

いちおう、白のワイシャツに紺のジャケットは着てきた。

「行かんかい。大同銀行や」

土佐堀《とさぼり》通を東へ走った。北浜一丁目の大同銀行北浜支店のパーキングに車を駐《と》め、ドアを開けた。

「待て」

いって、桑原はネクタイを外した。「これ、締めとけ」

受けとった織り柄のネクタイは『HERMES』だった。

「ヘルメス……」

「ばかたれ。エルメスじゃ」

エルメスくらい知っている。洒落《しゃれ》の分からない男だ。

ネクタイを締め、貸金庫の鍵と印鑑をもらって車外に出た。桑原とは別々に支店内に入る。案内係の女性に鍵を見せて、貸金庫を開けたい、といった。

「ご本人さまですか」

「そうです。小清水隆夫」

鍵の番号をいった。0948——。

女性は疑うふうもなく、〝貸金庫開閉票〟を持ってきた。二宮はカウンターで必要事項を書く。〝茨木市郡7-2-54　小清水隆夫〟——。印鑑も押した。

女性は開閉票を持ってカウンターの奥へ行った。本人確認まではしないようだ。桑原は入口近くのシートに座っている。

女性がもどってきた。どうぞ、こちらです——。

案内されて二階にあがった。女性がカードキーをスライドさせて金庫室のドアを開ける。中に入った。左右の壁面にステンレスのケースがぎっしり並んでいる。

女性は《0948》のケースの右側に鍵を挿した。二宮は左側に挿す。同時に鍵をまわすと、カチッと音がしてケースが少し手前に出てきた。

「どうぞ。終わられましたら、お声をかけてください」

女性は別室に行った。二宮はケースを抜いてテーブルに置く。蓋《ふた》を開けた。

大同銀行の通帳が入っていた。残高を見る。〝※25，000，000〟――。日付は、八月二十四日だった。

やった――。これでまた、桑原に金をせびれる。せめて百万。いや、五十万でもいい。

嶋田は二宮に五十万を出資してくれたのだから。

通帳をポケットに入れ、女性を呼んでケースをもどした。貸金庫室を出てロビーに降りる。桑原に目配せして支店を出た。

車に乗ると、桑原も乗ってきた。

「あったか」

「これです」

通帳を渡した。桑原は《小清水隆夫》の名を確認して残高を見る。

「よっしゃ。上出来や」にやりとする。

「あの……」

「なんじゃい」

桑原は睨《にら》む。「また、金くれ、やないやろな」

「消費税分だけでももらえませんかね。二千五百万の八パーセント」

「よういうた。おまえはやっぱりダボハゼや」

「嶋田さんに返したいんです。出資してくれた金を」

「二宮くん、聞こえんな」桑原は耳をひらひらさせる。

「このとおり。お願いですわ」

頭をさげた。金のためなら屁でもない。さげる頭ならいくらでもある。

「そういう猿芝居は金を手に入れてからにせんかい。通帳はただの数字や」

「金をおろしたら、くれますか。八パーセント」

「十万、やろ。今日の駄賃や」

「もう一声」

「おまえ、おちょくってへんか」

「いえ……」

「どこのどいつが貸金庫に入っただけで十万も稼ぐんじゃ。時間給百万やないけ」

「まだ、金をおろす業務が残ってます」

「そうかい。そらよかったのう」

桑原は真顔になった。危ない。これ以上刺激すると、病院行きになる。

「金、ここでおろしますか」話を変えた。

「おう、そうせい」

「大金をおろすときは暗証番号を訊《き》かれます」

「９６９６や」

「確かですか」小清水のスーツケースの開錠ナンバーだ。

「小清水と玲美に聞いた。おまえが『ヴェネチアン』で博打《ばくち》してるときにな」

「抜かりがないですね」

「おまえみたいな蚊とり線香とは頭の出来がちがうんじゃ」

桑原は指をくるくるまわす。「ほら、行ってこい」

くそっ、生意気な——。たった十万で、ひとをこき使うな。

通帳と印鑑を持って支店に入った。番号札をとり、払戻申請用紙を書いて捺印《なついん》する。

五分ほど待って、窓口に用紙と通帳を差し出した。

「ご本人さまですか」また、同じことを訊かれた。

「小清水です」

「お手数ですが、暗証番号をお願いします」

行員は端末機をカウンターに置いた。９６９６——。二宮はボタンを押す。

「お掛けになって、お待ちください」

プラスチックのプレートをもらってシートに腰をおろした。いつのまにか、桑原が後ろに座っている。

ほどなくして、小清水さま——、と窓口に呼ばれた。

「申し訳ございません。暗証番号がちがっておりますが……」

「えっ、9696のはずですけど」

押しまちがえたのだろうか。もう一度、端末機に入力したが、だめだった。

「暗証番号をお忘れですか」

「みたいですね」

そういうしかない。「残高と印鑑にまちがいはないですか」

「ございません」

「それやったら、金をおろしてください。今日の支払いがありますねん」

「あいにくですが、当行の規定で、五十万円を超える現金は暗証番号をいただきませんと払戻しができません」気の毒そうに、行員はいう。

「そうですか……」

いくら粘っても無駄だと知った。通帳と印鑑を持ってロビーを出る。桑原が追いかけてきた。

「なんじゃい、おまえは。すごすごと逃げてどないするんじゃ」

「逃げるも逃げんも、暗証番号がちがうんやからしゃあないやないですか」

「9696やぞ」

「二回も押しました」

「あの爺《じじい》……」

桑原は吐き捨てた。「わしを舐《な》めくさって」

二宮はおかしかった。たとえ二千五百万円全額を引き出したところで、分け前は十万円だ。桑原が笑う顔は見たくない。

「毎日、五十万ずつおろしたらええやないですか。通帳と判子で」

一日の払い戻し限度額は五十万円だ。大阪中の支店をまわっても、それ以上は出せない。

「んなことは分かっとる」

桑原は舌打ちして、「おろしてこい。五十万」

いわれて、二宮はまた支店に入った。五十万円を引き出してパーキングにもどる。桑原に金を渡したが、知らん顔だ。

「あの、さっき駄賃をくれるといいましたよね。十万円」

「おまえ、どこの星から来た」

「なんです……」

「死ね。滝沢に拉致《らち》られて」

たった一万円を放って寄越した。

大同銀行北浜支店から三協銀行土佐堀支店に行き、昨日セツオから受けとった通帳で限度額の五十万円をおろした。残高は八十万円。これも駄賃は一万円だった。

「さ、とりあえずカタつきましたね」

「ああ……」桑原はうなずく。

「おれ、事務所に帰ってもよろしいか」

「帰れ。さいならじゃ」

「いろいろとすんませんでしたね。マカオまで連れてってもろて」

口ではそういった。感謝など、小指の爪の垢《あか》ほどもしていない。「仕事しますわ」

「おまえみたいな遊び人にも仕事があるか。けっこうやのう」

「嶋田さんから電話があったら、どういいましょ」

「なにもいうな。わしは今日、若頭《かしら》に会う。おまえは口にチャックしとけ」

「分かりました。ほな……」

車を降りた。桑原が運転して走り去る。やっと解放された。

土佐堀通を歩きながら収支を計算した――。玲美を捜すために千年町を飲み歩いて十万円ほど使い、中川に六万円払って預金が底をついた。おふくろに三十万円借りてマカオへ行き、『サンズ』で三万円負けて、『ウィン』で五万円ほど勝った。『ヴェネチアン』のバカラで六万円勝ち、そのあと桑原から百万円もらった。次の日、『ヴェネチアン』のブラックジャックで百二十万円負けたが、自分の金は七十万円だった。関空の喫茶店で桑原から五十万円もらい、今日は二万円の駄賃をもらった。

いったい、なんぼや――。子供のころ、そろばん塾に行かされたが、ひと月でやめた。暗算は極めて苦手だ。それでも、しつこく何度も足し引きをして、ほぼ七十万円のプラスになった。

そう、昨日、悠紀と酒を飲んで千島のアパートに帰り、酔った頭でポケットの金を数えたのだ。七十万はなかったが、六十四、五万はあったから、とりあえず収支は合っている。今朝、その札束から五万円を抜き、あとは扇風機の下に隠してアパートを出てきた。桑原は尻尾《しっぽ》の先が三角になった悪魔だが、てきとうに煽《おだ》ててやると尻《しり》からポロポロ金を出す。七十万円の臨時収入を考えると、赦《ゆる》せるような気もした。

あれこれ考えるうちに、淀屋橋まで歩いていた。叔母《おば》の英子に電話をする。

――はい、渡辺です。

――こんちは。啓之です。

――あら、啓ちゃん。マキちゃん、ここにいるよ。

ピーピピッピピッピッピ――。マキの鳴き声が聞こえた。『メリーさんの羊』だ。

――これから迎えに行ってもええかな。

――うん。いいよ。啓ちゃん、昼御飯は。

――まだやけど。おれ、いま淀屋橋。

――稲庭うどん、食べよ。お中元でたくさんもらったし。

――うん。行くわ。

電話を切り、タクシーに手をあげた。

叔母はうどんを茹《ゆ》でて待っていた。たっぷりの辛味大根と自家製のつゆで食う。つけあわせは豆腐と味醂《みりん》の利いた卵焼きだった。

「いつもごめんね。悠紀がごちそうになって」

「いやいや、礼をいうのはこっちやねん。仕事の手伝いしてもろたり、マキの世話を頼んだり」うどんは腰がある。辛味大根はぴりっとしている。

「あの子、つきあってるひといるの？」

「さぁ、どうやろ。そういう話は聞かへんし」

「こないだも友だちの結婚式に呼ばれて朝帰りして。お父さんが甘いから好き放題してる。そのくせ、独り暮らしをしたいとかは、いわへんのよ」

「そら、この家にいたら、なに不自由ないもんな」

「あの子、お酒好きなん？」

「おれより強いのはまちがいない。おれはへべれけになるけど、悠紀はなんぼ飲んでもシャキッとしてる」

「啓ちゃんは知らんのや。悠紀が朝帰りしたときは、玄関から自分の部屋までバッグ、上着、ジーパン、靴下と数珠《じゅず》つなぎになってる。ひどいときはブラジャーまで落ちてるんやから」

悠紀のあとをついて歩きたい。せめてブラジャーだけでも手洗いしてやりたい。

「啓ちゃん、いくつになったん」

「三十九」豆腐も旨《うま》い。

「いいひといないの？」

「つきあうのは、わるいひとだけなんや」

「わたしの知り合いの娘さん、船場の生地問屋に勤めてはるんやけど、会《お》うてみる？」

「齢《とし》は」

「三十八。もう誰でもいいらしいわ」

「誰でもよかったら、おれかいな」

「そういう意味やないけど」

慌てて首を振る。「きれいなひとやで。色が白くて、眼がぱっちりして」

叔母は立って、釣り書きを持ってきた。二宮に見せようと用意していたらしい。

釣り書きの写真を見た。色は白い。眼はぱっちりしている。肩幅と比べて顔が大きいような気がした。

「この子、背が低い？」

「わたしと同じくらいかな」

だったら、百五十センチ前後だ。

「首、短いな」

「ちょっと肥えてはるねん」

ちょっととは思えない。たいそう肥《ふと》っている。

「おれのこと、向こうさんにいうてくれる？　大酒呑《の》みで博打《ばくち》好きで預貯金ゼロ。友だち少ないけど借金多い。今年あたり無職になるかもしれんと」

「それ、ほんと？」

「このご時世、事務所の家賃も払いかねてる」

「そう……」叔母は釣り書きを取りあげた。会わせる気は失《う》せたらしい。

うどんと卵焼きと豆腐を残さず食った。煙草を一本吸い、マキのケージに布をかけた。

マキは視界が遮られるとおとなしくなる。ケージを抱えてマンションを出た。


西心斎橋——。事務所に入ると電話が鳴っていた。

——二宮企画です。

——啓坊か。わしや。

嶋田だった。

——昼飯、食うたか。

——いま食うて、もどったとこです。

——ほな、ビールでも飲も。ミナミへ出てくるか。

——ミナミのどこです。

——そうやな。日航ホテルのバーにしよか。二階にあるやろ。

二時に行く、と嶋田はいい、二宮は了承して受話器を置いた。

嶋田がいったい、なんの用だろう。桑原が嶋田のところに行ったのだろうか。

布をとり、ケージの扉を開けた。〝マキイクヨ オイデョ オイデョ〟マキは出てきて事務所を飛びまわり、二宮の頭にとまった。『ロンドン橋落ちた』を歌いはじめる。

二宮はマキを頭にのせたままソファに座り、肘掛《ひじか》けにもたれた。

「マキ、嶋田さんはおれに訊《き》きたいことがあるみたいや。どういうたらええやろな」

〝チュンチュクチュン オウッ〟マキは応《こた》える。

「嶋田さんには世話になりっ放しや。その場しのぎの嘘はつかれへん」

マキは飛んで膝《ひざ》におりた。二宮の顔をじっと見あげるのは、撫《な》でろ、のしぐさだ。二宮は指でマキの頭をカキカキする。マキは眼を細めて甘え鳴きをした。


日航ホテルのメインバー――。嶋田はピアノを囲むカウンターにいた。二宮を見て、小さく手をあげる。二宮は嶋田の隣に腰をおろした。

「すまんな。呼び出して」

「いや、歩いて五、六分ですわ」

「なに飲む」

「スコッチのハーフロックを」

「バランタインでええな」

嶋田はウェイターを手招きして、ハーフロックと水割り、ナッツとチーズを注文した。

「ひとりで来はったんですか」

「車で来た」運転手は地下パーキングで待っているという。

ダークグレーのダブルのスーツにライトグレーのクレリックシャツ、紺のネクタイ、嶋田の服装も桑原と同じように金がかかっているが、受ける印象はまるでちがう。上場企業の役員ふうだ。

「実はな、桑原がうちの事務所に来たんや」

「あ、そうですか。……いつのことです」

「今日の昼前や。桑原は金を持ってきよった。一千万」

「大金やないですか」

「香港で小清水を捕まえたというてな、有り金を回収したんやと。九百万に自腹で百万足したというから、ことの顚末《てんまつ》を聞いたら、啓坊といっしょにマカオにも行ったというやないか。わし、そんな話は知らんかったで」

「すんません。昨日、帰って来たんです。嶋田さんには桑原さんから報告するということで、おれは黙ってました」

「啓坊を責めてるんやない。わしは事情を知りたいんや」

「桑原さん、いわんのですか」

「あと五百万回収するまで詳しいことはいえん、若頭《かしら》に迷惑がかかります、とそればっかりや。あいつは依怙地《いこじ》やから、なにを訊いても答えんのや。金を置いて帰りよった」

「桑原さんの気持ちは分かりますわ。嶋田さんに迷惑がかかるかもしれん、というたんはほんまやと思います」

「どういうことや」

「香港のホテルで小清水をボコボコにしたんです」

迷ったが、でたらめはいえない。「玲美いう愛人を連れてたから、それも殴ってカジノカードを取りあげて、おれがマカオで金に換えたんです」

「小清水はカジノに金を預けてたんか」

「銀行代わりにね」

そこへハーフロックと水割りが来た。ナッツとチーズの皿も置かれる。

「いただきます」

ハーフロックを口にして、二宮はつづけた。「——香港に飛ぶ前、昭和町の玲美のマンションで、桑原さんは滝沢組の連中とやりおうたんです」

「やりおうた……？」

「相手はふたりです。牧内と村居。桑原さんは刺されて肺に穴があきました。湊町の救急病院で手術して、四、五日、入院してたんです。それで嶋田さんに連絡とれんかったんですわ」多少の嘘をまじえて、そういった。

「啓坊はみんな知ってたんか」

「小清水と玲美に傷を負わせたこと、滝沢とやりおうたこと、嶋田さんに迷惑がかかるからと、桑原さんに口止めされたんです」

「どうしようもないやっちゃな、あいつは」嶋田は表情をゆがめる。

「すんません。おれも共犯ですわ」膝をそろえて頭をさげた。

「啓坊が謝ることはない。稼業に火の粉がかかるのは承知の上や」

「小清水がいうには、この一件は滝沢組が図《え》を描いたみたいです。組長の滝沢が嶋田さんに見せた手形は小清水から手に入れた白地手形です」

初見という滝沢組の幹部が小清水を操っているといった。

「初見？　聞いたことがあるな」

嶋田は水割りを飲んだ。「ひょろひょろの痩《や》せか。カマキリみたいな五十男」

「見たことはないです。小清水から聞いただけで」

「初見はひとり殺してる。真湊会との抗争でな。三年ほど前に出てきて、滝沢の補佐役になった」川坂会の義理掛けで名刺を交わした憶《おぼ》えがあると、嶋田はいった。

「桑原さんも真湊会との抗争で懲役に行きましたよね」

「桑原は六年や。初見は二十年近う勤めたやろ」

「筋金入りなんや」

「啓坊はこれ以上、深入りするな。桑原とつるんでたら、ろくなことはない」

好き好んでつるんでいるわけではない。払っても払っても、桑原につきまとわれるのだ。「嶋田さんから桑原さんにいうてください。二宮を引き込むなと」

「ああ、いうとく」

「それともうひとつ、いまの話はおれから聞いたと……」

「いわへん。余計なことはな」

「ありがとうございます。おれ、桑原さんにはなにをいわれてもよう断わらんのです」

クラッカーにカマンベールチーズをのせて食った。ハーフロックを飲む。

桑原は嶋田に一千万円を渡したようだが、計算が合わない。桑原は香港で千三百万円を回収し、今日は大同銀行で五十万円、三協銀行で五十万円を払い戻したのだ。

桑原はたぶん、一千万円で嶋田の出資金千五百万円をチャラにする肚《はら》だろう。嶋田は金に淡白だから、五百万円の損失には眼をつむるはずだ。

桑原は明日から毎日五十万円ずつ、大同銀行から金を出す。二千五百万円全額を引き出すのは四十九日後だ。

正直、羨《うらや》ましいと思った。通帳と印鑑を持っていくだけで日収五十万円――。がしかし、小清水に出金をとめる方策はないのだろうか。あの小清水がただ漫然と口座の金が減っていくのを見ているだろうか。まだ一波乱あるにちがいない。桑原がなにをいってきても相手にしないことだ。

幸い、金はある。携帯の電源を切り、マキを車に乗せて温泉巡りでもするか。胸のつかえがおりるような気がした。あの扇風機の下の金でゆっくり骨休めをしよう。

「啓坊、今晩飲むか」

嶋田がいった。「新地にええ店を見つけたんや」

「よろしいね。この二、三年、きれいな女の子がおる店に行ったことないです」

「わしはいったん、組に帰る。七時に集合や」

北新地本通の『湖村』。懐石料理を食おうと、嶋田はいった。

13

ノック――。ソファから起きて、はい、と返事をした。わしや、と声が聞こえる。

「桑原や」

ケージの中のマキにいった。「しもたな……」

返事をしたことを悔やんだ。いまさら居留守は使えない。

立って錠を外し、ドアを開けた。桑原が入ってくる。

「また寝てたんやろ。昼間っから」

桑原は流しのところへ行き、冷蔵庫から発泡酒を出した。「ビールぐらい入れとけや」

「いったい、なんの用です」

「金、おろしてこい」

桑原は大同銀行の通帳と三協銀行の通帳、印鑑をテーブルに置いた。「五十万ずつや」

「自分でおろしたらええやないですか。いちいち、おれを使わんでも」

「わしは銀行と相性がわるい」

桑原はソファに座り、発泡酒を飲む。マキに向かって、「ほら、鳴いてみい」

「知らんひとの前では鳴かんのです」

「区別がつくんか。鳥のくせに」

「インコはね、賢いんですわ」

「おまえもけっこう賢いやないか。損得勘定だけは日本一や」

「嫌味をいいにきたんですか」

「金をおろしてこいというたやろ」手数料は五万だという。

「五万……。行きますわ」

「わしはここで待ってる」

桑原は肘《ひじ》掛《か》けを枕にして横になった。


二宮は通帳と印鑑を持って事務所を出た。アメリカ村を歩く。今日もまた暑い。三角公園でドレッドヘアの若者がふたり、ラップをやっていた。揃いのTシャツにクラッシュジーンズ、ラップは上手《うま》いも下手も分からない。

御堂筋、三協銀行の周防町《すおうまち》支店に入った。受付番号の紙をとったが、十六人待ちだ。シートにたくさんの客が座っている。

払戻申請書に限度額の五十万円を記入し、日付と名前、〝小清水隆夫〟と書いて印鑑を押した。ロビー係の行員に待ち時間を訊《き》くと、月末の金曜日は込みますから、と申し訳なさそうにいう。二宮は座らずに順番を待った。マガジンラックにあるのは女性誌ばかりだから読む気にもならない。

なんやねん、あいつは。くそめんどいことばっかりいうてきよる。金をおろすぐらい自分でせんかい。銀行くらいどこにでもあるやろ——。そう思ったとき、フッと疑問が湧いた。なぜわざわざ、桑原は守口から西心斎橋まで出てきたのか。

自分が銀行へ行くのが嫌なら、真由美を遣《や》ればいい。二宮に五万円もの手数料を払うことはない。

こいつは妙や。おかしいぞ。おれは〝出し子〟か——。

振り込め詐欺でいちばんのリスクを負うのは、銀行やコンビニのATMで現金をおろす出し子だ。出し子は一回の引き出しで数万円をもらえると聞く。

二宮は支店を出た。悠紀の携帯に電話をする。五回のコールでつながった。

——なによ、啓ちゃん。暇なん？

——いや、暇やないけど、ちょっと教えて欲しいんや。

悠紀のレッスン生に銀行員はいないか、と訊いた。何人かいる、という。

——そのひとに電話して訊いてくれへんか。……おれがもし、通帳と印鑑を紛失したら銀行に届を出すよな。銀行はどういう対応をするんや。

——そら、口座をとめるでしょ。知らんひとが拾たら危ないもん。

——おれが通帳を拾て銀行に持って行ったらどうなんや。この通帳は紛失届が出てますと、銀行は説明するんかな。

――そんなん、分からへんわ。通帳もキャッシュカードも落としたことないもん。

――すまんけど、訊いてくれ。待ってるし。

電話を切った。煙草を吸いたいが、御堂筋は路上喫煙禁止地区だから、見つかると罰金をとられる。周防町通の喫茶店に入ってアイスコーヒーを注文し、煙草に火をつけた。

悠紀からの電話は二十分後にかかってきた。

――啓ちゃん、訊いたよ。畿和銀行の生徒さんに。

――おおきに。ありがとう。ご苦労さん。

――まず、紛失届やなくて喪失届っていうんやて。お客が喪失届の出てる通帳を持ってきても、この通帳は失効してますというだけで、詳しい説明はしないみたい。通帳と印鑑を持参するのは他人ではなく、身内が多いという。その典型は息子が父親の通帳を持ち出し、父親が喪失届を出すというパターンだ。

――それともうひとつ。盗難届もあるって。

――盗難届？

――空巣に入られたようなとき、被害者は銀行に喪失届ではなくて盗難届を出す。泥棒が銀行に来てお金を出そうとしても、行員が通帳の口座番号を入力したときに〝これは盗難通帳です〟とウォーニング・コメントが出るんやて。……行員はそれを見て、コールボタンを押す。二、三分で警官が来るみたい。

――洒落《しゃれ》にならんな。

――啓ちゃん、ひょっとして桑原になにか頼まれたん？

悠紀の勘は鋭い。

――やめときや。これ以上、あんなやつに関わったらあかんで。

――分かってる。桑原とは縁切った。

――いま、どこよ。話し声がするけど。

――喫茶店や。アメ村の。

――マキちゃんは。

――ケージん中で寝てる。

――そう。あとで小松菜持っていくわ。

電話は切れた。二宮はアイスコーヒーを飲む。

考えた。このまま事務所にもどるべきか。

しかし、小清水が盗難届を出すはずはない。詐欺師が警察を引きずり込むようなことはいくらなんでもないだろう。現に、昨日は大同銀行と三協銀行で五十万円ずつをおろせたのだから。

五万円か――。金は欲しい。桑原は振り込め詐欺の頭目ではないから、銀行の窓口で逮捕される恐れはない。

二宮は煙草を消して立ちあがった。

周防町支店にもどって、もう一度、受付番号の紙をとった。十三人待ちだ。シートに座って女性誌を読む。

番号が呼ばれて窓口に行った。女性行員に通帳と払戻申請書を見せて、

「金をおろす前に確認したいんやけど、この通帳は有効ですかね」

「あの、どういうことでしょうか」訝《いぶか》しげに行員はいう。

「ちょっと事情があって、うちの兄弟が喪失届を出したかもしれんのです。先に調べてくださいな」

「あ、はい……」

行員は端末に口座番号を打ち込んだ。こちらからモニター画面は見えない。

「おっしゃるとおりですね。この通帳はお使いになれません」

「昨日は使えたんですけどね」

「そうですか……」

「今日、喪失届が出たんですか」

「はい、たぶん……」

行員の態度がぎごちない。奥のほうをちらちら見る。

ヤバい——。そう感じた。

「通帳、返して」低くいった。

「もう少し、お調べしますから」

「ええから、返して」

ひったくるように通帳を取りもどして足早に銀行を出た。周防町通まで走って、後ろを振り返る。追ってくるやつはいない。いったん八幡町《はちまんちょう》まで出て南炭屋町《みなみすみやまち》を抜け、ジグザグのコースをとって福寿ビルの事務所にもどったら、腐れヤクザはソファで寝ていた。

「遅かったのう、え」

「口座、とめられてますわ」

「なんやと……」

「小清水は今日、マカオから帰ってきよったんです。そうしてすぐに、通帳の盗難届を出した。おれは三協銀行で逮捕されかけたんです」

まだ動悸《どうき》がおさまらない。「詐欺師が警察沙汰《ざた》になるようなことはせんと、甘もう見てた。どえらいまちがいでしたわ」

「銀行がいいよったんか。盗難届が出てると」

「それは聞いてへんけど、ようすがおかしかったんですわ。窓口係のようすがね」

デスクの椅子にへたり込んだ。「とにかく、三協銀行の口座はとめられてます。大同銀行の通帳が使えるかどうかは、桑原さんが行ってください」

「おまえがそういうんやったら、大同もアウトや」

桑原は起きあがった。「やりよるな、あのクソ爺……」

「おれを出し子に使《つこ》うたんはヤバいからですか」

「あほんだら。おまえもわしも一蓮托生《いちれんたくしょう》やないけ」

「そうですかね……」

「おまえが警察に捕まったら、あることないことべらべら喋《しゃべ》る。みんな、わしのせいにしてな」

そのとおりだ。こいつはひとの性格をよく知っている。

「通帳、貸せ」

いわれて、通帳二冊と印鑑を渡した。桑原は灰皿に捨ててライターの火を近づけたが、思いなおしたように手をとめた。「こいつを売ろ」

「売る？　誰に」

「初見や。滝沢の初見に回収させる」

「そんなん、無茶苦茶や」

「どこが無茶や。小清水を踊らしてるんは初見やぞ」

「初見は人を殺してるんですよ」嶋田から聞いた。痩《や》せの五十男だといっていた。

「それがどうした。わしがチビるとでも思とんのか」

「桑原さんに限って、そんなことはないです」

そう、この男に怖いものはない。倫理観、罪悪感、恐怖心が欠如している。

桑原は携帯のボタンを押した。

「セツオか。わしや――。茨木に行け――。そう、茨木の小清水んとこや。家を張って、爺が帰ってきたら電話せい――。二十四時間、寝んと張らんかい。分かったな――」

いって、桑原は電話を切った。「行くぞ」と、二宮にいう。

「待ってくださいよ。おれはもう……」

「やかましわい。車、運転せい」

桑原はＢＭＷのキーを放って寄越した。


桑原に指図されて行ったのは昭和町の『グレース桃ヶ池』だった。近くのコインパーキングに車を駐《と》め、桑原の後ろについてマンションに入る。桑原は１０７号室のドアに耳をつけた。

「物音は」小さく訊《き》いた。

「せんな……」

桑原はノブを握って静かにまわした。「錠がおりとる」

「鍵《かぎ》、持ってるんでしょ」

桑原はズボンのポケットから鍵を出した。もう一度、ドアに耳をあてる。

「待て。話し声や。誰かおる」

「小清水ですか。玲美ですか」

「ちがうな。男や」

「ひとり？」

「あほか、おまえは。ひとりで喋るのはシャブ中か電波系やろ」

「滝沢の連中ですね」

「まぁな……」

「こないだ、中川が追い散らしたんですよ」

「ほな、チャカやヤッパは持っとらへんな」

「なんでまた、滝沢の連中が？」

「小清水と玲美が帰ってきよったんや。そのガードで来たんやろ」

「ほな、あのふたりもいてるんですか」

「どうやろな」

「中川、呼びますか」

「黙っとれ。ぼそぼそ喋るな」

桑原は足音をひそめて離れていき、もどってきたときには錆《さ》びた自転車のハンドルを持っていた。

「カチ込むぞ」

「おれもですか」

「ほかに誰がおるんや」

「やめましょ。中川に電話します」

「肚《はら》決めんかい。男やろ」

「そういう肚はないんです」

心底、後悔した。こんなやつと知り合いになったことを。

桑原は鍵を挿し、ドアを引いた。チェーンがかかっている。ハンドルを叩《たた》きつけると、チェーンはちぎれて弾《はじ》けたようにドアは開いた。

ダイニングに男がふたりいた。座っている。ひとりは、このあいだ見た比嘉。もうひとりは茨木で桑原に殴られた半堅気の磯部だった。

「おう、二蝶会の桑原か」

比嘉はにやりとした。「あちこちで暴れてるそうやな」

「爺と女は」桑原は二宮を前に押し、後ろ手にドアを閉める。

「なんのこっちゃ」

「訊いとんのや。小清水はどこや」

「知らんのう」比嘉はへらへら笑う。

桑原は土足のままダイニングにあがった。二宮はドアのそばから離れない。いつでも逃げられるように。

「な、桑原よ。二蝶のハグレが滝沢組に弓引いて、ただで済むと思とんのか」

「ただでは済まんやろ。指飛ばして詫《わ》び入れんとな」

「へっ、おまえの指なんぞ、犬の餌にもならんわ」

「そうかい。おどれの指はどうなんや。尻《しり》の穴もほじれんど」

「おもろいのう、おまえ」

比嘉はゆっくり立ちあがった。桑原に対峙《たいじ》する。背が低い。「足もとの明るいうちに去《い》ね。話は森山とつける」

「ええ根性や。ど腐れのゴロツキが同じ代紋の組長を呼び捨てにするか」

「格がちがうんや、格が。滝沢と二蝶はな」

瞬間、にやついた比嘉の鼻梁《びりょう》に桑原の拳《こぶし》が炸裂《さくれつ》した。比嘉はストンと尻餅《しりもち》をつき、磯部が立つ。その頸筋《くびすじ》にハンドルがめり込んだ。磯部は椅子ごと後ろに倒れ、桑原は顔を蹴《け》る。磯部は床をころがり、桑原は食器棚を引き倒す。磯部は食器棚の下敷きになった。

桑原は鼻から血を噴いている比嘉の髪を摑《つか》んだ。比嘉は膝《ひざ》をつき、桑原にしがみつく。

「もういっぺん、いうてみいや。おどれとわしはどっちが格上や」

「くそぼけ……」比嘉は呻《うめ》く。

桑原は比嘉を膝で蹴りあげた。比嘉は後ろに飛び、壁に頭を打ちつける。桑原は比嘉の股間《こかん》を蹴り、逃げる比嘉の背中や脇腹をハンドルでめった打ちにする。比嘉は床に突っ伏したまま動かなくなった。

桑原はボウルに水をくみ、比嘉を蹴って仰向《あおむ》けにした。一気に水をかける。比嘉は噎《む》せて血を吐いた。

「小清水はどこや」

桑原は訊いた。比嘉の左眼は腫《は》れて、ほとんど塞《ふさ》がっている。

「答えんかい」

比嘉の上腕にハンドルを叩きつけた。比嘉は鈍い呻き声をあげて、

「知らん……」と、ひと言いった。

「とぼけんなよ、おい」

桑原はハンドルを逆手に持ち、比嘉の口をこじあける。

「小清水はどこや」

「………」比嘉はハンドルをくわえたまま首を振る。

「殺すぞ」

桑原はハンドルを押す。比嘉はくぐもった叫び声をあげ、必死で宙を掻《か》いた。

桑原はハンドルを抜いた。

「どこや、小清水は」

「知らん。ほんまに知らんのや」比嘉はまた噎せる。

「そうかい」

桑原はハンドルを振りあげた。比嘉の口に突き入れるかまえだ。

「待て」比嘉は右腕で顔を隠す。左の腕は折れたようだ。

「なにを待っとんや」

「わしから聞いたとは、いわんでくれ」

「得にもならんことはいわんわい」

桑原は食器棚の下敷きになっている磯部を見る。「そこのチンピラが口を割ったことにしといたる」

「小清水は初見さんの預かりや」

「預かり、では分からんのう」

「初見さんの事務所や。そこにおる」

「初見は組持ちか」

「若い者《もん》が二、三人おる」

「玲美もいっしょか」

「小清水の女はフケた」

香港から日本に帰ってきたのは小清水ひとりだという。

「初見の事務所は」

「尼《アマ》崎や。尼崎の大物町《だいもっちょう》」

「電話せい」

「電話？」

「初見の事務所に電話して、小清水に代われ」

「んなことはできん。わしがやられる」

「な、比嘉よ、極道には二種類ある」

桑原はハンドルの先を比嘉の喉仏《のどぼとけ》にあてる。「まともな極道と二枚舌の極道や。二枚舌の極道がいうことを真に受けてたら、命がなんぼあっても足らんやろ」

桑原は比嘉のブルゾンを探って携帯電話を出した。

「初見の事務所にかけんかい」

「…………」比嘉は携帯を持ったまま固まっている。

「やっぱり、嘘かい」

「待て」

比嘉は片手で携帯を操作した。「わしの名前は出すな」と、桑原に渡す。

「これが初見組の番号やな」

桑原はモニターを見て発信ボタンを押した。

「わしや。比嘉や──。小清水はおるか──。ええから出せ──。どこやと──。ヤサは──。センタープール？　神社の裏門……。分かった──。小清水の携帯は──。〇九〇・四四二一・八一××やな──」

桑原は二宮に合図する。二宮は慌てて携帯を出す。

「もういっぺんや──。〇九〇・四四二一・八一××──」

桑原のいう番号を、二宮はアドレス帳に登録した。

「初見さんは──？」

桑原はつづける。「いや、出てるんやったらかまへん──。わしから電話があったことはいわんでもええ──。おう、すまんのう」

桑原は話を終えた。携帯を床に置き、ハンドルで叩き壊す。

「わしの名前、いうたな」力なく、比嘉はいった。

「おまえは口が軽い」

桑原はせせら笑う。「初見に顔向けできんで」

「くそったれ……」

「わしはこれから尼崎へ行く。おまえが初見組に連絡したらまずいんや」

「やめろ。なにもいわへん」比嘉は怯《おび》える。

「こいつをどうしよ。殺すか」振り返って、桑原はいう。

「あかん、桑原さん」二宮はとめた。

「ほな、ロープを探せや」

いわれて、二宮はロープを探した。流し台の抽斗《ひきだし》からビニール紐《ひも》を見つけて桑原に渡す。桑原は比嘉を腹這《はらば》いにして後ろ手に縛り、膝と足首も縛る。口には丸めた布巾《ふきん》を突っ込み、紐でぐるぐる巻きにした。

「もう一匹や」

桑原とふたりで食器棚を起こした。俯《うつぶ》せになった磯部はぴくりともしない。頸に指をあてると脈はあった。

磯部も比嘉と同じように縛り、ポケットの携帯を叩き壊した。比嘉と磯部を背中合わせにしてテーブルの脚に括《くく》りつけると、太巻きのビニール紐が芯《しん》だけになった。

桑原と二宮は107号室を出て施錠した。


コインパーキングに駐《と》めたBMWに乗り、二宮が運転して尼崎に向かった。

「映画とはちがうのう」ぼつり、桑原がいう。

「なんです……」

「ゴロツキ二匹を括らんでも、サイレンサーをトン、トンと撃って口封じや。死体は警察が始末して犯人が捕まることもない」

「消音銃なんかない。ひとを殺して逃げおおせるてなことはありませんわ」

「おまえも共犯になるもんな」

桑原は笑い声をあげるが、顔をしかめている。

「どうしました」

「傷口や。開きよった」

桑原は左の脇腹を押さえていた手を広げた。血がついている。

「また漏れてるんですか。空気が」

「分からん。肺が萎《しぼ》んでる感じはない」

「呼吸《いき》は」

「しとる」

「島之内に行きますか。内藤医院」

「んな暇があるかい。尼崎《アマ》へ走れ」

「どこです、尼崎の」

「武庫川町《むこがわちょう》や。センタープールの近くの文化住宅やというとった」

戈庫《かぐら》神社を目指して行け、と桑原はいう。「『第二戈庫荘』、部屋は分からん」

「そこに小清水がおるんですね」

「おるやろ。初見の電話番はわしの声を比嘉やと思い込んでた」

「小清水にガードは」

「ついてるな。それはまちがいない」

初見組が小清水を匿《かくま》うのは監視も兼ねているのだという。「ここかと思えばまたあちらや。わしはもう厭《あ》きたぞ、極道相手にゴロまくのはな」

「ほな、やめましょ。大橋病院に入院するんです」

「おまえが入院せんかい。精神科や」

桑原はシートサイドのボタンを押して背もたれを倒していく。「ナビで戈庫神社へ行け。着いたら起こせ」

「セツオくんを呼びませんか。おれなんか、足しにならへんし」

「おまえのことが足しになるとは、千にひとつも思たことはない」

うそぶいて、桑原は眼をつむった。


尼崎市武庫川町——。神社の鳥居の前にＢＭＷを停めて桑原を起こした。

「どこや……」

「戈庫神社です」

「駐めんかい」

神社の駐車場に車を駐めた。降りる。桑原は脇腹の血をジャケットで隠している。

「大丈夫ですか、ほんまに」

「要らん心配すんな。わしの身体や」

桑原は鳥居をくぐり、境内を抜けて裏門から出た。道路の向かい側に木造モルタルの文化住宅がある。ブロック塀に《第二戈庫荘》と、色褪《いろあ》せた表示板が見えた。文化住宅は二階建で、外廊下に面してドアが六つ並んでいる。

「十二室ですか。一階と二階で」

「どの部屋にくすぼっとんのかのう、小清水のクソは」

敷地内に入った。屋根付きの自転車置場にバイクと自転車が十数台、その横に鉄骨階段。二階の廊下は一階の庇《ひさし》を兼ねている。メールボックスのようなものはない。

「一部屋ずつ見てこい。満室いうことはないやろ」

桑原は階段の下で煙草を吸いつける。二宮は一階の手前の部屋から表札を見ていった。プリント合板のドアにフェルトペンで名字を書いただけのプレートが貼られている。一階と二階の表札を確かめて、階段下にもどった。

「103と105、202と206は空き室みたいですね」

「ほな、残りは八室か」

桑原はあごに手をやって、「ようすを探れ。部屋にひとがおるかどうかを」

いわれて、二宮はまた二階にあがり、201号室からドアに耳をあてていく。話し声も物音も聞こえない。203号室も204号室も無人のようだ——。

一階の物音も聞いて、桑原のところにもどった。

「ひとがおるのは205と106ですね、たぶん」

「上出来や。それでええ」

桑原は塀裏の植込みからセメント煉瓦《れんが》を掘り出した。砂混じりの土をジャケットのポケットに入れる。

「205や。ついて来い」

鉄骨階段をあがった。外廊下、205号室の前に桑原と並んで立つ。不思議と恐怖感はない。麻痺《まひ》したのだろうか。

「小清水の携帯や。かけてみい」

さっき登録した番号をモニターに出して発信した。ドアの中から着信音は聞こえない。

発信をやめた。

「106やな」

桑原について下に降りた。106号室の前に立つ。ドアスコープはない。

「電話や」

「小清水が出たらどうします」

「声を聞け。おまえは喋《しゃべ》るな」

モニターの番号に発信した。ドアの向こうから着信音——。

——はい。

つながった。

——どちらさん？

嗄《しゃが》れた声。小清水だ。まちがいない。フックボタンを押した。

桑原に向かって、うなずいた。桑原は右手をジャケットのポケットに入れ、左手にセメント煉瓦を持つ。

「ノブや」

二宮はノブをまわした。錠がおりている。

「ノックせい」

二宮はドアをノックした。誰や、と返事があった。小清水ではない。

「比嘉や。開けてくれ」桑原がいった。

あ、どうも——。足音が近づいた。錠が外れてドアが開く。顔をのぞかせたのは角刈りの男だった。桑原を見て、

「おまえは……」

「また会うたのう」

瞬間、桑原の右手が一閃《いっせん》した。角刈りは顔に土くれを叩《たた》きつけられて後じさる。桑原はドアを蹴《け》って部屋に入り、顔を覆った角刈りの脳天を煉瓦で殴りつける。ゴッと鈍い音がしたが角刈りは倒れず、眼をつむったまま桑原に殴りかかった。桑原は躱《かわ》して角刈りの股間《こかん》に膝《ひざ》を突きあげる。角刈りは腰をくの字にして呻《うめ》き、その側頭部に桑原は煉瓦を見舞う。角刈りは反転し、顔から床に落ちた。

小清水は奥の部屋にいた。手には携帯、凍りついたように立ちすくんでいる。

「爺《じい》さん、久しぶりやな」

桑原は煉瓦を捨てて歩み寄った。「香港から帰ったんなら、挨拶《あいさつ》せんかい」

小清水の顔は引き攣《つ》っている。鼻に大きな絆創膏《ばんそうこう》を貼っていた。

「堪《こら》えてくれ」そういった。

「なにを堪えるんや、え」

「口座をとめたんは、わしの考えやない。初見にいわれたんや」

「なんでもかんでも他人のせいか。詐欺師の性根は変わらんのう」

桑原は小清水の肩を摑《つか》んで足もとに正座させた。「わしは後悔しとんのや。香港でお

どれを殺《と》るべきやったとな。妙な仏心を出したばっかりに、おどれのわるさをとめられんかった」

「口座はとめたけど、金は出せる。通帳を再発行させるから」

「そんなことはいわれんでも分かってるわい。わしはおどれのせいで滝沢の極道を三匹もいわしてしもた。その落とし前をどうつけるんや」

「金はすぐに払う。有り金残らず払う」

「ほう、すぐに払うとはよういうたのう。いったん口座をとめたら、再発行までに一週間や十日はかかるんや。おどれはそのあいだ、どこで誰の世話になる肚《はら》や」

桑原は小清水を蹴りあげた。小清水は後ろに倒れ、畳に這《は》いつくばって、

「ほんまです。金、払います」と、許しを乞《こ》う。

「十日先の金なんぞ要らんのじゃ」

桑原は小清水の襟首を摑んで引き寄せた。拳《こぶし》をかまえる。

「堪忍や。もう堪忍や」

小清水は絆創膏を赤く染めて泣きわめく。「二千万。二千万なら払えます」

「嘘はいらんわい」

「嘘やない。株があります。協信証券に」

「協信証券？　なに支店や」

「茨木支店です」特定口座があるという。

「口座のカードは」

「カードはないけど、株は売れます。電話したら」

「あほんだら。証券屋が本人確認もせんと株を売るわけないやろ」

「口座番号をいうたらええんです」

「いうてみいや。口座番号を」

「ここでは分かりません」

「このボケ、その場しのぎの逃げを打ちくさって」

「ほんまです。口座番号は茨木に帰ったら分かります」

「おい、爺、おどれの家は舎弟が張っとんのや」

「いっしょに茨木に行きます。株を売って一千万払います」

小清水は泣きながら訴える。桑原は小清水を突き放して携帯を出した。

「わしや。変わりないか──。これから、そっちへ行く──。滝沢の連中を見たら電話せい。尼崎や──。四、五十分で着くやろ」

桑原は携帯をポケットに入れた。「立て」小清水にいう。

小清水はよろよろと立ちあがった。

BMWに乗った。運転は二宮、リアシートに桑原と小清水。国道43号の西宮インターから名神高速道路に入った。

「さっきの角刈り、茨木でゴロまいた極道やったのう」

「久保とかいうてました。嶋田さんが」

「磯部に比嘉に久保か。わしを刺したんは誰やった」

「牧内、でしたね」

「いずれ、ケジメをとらんといかんな」

「そんな悠長なことというてる場合ですか。本家筋のヤクザを三人もぼこぼこにして」

「極道やから、ぼこぼこにしてもええんやないけ。堅気をいわしたら桜の代紋が出てきよるわ」

「そういうもんですかね」

「そういうもんや」

小清水の手前、桑原は平然としているが、本心はちがうだろう。滝沢組の上部団体は亥誠組で組員六百人。組長の諸井は神戸川坂会の若頭補佐だ。その亥誠組の副本部長が滝沢組の組長だから始末にわるい。二蝶会も川坂の直系だが、構成員六百人の組と六十人の組では格も規模もちがいすぎる。

桑原は破門か、絶縁か。二蝶会の森山は金儲《もう》けと世渡りで成りあがった組長だから、滝沢相手に喧嘩《けんか》などできない。若頭の嶋田は桑原を庇《かば》うだろうが、組長の森山が絶縁といえばそれきりだ。日本中の組筋に回状がまわされ、川坂の代紋を失った桑原は滝沢組の標的《マト》にかけられる。

この男もこれまでか──。ルームミラーの桑原を見た。脇腹の傷が痛いのか、ときおり顔をしかめる。横柄にひとをこき使う人格破綻《はたん》の腐れヤクザだが、これで見納めかと思うと哀れをもよおす。少しは優しくしてやろうかという気になった。

携帯が振動した。悠紀だ。着信ボタンを押した。

──啓ちゃん？

──啓ちゃんですよ。

──わたし、いま事務所にいるねん。二宮企画。

──ああ、それで。

──マキの水を替えてたら、ドアのノブをまわす音がしてん。ノックもせんと。なんか気味がわるくてじっとしてたら、足音が遠ざかった。ブラインドのあいだから外を見たらね、ビルの前にクラウンが駐《と》まってるねん。どうしたらいい。

──悠紀、事務所から出るな。ドアチェーンかけろ。

──チェーンはかけてる。

──三階に『プレミエール』いうインチキ版画の画廊があるやろ。電話かけて五階の廊下のようすを見てもらえ。画廊の店長はおれの知り合いや。

『プレミエール』の電話番号はレターケースのアドレス帳をひけ、といった。

──啓ちゃん、どこ？

──いま、名神を走ってる。豊中や。

――事務所にもどるときは気ぃつけるんやで。

――おれのことはええ。目つきのわるいのがおらんかったら、店長といっしょにマキを連れて出てくれ。

――分かった。そうする。

電話は切れた。

「どうした。極道が来よったか」桑原がいった。

「そんな感じですわ」

「おまえも狙われるようになったら一人前や」

「うれしいですね。事務所に帰れんようになりましたわ」

胸がつかえる。悠紀になにかあったらどうする。

「比嘉と磯部は紐《ひも》をほどきよったんかのう」

桑原は舌打ちした。「わしもちょいとヤバそうや」

「守口に帰れませんね」

「まぁな……」

「どこかアテはあるんですか。身体をかわすとこ」

「二宮くん、ごちゃごちゃいうてんと運転に専念してくれや」

いらだたしげに桑原はいった。

14

茨木市、郡――。給水タンクの脇にワインレッドのアルトが駐まっていた。リアウィンドー越しに黒いキャップをかぶったセツオの頭が見える。アルトのすぐ後ろにBMWを停めた。セツオは気づいたのか、車をおりてそばに来た。

「どうや、ようすは」桑原はサイドウインドーをおろした。

「ややこしいのは来てません」

「家の鍵《かぎ》は」

「持ってます」

「先に行け」

桑原は小清水の腕をとって車外に出た。二宮もエンジンをとめておりる。

私道の突きあたり、セツオは小走りで小清水の家に行き、玄関ドアの錠を外した。桑原、小清水、セツオ、二宮の順に家に入る。長いあいだ出入りがなかったのだろう、じめっとした湿気と黴《かび》の臭いがした。

桑原は土足のまま廊下にあがった。小清水は靴を脱いであがる。セツオと二宮も靴を脱いだ。

「どこや、口座番号は」桑原が訊《き》く。

「二階です」

奥の洋室に机がある。上から二段目の抽斗《ひきだし》に株関係の書類が入っている、と小清水はいった。

「とってこい。抽斗ごと」

いわれて、二宮は狭い階段をあがった。ぎしぎしと音がする。安普請の建売住宅だ。

二階は雨戸を閉めているのか、真っ暗だった。手探りで壁のスイッチを押し、照明を点《つ》ける。奥の部屋に行って机の二段目の抽斗を開けると、小清水のいったとおり、協信証券の特定口座年間取引報告書や預かり証券の残高明細書が束になって入っていた。

二宮は抽斗を抱えて階下に降りた。桑原はリビングのソファに座り、足もとに小清水が正座している。セツオは小清水の後ろに立っていた。

「口座番号は」桑原がいった。

「545073です。取扱店番号は162」

抽斗をテーブルに置き、残高明細書の一枚を手にとって、二宮はいった。「銘柄は『スカイコミュニケーション』『旭ゴルフ』『エルム』、六月三十日現在の評価金額合計は七百二十八万です」

「こら、一千万もないやないけ」桑原は小清水を怒鳴りつけた。

「株価が下がったんです」小清水は顔をひきつらせる。

「おどれはどこまでわしを舐《な》めとんのや、え」

「ほんまです。買うた値段は一千万以上でした」

「このクソ爺……」

桑原は吐き捨てて、「売れ。みんな」と、二宮にいった。

「どうやって……」

「電話せい。協信証券の茨木支店に」口座番号を伝えて成り行きで売れ、と桑原はいう。

「おれ、株のことは知らんのです」

生まれてこのかた、証券会社とは縁がない。投資する金がないのだから。

「いま、二時半や。後場《ごば》は三時までやってる」

「ゴバ……」

「なんでもええから電話せい」

携帯を開き、取引報告書に書かれた電話番号を押した。すぐにつながった。

――協信証券茨木支店でございます。

若い女の声だ。

――小清水といいます。株を売りたいんですわ。

――失礼ですが、当支店に口座をお持ちでしょうか。

――口座番号は545073です。

――ありがとうございます。小清水隆夫さま、ご本人さまでしょうか。

――そう。ご本人さまです。

――念のため、ご住所をお願いします。

――住所ね……。茨木市郡七丁目二の五四。

――ありがとうございます。お売りになる銘柄はなにを。

――スカイコミュニケーション、旭ゴルフ、エルム、みんな成り行きで売ってください。

――承知いたしました。スカイコミュニケーションを二百株、旭ゴルフを五株、エルムを二千株、成り行きでお売りします。

――売った代金は現金で受けとりたいんですけどね。

――口座振込ではないのでしょうか。

――いま、口座をとめてるんですわ。通帳と印鑑を紛失して。

――承知いたしました。本日の約定ですと、お支払いは来週の木曜日になります。

――今日売って、今日もらえるんやないんですか。

――申し訳ありません。約定日から四営業日以降のお支払いです。

――来週の木曜日、茨木支店に行ったら受けとれるんですね。

――ご本人さま確認のための協信カードか免許証等をご持参ください。

――カードは作ってません。ぼくはいま入院してるし、甥《おい》を行かせますわ。

――代理人の場合は、小清水さまの委任状と免許証の写しをご提示ください。

――了解です。株は今日、売れますか。

――そうですね。成り行きですと本日中に。

――ほな、売れたら電話してください。〇八〇・四六四八・四一××です。

――承知いたしました。営業課の高橋が承りました。

電話は切れた。

「なんか、ややこしいな。来週の木曜まで金になりませんわ」桑原にいった。

「あたりまえやないけ。株はそういうもんや」桑原は煙草をくわえる。

「委任状と免許証の写しが要りますわ」

「こら、免許証出せ」

桑原は小清水にいった。小清水はカード入れから免許証を出して桑原に渡す。

「なぁ、爺。今度、下手な小細工しくさって金が受けとれんようなことになったら、命《タマ》をとる。それでええな」

「なにもしません。株は桑原さんにお譲りしました」小清水は頭をさげた。

「おまえ、初見がなんでおまえのケツ持ちをしてるか、考えたことあるか」

「どういうことですか」

「初見はおまえを尼崎の文化住宅に隠した。それはおまえを庇《かば》うためやない。おまえが騙《だま》した連中に捕まって喋《しゃべ》ることを恐れたからや」

「はい……」

「おまえはもう用済みやけど、滝沢はおまえが振り出した白地手形に一億五千万の金額を書いて、あちこち集金にまわってる。その集金が終わるまで、おまえは滝沢の檻《おり》ん中から出られへんのや」

「…………」

「おまえはいずれ初見に消される。ドラム缶にセメント詰めにされて大阪湾に沈められるんや。死体さえ見つからへんかったら警察が動くことはない」

「…………」

「分かっとんのか、こら、自分の立場を。おまえは殺られるんやぞ。……おまえはわしだけやない、騙した連中みんなに追われとるんや」

桑原は煙草に火をつけた。小清水は黙っている。

「『フリーズムーン』に出資した企業は五社、個人は六人。うちの若頭のほかにも組筋の人間がおるやろ」

小清水は小さくうなずいた。

「いうてみいや。誰が出資した」

「──那須《なす》プロダクションです」

「那須プロダクション？　聞いたことないな」

「玄地《げんじ》組のフロントです」

「鳥飼《とりかい》の玄地組か」

「そうです」

玄地組なら二宮も知っている。神戸川坂会の直系で、事務所は摂津《せっつ》市鳥飼の新幹線車両所の近くにあり、組員は五十人ほどいるはずだ。

「玄地組はフロントを通して出資したんか」

「そういうことです」

玄地組は二千万円を出資し、半金の一千万を受けとった、と小清水はいう。

「那須プロいうのは、なに屋や」

「表向きは芸能プロダクションです。東南アジアから女を連れてきてパブやスナックに派遣してます」

「おまえは那須プロと話をしたんか」

「いえ、玄地組の組長さんです」

若頭も同席したという。組長は坂本《さかもと》、若頭は平山《ひらやま》――。

「滝沢は玄地組にも集金に行っとんのやな」

「詳しいことは分かりません」

「こいつはおもろい。滝沢が突っ張ったら坂本も黙ってへん。込み合いになるぞ」

桑原は笑った。「おまえはいよいよ、危ない立場になるというわけや」

「…………」小清水は肩を落とした。桑原の脅しが効いたようだ。

「おまえ、行くとこあるんか」

「分かりません」小清水は小さく首を振る。

「おい、この爺を連れて行け」

セツオに向かって、桑原はいった。「どこぞウィークリーマンションでも借りて、守《も》りをせんかい」

「おれ、ウィークリーマンションとか借りたことないんですわ」セツオがいう。

「モーテルでも安ホテルでもええ」

桑原は札入れから金を出した。一万円札を十枚ほどセツオに渡す。「わしが滝沢とナシをつけるまで、爺を逃がすな」

「けど、こいつ、逃げまっせ。ふん縛って床にころがしといてもよろしいか」

「やめとけ。年寄りに手荒なことはしたるな」

どの口がそんなことというんや——。二宮は嗤《わら》った。香港では嫌というほど殴りつけて、ボールペンで手足を刺したくせに。そう、小清水は傷が癒えないのか、歩くときに左足を引きずっている。

「ほら、連れて行け」

桑原はいった。セツオは小清水を立たせて腕をとり、部屋を出て行く。

「待ってや」

二宮はセツオにいった。「おれもいっしょに行くわ」

「おまえは関係ないやろ」と、桑原。

「ややこしいのが事務所に来たんです。気になるやないですか」

悠紀はマキを連れて事務所を出たのだろうか。あのあと、電話はない。

「しゃあないのう。今日のとこは解散や。わしは病院へ行く」

「おれは事務所にもどりますわ」

セツオのあとを追った。「市内まで乗せてって」

「ほな、運転せいや」

セツオはアルトのキーを放って寄越した。

セツオは小清水をリアシートに座らせて足首と膝《ひざ》にビニールテープを巻いた。シートベルトを締めて隣に座る。二宮は運転だ。

国道171号を走りながら悠紀に電話をした。

――はい。啓ちゃん？

――いま、どこや。

――画廊にいてるねん。

マキのケージを持って三階に降りたが、ビルの玄関前にクラウンが駐《と》まっているため外に出られないという。

――夕方からレッスンやのに、困ったわ。

――あと三十分か四十分で、そっちへ行く。

――画廊の店長さん、親切やで。コーヒー淹《い》れてくれたり、外のようすを見てきてくれたり。

――ええ男やろ。けど、バツイチで子供がふたりおる。
――ふーん、そうなんや。
――勧められても絵は買うなよ。どれもこれも版画みたいな印刷や。
赤信号。パトカーが停まっている。二宮は通話を切り、膝のあいだに携帯を置いた。
信号が変わり、パトカーと距離をおいて走りだしたときに携帯が鳴った。
――すまん。パトカーの後ろにおるんや。
――小清水さんですか。
――あ、はい……。
悠紀かと思ったら協信証券だった。
――お持ちの株、売れました。約定代金は六百九十二万円です。
売買手数料は五万七千五百六円だという。
――了解です。来週の木曜以降に現金で受けとります。
――ありがとうございました。
電話を切り、桑原の携帯にかけた。
――なんや。
――株、売れました。六百九十二万で、手数料が六万ほどです。
――七百万もないんかい。
――相場がさがってるんでしょ。

——ま、ええわい。委任状はわしが作っとく。

——病院、どこへ行くんですか。内藤医院ですか。

——あんなヤブは要らんわい。大橋病院へ行く。

——再手術ですかね。

——おまえ、うれしそうにいうてへんか。

——めっそうもない。心配してますねん。

——見舞いに来いや。胡蝶蘭《こちょうらん》でも持って。

——はいはい、そうします。

——セツオにいうとけ。ヤサが決まったら報告せいと。

電話は切れた。桑原の声は心なしか元気がなかった。


大阪市内——。阪神高速の道頓堀出口を降りたところで車を駐めた。二宮は車外に出て、セツオと運転を代わる。リアシートにうずくまった小清水が逃げる気配はなかった。

道頓堀からアメリカ村までタクシーに乗った。阪神高速のガード下でタクシーを降り、福寿ビルへ歩く。電柱の陰から通りを見やると、悠紀のいったとおり、ビルの斜向《はす》かいに黒のクラウンが駐まっていた。リアウインドーに遮光シートが貼られているから車内のようすは分からない。

悠紀に電話をした。

――おれ。いま着いた。クラウンの後ろにおる。

――どうする、啓ちゃん。

――悠紀はマキのケージを持って、すぐに出られるようにしてくれ。五分か十分したら、また電話する。

――啓ちゃん、クラウンにちょっかい出したらあかんで。

――そんな怖いことするかい。

――どうするのよ。

――警察呼ぶ。ヤクザには警察や。

携帯をしまって三角公園の交番へ走った。若い制服警官が立ち番をしている。

「すんません。ちょっとよろしいか」

声をかけた。「そこの福寿ビルのテナントのもんですけど、朝からクラウンがビルの前に路駐して動かんのですわ。迷惑でしかたない。排除してください」

「何時からですか」

「もうかれこれ六、七時間ですわ」

「車のナンバーは」

「控えてません」

「運転者は」

「いてます」

「だったら、あなたが警告してください」

「それがね、見るからにガラのわるそうなやつで、下手に注意したら殴られそうですねん。ときどき、ひとが寄って来て窓越しになにかやりとりしてる。……ひょっとして、非合法の取引とかしてるんですかね」

そこまでいうと、警官は真顔になった。

「あなたは」

「二宮といいます。福寿ビルの二宮企画」

名刺を差し出した。警官は受けとって交番内に入り、もうひとりの制服警官と話をする。そうして、ふたりの警官が出てきた。

「案内してください」

「案内はするけど、立ち会いはしませんで。おれの名前も伏せてください」

「当然です」若い警官はうなずいた。

警官ふたりを前にして福寿ビルへ歩いた。市民の権利を行使して気分がいい。滝沢組のゴロツキが抵抗して逮捕されればいうことなしだ。

「あれです」

四つ角からクラウンを指さした。警官ふたりは近づいていく。二宮は悠紀に電話した。

——はい、啓ちゃん？

——いまや。一階に降りて外に出てくれ。

警官はクラウンのサイドウインドーをノックした。ウインドーがおり、茶髪の男が顔を見せる。警官はなにやら話しかけた。

悠紀が福寿ビルから出てきた。布をかけたケージを提げている。二宮は手招きし、悠紀は小走りでそばにきた。

「行こ」

二宮はケージを持って周防町筋へ歩いた。

日航ホテル裏、悠紀について『コットン』に入った。インストラクターの控室に入る。背の高い女の子がいた。レモンイエローのタンクトップとスパッツにオフホワイトのショートパンツ。

「インストラクターの紗希《さき》ちゃん。新体操をしてて、エアロビを教えてはるねん」

「二宮といいます。悠紀の従兄《いとこ》です」

「岸本《きしもと》です。初めまして」

紗希はきれいだ。悠紀より少し年上か。色白、切れ長の眼、鼻筋がとおっている。

「脚、長いですね」

「ありがとうございます」

「おれ、脚フェチですねん」

二宮はケージの布をとる。「ほら、マキも挨拶《あいさつ》せい」

「わっ、かわいい」

紗希がいった。マキは止まり木を左へ右へ動く。

「オカメインコです。ほっぺたが赤いでしょ」

「いつもいっしょにいてはるんですか」

「普段は放し飼いですねん。事務所を飛びまわってます」

アメ村の近くで建設コンサルタント事務所をしているといった。「お暇なときは寄ってください。歓迎します」

名刺を出そうとしたら、チャイムが鳴った。紗希は壁の時計を見る。四時二十五分だ。

失礼します――。紗希はそういって控室を出ていった。

「レッスンか」

「エアロビのね」

「あの子、おれのタイプや」

「そう……」

悠紀は笑う。「いきなり、脚フェチやもんね」

「いっぺん、飯食いに行こか。三人で」

「紗希ちゃんはパートナーがいてはるねん」

私立中学の体育教師。女だという。

「そらもったいない。世の中の損失やで」

「そんなことより、どうするの、これから。事務所にはもどられへんよ」

「千島のアパートもヤバいな」

「家なき子やんか、啓ちゃん」

「ちょいと辛《つら》いな」

「マキちゃんは預かるわ。お母さん、よろこぶし」

「しゃあない。おれはビジネスホテルでも泊まるか」

「桑原はどうなんよ。啓ちゃんをこんなめにあわせて」

「あいつも守口には帰られへん。狙われてる」

「ギャングに？」

「滝沢組いうてな、川坂の本家筋や」

「啓ちゃん、高飛びし。沖縄とか、宮古島とか。西表《いりおもて》島やったら、船で台湾に渡れるでしょ」

「悠紀もつきあうか。沖縄旅行」

「あほなこといわんといてよ。わたしは毎日、仕事があるんやで」

「おれもいちおう、仕事はある」

「どこをどう押したら、こんな能天気な人間ができるんやろね。不思議やわ」

「おれも不思議や」

「とにかく、マキは預かります。啓ちゃんは隠れなさい」

「分かった。隠れる」

二宮は立ちあがった。「悠紀も気をつけるんやぞ。おれがええというまで、事務所には近づくな」

「啓ちゃんも桑原に近づかんようにね」

「行くわ。またな」

控室を出た。レッスン室から〝ビヨンセ〟が聞こえる。

御堂筋まで歩いてタクシーに乗った。さて、どこに隠れるか——。

「動物園」運転手にいった。


地下鉄『動物園前駅』の近くでタクシーを降りた。JR大阪環状線のガードをくぐり、ジャンジャン横丁へ歩く。シャッターを閉じた店もあるが、人通りは多い。目当てにしていた串《くし》カツ屋の前には行列ができていた。ガイドブックを手にしたホットパンツの女の子と眼が合ったので愛想笑いをすると、スッと横を向いた。どういう態度や、おい——。近ごろの観光客だらけのジャンジャン横丁はおもしろくない。

串カツを諦《あきら》めて、昭和レトロの食堂に入った。どて焼を肴《さかな》に生ビールを飲む。

携帯が鳴った。発信先は見知らぬ番号だ。

——はい。

——二宮か。セツオや。

くそっ、年下のくせに呼び捨てにしやがる。

——どこにおるんや。

——ジャンジャン横丁。

——おう、そらちょうどええ。おれは釜ヶ崎や。

なにがちょうどいいのか分からない。釜ヶ崎は近くだが。

——あんた、行くとこないんやろ。

——なんぼでもあるがな。

——おれ、レンタルルーム借りたんや。爺がいっしょなんやけど、ひとりで面倒見るのはしんどい。手伝《てつど》うてくれや。

——あのな、おれは本業があるんや。もう足を洗わしてくれよ。

——滝沢のチンピラが事務所に来たんとちがうんかい。

——あれは追い払《はろ》た。警官使うてな。

——な、頼むわ。このとおりや。手伝うてくれ。あんたとおれの仲やないか。

セツオとは確かに因縁がある。二年ほど前、真湊会系の組とトラブって、桑原の指示でセツオのアパートに匿《かくま》ってもらったこともある。そうそう邪険にはできない。

——分かった。とりあえず、そっちへ行くわ。……ただし、桑原さんにはおれがいっしょにおるといわんようにな。

——ああ、いわへん。すまんな。

セツオは桑原とちがって、ひとがいい。ヤクザとしてはゆるいが。

――レンタルルームの場所は。

――釜ヶ崎銀座や。大通りから南へ入ったら左側に『プラザホテル』いうのがある。

――プラザホテル……。洒落《しゃれ》てるな。

電話を切った。ためいきをつく。

ま、ええわい。どうせ新世界あたりの安ホテルに泊まろうと思てたんや――。そう、自分にいいきかせた。


どて焼をスチロールのパックに包んでもらい、煙草を一本吸って食堂を出た。ジャンジャン横丁から飛田商店街へ。酒屋で六本パックの缶ビールを買い、西へ歩く。通称〝釜ヶ崎銀座〟は新今宮《しんいまみや》駅と萩之茶屋《はぎのちゃや》本通を結ぶ広い通りで、むかしは西成暴動――機動隊と労働者の攻防――があったところだ。付近にたむろしているおじさんたちは五十代、六十代が多く、ドヤはアパートやレンタルルームに改装され、〝生活保護申請〟の看板が目立った。電柱や雨水溝のまわりは小便の臭いが漂い、乳母車に犬を乗せたおばさんがゆるゆる散歩している。

《レンタルルーム・プラザホテル》は六階建の細長いビルだった。手前のコインパーキングの奥にワインレッドのアルトが駐《と》められている。

二宮はダークグリーンのアクリルドアを押して中に入った。ロビーといえるスペースはなく、左にシューズボックス、右に小さなカウンターがあった。肥《ふと》ったおばさんがテレビを見ている。

「すんません。さっき来たふたり連れの部屋はどこですかね」

「お名前は」

「徳永です」セッオの名字だ。

「ちがうね」おばさんはノートを繰る。

「ほな、小清水は」

「ああ、601やね」

それを聞いて、靴を脱いだ。スリッパを履き、赤いパンチカーペットを敷いた廊下にあがる。

「ちょっと、おたく」

呼びとめられた。「勝手にあがったらあかんわ」

「あ、そうか……」

そこで気づいた。訪問客を装って、タダで泊まる人間がいるのだと。玄関でスリッパに替えさせるのもそのためだろう。

「おれも部屋借りますわ」

「六階やったら、二号室が空いてるけど」

「ほな、602を」

一日・千八百円——。三日分の五千四百円を先払いしてキーをもらった。シューズボックスに靴を入れ、古びたエレベーターで六階にあがる。601号室のドアをノックした。

「おれ。二宮」

「おう」

返事があってドアが開いた。「早かったな」

「ジャンジャン横丁は風情がなくなった。串カツ屋に行列ができてたわ」

部屋に入った。シングルベッドがふたつ。小清水は奥のベッドで横になっているが、こちらを見ようともしない。

「どて焼、食うか」ビールといっしょに渡した。

「ええ匂いやな」

セツオは窓際の円テーブルに腰をおろした。二宮も座る。窓の外に見えるのは同じような造りのビジネスホテルやワンルームマンションだ。どこも屋上に洗濯物をいっぱい干している。

「ここ、なんぼや」

「宿賃か」

セツオはどて焼のパックを開く。「風呂《ふろ》付きやし、五千六百円もとられた」

「おれは隣の部屋やけど、風呂はないんかな」

「シャワーぐらい、ついてるやろ」

セツオはどて焼を食い、缶ビールを飲む。

「小清水さんよ、ビール飲むか」

二宮は声をかけた。小清水は首を振る。

「愛想なしやな。おれはあんたに大した恨みはない。仲ようにしようや」

いうと、小清水は起きてベッドから降りてきた。

「ま、座りいな」

二宮は立って、小清水を座らせた。ビールのプルタブを引いて小清水の前に置く。

「ボールペンで刺された傷、膿《う》んでへんか」

「抗生物質を服《の》んでるけど、具合がわるい」

小清水は左の太股《ふともも》をさする。「わし、糖尿病なんや」

「糖尿病は傷が治りにくいというな」

「滝沢の連中にもそういうたんや。ちゃんとした治療を受けたいと」

なのに、武庫川町の文化住宅に閉じ込められて病院にも行けなかったという。

「あんたは滝沢組にとってお荷物なんや。桑原もいうてたけど、口封じで消されるかもしれんというのはほんまやと思う。あんた、桑原に助けられたんやで」

「かもしれんね……」力なく、小清水はいう。

「少なくとも、我々はあんたをどうこうするつもりはない。そこは安心して欲しい」

「けど、あのひとは怖い。むちゃくちゃする」

「桑原は天性のイケイケやけど、根は冷静や。どこでどう暴れたらどうなるか、絶えず計算してる。あんたはもう逃げまわったりせんと、黙ってやり過ごしたらええ」

桑原は滝沢組という地雷を踏んだ。今回ばかりは相手がわるすぎる。頭を撃ち抜かれ、血だまりに横たわる桑原の姿が眼に浮かぶが、セツオの手前、そんなことはいえない。


六本の缶ビールはすぐになくなった。二宮は一階に降りたが、自販機はない。外に出て酒屋を探していると携帯が鳴った。嶋田だ。

──はい、二宮です。昨日はごちそうになりました。

北新地で懐石料理を食い、座ればウン万円のクラブで飲んだのだ。

──啓坊、桑原の居どころ知らんか。

──知らんこともないですけど……。

──携帯がつながらんし、守口にもおらんのや。

──たぶん、病院ですわ。湊町の大橋病院。

──また、なんぞしでかしたんか。

──縫うた傷口が開いたんです。滝沢組の牧内とかいうのに刺された脇腹の傷が。

──啓坊、すまんけど、その病院に行ってくれへんか。桑原に会うて電話するようにいうて欲しいんや。

——分かりました。おやすい御用ですわ。

腕の時計を見た。五時半だ。コンビニを出てセツオに電話をし、急用ができたから夜まで帰れないと伝えた。

湊町——。タクシーを降りて病院に入った。インフォメーションで桑原の名をいうと、

西病棟の三階へ行くよういわれた。三階にあがり、『外科』のナースステーションで桑

原の病室を訊《き》く。茶髪の看護師がパソコンの端末を叩《たた》いた。

「桑原保彦さんは手術室におられますね」

「なんですて……」

「六時から再手術です」

「また穴があいたんですか。肺に」

「ごめんなさい。詳しいことは分かりません」

「担当の先生は」

「手術室に入られました」

「再手術ね……」

話などできる状態ではなさそうだ。ナースステーションを離れ、嶋田に電話した。

——どうも、二宮です。大橋病院に来たんですけど、桑原さんには会えてません。六

時から手術です。

――重傷か。

――いや、命にかかわるような感じではないです。

――しかし、手術というのは困ったな。

――終わるまで待ちましょか。麻酔が覚めたら、嶋田さんに電話するようにしますわ。

――いや、それでは間に合わんのや。

――なにか、あったんですか。

――いや、滝沢が来よるんや。

――えらいことやないですか。

――啓坊はことの顚末《てんまつ》を知ってるよな。

――よう知ってます。ずっと桑原さんといっしょやったし。

――わしは昨日、啓坊にこれ以上深入りするなというた。その舌の根も乾かんうちにこんなこといえた義理やないけど、ひとつ頼みを聞いてくれへんか。

――はい、なんです。

――滝沢がどうゴネよるか、どこまでほんまの話をしよるか、隣の部屋で聞いといて欲しいんや。

――おれでよかったら使うてください。何時に来るんですか、滝沢は。

――七時や。二蝶会やのうて、うちの事務所に来る。

――行きますわ。嶋田組に。

七時前には行けるといった。

15

旭区赤川――。嶋田組の事務所に着いたのは七時十分前だった。バス通りに面した木造三階建、白いサイディングの仕舞《しも》た屋ふうの建物に組事務所の匂いはない。一階はガレージと倉庫、二階は事務所、三階は若い衆が寝泊まりできる部屋になっている。

二宮はタクシーを降り、ガレージ横のインターホンのボタンを押した。

――二宮です。

――ご苦労さまです。

すぐにドアが開いた。黒いTシャツに生成りのジャケットをはおった男――嶋田のガード兼運転手で、木下《きのした》とかいった――が二宮を招き入れた。

階段をあがり、事務所に入った。若い衆がふたり、立って二宮に頭をさげる。組員に丁寧な挨拶《あいさつ》をされるのは、あまりいい気分ではない。

嶋田は応接室のソファにもたれて煙草を吸っていた。神棚も代紋飾りもない、殺風景な部屋だ。

「すまんな、啓坊。うっとうしいやろけど、ちょっとの間《ま》、つきおうてくれ」

「実はおれ、桑原さんから聞いてましてん。嶋田さんが『フリーズムーン』に、おれの名前で百万円も出資してくれたこと。礼もいわんと、すんませんでした」

「桑原には口止めしといたんやけどな、喋《しゃべ》りよったか」

嶋田は小さくいって、「そろそろ滝沢が来る。啓坊は事務所で滝沢の話を聞いてくれ」

「マイクとかあるんですか」

「そんなもんはない」

「ほな、ドアに耳つけて？」

「そういうこっちゃ」

「おれ、嶋田さんの横に立ってます。桑原さんの舎弟ということにしてください。セツオくんの役ですわ」

「そらあかん。啓坊は堅気や」

「堅気がこんなズブズブに足突っ込んでますか。首までどっぷり浸《つ》かってますわ」

「ええんか、それで」

「ええもわるいも、桑原さんとおれは一蓮托生《いちれんたくしょう》ですわ。おれだけ足抜けするわけにはいかんのです」

そう、この片がつかない限り、二宮には滝沢組の影がついてまわる。福寿ビルの事務所には近づけないし、千島のアパートにも帰れないのだ。

そこへ、ノック──。木下が顔を出した。

「滝沢が来ました。ふたり、連れてます」

「誰や」

「初見と牧内とかいうてます」

「牧内は桑原さんを刺した男です」

二宮はいった。「おれの顔、知ってますわ」

「ほな、啓坊は外せ」

「いや、外しません」

肚《はら》を決めた。「立ち会います」

嶋田は笑った。通せ——と、木下にいう。ほどなくして、三人の男が現れた。

白髪に白髭《ひげ》、シルクのオープンシャツにゴルフズボンの爺《じじい》は滝沢だとすぐに分かった。

牧内は前に見て知っている。初見は瘦《や》せた小男で、顔色はシャブ中のような土気色、眉《まゆ》がほとんどなく、とろんとした濁った眼を二宮に向けた。

これがひとを殺した人間か——。そう思うと、なおさら薄気味がわるかった。

滝沢を中にして三人は座った。木下と二宮は嶋田の脇に立つ。

「わざわざ、むさ苦しいとこまですんまへんな」

嶋田がいった。「飲み物はコーヒーでよろしいか」

「おやっさんは紅茶や」

牧内がいった。「ダージリンのオレンジペコ」

「そういう訳の分からん飲み物はおまへんねん」

「いや、日本茶でけっこう」

滝沢がいった。「血圧が低いさかい、コーヒー飲んだらクラッとしますんや」

「カフェインは血圧あげるんやないんですか」

「最近の学説はちがうみたいですな。わしは現に血圧がさがるしね」

亥誠組の副本部長と二蝶会の若頭《かしら》がどうでもいい話をする。それが逆に怖かった。

「それはそうと、おたくの桑原。いてまへんな」

初見が口をひらいた。「わしらは桑原に用がありまんねん」

「桑原はわしの子分やない。二蝶会の組員ですわ」

「そらおかしいな。あんたは二蝶の若頭で、桑原はあんたの舎弟や」

「おたくの桑原、いう言い方がひっかかりましたんや」

「桑原、どこでんねん」

「いま、手術してますわ。再手術」

嶋田は牧内を見た。「あんたが刺したそうやな」

「へーえ、そうかいな」牧内はにやりとする。

「舎弟がやられたとあってはケジメをとらないかん。あんた、どうするつもりなんや」

「どないもこないもないやろ。あんな狂犬を放し飼いにする、おたくのほうはどうなんや」牧内は唸《うな》る。滝沢と初見の手前、弱気は見せられない。

「ま、ええ」

滝沢が割って入った。「喧嘩《けんか》は両成敗や。同じ川坂の枝内で揉《も》めるんやない。わしらはそのために話し合いに来たんや」

「けど、おやっさん、うちは三人もやられてます」

「そんなことは百も承知や。二蝶の森山はんも桑原の処分は考えてはる。安うても絶縁はまちがいないわな」

「ちょっと待ってもらえまっか」

嶋田がいった。「小清水とかいう詐欺師にアヤかけられたんは、わしと桑原ですわ。二蝶会が関わったんやない。うちのオヤジが絶縁、破門をいうのは筋がちがいますな」

「あんた、森山はんから聞いてへんのかいな」

「どういうことです」

「こないだの義理掛けで、わしは森山はんと話をした。フリーズムーン製作委員会が振り出した手形の決済で、おたくの若頭がゴネてるというたら、えらい恐縮しはって、わしからもよう言い聞かせときます、いうことやった。桑原の処分についても、渡世の筋は外しませんと、そういうてはったがな」

「わしはオヤジからなにも聞いてまへんで」

「そら風通しのわるいこっちゃな」

滝沢は低く笑う。一見、好々爺《こうこうや》ふうで口調もきつくないが、川坂本家筋の大幹部という貫目がある。ヤクザも企業人も成り上がってしまえば、まわりがそう見るのだ。

「それはそうと、なんでそいつがいてまんねん」

牧内が二宮に向かってあごをしゃくった。

「知ってんのかいな、あんた」嶋田はいう。

「知ってるもなにも、そいつは桑原のパシリでっせ」

「この男も出資したんや。百万円」

「ほう、そういうことでっか」

牧内は二宮を睨《にら》む。「二宮企画は二蝶会の子会社かいな」

「二宮は堅気や。フロントでも舎弟でもない」

「堅気が桑原と走りまわってるとは、二蝶会も変わってまんな」

「牧内さんとかいうたな」

嶋田は向き直る。「よその組内のことをごちゃごちゃいうのは行儀がようないで」

「嶋田はんのいうとおりや」

滝沢が牧内にいった。「謝らんかい」

「すんまへん。余計なことでした」

牧内は嶋田に頭をさげた。嶋田は渋面でソファにもたれかかる。

「話をもどすようやけど、桑原の容体はどうなんや」

滝沢はつづける。「再手術いうのは、よほどわるいんか」

「片肺がいかれてね、手術はうまいことといっても、一生、酸素ボンベを引いて歩かんといかんみたいですわ」

「そいつは、かなりの重傷やな」

「片肺が萎《しぼ》んだままゴロまいたらあきませんわな」

「桑原が入院してるんやったら、小清水の面倒は誰が見てるんや」

「んなことは知りまへん。どこぞへ逃げたんとちがいまっか」

「おいおい、とぼけたらあかんがな。尼崎で小清水を攫《さら》うたんは桑原や」

「桑原が小清水を攫うとこ見たんでっか」

「いや、それは聞いてへん……」

聞いていないはずだ。武庫川町の文化住宅で小清水を張っていた滝沢組員の久保はドアを開けた途端、桑原に殴られて気を失ったのだから。

「わしは分からんのですわ」

嶋田はいう。「小清水が香港から帰ったというのは桑原から聞いてたけど、なんで滝沢組に逃げ込んだんでっか。滝沢組は小清水に億を超える金を踏み倒されたのに、匿《かくも》うて面倒をみてやるというのが、わしには不思議ですねん」

「面倒はみてへん。身柄《ガラ》をとったんや」

「ほな、なんでっか。小清水が香港から帰ったとき、空港で待ちかまえてたんでっか」

「そういうこっちゃ」滝沢は鼻先で笑う。

「小清水はどこや」

いままで黙っていた初見が訊《き》いた。「どこに隠した」

「知らんな」しれっとして嶋田はいう。

「桑原はどこや」

「病院や」

「どこの病院や、と訊いとんのや」

「おい、口の利き方に気ぃつけや。喧嘩売りたいんやったら買うたるぞ」

「あほんだら。やめんかい」

滝沢がいった。「一端《いっぱし》の極道がチンピラみたいな真似さらすな」

初見は不貞腐《ふてくさ》れたように下を向いた。

「ま、小清水のことは置いとこ。詐欺師を追いかけても詮《せん》ないこっちゃ」

滝沢は嶋田にいう。「で、あんたはフリーズムーン製作委員会の出資者として、どないするつもりなんや」

「それはこっちが訊きたいでんな」

嶋田は応じる。「どないしたらよろしいねん」

「あんたの出資契約は三千万や。半額は払うたみたいやから、残りの千五百万を詰めてもらおか」

「それはおたくがフリーズムーン製作委員会振り出しの手形を持ってるからでっか」

「うちは一億五千万も小清水にやられた。債権者として債務者に金を要求するのはあたりまえやわな」

「なるほどね。亥誠組の金看板は大したもんでんな」

「なんや、その言いぐさは。二蝶会の若頭は亥誠組に尻《ケツ》まくるんかい」

「勘違いせんとってくれまっか。わしは二蝶の金を出したわけやない。嶋田勝次《かつじ》個人の金を出資したんですわ」

「それやったら、なおさら話は早い。千五百万、払うてもらお」

「その金を詰めたら、チャンチャンでっか」

「なにがチャンチャンや」

「うちの桑原とおたくの若い衆との込み合いですわ。おたがい痛み分けいうことで、水に流してくれまんのか」

「そいつは甘いで、嶋田はん。うちは三人もずたぼろにされて、天秤《てんびん》が傾いたままや。釣り合いとるのは桑原の処分。そこをはっきりしてもらわんと、わしも下に対して示しがつかんがな」

「さっきは喧嘩両成敗というたんやないんでっか」

「あんたも分からんひとやな。桑原の処分があってこその両成敗やろ」

滝沢も嶋田も退《ひ》かない。ヤクザ同士のメンツのぶつかりあいだ。

「桑原を破門したら、あとはおかまいなしでっか」

「破門はゆるい。絶縁や」

「極道が絶縁されたら堅気ですわ。まさか、堅気に手ぇ出すてなことはおまへんわな」

「ま、それはないやろ」

滝沢はうなずいたが、真意は分からない。

「了解ですわ。おたくが持ってる手形の件と、桑原の処分、考えときます」

「期限を切ろ。いつまでに返事をくれるんや」

「一週間は欲しいでんな」

「ほな、来週の金曜や」

そこへ、ノック──。日本茶と茶菓子を載せた盆を持った組員が部屋に入ってきた。

「あ、すまんな。せっかくやけど、失礼するわ」

滝沢は腰をあげた。牧内と初見も立つ。木下と組員が見送りをして、滝沢たちは応接室を出ていった。

「桑原さん、絶縁ですか」二宮は訊いた。

「森山のオヤジはそういう肚《はら》かもしれんな」嶋田は茶菓子をつまむ。

「渡世の筋は外さんと、滝沢にいうたからですか」

「オヤジはここ一番の魂《タマ》がない。本家筋にどこまで肚くくれるか危ないもんや」

「桑原さんが絶縁になったら、滝沢はほんまに手出しせんのですか」

「いや、ただではすまんやろ。ある日、行方をくらまして、それっきりや」

殺されて埋められるか、海に沈められるか、死体の見つからない方法で始末されるだろうと嶋田はいう。「桑原が標的《マト》にかけられてると分かってても、絶縁した組員のケツ持ちはできん。そういうこっちゃ」

「桑原さんを絶縁せんかったらどうなるんです」

「迂闊《うかつ》に手は出せんわな。二蝶と滝沢の抗争《でいり》になる」

「森山さんにいうてください。破門も絶縁もせんように」

「そら、わしも掛け合う。桑原のことはわしに預けてくれ、とな」

「嶋田さんにはいうなと口止めされたけど、小清水を監禁してます。釜ヶ崎のレンタルームに」

セツオが見張りについているといった。「小清水はなにもかも喋《しゃべ》りました。裏で糸引いてるのは滝沢と初見です」

マカオ、香港、日本に帰ってからの経緯を、金のやりとりをぼかして手短に話した。嶋田は黙って聞いている。「――桑原さんは好き好んで滝沢の連中とやりおうたわけやない。行く先々に組員がおったんです」

「…………」

「小清水をなんとか利用できんですか」

「ま、それがこっちの切り札やろな」

「この話は足しになるかどうか分からんけど、小清水は玄地組から出資金を騙《だま》しとってます」

「玄地……。鳥飼の玄地組か」

「出資額は二千万。半金の一千万を滝沢は手形持って集金に行ってるはずです」

「啓坊、そいつはええ話や」

「滝沢が突っ張ったら玄地の組長も黙ってへんと、桑原さんはいうてました」

「滝沢の爺、図に乗りすぎよったな」

嶋田はひとりうなずいて、「いっぺん、鳥飼へ行ってみるか」

「そう、玄地組を引きずり込んでください」

二千万円の出資契約をしたのは、那須プロダクションという玄地組のフロントだといった。「玄地の組長は坂本。若頭は平山です」

そこへ、ドアが開いて木下がもどってきた。嶋田は振り返って、

「釜ヶ崎へ行け。レンタルルームに詐欺師がおるから、セツオとふたりで張れ」

「『プラザホテル』です。釜ヶ崎銀座を南に入った左側」

二宮はいった。「601号室。隣の602号室も借りてます」

木下はすっと踵《きびす》を返して出ていった。

「啓坊はどないするんや、このあと」

「大橋病院に行ってみますわ」

「ほな、わしも行くか。桑原をどやしつけたる」

嶋田は茶菓子をまたひとつ口に入れて茶を飲んだ。

八時半、大橋病院に着いた。救急入口から棟内に入り、窓口で桑原の名をいうと、手術は終わり、病室にいるという。本館の505号室——。

嶋田とふたり五階にあがって、ナースステーションで担当医師に状況を訊いた。

「再手術したんですか」

「しました。胸膜内に膿《うみ》が溜《た》まっていたので」

脇腹の傷口が開いて細菌感染したのだろうといった。「脇腹から胸腔鏡《きょうくうきょう》を入れて、膿《う》んだ部分を廓清《かくせい》、洗滌《せんじょう》しました」

「肺は大丈夫でしたか」

「出血はしてません。気胸もなかったです」

「退院はいつです」

「来週ですね。二、三日は経過観察が必要ですから」

「話はできますか」

「できますが、長話はおやめください」

看護師が病室へ案内してくれた。505号室は個室だった。

桑原は眠っていた。看護師が声をかけると、うっすら眼をあけて、

「若頭……」つぶやくようにいった。

「無理するな。しんどかったら喋らんでもええ」

嶋田はベッドのそばに行った。看護師は若頭の意味が分かっていないようだ。

「じゃ、五分で」

看護師はいって、病室を出ていった。

「すんまへん。わざわざ来てもろて」力なく、桑原はいう。

「さすがのイケイケも弱ったみたいやな」

「弱りはしてへんけど、麻酔のせいか知らん、頭に靄《もや》がかかってますねん」

「同じ傷を二回も縫うたんや。ちょっとはおとなしいにせい」

嶋田はパイプ椅子を引き寄せて座った。「啓坊からあらましは聞いた。マカオまで行ったんやてな」

「爺はカジノを銀行にしてましたんや」

「おまえも博打《ばくち》したんかい」

「行きがけの駄賃ですがな。百万ほど浮きましたわ」

「啓坊はどないやった」嶋田は二宮に訊《き》く。

「おれはさっぱりです。丸裸にされました」

「わしも博打はあかん。行き腰がないさかい、ちびり負けする」

「二蝶会でいちばん強いのは桑原さんですか」

「こいつの博打ははったりや。はったりもたまには勝つやろ」

いって、嶋田は桑原のほうに向き直った。「おまえはしばらく、ここにおれ。退院許可が出てもじっとしとけ。これ以上、おまえが暴れたら、滝沢との収拾がつかん」

「けど、小清水を攫うてますねん。ほったらかしにしとくわけにいかんやないですか」

「さっき、釜ヶ崎に木下をやった。セツオとふたりで守《も》りしとる」

「ま、それやったらええけど……」あとの言葉を呑《の》みこむように桑原はいった。

「なんぞ差し入れして欲しいもんはあるか」

「新地の『ふみ』いうクラブに楓《かえで》いう女がいてますねん。パンツの見えるスカート穿《は》いて見舞いに来いというてくれまっか」

「ええ女か、楓は」

「顔はもひとつやけど、乳がでかい。Fカップでっせ」

「食うたんかい」

「それが、なかなか食わしよらんのです。若いのに、じらすこと憶《おぼ》えて」

二宮は呆《あき》れた。これが病室で交わす患者と見舞い客の会話か。ただの与太話だろう。

さっきの看護師がもどってきた。わざとらしく時計を見る。

「ほな、行く」嶋田は腰をあげた。

「おおきに。すんまへん」と、桑原。

嶋田は絶縁云々《うんぬん》の話を一切しなかった。

病院の前でタクシーを拾った。新地――と、嶋田は運転手にいう。

「行くんですか、『ふみ』いう店に」

「先に飯を食お。啓坊はなにが食いたい」

「なんでもええです、おれは」

「鱧《はも》にしよ」

新地の永楽町──、嶋田はいった。

プラザホテルに帰ったときは日付が変わっていた。玄関ドアに錠がおりている。インターホンのボタンを押した。

──はい。

──602号室の二宮やけど、入れんのです。

──門限があるんやで、門限が。

──何時です。

──十二時。

──今度から気ぃつけます。

おれは客やぞ。くそえらそうに──。夜、玄関を開けておくと、無料《タダ》で泊まる連中がいるらしい。

ふくれっ面のおばさんが出てきて錠を外した。二宮は入って靴を脱ぎ、廊下にあがる。エレベーターは作動しなかった。

六階まで階段をあがり、601号室のドアをノックした。誰や——。セツオの声が聞こえた。おれ。二宮——。

ドアが開いた。セツオは首を伸ばして廊下を見る。二宮はコンビニで買った六本パックの缶ビールをセツオに渡して部屋に入った。

小清水は向こう側のベッドで横になっていた。木下は手前のベッドで胡座《あぐら》をかき、テレビを見ている。テーブルの上には食い散らかした弁当三つ、ビールの空き缶、灰皿は吸殻が山になっていた。

「ビール、飲むか。よう冷えてるで」

セツオは木下にいった。いただきます——。木下はベッドからおりて椅子に座る。

「ケンが来て助かった。昼寝ができるもんな」

セツオはビールのプルタブを引いて口をつける。木下はケンというらしい。生成りのスーツに白いシャツ、胸元の刺青《ほりもの》がちらっと見えた。

「それ、総身に入れてるんですか」

二宮は訊いた。木下はうなずく。

「模様は」

「龍虎です」

「木下さんの齢《とし》で総身の刺青は珍しいですね」まだ二十代だろう。

「従兄《いとこ》が島之内で彫師をしてますねん」

「ケンはな、本家の部屋住みやったんやで」セツオがいう。

「エリートやないですか」

そう、神戸川坂会本家の部屋住みは系列の組から派遣されるヤクザの幹部候補生だ。一年から二年、本家に住み込んで掃除、洗濯、炊事、定例会の接待といった修業をし、組にもどると、まわりの見る眼もちがってくる。木下が総身に刺青《あかし》を入れたのは、一生、この世界で食っていくという覚悟の証だろう。

「川坂の会長て、どんなひとです」

「五代目はすごい優しいひとです。大きな声、聞いたことないです」

将軍家のようだと木下はいう。「普段は大奥にいてはって、顔を見るのは鯉に餌やるときぐらいです。ものすごいオーラやし、こっちはガチガチに緊張して、ものもいえんです」

「実務はせんのですか」

「組のことは若頭と若頭補佐の合議ですわ」

君臨すれども統治せずか。傘下構成員が二万人もいれば、合議にしなければもたないだろう。将軍家とちがうのは世襲制でないところだが。

「亥誠組の組長はどういうひとです」

「諸井さんはちょっと気難しい感じです。歌、うまいです」本家で開かれた直系組長の放免祝いのとき、カラオケで『無法松の一生』を歌ったという。

「亥誠組の滝沢は」

「なんべんか見ました。話を聞いたんは、さっきが初めてです」

「滝沢は木下さんのこと、憶えてなかったみたいやね」

「部屋住みは、いうたら本家にころがってる木偶《でく》ですわ。木偶の顔を憶えてるひとはおらんでしょ」

「森山さんは定例会で発言したりするんですか」

「二蝶のオヤジさんは大広間の隅っこで小そうなってましたわ」

羽振りが利くのは、やはり、豊富な資金源があり、構成員を多く抱えている組長だという。「みんな、よう知ってますねん。あの組は何人、この組は何人、シノギはなにをして、稼ぎはええかとか」

「滝沢組は組員が五十人もおって、直系になりたいんとちがうんですか」

「それはどうやろ。たぶん無理ですね」

木下はビールを飲む。「亥誠組は諸井さんの兄弟分がふたり直系に昇格してるし、滝沢もええ齢やから、枝のままで終わるのとちがいますか」

木下は事情通だ。傘下の組織が部屋住みの若者を差し出すのは、この種の情報がとれることも理由のひとつなのだろう。

「二宮さんはえらい詳しいけど、盃《さかずき》もろてはったんですか」

「このひとは森山のオヤジの兄貴分の息子や」

セツオがいった。「二宮孝之いうて、嶋田の若頭が若いころ、世話になったらしい」

「子供のころ、嶋田さんによう遊んでもらいました。小学生のときから競馬場や競輪場に連れてってもろてたんです」

思えば、三十年も前から博打場に出入りしていたのだ。いままでに溶かした金でマンションの一部屋くらいは買えただろうに。

「そうか。それでオヤジは二宮さんのことを啓坊と呼んでるんや」木下はうなずく。

「長いことサバキで食うてきたけど、そろそろ終わりかなと思てますねん」

「ええやないですか。まだ若いんやから」

「若うはない。頭が軽いからそう見えるかもしれんけど」

二宮は三十九、桑原は四十一、嶋田は五十二のはずだ。ひとはあっというまに齢をとる。

ビールを飲み、煙草を吸った。小清水は枕に頭をうずめて身動きしない。眠ってはいないだろうが。

それから少し話をして、二宮は602号室に行った。

土曜日――。昼すぎに起きて新世界界隈《かいわい》のパチンコホール巡りをした。少し浮いたときもあったが、トータルして四万九千円の負け。夜、601号室のようすを見にいくと、小清水は案外に元気で、宅配のピザを食っていた。

日曜日――。天王寺まで歩いてパチンコをした。こっぴどくやられて、しつこく閉店時間まで打ち、八万円も負けた。パチンコなど日本から排除しろと思うが、たまに勝つこともあるから始末にわるい。仕事もせんとぶらぶらして、おれはいったいどうなんねや――。後悔はするが反省しないから、明日もまた打つだろうと思いながら寝た。小清水のようすに変化なし。

月曜日――。チャイムの音で眼が覚めた。寝ぼけ眼《まなこ》でドアを開けると、セツオが立っていた。顔がひきつっている。

「小清水、知らんか」

「知らんけど……」

「逃げくさった」

「なんやて」

「ケンが朝飯食いに出ていった。わしも起きたんやけど、また寝てしもたんや。ハッと気がついたら、爺がおらんかった」

「手足を括《くく》ってなかったんか」

「足はテープを巻いてた。手は自由や。寝るときは堪忍してくれというたから」

「いつ、逃げたんや」

「んなことが分かったら、捕まえてるやろ」

「小清水は金持ってない。カードも免許証も携帯もない。昭和町のマンションの鍵《かぎ》も茨木の家の鍵も持ってないやろ」滝沢組にも逃げ込みはしないだろうといった。

「どないしよ。どないしたらええ？」

「指つめるか」

「あほんだら。冗談いうてる場合か」

桑原の兄貴に殺される、とセツオはいう。

「おれが小清水やったら、まず金の段取りをする」

「どう段取りするんや」

「金本いう不動産屋の事務所が通天閣の近くにある。小清水の芸能学校の金主や」

「よっしゃ。行こ」

「ちょっと待ってくれ。顔も洗うてへん」

「洗うような顔か」

セツオはひどく焦っている。二宮はポロシャツと靴下を替えて部屋を出た。


動物園前からジャンジャン横丁を抜けて新世界、通天閣本通商店街の『金本不動産』へ行った。『茶房ひかり』横のガラスドアを押し、ビル内に入って二階にあがる。午前九時をすぎているのに、金本不動産は施錠されていた。

「上や。『金本総業』」

三階にあがった。鉄扉をノックし、開ける。前に会った茶髪の男がデスクに鏡を置いて剃刀《かみそり》を使っていた。

「金本さんは」

「なんや、おまえ、誰が入ってこいというた」

「眉毛《まゆげ》の手入れですか」

男の眉はミミズのように細い。黒のジャケットにアロハシャツ、ヤクザではないがチンピラにはちがいない。

「金本さんは」もう一度、訊《き》いた。

「知らん、知らん。去《い》ね」

「こら、客になんちゅう言いぐさや」

セツオが前に出た。「ぶち叩《たた》くぞ」

男は鏡から眼を離した。怯《おび》えたふうはない。

「おまえ、どこのもんや」低く、いう。

セツオも見るからにゴロツキだが、桑原のような凄味《すごみ》がないから舐《な》められる。

セツオは無造作にデスクのそばへ行った。パソコンの本体をとるなり、振りあげて男の頭に叩きつけた。男は椅子ごと後ろに倒れ、そこへセツオはデスクを撥《は》ねあげる。キーボードやモニターが飛び、男はデスクの下敷きになって呻《うめ》き声をあげた。

「二蝶会の徳永じゃ。憶《おぼ》えとけ」

セツオは男の下腹を蹴《け》りつける。「金本はどこや」

「まだや……。まだ来てへん」切れ切れに、男はいう。

「それを早よういわんかい」

セツオはあごをしゃくった。二宮はデスクを起こす。男は這《は》ってキャビネットのそばに行き、座り込んだ。頭から垂れた血が鼻筋を伝って床に落ちる。

「おまえ、名前は」

「広野《ひろの》……」

「ここの社員はおまえだけか」

セツオはティッシュペーパーの箱を男に投げた。

「もうひとりいてるけど、今日は遅番や」

二階の金本不動産には中年の女性事務員がいるという。

「金本はいつ来るんや」

「もう来るやろ」

「いつも何時に来るんや」

「九時や」

「遅いやないけ」

「ああ、遅い」男は額にティッシュペーパーをあてる。

「朝、小清水が来たか」

「小清水……。誰や」

「殺すぞ、こら。知らんはずないやろ」

セツオは剃刀を拾って広野のそばに行く。

「来た。小清水が来た」両肘《ひじ》で顔を隠しながら広野はいう。

「何時や」

「半時間ほど前」

「くそったれ。小清水はどないした」

「金と携帯を貸してくれ、いうから、二千円貸した。携帯は貸してへん」

「それで、小清水は」

「出ていった」

小清水はスリッパを履いていたという。プラザホテルのスリッパだ。

「金本の家はどこや」セツオの後ろから二宮は訊いた。

「南津守《みなみつもり》」

「電車で通うてるんか」

「いや、車や」

「そうか……」

小清水は公衆電話で金本に連絡をとったにちがいない。金本は小清水に会う場所を指示し、そこで小清水を拾うか、金を貸すはずだ。となると、小清水を捕まえるには金本を捕まえるのが得策だろう。

「ここで金本を待と」セツオにいった。

「ケンを呼ぶ」

セツオは携帯のボタンを押す。男はどうにでもしろという顔でセツオを見あげていた。


木下は十分後に来た。床に散乱したパソコンやレターケース、キャビネットにもたれて座る茶髪の男を見て、なにがあったか、すぐに分かったようだ。

「こいつは」

「電話番や」と、セツオ。

「これですか」指で頰を切る。

「堅気やろ」

「で、金本は」

「まだや。電話もない」

「金本が来たら、おれがやりましょか」

「おまえはあかん。やりすぎる」

木下は一年前、都島の半グレふたりを金属バットで殴り、懲役二年の執行猶予判決をもらった、とセツオはいう。業界でいう〝弁当持ち〟だ。

「あんたら、金本の顔知らんやろ」

二宮はいった。「おれ、外で張るわ」

ーヒーを注文した。

「おう、そうせいや」

二宮は階段を降りてビルを出た。『茶房ひかり』に入って窓際に席をとる。アイスコーヒーを注文した。

午前十時──。金本は姿を現さない。いくらなんでも遅すぎる。

もしかして、セツオと二宮がビルに入るところを金本に見られたのか。木下が見られた可能性もある。だったら、いくら待っても金本は来ない。

コーヒー代を払って『茶房ひかり』を出た。三階にあがって金本総業に入る。セツオと木下、広野はソファに座っていた。

「金本は来んかもしれん。こいつに電話さしてくれ」

「おい、そういうこっちゃ。金本に電話せい」

セツオは広野にいった。「いまどこにおるか、いつ来るか、それだけを訊け。余計なことというたらどないなるか、分かってるな」

広野はテーブルの電話をとり、かけた。話しはじめる。

「あ、どうも──。どこにいてはるんですか。いや、遅いから──。そうですか──。今日は都合わるいんですか。二階は閉めときます──。了解です──。おれは八時までいてますわ」

広野は受話器を置いた。「社長は来ん。急用ができたそうや」

「どんな急用や」

「聞いてへん」

「どこにおるんや、金本は」

「いま、湾岸線やというてた。阪神高速の」

「湾岸線を走って、どこ行くんや」

「さぁ、それは……」

「この、薄らボケ」

　セツオは怒鳴りつけた。「もういっぺん、電話せんかい」

　広野は慌てて受話器をあげ、リダイヤルボタンを押した。

「あの、どこへ行きはるんですか――。いや、おれひとりやけど――。そんなん、ちがいます――。ちがいますて――。誰もいてません。あっ――」

　広野は受話器を離した。「ばれてしもた……」

「くそボケッ」

　セツオは広野の脛《すね》を蹴りあげた。広野は脚を抱えて痛みを堪《こら》える。

「どうします」木下がいった。

「どないもこないもない。桑原の兄貴に会うて頭をさげる」

「おれも行きますわ。小清水から眼を離したんは、おれがわるいんです」

「そうや。おまえがわるい。朝っぱらから飯なんぞ食いに出よって」

セツオの言いぐさには呆《あき》れた。がしかし、二宮は表情には出さない。

木下は立って、広野のあごに手をやった。広野は顔をあげる。

「携帯、貸せ」

「なんでや」

「ええから貸せ」

広野は携帯を出した。スマホだ。木下はとって床に落とし、踏み割った。

「家に帰って、じっとしとれ。おまえが金本に要らんこというたら、おれは二蝶の代紋をかけておまえを殺《と》る。分かったか」

「………」広野はうなずく。

「ほな、行こか」

木下は広野を立たせた。セツオと二宮も立つ。事務所を出て、階段を降りた。

湊町、大橋病院──。本館五階にあがった。505号室へ行くと、ベッドは空だった。

「部屋、替わったんかな」セツオがいう。

「いや、替わってへん」

二宮はいった。ベッドの手すりに苺《いちご》模様のパジャマが掛かっている。「煙草、吸いに出たんや」

一階に降りて病院を出た。南隣の児童公園に行く。銀杏《いちょう》の陰にピンクのジャージ。桑原はベンチに寝ころがって口からけむりを吐いていた。

　足音に気づいたのか、桑原はこちらを向いた。

「なんや、おまえら、雁首《がんくび》そろえて」

「すんません。逃げられました。小清水に」

　セツオがいい、木下と並んで頭をさげた。

「どういうこっちゃ」桑原は起きあがった。

「交替で張ってたんやけど、ちょっとトイレに行った隙におらんようになったんです」

「あほんだら。爺ひとりの張りもできんでどうするんじゃ」

　桑原は立つなり、セツオと木下を張り飛ばした。ふたりは地面に正座する。

「どこへ行った、爺は」

「通天閣の金本んとこに逃げ込んだみたいです」

　セツオは状況を話した。「──小清水は金本の車に乗ってたはずです。金本が湾岸線をどこで降りたか、そいつは分かりません」

「揃いも揃うて役に立つのう。爺に逃げられました、行方は分かりません、かい」

「すんません。このとおりです」ふたりは両手をついて謝る。

「おまえはなにしとったんじゃ、こら」桑原の矛先が二宮に来た。

「いや、その、パチンコとかしてましたけど……」

「おまえが爺を張らんかい。もとはといえば、おまえの尻拭《しりぬぐ》いやろ」

「おっしゃるとおりです」

文句をいったら殴られる。二宮もしおらしく頭をさげた。

「若頭にはいうたんか」

「いえ、まだです」と、木下。

「黙っとけ。若頭はわし以上に怒る」

桑原は舌打ちして、「ま、ええわい。勝負かけよ」

「勝負、とは……」

「亥誠組へ行く」

「そんなん、ただでは済まんですよ」

「済まんも済むもあるかい。滝沢の頭《アタマ》と話《ナシ》つける」

「おれも連れてってください」

「カチ込みやないんやぞ。おまえとセツオは小清水を探せ」

桑原は煙草とライターをポケットに入れ、二宮に向かって、「おまえはわしと来い」

「亥誠組に？」

「男やったら、尻拭いせんかい」

眉根《まゆね》を寄せて、桑原はいった。

16

尼崎——。七松町《ななまつちょう》でタクシーを降りた。亥誠組本部事務所は橘《たちばな》通に面した三階建のビルだった。車寄せはなく、赤っぽい鉄釉《てつゆう》タイルを張った外観は二蝶興業に似ていなくもない。監視カメラが二基、壁の両端に取り付けられていた。

玄関ドアに小さく《亥誠企画》のプレート。桑原はネクタイを直して、インターホンのボタンを押した。

——はい。どちらさん。

——二蝶会の桑原いいます。本部長にお会いしたいんですが。

——お約束ですか。

——いや、失礼ながら相談事があって参上しました。

——どういうことですか。

——副本部長の滝沢さんのことで相談したいんです。

——お待ちください。

声は途切れた。

「本部長て、誰です」小さく訊《き》いた。

「布施《ふせ》や」亥誠組の若頭で、布施組の組長だという。

「布施組は何人です」

「百二、三十はおるやろ」

「どえらい大物ですね」

「そら、次の亥誠の組長や」

「おれは遠慮したほうがええんやないんですか」

「おまえ、なんぞいや逃げようとしてへんか」

「おれ、サバキはするけど、百二、三十人もの組長に会《お》うたことないんです」

「二宮くん、わしはおまえがおったほうが都合ええんや。おまえは滝沢に追い込みかけられてる堅気の代表として、布施に会え」

「けど、満足な話はできませんよ。膝《ひざ》が震えて」

「誰もおまえに喋《しゃべ》れとはいうてへん。いまにもくたばりそうな顔して座っとれ」

「おれ、ほんまにくたばりそうです」

「おまえにはほとほと感心する。へたれ芝居をさせたら日本一や」

そこへ、インターホンから声がした。

――桑原さん。

――はい、どうも。

――本部長が会います。ただし、十分だけにしてください。

――ありがとうございます。

桑原はインターホンのレンズに向かって頭をさげた。ドアが開き、ビル内に通された。黒いスーツの男が三人、立っている。そろいもそろって極道面だ。

「すんまへん。改めさせてもらいます」

角刈りがいい、桑原のそばに寄った。桑原は黙って両手をあげ、ボディーチェックを受ける。二宮も両脇から腰、太股《ふともも》から靴先までチェックを受けた。

「どうぞ。こちらです」

三人に挟まれて玄関奥の階段をあがった。三階、左手前のドアを角刈りがノックする。おう、と返事が聞こえた。

角刈りにつづいて中に入った。広い部屋だ。和室なら二十畳はある。毛足の長いカーペットを敷き詰めた正面に両袖《そで》のデスク、その後ろに川坂会当代の肖像写真。代紋をレリーフにした額は『三つ鱗《うろこ》』の真ん中に《亥》と刻まれている。デスク近くのソファに小柄なダークスーツの男が寄りかかっていた。

「初めまして。二蝶会の桑原と申します」

桑原は踵《かかと》をつけ、深く頭をさげた。「いきなり押しかけまして申し訳ありません」

「二宮企画の二宮と申します。西心斎橋で建設コンサルタントしております。よろしくお願いします」

なにをよろしく願いたいのか分からないが、二宮も低頭した。〝二宮企画〟を二蝶会のフロントだと誤解されなければいいのだが。

「ま、座りぃな」

布施は愛想なくいった。髪はオールバック、縁なし眼鏡、眉が薄く眼は細い。髪を染めているから若く見えるが、齢は六十前だろう。

桑原と二宮はソファに並んで腰をおろした。角刈りが布施のそばに立ち、あとのふたりは部屋を出ていった。

「二蝶会の若い衆が、いったいなんの用事や」桑原に向かって、布施は訊く。

「わたくしごとながら、いま、追い込みかけられてます」

桑原はいった。「副本部長の滝沢さんが『フリーズムーン』という映画の製作委員会に資金を融資して、プロデューサー振り出しの手形を受けとりました。結果的に映画はポシャッてしもて、滝沢さんは貸した金の回収にかかってます。その回収先のひとつが二蝶会の枝の嶋田組で、嶋田は二蝶の若頭をしてます」

「嶋田いうのは色の浅黒い、眼のぎょろっとした男やろ」

「ご存じでしたか」

「なにかの義理掛けで会うたな。二蝶の森山はんが連れてはった」

布施は煙草をくわえた。角刈りがすばやくライターの火を差し出す。

「嶋田の出資契約は三千万で、半金を払い込んでます。ところが、プロデューサーが集めた金を持ってフケてしもて、映画はパーになり、三千万という出資契約だけが残りました。滝沢さんは残りの半金の千五百万を嶋田に要求してます」

「そのプロデューサーはなんちゅうやっちゃ」

「小清水隆夫。富士映の出身で、映画を十本ほど、Vシネをぎょうさん作ってます」

「そっちの兄さんも契約したんか」布施はあごで二宮を指す。

「そうです。二宮くんも出資しました」

桑原がいった。「彼は堅気やけど、同じように追い込みかけられてます」

そら、ちがうやろ。おれはあんたに引きずりまわされてるだけやないか――。思った
が、二宮は黙ってうなずいた。

「滝沢の叔父貴《おじき》はなんぼ貸したんや、小清水とかいうやつに」布施はつづける。

「滝沢さんのいうとおりやと、たぶん一億以上です」

「それやったら、いちばん損してるのは叔父貴やないか」

「お言葉ですけど、滝沢さんが持ってるのは『フリーズムーン製作委員会』の手形で、
嶋田が振り出したもんやないです。もちろん、裏書きもしてません」

「なんか、ややこしいのう、え」布施は脚を組む。踵のない革のスリッパを履いていた。

「嶋田もこの稼業の人間やから法的にどうこういうつもりはありません。しかしながら、
千五百万もババにした上に、まだ千五百万払えといわれるのは納得できんのです」

「要するに、チャラにせいというんか」

「端的にいうと、そうです」

「そいつは筋違いやで。わしは亥誠の若頭やけど、滝沢の叔父貴にあれこれ口を出せる立場やない。わしは叔父貴のシノギのことは分からんし、叔父貴には叔父貴の考えがあって動いてるんやろしな」

「そやから、本部長には亥誠組の若頭として、諸井組長に口利きしていただきたいんです。滝沢さんも組長のいうことには逆らえません」

「あんた、桑原さんとかいうたな」

布施は桑原をじっと見た。「話の主旨は分かるとしても、ここへ来るのは嶋田の組長がほんまとちがうんか。それが極道の筋というもんやろ」

「勝手ながら、ここはわしの一存で来ました。嶋田は昔気質《かたぎ》の極道やから、滝沢さんが強う出たら横に寝ます。下手したら嶋田組と滝沢組の込み合いにもなりかねんのです」

「込み合いになろうがなるまいが知ったこっちゃない。わしはオヤジに口利きするつもりはないし、報告もせん。嶋田と滝沢の叔父貴で話をつけろや」

「亥誠組も二蝶会も川坂の直系です。同じ枝同士で揉《も》めるのは、まずいんやないんですか」

「そら、あんたのいうとおりや。わしも二蝶の森山はんのことはよう知ってる。……けど、それとこれとは話が別やろ」

「嶋田はある程度、譲歩する肚《はら》です。……残りの千五百万の半金、七百五十万を滝沢さんに払うということで手打ちできんですか」

「そんなことは滝沢の叔父貴にいわんかい」

「滝沢さんが聞く耳持たんから、こうして本部長にお願いにあがったんです。本部長の顔で滝沢さんを抑えてもらえんですか」

「分かった、分かった。あんたのいうことはよう分かった。あんたの話がほんまかどうか、叔父貴に訊《き》いてみる」

「七百五十万は滝沢さんやのうて、本部長にお預けします」

「金のことはあとでええ。今日のところはここまでや」

布施は腕を横にあげた。角刈りが吸いさしの煙草をとって灰皿に捨てる。

「わざわざ時間をとっていただいてありがとうございました」

桑原は名刺をテーブルに置いた。「今後は本部長に電話してもかまわんですか」

「いや、これっきりや。誰かれの紹介もなしに会いに来るような不作法な真似は二度とするな」さも不機嫌そうに布施はいった。

「すんません。失礼しました」

桑原は立って頭をさげ、二宮も一礼して部屋を出た。

亥誠組を出た。バス停近くまで歩いてタクシーを待つ。

「よう会えましたね。兵隊百二、三十人の組長に」

「亥誠の本部事務所に行ったからや。組内のことは若頭が仕切ってる」

布施組の事務所に行けば組長の布施には会えない。布施組の若頭が対応する、と桑原はいう。「わしは保険をかけたんや。亥誠組の若頭に会うて事情を話したという事実は残る。あとあと、布施は若頭として知らんふりできんからな」

「ほんまは滝沢と小清水がつるんだ詐欺やというたらよかったのに」

「あほんだら。亥誠に喧嘩《けんか》売ってどないするんじゃ。命がなんぼあっても足らんやろ」

いらだたしげに桑原はいい、煙草を吸いつける。眉《まゆ》を剃《そ》りあげた高校生がふたり、へらへら話しながら歩いてきたが、桑原を見て足早に通りすぎていった。

「布施は滝沢のことを叔父貴というてましたね」二宮も煙草に火をつけた。

「滝沢は諸井の舎弟で、布施は諸井の子分や」

「ふたりの力関係はどうなんですか。滝沢と布施の」

「そら、布施のほうが上に決まってる。本部長と副本部長や。けど、布施にとって滝沢は親分の兄弟分という遠慮がある」

「ほな、布施が滝沢に話を訊いてみるというたんは」

「口だけや。なにもせえへん」

「七百五十万を布施に預けるというたんは、なんでです」

「おまえはいちいち質問が多いのう」

「分からんことはその都度訊く。人生訓ですねん」

「どえらい程度の低い人生訓やな、え」

桑原は嫌味をいって、「餌を投げたんや、餌を。布施が七百五十万を自分の小遣いにする気やったら、滝沢を抑えるかもしれん。……布施にとっては端金《はしたがね》やろけどな」

「七百五十万は仲裁料ですか」

「そこは布施の肚次第や。組長の諸井に事情をいうて滝沢をとめさせるか、いっさい黙《だん》まりで行くか、わしには分からん」

「諸井が滝沢をとめたら、桑原さんは安泰ですか」

「安泰なわけないやろ。民事は済んでも刑事が残る」

「なんです、それ」

「民事は金、刑事は喧嘩や。わしは滝沢のチンピラを何匹も雑巾《ぞうきん》にした」

「桑原さんも刺されたやないですか」

「おまえのスポンジ頭が羨《うらや》ましいのう。いっぺん刺されてみいや」

桑原が吐き捨てたところへタクシーが来た。空車だ。二宮は手をあげた。

タクシーに乗り込むなり、「摂津。鳥飼」と、桑原はいった。

「玄地組に行くんですか」

「行く。玄地を引きずり込む」

桑原は腕を組み、眼をつむった。

摂津、新幹線車両所の東側、酒屋の前でタクシーを降りた。桑原はビールのケースを

軽トラに積んでいる男に、

「すんまへんな。このへんに玄地組いうヤクザの事務所はないですか」と訊いた。

男は驚いたようだが、

「玄地総業やったら、この先ですわ」

と、指をさす。「如斎寺《じょさいじ》いう寺の隣です」

「おおきに。すんまへん」

桑原は礼をいい、さっさと歩きだした。

寺の手前に陸屋根のプレハブ住宅があった。短い庇《ひさし》に監視カメラ。一階に窓はなく、玄関ドアはスチール製だ。ドアに小さく《玄地総業》と、プレートを張っている。組事務所というやつは、どうしてこうも似たようなファサードなのだろうか。

桑原はインターホンのボタンを押した。すぐに返事があった。

――二蝶会の桑原いいます。坂本さんか平山さん、いてはりますか。

――二蝶会いうのは？

――毛馬の二蝶会。同業ですわ。

桑原は監視カメラに向かって手をあげた。

――用件はなんです。

――『フリーズムーン製作委員会』。わしも出資したんですわ。それで話をしたいんです。

少し、間があった。ドアが開き、黒いオープンシャツの男が現れて、

「そちらさんは」と、二宮を指す。

「こいつは二宮。わしの金主ですわ」

金主？　また適当なことをいいやがって——。

玄関に入った。さっきと同じようにボディーチェックを受け、応接室に通される。代紋も飾り提灯《ちょうちん》もない狭い部屋だ。桑原はソファに腰かけて、

「暑いでんな」男に話しかける。

男はそれで気づいたのか、エアコンの電源を入れた。

「毛馬の二蝶会、知ってまっか」

「ええ。名前だけは」

「玄地組はいま、何人です」

「ちょっと減りました。四十七人です」

「義士でんな、赤穂《あこう》の」

「あ、はい……」

男は怪訝《けげん》そうな顔をした。赤穂義士は四十七人だと知らないのかもしれない。

そこへ、ダークスーツの男が入ってきた。小肥《こぶと》りの赤ら顔、額が抜けあがっている。

桑原は立って名刺を差し出した。

「二蝶会の桑原です」と、頭をさげる。

「二宮企画の二宮といいます」二宮も名刺を渡した。

「平山です」

小肥りはいい、「ま、どうぞ」

「すんまへん」

桑原はソファに腰をおろし、二宮も座る。

「飲み物は」

「アイスコーヒーを」

「おい……」

平山は振り返り、オープンシャツの男は部屋を出ていった。

「さっそくですけど、話に入ってよろしいか」

桑原はいい、平山はうなずいた。

「実は、こないだ、小清水を捕まえました」

「ほう、小清水を……」

「で、小清水の口から、おたくさんも出資したと聞きまして、これは相談にあがったほうがええんやないかと思たわけです。……うちの若頭の嶋田が出資契約したんが三千万、半金は振り込んだんやけど、残りの半金を払えと、亥誠組副本部長の滝沢さんが手形を持って集金に来た。……けど、はいそうですかと払うには金額が大きいし、滝沢さんが手形を手に入れた経緯がもうひとつ定かやない。亥誠組の威勢を笠《かさ》に着た追い込みやないかと、わしは考えてますねん」

「ほな、二蝶会は金を払わんつもりかいな」

「いや、これは二蝶会やない。嶋田組の出資ですわ」

「うちも玄地組が出資したんやない。フロントや」

「那須プロダクションですやろ。小清水に聞きました」

「小清水の口を割らしてどうしたんや。どこぞに埋めたんか」

「それが、ザマのわるいことに、逃げられてしまいましたんや」

小清水が滝沢組に逃げ込みはしない。滝沢組も口封じのために小清水を追っているだろう、と桑原はいった。「──小清水は滝沢組の初見に尻《ケツ》かかれて、この詐欺話を仕組んだといいました。それで、うちの若頭《はら》は肚を決めましたんや」

「残りの半金は払わんのやな」

「そういうことです」

「なるほどな……」

平山はうなずいたが、反応が鈍い。「あんた、若頭にいわれてうちに来たんかいな」

「いや、これはわしの一存ですねん」

「滝沢は亥誠の大幹部や。それを相手に込み合うつもりか」

「その話をしようとして来ましたんや」

「なぁ、桑原さんよ。うちはもう終わった」

「終わった？　なにが……」

「そやから、うちはケリがついた。滝沢とはな」

「まさか、払うたんですか、残りの半金を」

「手形を回収したんや。滝沢がな」さもうっとうしそうに平山はいった。

「そうでっか。そういうことでしたか」

桑原はにやりとした。「長いもんには巻かれろ、でんな」

「なんや、おい、どういう言いぐさや」

「いや、気に障ったらすんまへん」

「ま、頑張ってくれや。嶋田組は嶋田組でな」

そこへ、ドアが開いた。坊主頭の男がアイスコーヒーを載せたトレイを持って入ってくる。グラスをテーブルに置いて出ていった。

「平山さんはいつから若頭をしてはります」

桑原はアイスコーヒーにミルクを落とす。

「かれこれ、十年になるな」平山はブラックで飲む。

「最近、シノギはどうでっか」

「あかんな。うちは土建と人夫出しと産廃で食うてきたけど、仕事がない。産廃だけはなんとか動いてるけど、マニュアルどおりにやってたら利は薄い。若い者は組にも顔出さんと、好き勝手にやっとる」

「うちもそうですわ。近ごろの若いやつらは躾《しつ》けがなってまへん」

「躾けをしようにも、食わしてやる金がないんやからしゃあないわな」

「つまらんご時世でっせ。シノギになるんはシャブと闇金と振り込め詐欺だけ。堅気や年寄りに迷惑かけるのはあきまへん。極道のすることやないですわ」

ばかばかしい。桑原も平山もきれいごとを喋《しゃべ》っている。堅気に迷惑をかけてこそのヤクザだろうに。

桑原はアイスコーヒーを飲みほした。

「すんまへん。失礼しますわ」と、腰をあげる。

「まぁ、待ちいな。せっかく来たんやし、土産をやろ」

「なんです……」

「あんた、ほんまに滝沢と込み合う気か」

「というか、いま込み合うてますねん。滝沢のクソどもとなんべんもゴロまいて刺されましたんや」

桑原は左の脇腹を押さえる。「肺に穴あいて、二回も手術して、今日は無理やり病院から出てきたんですわ」

「ほう、そら大変やな」

平山は笑って、「土産というのは滝沢組の話や。聞いといて損はないやろ」

「どういう話です」桑原はまた座った。

「滝沢の若頭は広瀬《ひろせ》といううんやけど、こいつが初見とわるい。犬と猿や」

初見は若いころ、組のもめごとで対立組織の幹部を射殺し、十八年の懲役刑を受けた。満期で出所したのは四十すぎだったが、組に復帰しても満足なシノギはなく、兄弟分の広瀬は組持ちの幹部になっていた。その後、広瀬は滝沢組の若頭に成り上がり、初見は顧問という肩書のまま、自前の組も持てずにいる――。

「これは噂やけど、初見が幹部を弾《はじ》いたとき、広瀬といっしょやったらしい。チビッて震えてる広瀬のチャカをひったくって、初見が突っ込んだ」

「そういうの、ようある話でんな。たいがいは突っ込んだほうがあほを見る」

「情けないのは初見や。組のために刑務所《ムシヨ》へ行ったという箔《はく》こそついたけど、あとは飼い殺しや。広瀬は広瀬で、恩着せがましい初見が煙とうてしかたない」

「広瀬は初見を切ったらよろしいがな。若頭なんやから」

「それには名目が要る。渡世上の不義理という名目がな」

「なるほどね。いまの話、ええ土産です。しっかりインプットしときますわ」

「うちは滝沢に嵌《は》められたけど、あんたは極道の筋を通してくれ」

「ま、できるだけはやりますわ」

桑原は立ちあがった。二宮も立つ。応接室を出た。

「あれは狸や」

バス通りへ歩きながら、桑原はいう。「おのれは滝沢に腰まげたくせに、二蝶と滝沢をやりあうようにしくさる。そら、高みの見物はおもろいやろ」

「失敗でしたね。玄地組を引きずり込むの」

「なんでも思いどおりになったら世話ないわい」

不貞腐《ふてくさ》れたように桑原はいい、「しんどい。眠たい。腹減った。傷も痛いわ」

「ほな、解散しましょ。病院にもどりはったらどないですか」

「ばかたれ。わしは無理やり退院したんやぞ。好き勝手に出たり入ったりできるか」

桑原は立ちどまった。「おまえ、どこに泊まってるんや」

「いうたやないですか。釜ヶ崎のレンタルルームです」

「なんでヤサに帰らんのや。千島のぼろアパートに」

「帰れるもんなら帰ってますわ」

おまえのせいで、こんなことになったんやないか――。

「よっしゃ、分かった。わしは寝る」

「そう、そう。それがよろしいわ」

「行くぞ。釜ヶ崎へ」

「へっ……」

「なんや、その顔は。わしを泊めるのが嫌なんかい」

「いえ、めっそうもない」

「釜ヶ崎は久しぶりや。ドヤ街がどう変わったか見たろ」

桑原はまた歩きだした。


火曜日――。小清水の行方は知れず、通天閣本通商店街近くの金本総業と金本不動産はシャッターを閉じている。セツオと木下は金本ビルを張っているが、変化なし。

桑原は『プラザホテル』の601号室に入り、日がな一日、ぐうたらしている。

二宮は602号室で寝起きし、昼間はパチンコをする。珍しく四万円も勝ったので、もっと増やしてやろうと新世界の雀荘《ジャンそう》に行き、サンマーをしたら、あっというまに三万円負けた。雀荘に巣くっている爺どもはヒキが強い。サマをしているとは思えないが、二宮の雀力ではまちがっても勝てないと分かった。

水曜日――。飛田商店街のパチンコ屋にいるところへ電話がかかった。桑原だ。出ずに放っておいたが、コール音が鳴りやまない。隣の客に睨《にら》まれて着信ボタンを押した。

――こら、遅いぞ。

――リーチがかかってますねん。

――亡国遊戯はやめんかい。金本ビルへ行け。

セツオから電話があって、金本がビルに入ったという。

――おれが行っても足手まといでしょ。三人で処理してください。

――ほう、わしのいうことが聞けんか。

──いや、分かりました。行きます。

電話を切り、五十発ほどの玉を打ち尽くしてホールを出た。

新世界商店街──。金本ビルを見通せる四つ角にワインレッドのアルトが駐《と》まってい
た。セツオと木下が車内にいる。

「こら、ボーッとしてんと乗らんかい。目立つやろ」

セツオにいわれて、車に乗った。リアシートに座る。

「桑原さんは」

「まだや。こっちに向かってる」

「金本は」

「シャッターあげて中に入りよった。十五分ほど前や」

『茶房ひかり』の横のシャッターは閉じている。施錠されているかもしれない。

「しかし、三人というのがめんどいな」独りごちるようにセツオがいう。

「いまは三人やけど、桑原さんが来たら四人でしょ」

「あほか。金本はガードをふたり連れとんのや」

「ほな、向こうが三人いうことですか」

「ふたりは見るからに極道や。なんぞ持ってたらややこしい」

「チャカですか、ヤッパですか」

「あんたな、チャカとかヤッパとか、堅気がいうことやないで」

――と、ドアが開いた。桑原だ。二宮の隣に乗り込んできた。

「金本は」

「中です」

「二階か、三階か」

「たぶん、三階です」

三階の窓はブラインドを閉じている、とセツオはいう。

「シャッターに錠がかかってたらめんどいのう」

桑原はいい、運転席の木下の肩を叩《たた》いて、「おまえ、パーキングに車を駐めてこい。ホイールレンチを持ってくるんや」

「了解です」

木下はうなずき、桑原とセツオは車を降りた。二宮も降りる。アルトは走り去った。

「ガード二匹は見た顔か」桑原は訊《き》いた。

「いや、初めてですわ」と、セツオ。

「ほな、外山組か」

「それは……」

「金本のケツ持ちや」

西成の朱雀連合の枝だと桑原はいう。「外山組の兵隊は五、六人。わしら相手に本気でゴロまく性根があるかのう」

「兄貴は前に出んとってください。また傷が開いたらえらいこっちゃ。元はといえば、わしらが小清水を逃がしてしもたんです」

「おまえ、得物は」

「持ってません」

「なんぞ探してこい」

「はい……」

　セツオは通天閣のほうへ走っていった。

「これはカチ込みというやつですか」二宮は訊いた。

「おう、カチ込みや」桑原はうなずく。

「おれはオブザーバーですよね」

「なにを眠たいことというとんのや。小清水が逃げたんは、おまえにも責任があるやろ。ほたほたとパチンコばっかりしくさって」

「ほかにすることがないからです。事務所にもアパートにも帰られへんし」

「おまえが先頭に立ってカチ込め。殺《や》られたら骨は拾うたる」

「冗談やない。おふくろが泣きますわ」

「男とは思えんのう。玉ついとんのか」

「ついてるけど小さいんです。空豆大です」

絶対に前には出ない。喧嘩《けんか》になったら、あとさき考えずに逃げる。そう決めた。

セツオがもどってきた。五十センチほどの細い棒を持っている。

「なんや、それは」桑原が訊いた。

「傘の骨ですわ」

セツオは柄を握って一振りした。「これで眼を刺したります」

傘の骨など役に立つとは思えないが、セツオは本気だ。

木下が歩いてきた。ベルトにホイールレンチを差している。

「よっしゃ、行くぞ」

三人は金本ビルに向かった。二宮もあとからついていく。


木下はシャッターの下端にホイールレンチの先を挿し込んであげようとしたが、動かない。セツオがレンチに手を添え、ふたりでこじると、隙間があいた。桑原と二宮も下端をつかみ、四人がかりで持ちあげる。フックが外れて、シャッターは一気に開いた。

木下、セツオ、桑原の順で階段をあがった。二宮も少し離れてあがる。二階、金本不動産のドアは施錠されていて、セツオがノックしたが返答なし。

三階にあがり、金本総業の前に立った。セツオがドアを叩くが、これも返答がない。

「破れ」

桑原がいい、木下はドアとドア枠のあいだにレンチを挿して力任せにひねる。ドアはあっけなく開いた。

事務所には金本がいた。奥のデスクに座り、両側に男が立っている。ふたりとも見憶《みおぼ》えがあった。

「おいおい、妙なやつがおるがな」

桑原がいった。「滝沢組の磯部と久保……やったな」

そう、茨木の小清水の家の路地でやりあった組員だ。あのとき、磯部は唐獅子《からじし》柄のアロハシャツ、久保は黒のジャケットを着ていた。桑原は磯部の顔を殴り、久保の股間《こかん》を蹴《け》りあげたのだ。

「わしは勘違いしてたんかのう。金本のケツ持ちは外山組やと思てた」桑原は鼻で笑う。

磯部と久保は左右に離れた。磯部はナイフ、久保は鉄パイプを持っている。

「なんや、おい。やる気か」

低く、桑原はいう。「やめといたほうがええぞ。二対四や」

「ほざくな。落とし前つけたる」

磯部が前に出た。かまえているナイフは刃が細く、短い。バタフライナイフか。

「極道は嫌やのう。落とし前やけじめやと、あとさき見ずにゴロをまく。話し合いで収まらんのかい」

「舐《な》めんなよ、こら」

磯部の声は掠《かす》れている。顔に血の気がない。いまにも突っ込んできそうだ。

「分かった。よう分かった。ここで喧嘩はやめてくれ」

金本がいった。桑原に向かって、「小清水を捜してるんやろ。小清水は岸和田や」

「岸和田？　んなとこでなにしてるんや」

「わしが匿《かくも》うた。もう堪忍したってくれ」

「あほんだら。あの爺には用があるんじゃ」

「小清水は有り金残らず出した。すっからかんや。金が目当てなら、用済みやろ」

「クソぼけ。爺は滝沢とつるんで金を引っ張った。爺を出さんかい」

「小清水をどうするんや」

「じゃかましい。おどれはなんじゃい。なんで滝沢のチンピラがここにおるんや。おどれは外山から滝沢に宗旨替えしくさったな」

「誰がチンピラや、こら」

磯部がいった。また一歩、近づく。

木下がすっと桑原の前に出た。右手を上着の内側に入れる。

「殺すぞ」木下の手には鈍色《にびいろ》のオートマチックが握られていた。

一瞬、磯部の顔色が変わった。あとじさる。久保の顔もこわばった。

「弾《はじ》きましょか」木下は桑原に訊く。

「ああ、弾いたれ」と、桑原。

「待て。やめてくれ」

金本が叫んだ。デスクの後ろにかがみ込む。

「捨てんかい」

木下はいった。磯部はナイフを落とす。カランと音がした。

「おまえもや」

久保も鉄パイプを捨てた。

「どないします」

「さぁな……」

桑原はナイフを拾って、「おまえら、出んかい」と、ベランダを指さした。

磯部と久保はいわれるままに掃き出し窓のほうへ行き、ベランダに出た。セツオが窓を閉めて錠をかける。木下が銃口を向けると、磯部と久保は室外機の陰にうずくまった。

桑原はデスクのそばに行き、金本の襟首をつかんで引きずり出した。

「後生です。堪えてください」

金本は床にへたり込み、震える声で訴える。

「さっきまでの威勢はどないした。えらそうな口きくさって」

桑原は金本の額にナイフの刃をあてた。

「ちがいます。あいつらに脅されたんです」

「なにを脅されたんや」

「小清水を出せ、と……」

「おまえ、ぶち殺すぞ」

「ほんまです。ほんまですねん」

「なにがほんまや」

「一昨日の朝、車で家を出たときに小清水から電話がかかりました。釜ヶ崎から逃げてきたと、小清水はいいました」

「それでどうした」

「金もない、行くあてもないというから、わしは恵美須町《えびすちょう》で小清水に会いました。スリッパ履いて歩いてきよったんです」

金本は小清水を車に乗せた。事情を訊くと、レンタルルームに監禁されていたという。釜ヶ崎の前は尼崎。滝沢組に拉致《らち》され、そのあと二蝶会の桑原に拉致されたといった。

金本は外山組に電話をし、小清水の面倒をみてくれと頼んだ。外山組の組員は岸和田に連れがいるといい、とりあえず岸和田に行けと金本にいった。

「岸和田の五軒屋町《ごけんやまち》。ぼろぼろのアパートでした。たぶん、シャブの取引に使うてると思います。わしは小清水を預けて、白浜に行きました」

「誰に預けたんや」

「趙《ちょう》とかいう男です」がりがりに痩《や》せた五十男で、シャブ中の売人だろうという。

「なんで白浜へ行った」

「怖かったんです。ここに帰るのが」

「えらい面倒見がええやないけ。小清水に借りでもあるんか」

「小清水はわしがやってる芸能スクールの校長ですわ」

「おまえ、小清水の金主やろ」

「そうです。芸能スクールの金は、みんなわしが……」

「んなことは訊《き》いてへん。おまえは小清水とつるんで『フリーズムーン製作委員会』を作った。そこへ滝沢を嚙《か》ましたんや」

「わしは滝沢組なんか知りません。小清水が連れてきたんです」

「小清水は滝沢に食われた。おまえが滝沢を嚙ましたからや」

「ちがいます。それだけはちがいます」金本は力なく首を振る。

「どうちがうんや。合点がいくようにいうてみい」

「小清水に相談されたんです。去年の暮れに……。『凍月』いう小説がおもしろいから映画にしたい。資金援助してくれ、と」

「詐欺話に、なにが資金援助じゃ」

「端《はな》から詐欺やない。小清水は映画を作りたかったんです」

小清水がいうには、製作委員会を立ち上げるための金が要る。チーフプロデューサーとして、少なくとも製作費の二〇パーセントを積んでおかないと、ほかからの出資を募れない。だから三千万円を貸してくれ、と――。

「映画が当たったら三千万が五千万にも一億にもなると、小清水はいいました。……映画屋の話は鵜呑《うの》みにできんけど、拝み倒されて七百万を小清水に預けたんです」

金本はそれまでにも小清水に金を貸していた。四百万近くはあったという。「あいつは玲美とかいう女に入れ揚げて、あちこち借金だらけでした」

「小清水は借金をチャラにしとうて、映画製作という博打《ばくち》を打ったんか」

「そういうことです」

金本はうなずいて、「小清水と滝沢組がどんな関係やったかは知らんけど、滝沢組に金を借りたんは小清水です。わしはほんまに滝沢組なんか知らんかった」

「滝沢はヤクザ金融の元締めやぞ。食われるに決まってるやないけ」

「そのへんが甘いんですわ。あの男は」

「四百万と七百万……。おまえは小清水から製作委員会の手形をとったな」

「はい、受けとりました」

「額面は」

「千五百万です。いまは紙切れやけど」

「要するに、おまえは被害者かい」

「はい。被害者です」

「被害者がなんで小清水を匿うた。なんで岸和田に連れて行ったんや」

「それは、いままでの長いつきあいやから……」金本は口ごもった。

「おまえ、滝沢にタレ込んだんやろ。小清水は岸和田におると」

「………」

「腐れ根性を叩《たた》き直したろか、こら」

桑原は金本の頭をつかんで押し倒した。金本は四つん這《ば》いになり、その尻《しり》を桑原が蹴《け》る。金本はころがって壁にぶつかった。

「小清水はどこや。滝沢に捕まったんか」

「いや、逃げました。小清水は」背中を丸めて、金本はいう。

「逃げた、やと……」

「趙から電話があったんです。わしが小清水を預けたすぐあとに姿を消したと」

「金もないのに逃げたんかい」

「五万円、小清水にやりました。車の中で」

「嘘やないやろな」

「ほんまです。小清水は行方をくらましたんです」

「滝沢が始末したんとちがうんかい」

「それはない。趙からは、滝沢組が顔出したとは聞いてません」

たった五万円――。金本の話がほんとうなら、小清水はほとんど着の身着のままで逃げているのだ。滝沢組、嶋田組、玄地組の影に怯《おび》えながら。

「小清水から電話は」

「ありません」

金本はベランダに眼をやった。「あのふたりは、小清水を捕まえるために、わしについてるんです」

「そらおもろい。極道二匹に守《も》りされてるんは、どういう気分や」

「胃がわるうなりますわ」

「おまえが蒔《ま》いた種やろ」

桑原はせせら笑った。「手形、出せ」

「手形……？」

「小清水からとった千五百万の手形や。いまは紙切れなんやろ」

桑原はまた金本の尻を蹴った。金本はよろよろと立ってキャビネットの扉を開け、抽《ひき》斗《だし》から一枚の手形を出す。桑原はひったくってポケットに入れた。

「岸和田のアパートはどこや」

「五軒屋町です」

「五軒屋町のどこや、と訊いとんのや」

「消防署の裏です。『大安荘』いうアパートの１０３号室」

「大安荘な……」

桑原は振り向いた。「行くぞ」木下とセツオにいう。

木下は上着を広げ、ベルトの後ろに拳銃《けんじゅう》を差した。セツオは傘の骨をソファに放る。

金本総業を出た。

　動物園近くのコインパーキングへ歩いてアルトに乗った。運転席にセツオ、助手席に桑原、軽自動車に男四人はひどく窮屈だが、桑原はシートを後ろいっぱいまでさげた。二宮は膝《ひざ》を挟まれて身動きできない。

「岸和田や」桑原はいった。

「五軒屋町ですね」セツオはカーナビをセットする。

「さっきのピストルやけど、持ち歩いてるんですか」二宮は木下に訊いた。

「ああ、見ますか」

　木下は拳銃を抜いた。グリップをこちらに向けて差し出す。

「これがピストルね……」

　二宮は受けとった。ずしりと重い。

「トカレフですわ。TT33」

「ロシアのピストルや」

　銃身は薄く、星のマークが刻まれたグリップも厚みがない。

「撃ってみてください」トカレフは安全装置がついていないという。

「あほなこというたらあかんわ。天井に穴があく」

「レプリカですわ」

「へっ……」

「よう見てください。プラスチックです」

「なんと……」

「木下はマニアや。モデルガンの」桑原が笑った。

「これで殴りつけますねん。ホールドアップさせといて」

木下も笑う。「便利ですよ」

「おまえも持ち歩いたらどうや」と、桑原。

「おれはね、ピストルなんぞ興味ないんです。ナイフも日本刀も。先端恐怖症やし」

「おまえはなんでも、都合のええときに恐怖症やのう」

「もうちょっと前に行ってください。足が痛いんです」

「やかましい。四の五のぬかすな」

「出ますよ」

セツオがいった。アルトはコインパーキングを出て、岸和田に向かった。

17

阪神高速湾岸線、岸和田南出口でおりた。国道26号を走り、岸和田市街に入る。五軒屋町は南海本線岸和田駅から五百メートルほど西へ行った、民家の建て込んだ地区だった。消防署はすぐに見つかった。木下を車に残し、桑原、セツオ、二宮は消防署横の道に入る。『大安荘』はいまにも崩れそうな木造二階建の見すぼらしいアパートだった。セツオは磨《す》りガラスの引き戸を開けた。中に玄関といえるほどのスペースはなく、左の階段下に後輪のないバイクとスポークの歪《ゆが》んだ自転車が倒れている。黴《かび》とアルコールを混ぜたような異臭が鼻を刺した。

「どえらい、ぼろアパートやな、え」桑原がいい、

「似たりよったりですわ。おれのアパートと」セツオがいう。

１０３号室の前に立った。表札らしきものはない。ひとが住んでいるのだろうか。

ぺらぺらのドアをセツオはノックした。返事はない。

「趙さん、いてはりますか」

桑原がいった。ドアの向こうで物音がする。

カチャッと錠が外れてドアが開き、痩《や》せた小柄な五十男が顔をのぞかせた。

「趙さん？」

「なんや、あんたら」

「ちょいと用事や」

桑原はドアの隙間に靴先を挟み、趙の額にトカレフを突きつけた。趙はあとじさり、桑原はドアを開けて部屋に入る。セツオと二宮もつづいた。

「おまえら、ブツが狙いやったら、ここにはないぞ」掠《かす》れた声で趙はいう。

「んなことは分かっとるわ。売人がヤサにシャブ置いてたらパクられるやろ」

桑原はトカレフをベルトに差した。「小清水を捜しとんのや」

「小清水？　誰や」

「おいおい、とぼける気か」

桑原はトカレフのグリップに手をやる。趙はうなずいた。

「金山に聞いた。ネタは割れとんのや。おまえは外山組の手引きで小清水を預かった。小清水はどこや」

「逃げた」

「どこに逃げたんや」

「知らん」

小清水を預かりはしたが、その日の夕方に出ていったきりだという。「わしも迷惑や。訳ありの人間が同じ屋根の下におるのはな」

「外山組の誰にいわれて爺《じじい》を預かった」

「真治《しんじ》や。名字は知らん。金本いうのが行くから、いうとおりにしたれ、とな。まさか、もうひとり連れてくるとは思わなんだ」

「おまえ、外山組からシャブを仕入れとんのか」

「わしは売人やないぞ」

「売人でもないのに、ブツはここにないというたんかい」

「おまえら、どこのもんや。えらそうにしくさって。外山組が黙ってへんぞ」

「毛馬の二蝶会。桑原。外山組が黙ってへんのなら、いつでも来いや」

桑原は趙の肩に手をやって、「金本から、預かり賃もろたんか」

「ああ。たった五万な」

「ほな、わしも五万や」

桑原は札入れから五枚の一万円札を抜き、名刺といっしょに趙のネルシャツのポケットにねじ込んだ。「もし、小清水の行方が分かったら、わしに電話せい。また五万やる」

趙は金をもらったのが意外だったのか、ひょいと頭をさげて、

「そういや、爺《じい》さんは電話してた」電話のあと、姿を消したという。

「どんな話や。誰にかけた」

「そこまで知らんわ」

「爺は携帯、持ってへんはずやで」

「わしのを貸したんや。貸してくれ、いうから」

趙は携帯を出した。発信履歴をスクロールする。「──これや。〇七四・五七三・七四××」

「おい、書け」

桑原はセツオにいった。書くものがない、とセツオはいう。

趙は下駄箱の抽斗《ひきだし》を開けた。ボールペンを出してセツオに渡す。セツオは手の甲に番号を書いた。

「もうすぐだんじりやな」桑原はいった。

「そう、祭や」岸和田中が祭一色になる、と趙はいう。

「五軒屋町もだんじりを出してるんか」

「わしはな、四十年、だんじりを曳《ひ》いてるんや」

「そら楽しみやな」

「用がないんやったら、帰ってくれや」

「すまんかったな。また来るわ」

「いや、もうええ」

趙は桑原のベルトのトカレフに眼をやる。桑原は上着のボタンをとめて部屋を出た。


アルトに乗った。木下の運転で走りだす。

「〇七四は、どこや」桑原が訊《き》いた。

「奈良ですわ。たぶん」リアシートのセツオがいう。

「爺は奈良に逃げくさったか」

「かけてみますか、電話」

「そうやな……」

桑原は振り向いて、「おまえ、かけてみい」二宮にいう。

二宮は携帯を開いた。セツオの手の番号を見ながらボタンを押す。つながった。

——はい、もしもし。

——宅配便です。佐藤《さとう》さんのお宅ですか。

——ちがいますけど。

——この電話番号で着払いのお荷物がとどいてるんですけど、お名前は。

——熊谷《くまがい》です。

——ご住所は奈良ですよね。

——上牧町《かんまきちょう》です。

——一丁目の一の二？

——うちは三丁目です。

——失礼しました。電話番号がちがうみたいです。

電話を切った。

「上牧町三丁目の熊谷。五十か六十のおばさんですわ」

「番地まで訊かんかい。三丁目の熊谷だけでは分からんやろ」と、桑原。

「怪しまれるやないですか。しつこく訊いたら」

「あんた、やっぱりコンサルタントやな。めっちゃ口が巧《うま》い。大したもんや」

セツオはそういう。褒めているようには聞こえない。

「奈良に上牧町てなとこがあるんか」桑原がいう。

「香芝《かしば》のあたりですわ。西名阪の近くやなかったかな」

木下がいって、車を左に寄せた。ハザードランプを点滅させて停める。カーナビを操作して、

「香芝インターの東ですね。行ってみますか」

「ああ、行け」

桑原はシートを倒す。後ろの二宮は腕を突っ張った。

「おれ、窮屈なんですけど」

「贅沢《ぜいたく》ぬかすな。軽四が狭いのはあたりまえやろ」

桑原はダッシュボードに足を乗せた。

眼が覚めた。車は住宅地を走っていた。

「ここは」

「上牧町です」木下がいった。

一時間は眠っていたらしい。あぐらをかいた脚が痺《しび》れている。

車はため池のフェンスのそばで停まった。このあたりが三丁目です――、木下がいう。

「探してこい。熊谷いう家を」

いわれたのは二宮だった。車を降りる。付近はプレハブの新しい住宅が建ち並んでいる。どれも敷地はけっこう広い。

住居案内板を探して歩いたが、見つからない。煙草の自販機を店先に置いている米屋

に入った。白髪頭の男が上がり框《かまち》に座っている。

「すんません、このへんに熊谷さんいう家ありますかね」

「熊谷さんはこの先ですわ」

男は右を指さした。「十軒ほど行った角を左に入った三軒目」

「ありがとうございます」

礼をいい、外に出た。男に見えるように自販機で煙草を買った。

二宮は車にもどり、熊谷の家が分かった、と桑原にいった。

「おまえ、行ってこい」

「なんで桑原さんが行かんのです」

「わしは人相がわるいやろ」

そのとおりだ。人相も性根もわるい。

さっき聞いた方向へ歩いた。アルトはゆっくりついてくる。

熊谷という家はすぐに見つかった。煉瓦《れんが》塀の向こうに狭い前庭、屋根つきのカーポートに白いミニバンと原付バイク。

アルトが四つ角に停まるのを待って、二宮はインターホンのボタンを押した。

――はい。なんですか。

さっきの女の声だ。

――トレアルバ　アクターズスクールの中村といいます。小清水校長はいらっしゃいますか。

——兄はいません。一昨日、寄りましたけど。

兄……。この女は小清水の妹なのか。

——すんません。スクールのことで校長に会わんといかんのです。ちょっと話を聞かせてもらえませんか。

——はいはい、出ます。

少し待って玄関ドアが開き、髪をひっつめにした丸顔の女が出てきた。小清水のように肥《ふと》ってはいないが、眼と口もとが似ていなくもない。

「わざわざ、すんません。中村と申します」

頭をさげた。女もさげる。

「校長の妹さんですか」

「ええ、そうです」

「失礼ですけど……」

「昭子《あきこ》といいます」

低い格子の門扉を挟んで話をする。

「実は、校長を捜してるのは事情がありまして、スクールに債権者が来たんです。わたしも知らんかったんですけど、校長は商工ローンから融資を受けてて、その返済が滞ってるそうなんです」

口から出任せをいった。「校長の茨木の家や昭和町のマンションに行ってはみたんですけど、連絡がとれんので、スクールの理事長の金本さんにここの住所を教えてもらいました」

「兄は逃げてるんですか、借金取りから」

「ま、平たくいうたら、そういうことです」

自分も二ヵ月分の給料をもらっていないと、同情をひくようにいった。

「やっぱり、そうなんや」女は独りうなずいた。

「どういうことですか」

「一昨日の三時ごろやったかな、兄が電話かけてきたんです。元気か、って。……めったに、そんなことないんです。なんか、気弱な感じやったから話を聞いたら、お金を貸して欲しいいって」

小清水は、理由は訊かないでくれといい、金額はいくらでもいい、といった。昭子は電話を切り、近くの郵便局に走って三十万円をおろした――。「うちも余裕がないし、主人に内緒で貸せるのはそれが精いっぱいでした」

小清水は夕方、現れた。薄汚れたジャケットとシャツ、よれよれのズボン、ひどく疲れたようすだった。昭子は三十万円を入れた封筒を渡して、家にあがるようにいったが、小清水は首を振り、靴をくれといった――。「ズック靴を履いてたんです。高校生が履くような。それで主人の革靴を出したら、履き替えてバス通りへ歩いていきました。わたしは王寺の駅まで送るというたんですけどね。……あれこれ事情を訊かれるのが嫌やったみたいです」

「校長は、どこへ行くとかいうてましたか」

「いえ、なにも」

「ほかに、校長がお金を借りられるような親戚《しんせき》はおられませんか」

「わたしだけやと思います」

京都の深草《ふかくさ》には小清水の本家があるが、義絶状態だという。「お困りですよね。中村さんも」

「スクールのことは、なにもかも校長がしてましたから」

これはもう駄目だと思った。小清水の足跡は途切れた。

「すんません。ありがとうございました」

礼をいい、踵《きびす》を返した。


アルトに乗った。

「どうや」桑原が訊《き》く。

「三十万、借りたみたいです」

経緯を話した——。「妹さんが嘘ついてるとは思いません」

「着の身着のままで、爺はどうするんや。金が切れたら、どこぞで首括《くく》るんか」

「いや、あいつはしぶとい。ほとぼりが冷めるまで身をひそめてるはずです」

「哀れやのう。カードはない、免許証はない、通帳はない、家の鍵《かぎ》もない。パスポートは滝沢組に取りあげられて、玲美とも切れてしもた」

桑原はいい、「おまえならどうする」セツオに訊いた。

「おれは深夜バスに乗りますわ。鄙《ひな》びた温泉に行って露天風呂《ぶろ》に浸《つ》かるんです」

「他人事《ひとごと》か、こら。おまえらが爺を逃がしたんやろ」

怒鳴りつけられて、セツオは下を向いた。

携帯が震えた。開く。嶋田だった。

――はい、二宮です。

――どこや、啓坊。

――上牧町です。奈良の。

――なにしてるんや。

――小清水の妹に会うたんです。小清水に逃げられて。

――逃げた……？　釜ヶ崎に閉じ込めてたんやないんか。

――すんません。つい眼を離した隙に消えてしまいました。

――まさか、滝沢んとこへ行ったんとちがうやろな。

――それはないです。滝沢組も小清水を捜してます。

――大橋病院に電話したら、桑原は退院してた。そこにおるんか。

――いえ、その……。

――おるんやな。

桑原に代われ、と嶋田はいう。

「嶋田さんです」携帯を渡した。

「はい、わしです」

二宮を睨《にら》みつけながら、桑原はいった。「いますぐですか――。いや、わしと二宮だけです――。一時間はかかりますわ――。はい、行きます――」

桑原はフックボタンを押した。

「オヤジが呼んでる」

「森山さんが？」携帯を受けとった。

「話があるから来い、とな」

「どこです」

「毛馬や。事務所」

わるい予感がする。とうとう、組長が出てきたのだ。

「おまえもいっしょや」

「なんで、おれまでが……」

「おまえにも訊くことがあると、オヤジがいうてる」

「おれは堅気ですよ」

「あほんだら。都合のわるいときだけ堅気面か。おまえの親父は二蝶の組長になるはずの大幹部やったんやろ」

「えーっ、うちの組長になるほどのひとやったんですか」木下がいった。

「こいつはな、子供のときから、うちのオヤジを知ってるんや。嶋田の若頭《かしら》に連れられて賭場《とば》に出入りしてた不良やぞ」

「道理で、肚《はら》が据わってると思いましたわ。金本んとこにカチ込みしても顔色ひとつ変わらへん」

それはちがう。後ろで震えていたのだ――。

「こいつは口が巧《うま》いだけやない。根は極道や。ヘタレのふりに騙《だま》されたらあかんぞ」

好き放題に桑原はいう。抗弁する気も失《う》せた。

「ほら、行け。毛馬や」

桑原はシートベルトを締め、木下はセレクターレバーを引いた。


都島区毛馬――。二蝶会事務所前に紺色のセンチュリーと黒のベンツが並んでいる。センチュリーは森山、ベンツは嶋田の車だ。木下はアルトをベンツの隣に駐《と》めた。

「おまえらはええ。そこらの喫茶店でビールでも飲んどけ」セツオと木下に桑原はいう。

「けど、兄貴……」

「やかましい。おまえらは邪魔や。四人も雁首《がんくび》そろえてオヤジに会うことはない」

桑原は車を降りた。二宮も降りる。事務所に入った。

「オヤジは」桑原は訊いた。

「上にいてはります」坊主頭の電話番が答えた。

奥の階段をあがった。二階、廊下の突きあたり。桑原は組長室のドアをノックして、

「桑原です」

入れ――。声が聞こえた。

組長室には森山と嶋田がいた。森山はデスク、嶋田は手前のソファに座っている。森山はさも不機嫌そうに桑原と二宮を見た。

「座らんかい」

森山がいった。桑原は一礼してソファに腰をおろし、二宮も座った。

森山は煙草をくわえてそばに来た。長身、白髪、黒い縦縞《たてじま》のスーツに白のシャツ、ノーネクタイ――。肩幅が広く、がっしりして、その押し出しはいかにも川坂会の直系組長だ。

「おまえ、滝沢組と揉《も》めてるそうやな」

桑原を見おろして、森山はいう。「本家筋とやりあうのがどういうことか、分かってんのか」

「やりあうつもりはないです」

膝《ひざ》をそろえて桑原はいう。「滝沢が亥誠組を笠《かさ》に着て白地手形を金にしようとしてる。

わしは黙って腰まげるのが嫌なだけです」

「滝沢がわしにかけおうてきた。桑原をどうにかせい、とな」

「お言葉ですけど、滝沢がオヤジさんにかけあうのは筋ちがいやないんですか。滝沢組は亥誠組の枝で、二蝶会は川坂会の枝です。オヤジさんと滝沢は格がちがいます」

「おまえはなんや、親に説教しとんのか」

「いえ、そんな気は……」

「理屈をこねんなよ、理屈を。相手も見ずに喧嘩《けんか》して、組に迷惑かけてどないするんじゃ。いまはまだ亥誠組が出てきてへんけど、出てきよったら戦争やぞ」

「すんまへん。そのことは反省してます」

「おまえもおまえや。こいつが暴れてんのを野放しにして、なにを考えとんのや」

嶋田に向かって森山はいった。嶋田は顔をあげ、小さく頭をさげた。

「破門か、絶縁か。どっちにしろ、このままでは済まんぞ」森山はいう。

「桑原を破門にしたら殺《や》られます。それだけは堪忍したってください」

嶋田はいった。「元はといえば、わしのせいですわ。わしがこいつを滝沢の矢面《やおもて》に立たしたようなもんです」

「ほな、どういうケジメをつけるんや。おまえも若頭やったら考えがあるやろ」

「わしは千五百万、桑原は百五十万、小清水にやられました。その金は泣くつもりです」

「滝沢は手形持って集金に来たんやろ。あとの半金を寄越せと」

「それを払うたら、わしも桑原も男やない。極道の看板おろしますわ」

「滝沢とやるんか。二蝶の代紋かけて」

「二蝶やない、嶋田の代紋です」

「おまえは二蝶の若頭やぞ。自分の組内で済むことやないやろ」

「そやから、もうちょっとだけ見ててください。滝沢と話《ナシ》をつけます」

「話がつかんかったら、どうするんや」

「そのときは、破門でも絶縁でも、おやっさんに預けますわ。おやっさんは亥誠組の諸井さんに会《お》うて、ことを治めてください」

「諸井には会うてもええ。ええけど、手ぶらでは行けんやろ」

「指ですか、わしと桑原の」

「おまえら、いつの時代に生きとんのや。二蝶の若頭が指飛ばすてな、恥さらしな真似すんな。金や。金持って諸井に詫《わ》びを入れんかい」

「詫び……。なにを詫びたらええんですか」

「こいつは何人もいわしたんやろ」

森山は舌打ちして桑原を見る。「滝沢のチンピラどもを」

「桑原は刺されて、二回も手術したんです」

「人数がちがうやろ、人数が。相手は本家筋やぞ」

森山は吐き捨てて、二宮を睨《ね》めつける。「おまえはなんや、サバキだけしときゃええもんを、桑原の尻《ケツ》かいて稼ぎにしようとしくさる。おまえが指飛ばさんかい」

二宮は堪《こら》えた。いいたいことは山ほどあるが、小指とさよならするわけにはいかない。いくらヤクザ稼業をしてきたといえ、おれは堅気や──。

「出入り禁止じゃ。二度と二蝶の敷居をまたぐな」

それはうれしい。桑原との縁が切れる──。

「最後にいうとくぞ」

森山は桑原に向かって、「来週の月曜や。それまでに滝沢と話《ナシ》をつけてこい。でなかったら、おまえは絶縁、所払いや」

「…………」桑原は俯《うつむ》いたまま黙っている。

「こら、聞いとんのか」森山は怒鳴りつけた。

「分かってますがな」

「なんや、その言いぐさは」

「これ以上、おやっさんに迷惑はかけまへん。そういうてますねん」

「そうかい……。吐いた唾《つば》は呑《の》むなよ」

森山は煙草を吸いつけて向こうへ行った。デスクに腰をおろす。嶋田、桑原、二宮は立って頭をさげ、組長室を出た。

「どえらい機嫌がわるかったたな」

事務所に降り、嶋田はいった。

「イモひいてますねん、亥誠の諸井に」

桑原は椅子に座り、脚を投げだした。「こら、ボーッとしてんとビール持ってこい」

電話番にいう。電話番は慌てて出ていった。

「来週の月曜まで、あと五日しかないですね」二宮はいった。

「九月十日や。毎月、第二月曜は本家の定例会がある」と、嶋田。

「ほな、なんですか、森山さんは定例会で諸井に会うから話をつけろというたんですか」

「そういうこっちゃ」

「組員の不始末は組長が被《かぶ》る、それがほんまやないんですか」

「啓坊、めったなことはいうな。二蝶会は川坂の代紋で飯食うとんのや」

「おれ、出入り禁止になってしもた」

「事務所には顔出すなということや。サバキはいままでどおりしたらええ」

「ありがとうございます」別にありがたくはない。

「どないする」嶋田は桑原に訊《き》いた。

「若頭にはいうてなかったけど、明日、金が入りますねん」

と、桑原。「小清水の株を取りあげて売ったんです」

そう。明日木曜日、協信証券茨木支店に行って約定代金六百九十二万円を受けとるのだ。小清水の免許証と委任状は桑原が持っている。

「なんぼ、入るんや」

「四百万です」桑原は平然と嘘をつく。

「そら大きいな」

「その四百万、若頭に渡さんでもよろしいか」

「なんでや」

「わしは小清水の爺をひっ捕まえます。爺の口に四百万をねじ込んで、滝沢んとこに行きますわ」

「それで、滝沢はウンというんか」

「いうもいわんも、まだごちゃごちゃアヤかけてきよったら、滝沢を弾《はじ》いたりますわ」

「おまえ、チャカ持ってんのか」

「ここに」

桑原は手を後ろにまわした。上着の裾《すそ》からトカレフを出す。

そこへ、電話番がもどってきた。プラスチックのトレイに缶ビール三本とグラスを三つ載せている。電話番はトカレフに気づいて少し驚いたふうだったが、トレイを置いて離れていった。

「あいつ、誰ですねん」

「山名《やまな》んとこの若いもんや。先月から行儀見習いしてる」

山名は組持ちの二蝶会幹部だ。一度、挨拶《あいさつ》したことがある。

「まだ若いのに極道なんぞになってどないしますねん。一生、食えまへんで」

電話番に聞こえるように桑原はいった。電話番は奥のデスクでじっとしている。

桑原はプルタブを引き、グラスにビールを注いで嶋田の前に置いた。嶋田はトカレフを手にとり、銃口を覗《のぞ》く。マガジンを抜いて、込められている弾を見た。

「これ、木下が持ち歩いてるモデルガンとちがうんか」

「さすが、若頭や。騙《だま》せまへんな」

「こんなもんで、滝沢を弾けるんかい」

「買いますがな。ちゃんと弾の出るやつを」改造銃なら二十万だという。

「おまえ、ほんまに弾くんか、滝沢を」

「あきまへんか」

「潰《つぶ》れるぞ、組が」森山が本家から絶縁、除籍処分を受けるという。

「けど、舐《な》められっ放しやないですか。若頭の顔に泥塗りくさって」

「わしの顔はどうでもええ。滝沢には手を出すな」

「それはなんでっか。二蝶の若頭の命令でっか」

「命令や。気に入らんか」

「いや、若頭がそこまでいわはるんやったら辛抱しますわ」

桑原の猿芝居が見てとれた。この男に滝沢を撃つ気は端《はな》からない。滝沢に屈したときの言い訳を嶋田の口からいわせたのだ。それにまた、小清水から奪った株の約定代金——

六百九十二万を四百万といった――を嶋田に渡さなくてもいいように持っていったのも計算ずくだ。

こいつのイケイケは損得勘定と裏表や――。二宮は舌を巻いた。

「木下はどこにおるんや」

「そこらの喫茶店にいてますわ」

「セツオは」

「いっしょです」

「ふたりにいうとけ。なにがなんでも小清水を捕まえるんや」

小清水は殺すな。滝沢に処分させろ――。嶋田はいった。

「いろいろ、すんまへん」

桑原は頭をさげた。「わし、若頭の子分でよかったです」

「愛想はええわい。おまえはオヤジの子分や」

嶋田はかぶりを振り、ビールを飲んだ。

事務所を出た。セツオと木下はアルトに乗って待っていた。

「どないでした、オヤジ」セツオが訊く。

「えらい剣幕や。わしを絶縁するんやと」

「本気ですか」

「らしいな」

「兄貴は筋に外れたことしてないやないですか」

「任侠《にんきょう》道も地に堕《お》ちた。オヤジは自分の身がかわいいだけや」

桑原は笑って、「腹減った。晩飯食うぞ」

「なに食います」

「鶴橋《つるはし》や。肉、食わしたる」

桑原はシートにもたれ、眼をつむった。


鶴橋で焼肉と冷麵《れいめん》を食い、ミナミへ行った。アルトを千日前通の駐車場に預けて宗右衛門町へ。桑原、セツオ、木下が前を歩くと、ひとは避けて通る。相合《あいあう》橋近くのキャバクラに入ったが、デブと痩《や》せのホステスしかおらず、ひとり千八百円のセット料金を払って、すぐに出た。桑原は道頓堀から阪町へ行き、『ボーダー』の扉を引いた。洗いものをしていた髭《ひげ》のマスターは顔をあげたが、桑原と知って、いらっしゃい、ともいわない。ほかに客はいなかった。

「中川は」桑原はスツールを引いた。

「まだやな」まるで愛想がない。

「来るんかいな」

「たぶんな」

「ほら、おまえらも座れ」

いわれて、セツオ、木下、二宮——と、カウンター前に腰かけた。

「なにしましょ」

「ビールください」

三人は瓶ビール、桑原はバランタイン17年のロックを注文した。

「このマスターはな、元マル暴担や」

桑原はいう。「それで、中川がここを巣にしとんのや」

「中川さんて、誰ですか」と、木下。

「府警でいちばんの悪徳刑事や。おとろしい極道面やぞ」

「そら、楽しみですね。顔見るのが」

「ガンつけるなよ。ぶち叩《たた》かれるぞ」

「下、向いときますわ」

目付きのわるいのが勝手なことを言いあっている。

ビールとロックがカウンターに置かれた。みんな、勝手に飲みはじめる。

「マスター、訊いてええか」

桑原は煙草を吸いつけた。「あんた、どこの署やったんや」

「南署や。捜査四係」仏頂面でマスターはいう。

「そこで中川と知り合うたんかいな」

「あいつが来たんや。機動隊から」

中川は柔道の強化選手だった。府警の大会に南署代表として参加し、重量級で準優勝したこともあったという。「ヤクザの扱いから酒の飲み方、女との遊び方まで、わしのあとをついてまわりよった。わるいとこだけ、わしに似よったわ」

当時、マスターは千年町の韓国パブのホステスとつきあっていた。ホステスの頼みで、彼女の友人の入国に手を貸したが、作ってやった書類が入管法にひっかかり、監察に呼ばれて詰め腹を切らされたという。「――わしも、ま、まともな刑事やなかった。ヤクザとのつきあいは一線を引いてたけど、女にだらしがない。退職金をよめはんにやって、籍抜いて、その韓国の女にこの店をやらせたんやけど、一年もせんうちにソウルに帰りよった。身から出た錆《さび》いうやつは、擦《こす》っても擦ってもとれんもんやな」

「ええ話や。マスターの一代記。おまえらも心して聞いたか」

「聞きました」

木下がうなずく。「マスターも苦労してはるんや」

「おまえもセツオも、わしのあとをついてまわるだけが能やないぞ。早よう自分のシノギを開拓して、一本立ちせんかい」

二宮は笑ってしまった。ふたりをいいように使いながら、なにが一本立ちだ。酒場の余興としてはおもしろいが。

「マスター、ブランデーください。ロックで」ビールを飲みほした。

「なにがよろしい」

「コルドンブルー」

　ボトル棚を見て、いちばん高そうなのをいった。


　中川は十時をすぎても現れなかった。桑原にいわれて、マスターは中川に電話をする。

「今日は来んのか――。いや、桑原がおるんや――。二蝶会の。ちょっと待て――」

　マスターは桑原に携帯を渡した。

「わしや。待っとるんやぞ――。なにを眠たいことというとんのや。用があるからかけたんやろ――。どこにおるんや――。払う、払う。頼み料や――。おう。待ってる――」

　桑原は携帯をマスターに返した。「スケと飯食うとる。鰻谷でな」

　鰻谷は近くだ。阪町まで歩いて十分。

「来るんですか」

「来るやろ。小遣い欲しさに」

　桑原はピーナツをつまんで、「セツオ、カラオケやれ。『サマータイム』や」

「誰の歌です」

「外人や」

　サマータイム・アンザ・リビィニズ・イーズィー――。桑原は英語で歌った。けっこう巧《うま》い、ような気がする。

「それ、聞いたことありますわ」

セツオはカラオケのリモコンをとって『サマータイム』を検索し、送信した。イントロが流れはじめる。

セツオは歌ったが、カタカナを追うのが精いっぱいで、リズムもメロディーもあったものではない。桑原はすぐ、演奏中止ボタンを押した。

「お上手や。眩暈《めまい》がする」

「すんません。知らん歌でしたわ」

「知らんのに歌うな」

桑原はリモコンを操作し、『ワンダフル・トゥナイト』を歌いはじめた。確か、クラプトンの曲だ。ヤクザのくせに洋楽を歌うやつも珍しい。桑原の父親は中学の英語の教師から教頭になり、退職してまもなく死んだことを思い出した。

中川は十一時に来た。桑原のほかに三人もいるのを見て顔を顰《しか》める。

「今日はゴロツキの貸切りかい」

マスターに向かって、「腐れ極道がとぐろ巻いてたら、普通の客は来ぇへんで」

「誰が腐れや。極道だけにしとけや」桑原がいう。

「へっ、相変わらずやのう」

中川は二宮の襟首をつかんで、「おまえもええ加減にせいよ。極道とつるむんはな」

やかましい。好き好んでつるんでるんやないわい——。

中川はカウンターの奥に腰をおろした。マスターは吟醸酒の四合瓶とショットグラスを前に置く。中川は酒を注ぎ、一息にあおった。

「えらい洒落《しゃれ》た飲み方するやないけ」

「そうかい。それはよかったのう」

中川はまた手酌で注ぎ、「なんや、頼みいうのは」

「小清水を捜してくれ」

「愛人と昭和町のマンションに住んでる男か。映画のプロデューサーとかいうてたな」

「いっぺんは捕まえたんや。尼崎で滝沢組に監禁されてたんをな。釜ヶ崎のレンタルルームに放り込んで、こいつらに面倒見させてたんやけど、逃げられた」

小清水は芸能学校の金主、金本の手引きで岸和田五軒屋町のシャブの売人に預けられたが、そこもまた逃げだして奈良上牧町の妹の家に行き、三十万円を借りた——と桑原は説明し、「爺は免許証もカード類も持ってへん。知り合いを頼って逃げるしかないんや」

「逃走資金が三十万いうのは少ないのう。ホテルや観光旅館を泊まり歩いてたら一週間でなくなる」

「タイムリミットがあるんや。この日曜までに爺を捜してくれ」

「おい、桑原、わしは興信所の探偵やないんやぞ」

「十万や。爺の居どころを教えてくれるだけでもええ」

「五十万や。刑事を安う使えると思うな」

「足もと見よるのう。ええわい。五十万で爺を捜せや」

「ネタを出せ、ネタを。小清水の身辺情報や」

「茨木にも家がある。郡《こおり》の建売住宅や。愛人は……」

「通称、玲美。本名は真鍋恵美。今治の出身や」

「なんや、よう知っとるやないけ」

「あほんだら。わしが調べて、二宮に教えたんじゃ」

「玲美はこないだまで香港におった。いまは日本におるはずや」

「小清水と連絡とってんのか」

「それは分からん。可能性としてはある」

香港のホテルでふたりを痛めつけ、小清水がマカオのカジノに預けていた金をとったことを、桑原はいわない。

「妹んとこまで金借りに行くぐらいや。小清水は金に困っとるんやろ」

「爺は銀行の口座を自分でとめよった。三協銀行と大同銀行や」

「なんぼや、残高は」

「んなことは知らん」

桑原はとぼける。大同銀行に二千四百五十万、三協銀行に八十万の残高があることを知りながら。

「おまえ、小清水の通帳持ってんのか」

「持ってるわけないやろ」

「そら、話がおかしい。小清水が通帳持ってるんやったら、なんで口座をとめたんや」

「おまえはなんや、しつこい男やの。詐欺師のすることを、いちいち詮索《せんさく》できるかい」

「ほな、わしが調べたろ。小清水隆夫の三協銀行と大同銀行の預金をな」

「勝手にさらせ」

桑原は餌を投げた——。二宮はそう思った。中川は警察の人間だから、小清水の預金残高を照会できる。残高を知った中川が、黙ってことを見過ごすはずはない。中川は本気で小清水を捜すだろう。

こいつはヤクザやない。小清水以上の詐欺師や——。正直、桑原の悪知恵に驚いた。中川に会って、どう話をもっていくか。どんなニンジンをぶらさげるか、なにもかも計算ずくで『ボーダー』に来たのだ。

二宮は桑原の焦りと恐れも感じた。刑事の中川を深入りさせるのは、桑原の本意ではない。なのに中川を引き込んだのは、森山に絶縁処分を通告されたからだ。桑原が二蝶のバッジを外せば、滝沢組はまちがいなく桑原を標的《マト》にかける。どこに逃げようと、どこに隠れようと、桑原は殺られる。昔気質《かたぎ》の嶋田は桑原がかわいいが、組のためなら桑原を切る。それが〝極道〟という看板を背負ってきた人間の生きようであり、桑原も覚悟はしているのだ。

「おまえ、スケはなにしてるんや」桑原は話を変えた。

「なんやと……」中川は飲みかけていた酒を置く。

「飯、食うとったんやろ、鰻谷で。連れてこんかい」

「ゴロツキに見せる女やないわい」

「いっぺん見たら忘れられんようなスケか」

「どういう意味や、こら」

「褒めたんや。わるいか」

「おまえの女はどうした。守口のカラオケ屋で出前のラーメン食うとんのか」

「もういっぺんいうてみいや、こら」

「やめとけ。やるんやったら外に出てくれ」マスターがいった。

「こいつのいうことはいちいち癇《かん》に障る。先輩も分かるやろ」中川は舌打ちした。

「おまえも相手にするからや。大きな図体《ずうたい》して」

「図体は関係ないで」

「歌でも歌えや」

マスターはリモコンを中川に渡した。

中川は『六甲おろし』をスピーカーが破れそうな大声でがなりたてた。耳を塞《ふさ》いでも頭に響く。セツオの歌で悪酔いし、今度は吐き気がした。

「マスター、ごちそうさんや」

桑原は三万円をカウンターに置き、さっさと店を出た。

18

ノック——。眼が覚めた。

起きんかい。いつまで寝とんのや——。ドア越しに桑原の声が聞こえる。

腕の時計を見た。午前九時。何時に帰って何時に寝たのか、まるで記憶がない。

ベッドから出て、錠を外した。桑原が入ってくる。昨日と同じライトグレーのスーツに黒のオープンシャツ、オールバックの髪はきれいに櫛目《くしめ》がとおっていた。

「行くぞ。茨木や」

「茨木……？」

「寝ぼけとんのか。株屋やろ」

そういえば、今日は木曜だ。小清水の株を売った約定代金の決済日——。

「ほら、服着んかい。千円のポロシャツと二千円のチノパンを」

「ちょっと待ってください。顔洗いますわ」

「洗うような顔か。裏も表も分からんような不景気なツラしくさって」

朝っぱらから、くそうっとうしい男だ。肺に穴があいたくせに。

床に脱ぎ散らかした服を拾って着た。靴下は裏返して履く。キーを持って部屋を出た。

セツオと木下は廊下にいなかった。

「ふたりは行かんのですか、茨木に」ドアに錠をかける。

「セツオは郡や。爺の家を張ってる」

木下は昭和町の『グレース桃ヶ池』を張っているという。

「小清水が寄りつきますかね」

「万が一や。着替えを取りにくるかもしれんやろ」

ま、それもそうだが……。

エレベーターに乗り、一階に降りた。靴を履き、外に出る。南霞町《みなみかすみちよう》の交差点近くで、桑原はタクシーを拾った。


茨木――。協信証券は駅前のロータリーに面したビルの一階にあった。

「ほら、行ってこい」

「桑原さんは……」

「わしは待ってる」

桑原は委任状と小清水の印鑑、小清水の免許証のコピーを出し、二宮は受けとってタクシーを降りた。ガードレールを跨《また》ぎ越して店内に入る。カウンターの女性に声をかけた。

「約定代金を受けとりに来ました。小清水隆夫の代理人です」

二宮啓之――。名前をいい、委任状と免許証のコピーを差し出した。「銘柄はスカイコミュニケーション、旭ゴルフ、エルムで、六百九十二万円です」

「二宮さまですね。免許証をコピーさせていただいてもよろしいでしょうか」

「はいはい、けっこうですよ」自分の免許証も女性に渡した。

「どうぞ、お掛けになってお待ちください」

ソファに座った。二宮のほかに客は五人。みんな六十すぎの老人ばかりで、電光表示の株価ボードに見入っている。

カウンターの女性は席を立ったまま もどってこない。二宮はじりじりする。小清水がなにか細工をしていれば、警察官が現れて二宮は逮捕され、手錠をかけられて茨木署に連行される。桑原はタクシーに乗ったまま逃げるだろう。

くそったれ、おれはいつでも〝出し子〟やないか——。

「二宮さま」

カウンター横のブースから呼びかけられた。ワイシャツにネクタイの男だ。「こちらへどうぞ」

二宮は立ってブースに入った。テーブルに現金が置かれている。帯封の札束が六つと厚さ一センチほどの一万円札の束。免許証と取引報告書もあった。

「約定代金、六百九十二万円です。お確かめください」

「はい、どうも……」

札を数えた。九十二枚——。「まちがいないです」

「では、受領証にご署名か印鑑をお願いします」

受領証に名前を書いた。手提げの紙バッグをもらって現金を入れ、免許証をとって立ちあがる。

「すんません。お世話になりました」

バッグを脇に抱えてブースを出た。


桑原は支店の前で煙草を吸っていた。

「タクシーは」

「降りた」

「タクシーで待ってるんやなかったんですか」

「おまえのことが心配やったんや」

それはちがう。二宮が金を持って逃げないか、見張っていたのだ。

「六百九十二万、ありますわ」

バッグを渡した。「ものは相談ですけど、駄賃をもらえませんか」

「なんやと、おい」

「おれ、冷汗が出てますねん。これ、このとおり」

手の甲で首筋を拭《ぬぐ》った。「せめて二十万円、もらえませんか」

「おまえというやつは、二言目には、金くれやな」

「ええやないですか。怖い思いをしたんやから」

「この欲たかりが」

桑原はバッグから金を出した。十枚を数えて、「ほら、くれてやる」

「あの、あと三万、足してくれませんか」

「どういう意味や、こら」

「事務所の家賃です。先月分がまだですねん」

「情けないやっちゃ」

十三万円を受けとった。たとえ三万円でも、多いとうれしい。

「株の金は入った。飯でも食うか」

バッグを手に提げ、上機嫌で桑原はいう。「なんでも奢《おご》ったるぞ」

「鮨《すし》、食いたいですね。小洒落《こじゃれ》た鮨屋で」

「おまえ、高いもんばっかり食おうとしてへんか」

「桑原さんといっしょのときだけですわ、旨《うま》いもん食えるのは」

「へっ、一丁前にゴマすっとるで」

桑原はアーケード街へ歩きだした。

大とろ、鮑《あわび》、雲丹《うに》、小鰭《こはだ》、煮蛤《にはまぐり》を食いながら大吟醸を飲んだ。桑原は刺身で酒を飲み、巻きものでしめる。勘定は二万八千円だったが、桑原は二宮を睨《にら》みもせず、払った。

鮨屋を出たところで桑原の携帯が鳴った。

「わしや——。おう、分かったか——。なんやと——。今治？　愛媛のか——。住所をいえや——。爺がそこにおると決まったわけやないやろ——。やるがな。五十万ぐらいやる。住所をいえ——。待て。書くから——」

桑原は携帯を離して、「書くもん借りてこい」と、鮨屋を指さす。

二宮は鮨屋に入った。鉛筆と紙をもらって外に出る。桑原はまた携帯を耳にあてて、

「ゆっくりいえ——。今治市南日吉町《みなみひよしちょう》九の三の五九、日吉荘の一〇号やな——」

桑原のいう住所を二宮は書きとり、桑原に渡した。

「もういっぺん、いうぞ。今治市南日吉町——」

桑原は住所を復唱し、電話を切った。

「中川ですか」

「あのガキ、小清水の銀行口座を調べよった」

小清水は大同銀行と三協銀行に対して、通帳とキャッシュカードの再発行依頼書と改印届を出しているという。「通帳とカードの送付先が今治や」

「小清水は今治に住民票を移したんですか」

「移したんやろ。でないと、銀行は住所変更を受け付けへん」

「役所も銀行も本人確認をするやないですか。小清水は免許証もパスポートも持ってないんですよ」

「本人確認は保険証でできる」

「保険証……。茨木の家と昭和町のマンションは、セツオくんと木下が張ってますわ」

「爺は天王寺の芸能学校に保険証を置いてたんやろ。それを取りに行きよったんや」

「そうか、『TAS』は盲点でしたね」

「なにが盲点じゃ。おまえが張っとかんかい。芸能学校を」

「今治には思いあたるフシがあります。玲美の本籍地ですわ」

そう、中川と調べたのだ。玲美＝真鍋恵美の運転免許証に記載されていた本籍は〝愛媛県今治市別宮町〟だった。「小清水はたぶん、玲美といっしょです」

「よっしゃ、爺の尻尾《しっぽ》をつかんだ」

桑原はほくそえむ。「おまえ、車は」

「おれの車？　ロメオやけど。イタリアンレッドのアルファロメオ156」

「んなことは訊《き》いてへん。どこに駐《と》めとんのや」

「うちの事務所の近くですわ。月極《つきぎめ》駐車場」なにか、わるい予感がする。

「夏のしまなみ海道は景色がええやろのう」

桑原はロータリーのタクシー乗場へ向かった。


中国自動車道、山陽自動車道を経由し、尾道《おのみち》からしまなみ海道に入った。快晴、微風。大三島《おおみしま》の上浦《かみうら》パーキングエリアで車を駐め、アイスキャンデーを舐《な》めながら海を眺めた。

見わたす限りの青を背景にタンカーや漁船の航跡が白く光っている。

「やっぱり海はよろしいね。生命のルーツ。心が洗われるような風景ですわ」

「おまえ、ときどき気持ちわるいのう。なにが心が洗われるや。おまえのルーツは大阪のスラムやろ」桑原はベンチに腰かけて煙草を吸う。

「桑原さんも海の子やないですか。竹野の育ちやのに」

「わしみたいなごんたくれに海も山もあるかい。年から年中、改造バイクで走りまわってたわ」

「そのころから強かったんですか、喧嘩《けんか》」

「わしは足が速かった。中学で二番や。そやから、ゴロまくときはひとりで行った。鉄パイプで二、三人どつき倒して逃げるんや」

「連れがおったら足手まといになるからですか」

「それもあるけど、桑原はいつもひとりでやると噂になる。噂が伝説になって、わしに逆らうやつはおらんようになるわけや」

「計算ずくのイケイケですね」

「おまえみたいなヘタレにいわれる筋合いはないぞ」

「感心してますねん。どんなやつが相手でもイモひかんとこ」

「ま、わしもいつかは殺《と》られるやろ。そのときは線香の一本でもあげたれや」

珍しく弱腰だ。桑原は滝沢組との抗争を考えているのだろうか。

アイスキャンデーが溶けて落ちた。もったいない。

「行きますか」

「何時や、今治は」

「五時半には着きますやろ」

ポケットからキーを出した。


今治インターチェンジを出た。カーナビがないから地図帳を見ながら走る。南日吉町は今治南高校の近くだ。大阪市内に比べて道路は空《す》いている。

「おまえ、愛媛は初めてか」

「むかし、松山に行きましたね。道後《どうご》温泉」

立売堀《いたちぼり》の機械商社に勤めていたころ、社員旅行で行った。まだ二十歳すぎだった。

「おれ、温泉、嫌いですねん」

「なんでや」

「温泉は湯が熱い。水で埋めたら怒られる。裸のおっさんがうろうろしてるのもうっとうしいでしょ」

「おまえ、女と温泉行ったことないんやろ」

「風呂《ふろ》に入ったことはようありますよ。福原《ふくはら》の浮世風呂。まだやってるんですかね」

「情けない。風俗しか行けんのか」

「風俗大好き。金があったら毎日でも行きますわ」

「貧乏人の鑑《かがみ》やの」

「おおきに。ありがとうございます」

今治南高校をすぎた。次の交差点を右折する。付近は文教地区らしい住宅街だった。電柱の住居表示は〝南日吉町六丁目〟だ。

電柱を見ながら東へ走った。西方寺という寺が〝九丁目〟になっていた。車を停め、降りた。寺の築地塀《ついじべい》の向こうから蟬の鳴き声が聞こえる。ツクツクボウシだろう。

路地の奥、塀の向かいに古びた茶色の建物があった。木造モルタルの二階建、玄関庇《ひさし》に大きく《日吉荘》と書かれていた。

二宮は電話をした。

──日吉荘、ありました。どうします。

──待て。わしも行く。

桑原はすぐに来た。ふたりで日吉荘に入る。玄関の壁と床はタイル張りで薄暗い。猫の糞《ふん》のような臭いがする。廊下の右側に合板のドアが七つ並んでいた。メールボックスはなく、郵便物や新聞はドアの新聞受けに差し込むようになっている。どの部屋も狭そうだ。

一階七室の表札に〝小清水〟と〝真鍋〟はなかった。桑原は足音を潜めて玄関脇の階段をあがる。二階の10号室、ドアに貼られた真新しいプラスチックのプレートにはフェルトペンで《小清水》とあった。銀行からの郵便物を受けとるための表札だ。

　桑原はドアに耳をあてた。

「なにも聞こえんな」小さくいう。

「おらんのですか」

「分からん。寝てるかもな」

「玲美もおるんですかね」

「いっしょに住んでるとは思えんな。こんなぼろアパートに」

「小清水も住んでへんのとちがうんですか」

「銀行からとどく通帳とカードは書留や。爺がここで受けとらなあかん」

「そうか、そうですね」書留扱いだとは知らなかった。

　桑原はドアをノックした。返答なし。小清水は部屋にいない。

「通帳の再発行には一週間ほどかかる。小清水はそれまで、このアパートには寄りつかんやろ」

「ということは、玲美といっしょなんですかね」

「玲美が借りたアパートかマンションにおるんやろ」

「玲美は小清水に愛想尽かしたんやないんですか」

「爺はまだ金を持ってる。三協銀行と大同銀行にな」

「それが玲美の目当てですか」

「手切れ金やろ」

桑原はいって、「玲美の本籍はどこや」

「今治市別宮町です」

「番地は」

「知りません」

「なんで知らんのや」

「コピーは中川が持ってますねん。真鍋恵美の免許証」

「ほんまに抜けとるのう。おまえというやつは」

桑原は携帯を出した。発信履歴をスクロールしてボタンを押す。

「おう、わしや。真鍋恵美の本籍を教えてくれ――。免許証をコピーしたんとちがうんかい――。捨てた、やと――。あほんだら。もうええ――」

桑原は電話を切った。「くそっ、使えんガキや」

「このアパートの大家に訊いてみますか。入居申込書か賃貸契約書の控えがあるはずですわ」

「そうか、こんなアパートでも大家はおるわな」

桑原は一階に降りた。玄関近くの1号室からノックしていく。3号室で返事があり、ドアが開いた。顔の生白い水商売ふうの三十男だった。

「なんや、あんたら。押し売りと宗教は……」

「いや、ちがいますねん。このアパートを借りたいんですわ。大家さんは誰ですかね」

桑原にしては丁寧なものいいをする。

「西方寺《さいほうじ》よ。このあたりの地所はみんな西方寺のもんやけん」

「そうでしたか。えらい、すんまへん。行ってみますわ」

日吉荘を出た。西方寺の正面にまわって山門をくぐる。小砂利を敷きつめた境内はけっこう広い。本堂の左に二階建の庫裡《くり》があり、玄関前に黒のクラウンが駐められていた。

「ここから先はおまえや。小清水の申込書をもろてこい」

「申込書をすんなりもらえるとは思えませんね」

「そこはおまえの芸やないか。嘘八百並べんかい」

「嘘はもちろんつきますけど、金が要ります。中川みたいな警察手帳がないんやから」

「なんや、それは。袖《そで》の下か」

「三万円は欲しいですね」

「誰の金やと思とんのじゃ」

桑原は札入れを出した。二宮は三万円を受けとり、桑原は離れて、植込みの蘇鉄《そてつ》の陰に隠れる。

二宮は庫裡の格子戸を開けて、誰かいてはりますか、と声をかけた。庫裡の横から返事が聞こえて、むぎわら帽をかぶった初老の女が現れた。

「はいはい、なんでしょう」

女はむぎわら帽を脱ぎ、首に巻いていたタオルをとって額を拭《ふ》く。眼鏡に水滴がついているのは、庭木の水やりでもしていたのだろう。

「初めまして。わたし、建設コンサルタントの二宮と申します」

名刺を渡した。女は眼鏡をあげて、

「二宮企画……。大阪から来られたんですか」

「つかぬことをお訊《き》きしますけど、つい最近、日吉荘の10号室に入居されたんは小清水隆夫さんですよね」

「あの、どういうことですか……」

「実はいま、大阪市の大正区で体育館の建築コンペをしてるんですが、小清水隆夫さんが我々の作成した建築図面を持って姿を消したんです。コンペの締切は今月末やし、図面がないことには入札に参加できません。興信所に依頼して、ようやく小清水さんの居どころが分かったんですが、いま日吉荘に行ってみたら部屋にいてはらへんのです。引っ越しの荷物もまだ入ってないみたいやし、入居申込みの書類に小清水さんの住所が書かれてたら、そこを捜してみようと考えたわけです」

我ながら口がよくまわる。「──どうでしょう。小清水隆夫さんの前住所を教えていただけませんか」

「お困りなのは分かりました。でも個人情報をお教えするのは、わたしも困るんです」

やはり、女は渋った。

「ごめんなさい。勝手なことばっかりいうようですけど、コンペの締切に間に合わんかったら数千万円の損失を被るんです。設計事務所も潰《つぶ》れます。なんとか、お教え願えませんか。このとおりです」

脚をそろえて頭をさげた。女は少し考えていたが、

「分かりました。住所だけですよね」

「決して悪用はしません。他言もしません。ご迷惑をかけるようなことはないです」

「お待ちください」

女は庫裡に入っていき、ほどなくしてもどってきた。手に紙片を持っている。二宮は受けとった。

「ありがとうございます。助かりました」

「わざわざ大阪から、大変ですね」

「これもコンサルタントの仕事ですから」

また低頭した。女はむぎわら帽を被って庫裡の裏手にもどっていった。

桑原が蘇鉄の陰から出てきた。

「感心したぞ。ペテン師」

「人徳ですわ」

紙片を開いた。鉛筆の走り書きで《今治市別宮町10－3－21　真鍋方》とある。

「行きますか。別宮町」

「その前に、金や」

「見てたんですか」

三万円を返した。境内を出て、車に乗った。

別宮町は南日吉町から五分とかからなかった。JR予讃《よさん》線沿いの古い家並みの住宅地が十丁目だった。

幼稚園のそばに車を駐《と》めた。桑原が降り、二宮も降りる。『真鍋』という家はすぐに見つかった。軒の浅い瓦葺《かわらぶ》きの二階建、カーポートに軽四が駐められている。

「おまえ、行け。わしは待ってる」

「行くのはええけど、インターホンを押して玲美が出てきたらどうするんですか」

「ひっ捕まえんかい」

「ほな、小清水が出てきたら」

「殴らんかい」

「おれのほうが殴られますわ」

「ぐずぐずいうな。そのときはわしが出る」

いって、桑原は電柱の向こうに隠れた。

門柱のインターホンにレンズはついていない。二宮はボタンを押した。はい、真鍋です——。返事があった。年配の女の声。

「すみません。中村といいます。大阪のトレアルバ　アクターズスクールから来ました」

「なんです……」

「真鍋恵美さんが勤めてはった天王寺の芸能学校です。ぼくは恵美さんの同僚です」

「ああ、そうですか。恵美の学校……」

どこかしら反応がずれている。インターホンの音量が小さいのか、耳が遠いのか。

「あの、面倒かもしれませんけど、出てもらえませんか」

「はいはい、膝《ひざ》がわるいけん、待ってくださいね」

ドアが開き、白髪の女が顔をのぞかせた。

「恵美さんのお婆さんですか」大きく呼びかけた。

「はいはい、恵美がお世話になってます」

女は出てきて、丁寧に頭をさげた。ずいぶん背中がまがっている。八十すぎ……、いや、九十近いか。

「実はわたし、芸能学校の校長を訪ねてきました。小清水隆夫。恵美さんの上司です」

「さぁ、そんなひとは知りません」女はゆっくり、かぶりを振る。

「恵美さんはいま、どちらですか」

「鈍川《にぶかわ》に行くとか、いうてました」

「鈍川……」

「温泉です」

「旅館に泊まってはるんですか」

「さぁ、ちゃんと聞いてなかったけんね」

「そうですか。ありがとうございます」

しつこく訊いても旅館は分からないだろう。

「あんたさん、恵美の電話は」

「携帯の番号、知らんのです」

「和子が帰ってきたら分かるんやがね」和子は恵美の母親だろう。

「いつ、帰ってきはるんですか」

「今日は遅番やけん、九時ごろかいね」

「いや、それやったらけっこうです」

「ごめんなさいね。なにも知らんで」

「こちらこそ、すみませんでした」

礼をいい、踵《きびす》を返した。

車に乗った。桑原も乗ってくる。

「温泉か……」

「鈍川です」

地図を開いた。今治市の南西方向に『鈍川温泉』がある。国道３１７号を南へ走れば十五キロか。

「行きますか」

「行かんかい」

桑原はシートベルトを締めた。

鈍川は蒼社川《そうじゃ》の支流、木地川《きじ》沿いに開けた山間の鄙《ひな》びた温泉地だった。道路沿いの観光案内板を見ると、五軒の旅館と三軒の日帰り入浴施設がある。

「たった五軒か」

桑原はいう。「一軒ずつ、あたってみい」

「おれひとりで？」

「おまえのほかに誰がおるんや」

「桑原さん」

「なんべんいうたら分かるんや。わしは顔が怖いやろ」

「自覚してるんですね」

「もういっぺん、いうてみい、え」

「よう怒りますね」

車を降りた。少し歩いて『鈍川せせらぎ荘』に入る。フロントの係員に、真鍋恵美か小清水隆夫が宿泊していないか訊《き》く。泊まり客にはいなかった。

また歩いて、隣の旅館に行った。空振り。

次の『玉川館《たまがわかん》』で『清水隆夫・玲子』という夫婦連れが泊まっていると聞いた。

「このご夫妻ですか」

「いや、清水やない。小清水です」

ちがう、といって旅館を出た。車にもどる。

「玉川館ですわ。清水隆夫と玲子が泊まってます」桑原にいう。

「何号室や」

「知りません」

「なんで訊かんのや」

「下手に訊いたら怪しまれるやないですか」

車を発進させた。玉川館に入り、駐車場の端に駐める。赤のロメオは大阪ナンバーだが、そこまで気にすることもないだろう。ほかに車は三台、駐められていた。

「部屋をとれ。前金で払え」

桑原は三万円を出した。二宮は受けとってフロントへ行く。中村啓介《けいすけ》の名で部屋をとり、桑原に電話をした。

――108号室をとりました。

――部屋に入っとけ。わしも行く。

二宮は部屋に入った。ほどなくしてノック。桑原を入れた。

「ここ、風呂《ふろ》は」

「大浴場がありますわ。ロビーの反対側に」

「風呂に浸《つ》かって小清水を張れ。爺を見つけたら、部屋まで尾《つ》けるんや」

「桑原さんは」

「わしはここで待機しとく」

「おれ、すぐにノボせますねん。温泉は」

「じゃかましい。浴衣《ゆかた》着て、行け」

服を脱ぎ、浴衣に着替えた。タオルを肩にかけて部屋を出た。


ロビーを横切り、大浴場に行った。脱衣場にひとはいない。裸になって浴場に入る。天井の高い広い空間に湯気がたちのぼっていた。流し湯の岩風呂と、ひとまわり小さい気泡風呂。正面はガラス張りで、その向こうに露天風呂もある。白髪の男がふたり、岩風呂に浸かっていた。

二宮は気泡風呂に入った。湯はそう熱くない。浴槽の縁にタオルをあてて枕にし、手足を伸ばす。腰が泡に包まれて、身体が軽い。

温泉もたまにはええもんやな――。ゆったりとした解放感がある。尿意を催したから放尿した。

ふと気づくと、岩風呂の客はいなかった。眠っていたらしい。十分か、二十分か。露天風呂に、さっきはいなかった男がいた。ハゲ頭に猪首《いくび》、横顔が小清水に似ている。タオルを頭にのせ、気泡風呂を出て岩風呂に入った。近づいてガラス越しに男を見る。小清水だ。まちがいない。

風呂からあがって脱衣場に行った。身体を拭《ふ》き、浴衣を着てロビーへ。ソファに腰をおろして小清水を待った。


浴衣姿の小清水が現れたのは三十分後だった。ロビー横をとおって客室棟へ行く。

二宮は立ち、離れて小清水を追った。小清水はまわりのようすを気にするふうもなく、スリッパをペタペタ鳴らして歩いていく。廊下の中ほどで立ちどまり、ドアを引いて部屋に入った。二宮はすぐあとを追って部屋を確かめ、１０８号室にもどって、

「１１０号室、隣の隣ですわ」報告した。

「玲美は」桑原は煙草のけむりを吐く。

「見てないけど、部屋にいてますわ」

「なんで分かるんや」

「小清水が部屋に入るとき、ドアにキーを挿さんかった。玲美が中から開けたんです」

「おまえも割に観察しとんのやな」

「それくらいのことはね」

「よっしゃ。夜まで待つぞ」

「寝込みを襲うんですか」

「辛抱たまらん。爺を半殺しにしたる」

桑原は煙草を消し、ベッドに大の字になった。


起きんかい――。なにかが顔にあたった。冷たい。濡《ぬ》れタオルだった。

「寝てましたね」眼がしらを揉《も》んだ。眠い。

「おまえは一日に何時間寝るんや」

「さぁ……九時間か、十時間ですかね」

「わしの倍は寝とるやないけ。ええ齢しくさって」

「寝る子は育つ、ですわ」

「寝る子は腐る、やろ」

「うまいこといいますね」

笑ってやった。おもしろくもないが。

腕の時計を見た。十一時をすぎている。三時間は寝たようだ。

「支度せい。出るぞ」

小清水を攫《さら》い、車に押し込んで大阪に連れて帰るという。

「玲美は」

「要らん。役に立たん」

桑原はスーツの上着を着た。モデルガンのトカレフをベルトの後ろに差し、煙草とライターをポケットに入れる。

二宮はベッドから出た。はだけた浴衣を脱ぐ。チノパンを穿《は》き、ポロシャツとジャケットを着た。

桑原は掃き出し窓からテラスに出た。手すりを跨《また》ぎ越して裏庭の芝生に飛びおりる。二宮もあとにつづいた。庭園灯はないが、月明かりで足もとは見える。

身体をかがめて110号室のテラス下に移動した。首を伸ばして部屋を覗《のぞ》いたが、暗い。カーテンの隙間から一条の光が射している。

「見てこい。中のようすを」

いわれて、テラスにあがった。這《は》って掃き出し窓に近づき、室内を覗く。小清水がいた。ソファに座ってテレビを見ている。丸テーブルの上には水差し、グラス、ウイスキーのボトル、新聞、ピーナッツを盛った皿——。玲美の姿はない。

振り向いて、手招きした。桑原もあがってくる。

「小清水はおるけど、玲美はいてません」ささやいた。

桑原はトカレフを抜き、窓のサッシに手をかけた。そっと横に引く。錠はかかっておらず、開いた。カーテンが揺れる。小清水が振り返った。

窓を開けるなり、桑原は飛び込んだ。ああッ——。小清水が叫ぶ。

桑原は小清水を蹴《け》った。ソファごと倒れる。桑原は小清水に馬乗りになり、喉《のど》にトカレフの銃口を突きあてた。

「騒いだら弾《はじ》く。脳味噌《のうみそ》が飛び散るぞ」

小清水はなにかいったが、声にならない。何度もうなずいた。

「玲美はどこや」

「風呂です」

「そうかい」

桑原は浴衣の襟をつかんで小清水を引き起こした。「立て。行くぞ」

「後生です。堪《こら》えてください」小清水は歯の根が合わないほど震えている。

「おまえを殺るとはいうてへんやろ。大阪までドライブじゃ」

「着替え……。着替えをさしてください」

「おい、服や」

二宮はクロゼットを開けた。ジャケットとワイシャツ、ズボンがハンガーにかけてある。ハンガーごと外した。

「着替えは車ん中でせい」

桑原は小清水を立たせた。「一言でも喚《わめ》いたら、おまえは死ぬ。ええな」

脇腹に銃をあててテラスに出た。ハンガーを持った二宮もテラスに出て掃き出し窓を閉める。

「降りんかい」

桑原は小清水を芝生に降ろした。二宮も降りる。裏庭を抜けて駐車場へ歩いた。

車に乗った。二宮は運転席、桑原と小清水はリアシート――。

「シートベルトや」

「はい……」

小清水はベルトを締めた。二宮はエンジンをかけ、発進した。

「通帳とカードはいつ来るんや」桑原は訊《き》く。

「なんのことです」

「あほんだらっ」

桑原の肘《ひじ》が小清水の鼻梁《びりょう》に入った。「ネタは割れとんのじゃ。日吉荘。おまえは南日吉町のアパートで書留を受けとるんやないけ」

「………」小清水は顔を押さえて呻《うめ》く。

「いつとどくんや、書留は」

「十二日です。九月十二日」

「六日もあとかい」

「すんません」

「玲美は知っとんのか。大同銀行と三協銀行に預金があることを」

「知りません」

「嘘ぬかせ」

また、肘が入った。「おまえがまだ金を持ってるからこそ、玲美はおまえにひっついとんのやないけ」

「堪忍です。あの金がなくなったら、わしは終わりです」

「勝手に終わらんかい。極道を虚仮《こけ》にしてタダで済むと思たんか」

「初見です。初見のいうとおりにしただけです」

「んなことは分かっとるわ。おまえは滝沢組の標的《マト》や。今度、初見に身柄《ガラ》とられたら、おまえはドラム缶詰めで沈められるんやぞ」

「助けてください。もう二度と逃げません」

「分かっとんのか、こら。おまえはまだ運があるんやぞ。わしに捕まったんはな」

「玲美が喋《しゃべ》ったんですか、今治におると」

「おう、そのとおりや。あの女が電話をかけてきた」

桑原は話を合わせる。「銀行の通帳が手に入ったら、預金の半分をくれといいよった」

「くそっ、あいつ……」

「おまえ、銀行に改印届を出したやろ。新しい印鑑はどこや」

「アパートです。日吉荘に置いてます」

「鍵《かぎ》はどこや。アパートの鍵は」

「ホテルにもどってください。わしがとって来ます」

それを聞いて、二宮は車を停めた。助手席に小清水の着替えがある。ジャケットの内ポケットを探ると、小さな膨らみのあるものに触れた。革製の小銭入れ——。ルームライトを点《つ》けて小銭入れのジッパーを引いた。鍵と印鑑が入っていた。

「これですわ」

桑原に小銭入れを渡した。

「大した爺や。どこまでも騙《だま》そうとしくさる」

桑原はせせら笑う。「ほかにもなんぞあるやろ。調べてみい」

二宮はズボンのポケットを探った。健康保険証カードと現金が八万円あった。

「妹に三十万借りて、二十二万、遣うたんかい」

「えっ、それは……」

「上牧町、熊谷昭子。滝沢組に教えたったら、どうするかのう」

さもおかしそうに桑原はいった。

19

「玲美が持ってます」

「なんやと、こら」

しまなみ海道、山陽自動車道、中国自動車道、国道171号をノンストップで走り、茨木に着いたのは朝の六時だった。郡の小清水の家に入る。セツオと木下が待っていた。

「ご苦労さんです」ふたりは脚を揃えて頭をさげた。

「ご苦労もへチマもあるかい。おまえらが下手売ったから、愛媛くんだりまで行ったんやろ。こいつをふんじばって、そこらに転がしとけ」

桑原は小清水の膝《ひざ》を蹴った。小清水は八畳間の真ん中にうつ伏せになる。セツオと木下は粘着テープで小清水の手足を括《くく》り、押し入れに放り込んだ。

「わしは寝るぞ。昼になったら起こせ」

桑原はトカレフを木下に放り、隣の部屋へ行って襖《ふすま》を閉めた。

「おれも寝てええかな。くたくたやねん」二宮はいった。

「好きにせいや。用ができたら起こしたる」セツオがいった。

「車ん中で寝たいんやけどな」

「あかん、あかん。フケるつもりやろ」

セツオは意外に読んでいる。「キー、寄越せ。二階で寝んかい」

セツオにロメオのキーを渡した。階段をあがる。四畳半の和室で座布団を枕に横になり、眼をつむるとすぐに寝入った。

尿意で目覚めた。窓の外は明るい。時計を見る。十時半だった。

トイレへ行くには階段を降りないといけない。下の部屋には桑原がいる。セツオと木下もいる。顔を合わしたくなかった。

部屋を見まわすと簞笥《たんす》の上にガラスの花瓶があった。けっこう大きい。ドライフラワーのような萎《しお》れた花が挿してある。

立って花瓶をとり、花を捨てた。ズボンのジッパーをおろし、花瓶をあてて放尿する。サーバーで注ぐビールのように泡立ちがよかった。

そういえば、立売堀の機械商社に飲尿健康法を実践する同僚がいた。朝一番、冷蔵庫で冷やしていた自分の小便を飲み、それから歯を磨くのだという。性癖も変わっていて、つきあっている女には何日も同じ下着を穿《は》かせていた。臭いがきつければきついほど欲情するという変態だったが、なぜかしらん女にはモテた。女の友だちをひとり紹介してもらったが、新地で食事をしたきり、飲みにも行けなかった。実に世の中は不公平にできている。商社を辞めて二宮企画を立ち上げたあと、素人さんとはつきあったことがない——。

花瓶をもとにもどして、また横になった。煙草を吸いつける。

おれはいったい、なにをしてるんや——。

桑原にいいように使われている。はじまりは映画の脚本だ。そう、北朝鮮事情を話せといわれて京都へ行き、脚本家に会った。そのうち、嶋田が二宮名義で映画に出資していることを知り、いつのまにか抜き差しならぬことになって桑原にからめとられ、香港、マカオまで飛び、滝沢組から亥誠組、玄地組とヤクザのオンパレードだ。おれはヤクザやない。おれがいつ川坂の代紋を使うて商売した。ヤクザはヤクザ同士で片をつけろや。たとえ五万でも十万でも、おれは国に税金納めてる素っ堅気やぞ——。

考えているうちに腹が立ってくる。元凶はあのイケイケの腐れヤクザだ。くそっ、三下扱いしくさって。おれがいつ、おまえの盃《さかずき》もろたんや——。いつか桑原を殴ってやる。後ろから煉瓦《れんが》で。一カ月は入院するだろうが。

腹が立ったら眠気が飛んだ。逃げよ——。そう思った。がしかし、ロメオのキーをセツオにとられた。二階の窓から逃げるのは簡単だが、そのあとの足がない。ロメオも使い捨てにされる。桑原は蛇だから、どこまでも追ってくる。いまさら嶋田に助けてくれともいえない。

なんでやねん。おれがどんなわるいことをした。なにからなにまで巻き込まれただけやないか——。

情けない。こんなくだらないことを考えていることすら情けない。西心斎橋の事務所には行けず、千島のアパートにも帰れず、着の身着のままで地べたを這《は》いずりまわっている。おふくろが見たら泣くだろう。悠紀に合わせる顔もない。

煙草の灰が畳に落ちた。灰皿を探して肘をついたところへ、階段をあがってくる足音がした。

「起きてたんか」

セツオだった。「桑原さんが呼んでる。降りてこいや」

「ああ、いま行く」

立って、花瓶に煙草を捨てた。階段を降りる。八畳間に桑原がいた。

「木下は」

「新聞や。買いに行った」

「弁当とか買いに行ったんやないんですか」

「おまえの頭は食うことだけやのう」

「食う、寝る、勃《た》つ。本能やないですか」

台所へ行った。ダイニングボードの扉を開ける。インスタントコーヒーがあった。片手鍋《なべ》に水を入れ、コンロにかけた。マグカップにコーヒーの粉を入れる。沸騰した湯を注ぎ、椅子に座って飲んだ。香りはないが、とりあえずコーヒーの味はする。

玄関ドアが開き、木下が入ってきた。両手にコンビニの袋を提げている。木下はテーブルに缶ビール、弁当、サンドイッチ、焼きそば、カップ麵《めん》、豚汁、サラダ、茶のペットボトル、スポーツ紙を置いて桑原とセツオを呼んだ。

二宮は幕の内弁当と豚汁を食った。豚汁はインスタントだが、けっこう旨《うま》い。

「爺にも食わしたれ」

桑原がいい、セツオと木下は八畳間に行って押し入れを開けた。手足を括られた小清水が転がるように出てくる。トイレ、行かしてください――。小清水はいった。

木下は小清水のテープを剝《は》がした。セツオとふたりで小清水を連れて行き、もどってきた。小清水をダイニングチェアに座らせる。

「腹、減ったやろ」桑原はいう。

「喉《のど》がカラカラです」嗄《しゃが》れた小清水の声。

「ビールか、茶か」

「ビール、いただきます」

「飲めや」

桑原は小清水にグラスを持たせてビールを注ぐ。小清水は一息に飲んだ。

「旨いか」

「旨いです」

「もう一杯や」

また注いでやる。やけにサービスがいい。

「そうやって機嫌のええとこを写真に撮ろ。記念撮影や」

桑原はセツオに首を振った。セツオは小清水にスマホを向ける。

桑原は小清水の右手にビールのグラス、スポーツ紙を持たせた。

「ほら、笑えや」

「こうですか」小清水はこわばった笑顔を作る。

「新聞をもうちょっと上にあげろや」

「これ、人質写真みたいですね」

「おまえは人質やないけ」

「あ、はい……」

小清水はグラスと新聞をかざしてポーズをとった。木下が動画で撮影する。

「よっしゃ、もうええ。飯食え」

「いまの写真、どうするんですか」不安げに小清水は訊《き》く。

「今度、おまえが逃げたら手配写真に使うんや」

「わしはもう逃げません」

「小清水さんよ、わしは懲りた。おまえのいうことは一から百まで嘘や」

「そうですか……」

「食え。飯を」

「いただきます」

小清水はビールを飲み、サンドイッチに手をつけた。

昼すぎ、桑原は『キャンディーズII』に電話をした。

「おう、わしや。いま、二階の端の部屋は空いとるか――。そうや。その部屋を使う――。一時間ほどしたら、若い者がふたり、そっちへ行く。客人を連れてな――。おまえは知らん顔でええ。部屋の鍵《かぎ》をスリッパ立てのとこに置いといてくれ──。わしか？　わしはほかにまわるとこがある──。分かった。また連絡する──」

桑原は電話を切った。セツオと木下に向かって、

「いまの話、聞いたやろ。二階の右端、『ひいらぎ』いう十二畳の和室や。下の受付によめはんがおるけど、まっすぐ二階にあがって、爺をそこに放り込め。ドアに内側から錠かけて、二十四時間、眼を離すな。今度、爺を逃がしたら、おまえら切腹やぞ」

「すみませんでした。二度と下手はしません」ふたりは両足をそろえ、頭をさげた。

「撤収や。爺を出せ」

セツオが八畳間の押入を開けた。梱包《こんぽう》テープで手を後ろに括《くく》られた小清水が出てくる。木下は小清水を立たせて肩にジャケットを掛けた。桑原は茶簞笥《ちゃだんす》の抽斗《ひきだし》から株の約定代金を入れた紙袋を出す。

セツオ、小清水、木下、桑原──と、玄関へ行く。二宮もつづいて家を出た。セツオが施錠する。

路地を出て、車を駐《と》めた空き地へ歩いた。セツオと小清水がアルトのリアシートに座り、木下が運転席に乗る。ほな、行きます──。木下がいい、アルトは離れていった。

桑原はロメオのそばに行った。二宮はロックを解除し、乗る。桑原も乗った。

「尼崎《アマ》や。亥誠組の事務所へ行け」

「亥誠組になんの用です」

「布施に会うんやないけ」

「ちょっと待ってくださいよ。こないだ、布施にいわれたやないですか。誰かれの紹介もなしに会いに来るような不作法な真似は二度とするなと」

「わしは布施にいうた。七百五十万を預けます、とな」

「布施が金を受けとっても、滝沢を抑えるとは限らんやないですか」

「そこんとこを探るために布施に会うんや。考えもなしに金を渡すんやない」

「布施がまた会いますかね、桑原さんに」

「布施も亥誠の若頭やったら、わしの話を聞く」

「そんなもんですかね」

「おまえ、亥誠に行きとうないからグズグズいうてんのか」

「いや、おれはオブザーバーとしてですね……」

「くそばかたれ。おまえのどこがオブザーバーじゃ。おまえは『フリーズムーン』に出資して、滝沢に追い込みかけられてる当事者やないけ」

「ま、現象的にはそういう見方もできますけどね」

「エンジンかけんかい。尼崎へ行く途中で銀行に寄れ」

「何銀行です」

「どこでもええ。六十万ほどおろす」

六百九十二万円の約定代金に金を足して七百五十万にするのだろう。

桑原はエアコンの風量を最強にし、シートにもたれた。

尼崎、七松町――。コインパーキングに車を駐め、亥誠組本部事務所へ歩いた。桑原がインターホンのボタンを押す。

――亥誠企画。

――二蝶会の桑原です。本部長にお会いしたいんです。

――お約束でっか。

――本部長に金をとどけに来ましたんや。

桑原は防犯カメラに向かって紙袋をかざした。

しばらく待ってドアが開いた。このあいだの角刈りの男が立っている。桑原と二宮はボディーチェックを受け、階段をあがった。

角刈りは本部長室のドアをノックした。おう、と返事が聞こえる。失礼します――、大声でいい、角刈りはドアを引いた。

角刈り、桑原につづいて部屋に入った。布施はデスクの向こうで腕組みをし、不機嫌そうにこちらを睨《にら》んでいた。

「二蝶会の桑原とかいうたな。おまえはなんや、ひとに会うときは黙って押しかけるのが流儀か」

布施は煙草をくわえた。角刈りがスッとそばに行き、金張りのライターで火をつける。

「申し訳ございません。失礼の段は重々承知しております」

桑原は深く頭をさげた。二宮もさげる。

「先日、本部長にお約束しました七百五十万を持参しました」

「わしはそんな金を預かるとはいうてへんぞ」

「実は、本部長にお会いしたあと、自分なりに本部長のお言葉をもういっぺんじっくり考えました。……けど、わしの浅知恵では収めの糸口が見つからん。ここはどうでも本部長のお力添えをいただきたいと、叱責《しっせき》を承知で参上した次第です」

桑原は紙袋をテーブルに置いた。「七百五十万円です。本部長にお預けします」

「その金はどこから出た。嶋田組か」布施はけむりを吐く。

「嶋田にはいうてません。わしの一存です」

「ということは、おまえの金か」

「はい……。出すぎた真似をしました」

「その金、持って帰れというたら？」

「わしは指をつめて、森山のオヤジに詫《わ》びを入れるつもりです」

桑原は膝《ひざ》をそろえ、床に座った。

「しゃあないやつやの」

布施はにやりとした。「分かった。おまえの誠意は分かった。七百五十万は小さい金やない。苦労して集めたんやろ。滝沢の叔父貴《おじき》のことは、うちの組長に話をとおしとく。

それでどうや」

「ありがとうございます」

桑原は低頭した。「月曜が本家の定例会で、うちの森山が諸井組長と顔を合わせます。そのときになんとか……」

「定例会はわしも行く。おやっさんのお供でな。わるいようにはせんつもりや」

布施は森山を下に見ている。それがよく分かった。神戸川坂会の組織図において直系の亥誠組と二蝶会は同じ二次団体であり、布施は亥誠組の若頭だから二蝶会組長の森山よりランクは下だが、組の格と大きさがまるでちがう。亥誠組の諸井は本家の若頭補佐で組員数六百人。布施組の組員数は百二、三十人で、二蝶会のそれは六十人だ。ついでにいうと滝沢組の組員は五十人。滝沢組単体でさえ、二蝶会とはいい勝負だ。

「男がそんなとこに座るな。立て」

「すんまへん」桑原は立つ。

「こないだ、おまえが来たあと、滝沢の叔父貴に電話した」

布施はつづける。「おまえ、滝沢組に追い込みかけられてるといいながら、けっこうやりおうてるそうやないか」

「すんまへん。極道同士の込み合いですわ」

「滝沢組は亥誠の組内で、わしは亥誠組の若頭《かしら》やぞ」

「そやからこそ、本部長にお願いにあがったんです。ことを収めてもらえるのは本部長だけです」

「おもろい男やのう。二蝶の森山はんの身内でなかったら、簀《す》巻《ま》きにして滝沢組に放り込むとこや」

「わし、このあと、滝沢組に行きますねん」

「なんやと……」

「手打ちの話をするつもりです」

「どういう手打ちや」

「それは行ってみるまで分かりません。わしは滝沢の者《もん》に刺されて二へんも手術したけど、向こうも三、四人はやられてる。そこをどう考えるか、話し合いですわ」

「おまえ、二へんも刺されたんか」

「いや、いっぺん刺されて、二へん手術したんです。肺に穴があいて」

桑原は脇腹を押さえる。「これから桑原が行くと、滝沢組に電話を入れてもらえませんか。わしもいきなり弾《はじ》かれるのは嫌ですねん」

「ああ、若頭にいうといたろ」布施はうなずく。

「滝沢組の若頭は広瀬いうひとですよね」

「知ってんのか」

「名前だけです。会《お》うたことはないです」

「広瀬はまっとうな男や。性根はきついけど、さっぱりしてる。筋道のとおった話は聞くやろ」

「わしが会いたいのは初見です。今回の映画の出資話は、初見が仕切ってますねん」

「そういうややこしい話は要らん」

布施は横を向いた。吸いさしの煙草を角刈りがとって灰皿に捨てる。「――広瀬にはいうとく。桑原いう男が行く、とな」

「面倒ばっかりかけまして、申し訳ないです」

桑原は頭をさげた。二宮もさげて、本部長室を出た。


バス通りを歩いた。午後二時、雲ひとつない快晴。陽がじりじり照りつける。

「おれ、一言も喋《しゃべ》らんかったですね」

「おまえはわしの横に立ってるだけでええんや。充分、役に立った」

「なんでです」

「布施のクソがいうたやろ。わしを簀巻きにする、とな。堅気のおまえがいっしょにおったら手出しがしにくい。そういうこっちゃ」

「おれはつまり、人質の一種ですか」

「ヘタレのおまえにも多少の値打ちはあるんや」

「実にうれしいお言葉ですね」

出し子に使われ、人質に使われ、踏んだり蹴《け》ったりだが、桑原についていくしかない。

このケリがつくまでは、事務所にも出られないし、アパートにも帰れないのだ。

「さっきの七百五十万で話はついたんですか」

「とりあえずはな。まさか、ほんまに金を持ってくるとは、布施も思てなかったやろ」

金を受けとった以上、布施は諸井に報告する。月曜の定例会で諸井は森山に会い、本家の若頭補佐らしく、鷹揚《おうよう》に手打ちの話をするだろう、と桑原はいう。「――けど、それで終わったわけやない。滝沢は小清水が振り出した手形を持ってる。嶋田の若頭が判子を押した『フリーズムーン』の出資契約書も持ってる。そいつを取りもどさんことには、いつまで経っても、滝沢と嶋田の喧嘩《けんか》の火種が残るんや」

「なるほどね。その契約書には、おれの名前も載ってるんや」

「他人事《ひとごと》みたいにぬかすな。誰がおまえの出資金を払うてくれたんじゃ」

「嶋田さんです。義理に堅《かと》うて人情に厚い」

いまとなっては迷惑だが、嶋田には恩義を感じている。子供のころからずっとよくしてもらった。

空車のタクシーが来た。桑原が停めて、乗った。

「近いけど行ってくれるか。長洲町や」

桑原は千円札を運転手に渡した。

二キロほど走って長洲町に着いた。桑原は牛丼屋の前でタクシーを停めた。

「ここや。滝沢組は」

「シノギで牛丼もやってるんですか」

「おまえ、わしをおちょくってへんか」

「いや、そんなつもりは……」

「降りんかい」

タクシーを降りた。牛丼屋は六階建のビルのテナントだった。左横にビルの玄関がある。

「滝沢の事務所は三階や」

桑原はビルに入った。狭いエントランスにエレベーターが一基。三階にあがった。

廊下は薄暗い。３０１号室《滝沢興業》の鉄扉の前に桑原は立った。

「おれ、怖いです」

少し震えた。「入った途端に殴られて、気がついたら海の上てなことはないですよね」

「セメント詰めで沈められるんかい」

「そういうの、嫌ですねん」

「大丈夫や。セメント詰めの前に、おまえは死んどる」

桑原はノブをまわした。鉄扉は開いた。桑原は無造作に中に入った。

事務所には三人の組員がいた。こちらを見て立ちあがる。金属バットも鉄パイプも持っていない。

「二蝶会の桑原さんですね」

黒いスウェットの男が訊《き》いた。桑原はうなずく。

「念のために、よろしいか」

「ああ、かまへん」

桑原は両手をあげた。二宮もあげてボディーチェックを受けた。

「どうぞ、こっちです」

黒スウェットはいい、奥の応接室に桑原と二宮を案内した。黒い革張りのソファとローテーブル、北欧風のガラスキャビネットがあるだけの殺風景な部屋だった。

「飲み物は」

「ビールもらおか」

「そちらさんは」

「アイスコーヒーを」

いうと、男は出ていった。

「えらい愛想がええやないですか」

「布施が電話しよったんや。桑原が行くと」

桑原はブラインドの隙間から外を見る。「隣は民家や。もし喧嘩が始まったら、隣の屋根に飛び降りて逃げんかい」

「桑原さんは」

「おまえより先に逃げる」

　そこへ、ドアが開き、ふたりの男が入ってきた。ひとりは長身で淡いブルーのジャケットと白のオープンシャツ、もうひとりはグレーのスーツを着た初見だった。

「若頭の広瀬です」

　男はいい、「ま、かけてください」

　桑原と二宮はソファに腰をおろした。広瀬と初見も座る。

「おたくは」広瀬は二宮を見た。

「建設コンサルタントの二宮といいます。初見さんとは二回目です」

　そう、嶋田組の事務所で初見に会った。滝沢が連れて来たのだ。

「なんで、桑原さんと？」

「出資したんです。『フリーズムーン』に」

「出資額は」

「百万です」

「百万ね……」

　広瀬は肘掛《ひじか》けにもたれて脚を組んだ。緩くウェーブのかかった長めの髪をオールバックにし、レンズの細長いセルフレームの眼鏡をかけている。目付きは鋭く、右の眉《まゆ》が削《そ》げたようにない。見るからにヤクザといった顔つきは桑原と同じだ。

　ノック──。さっきの黒スウェットがトレイを持って入ってきた。ビールとアイスコーヒーを桑原と二宮の前に置き、広瀬と初見には麦茶を置く。黒スウェットは広瀬のそばに立ったが、おまえはええ、といわれて部屋を出ていった。

「布施の叔父貴《おじき》に聞いた」

麦茶を飲み、広瀬はいった。「手打ちをしたいそうやな」

「そのとおりです」

桑原はうなずいた。「同じ川坂の枝内で揉《も》めるのはようないと、布施さんもいうてはりました。わしは布施さんに七百五十万を預けて来ましたんや」

「桑原さん、そいつは筋がちがうやろ。うちのオヤジは千五百万を払うように、おたくの嶋田さんにいうたはずやで」

「嶋田は千五百万をババにしたんですわ。その上に千五百万を払えというのは、呑《の》める話やないですな」

「呑める呑めへんは関係ない。おたくの嶋田さんは『フリーズムーン製作委員会』に三千万を出資する契約をした。その尻《しり》は拭《ふ》いてもらわんとあかんわな」

「尻は拭きますがな」

桑原は上着の内ポケットから一枚の手形を出した。「額面は千五百万。これでチャラにしましょうな」

手形の振出人は《フリーズムーン製作委員会》となっていた。広瀬は顔を近づけて、

「これは」

「小清水から取りあげた手形ですわ」

桑原はいつ、小清水から手形を取ったのだろう――。二宮は考え、思い出した。金本総業の金本だ。桑原は通天閣本通商店街の金本の事務所で滝沢組の組員――磯部と久保――をベランダに放り出し、金本にナイフを突きつけて手形を奪ったのだ。

「この千五百万で『フリーズムーン製作委員会』にかかわる滝沢組と嶋田組の貸借関係はチャラ。わしが布施さんに預けた七百五十万は今回の喧嘩の慰謝料として収めてくれまっか」

「おいおい、都合のええ話をしてへんか」

広瀬は薄ら笑いを浮かべて、「うちはおまえに何人いわされたと思てんねや。暴れ放題暴れといて、たった七百五十万で忘れてくれ、は甘いやろ」

「わしは刺されて肺に穴があきましたんや。喧嘩両成敗とちがうんでっか」

「口が達者やのう、え」

「千五百万の手形と七百五十万の現金……。二千二百五十万も渡して話がつかんのなら、あとは小清水を引っ張り出すしかない。『フリーズムーン』の出資者を集めて、小清水に事情を説明させますわ」

桑原は手形をしまってズボンのポケットからスマホを出し、ディスプレーを操作して画像を出した。今朝、小清水にスポーツ紙を持たせて撮った〝人質写真〟だ。

「このとおり、小清水の身柄《ガラ》はわしがとってますねん」

「………」広瀬はスマホに視線をやって、なにもいわない。

「どないです。このあたりで手打ちにしまへんか」

「おまえはどうなんや」

広瀬は横を向き、初見に訊いた。初見は不貞腐《ふてくさ》れたように返事をしない。

「わしが欲しいのは契約書ですわ」

桑原はつづける。「嶋田とわしが名前を書いて判子を押した『フリーズムーン』の出資契約書。それさえもろたら、なにもいいまへん。あとは予定どおり、ほかの出資者から集金をつづけたらよろしいがな」

「なるほどな。そういう話か」

少し考えて広瀬はいった。「布施の叔父貴も心配してはる。ここは折れよ」

「そうでっか。さすが広瀬さんは滝沢組の若頭や。筋道のとおった話は聞くと、布施さんもいうてはりましたわ」

「フリーズムーンの契約書、どこにあるんや」広瀬は初見に訊いた。

「わしは知らん。オヤジが持ってる」

「そうか……」

広瀬は桑原を見た。「聞いてのとおりや。オヤジは今日、ゴルフをしてる。取引は後日にしてくれるか」

「後日て、いつです」

「来週やな」

「来週ではあかんのですわ。明日か明後日にしてくれますか」

「ほな、明後日やな。さっきの手形と、小清水を連れてきたら、契約書を渡そ」

「場所は」

「この事務所や」

「そら洒落《しゃれ》がきついわ」

桑原は笑った。「賑《にぎ》やかなとこにしましょ。……梅田のグランフロント。大きな本屋がありますやろ」

「鞆乃屋《ともの や》書店か」

「鞆乃屋書店の地図売場。時間は三時でどうです」

「ま、ええやろ」

「九月九日の日曜、午後三時。鞆乃屋書店の地図売場」

桑原は復唱して、「小清水はレンタカーのトランクに放り込んで、グランフロントの駐車場に駐《と》めときますわ。レンタカーのキーとナンバーを書いた紙を渡すということでよろしいか」

「ああ、分かった」

「レンタカーはそちらさんで返却してください」

桑原はビールを飲み、立ちあがった。二宮も立つ。応接室を出た。

タクシーを停めて乗った。堀江──と、桑原は運転手にいった。

「まだドキドキしてますわ。ほんまに心臓がなんぼあっても足らへん」

「上等や。おまえは隣でへらへらしてただけやないけ」

「へらへらはしてない。フリーズしてましてん」

「おまえのことか、『フリーズムーン』は」

「はは、おもしろいわ」

「もういっぺん笑うてみい、こら」

「よう怒りますね」

「おまえの言いぐさが癇《かん》に障るんじゃ」

「守口には帰らんのですか」

「万が一のことがある。『キャンディーズ』にカチ込まれたらヤバいやろ」

キャンディーズにはセツオと木下がいる。ふたりが危ないことは桑原の頭にはないようだ。

「堀江になにかあるんですか」

「女のマンションや。新地の『グラール』に」齢《とし》は二十歳、短大を出たばかりだという。

「つきおうてるんですか」

「今日、同伴して落とす」

「おれもお相伴にあずかりたいですね」

「おまえは釜ヶ崎で寝んかい。デリヘルでも呼べ」

「はいはい。おれはデリヘル嬢で、桑原さんは新地のホステス。けっこうですね」

胸がわるい。シートにもたれて眼をつむった。

20

九月九日──。桑原は昼すぎにプラザホテルへ来た。黒いペンシルストライプのスーツに襟元をピンホールでとめたワイシャツ、ダークグリーンの織柄ネクタイ。部屋に入るなり冷蔵庫を開けて缶ビールを飲み、トランクス姿の二宮を見て、

「おまえ、洗濯とかするんか」と訊《き》く。

「しますよ。パンツ穿《は》いたまま風呂《ふろ》に入って洗いますねん」

二宮は椅子にかけたチノパンツとポロシャツをとって着る。

「濡《ぬ》れたパンツは」

「絞ってハンガーに掛けます」

「ほな、最初から脱いで洗わんかい」

「そういうプロセスが面倒くさいんですわ」

「おまえはやっぱり、ど変人や」

「ありがとうございます」

くそうるさい男だ。ひとにはひとの流儀があるだろう。

「レンタカー、乗ってきたんですか」

「おまえが借りるんや」

桑原はビールを飲みほして立ちあがる。二宮は靴下を拾って履き、ジャケットをはおっていっしょに部屋を出た。


タクシーで天王寺へ行き、阪南レンタカーでカローラを借りた。二宮が運転して谷町筋を北へ走る。

「『キャンディーズ』で小清水を乗せるんですよね。トランクに」

「いや、小清水は乗せへん」

「どういうことです」

「よう考えんかい。爺《じじい》を初見に渡したら、通帳のことを喋《しゃべ》るやないけ」

「今治で再発行の通帳を受けとることですか」

「銀行から書留がとどくんは九月十二日や。それまで爺を初見に渡すわけにはいかん」

「けど、滝沢組の広瀬には、小清水をレンタカーのトランクに放り込んで、グランフロントの駐車場に駐めとくと……」

「おまえの頭は肩にのせた飾りか。わしは布施に七百五十万もくれてやったんやぞ。なにが悲しいて小清水の爺までプレゼントせないかんのじゃ。『フリーズムーン』の出資契約書さえ取りもどしたら、滝沢が因縁つけてくるタネはなくなるやろ」

「ま、理屈としてはそうですよね」

「どこぞホームセンターに寄れ。買うもんがある」

桑原は眼鏡を外してレンズを拭《ふ》く。


生玉《いくたま》のホームセンターで、桑原は細いナイロンロープと布テープを買った。駐車場でカローラのトランクを開け、ツールボックスを出す。カッターナイフでナイロンロープを五メートルほどの長さに切り、それをぐちゃぐちゃにしてトランクデッキに広げる。布テープも二十センチほど切りとって丸めて放った。

「それ、なんの呪《まじな》いです」

「見て分からんのかい。小清水が逃げたんや」

縛られてトランクに放り込まれていた小清水がロープを解き、猿轡《さるぐつわ》のテープを剝《は》いで逃走した跡だという。

「なるほどね。とりあえず小清水の身柄は渡しましたよ、と言い訳するわけですか」

「じゃかましい。わしが言い訳なんぞするかい」

桑原はホイールレンチでトランクのキーボックスを何度も突いて傷つけた。小清水が中からトランクをこじ開けた跡だという。

「このカローラ、おれの免許証で借りたんやけど……」

「それがどうした」

「いや、ま、好きにしてください」

車のレンタル申込書には携帯の電話番号を書いた。あとは野となれ山となれ、だ。

「ついでに、小清水の靴を残しとったらどうです」

「そこまで小細工せんでもええわい。爺は裸足《はだし》で逃げたんやない」

桑原はホイールレンチを放ってトランクを閉めた。「行け。梅田に」

「その前に、なんか食いましょうな。昼飯」

「わしは食うた」

「まだ一時半ですよ。三時まで時間があるやないですか」

「くそうるさいやっちゃ」

桑原は舌打ちして、「喫茶店でサンドイッチでも食え。わしはビールや」

「はいはい。ごちそうさんです」

車に乗り、エンジンをかけた。


東天満《ひがしてんま》の喫茶店で腹ごしらえをし、二時二十分まで時間をつぶした。梅田へ走る。グランフロント地下二階の駐車場にカローラを駐めたのは三時十分前だった。

桑原は車を降り、トランクリッドをあげて半開きにした。エレベーターホールへ歩いて壁のボタンを押す。

「紙、寄越せ。レンタカーの申込書や」

「はいはい」

レンタル申込書の控えとキーを渡した。「駐めた区画は〝A―9〟です」

エレベーターに乗った。五階へあがる。鞆乃屋書店はひとでいっぱいだった。

「ええか。おまえはなにも喋るなよ」

「喋りとうても喋れませんわ」

地図売場に着いた。広瀬も初見もいない。若いカップルが〝ヨーロッパコーナー〟でガイドブックを見ていた。

「新婚旅行ですかね」

「んなことは関係ないやろ。おまえは一生、よめはんなんぞもらわれへん」

「なんで分かるんです」

「貧乏、ケチ、変人、醜男《ぶおとこ》。四拍子そろとる」

「醜男はないでしょ。容姿端麗とはいわんけど」

そこへ男がふたり近づいてきた。ひとりは初見、ひとりは牧内だった。ふたりとも黒のスーツを着ている。

「時間どおりやな」

桑原がいった。牧内に向かって、「その節は世話になったのう。肺に穴があいて死にかけたぞ」

「わしは手首が折れた。指の股《また》が裂けて七針も縫うたがな」

牧内は右手をあげた。手首に厚く包帯を巻いている。ギプスのようだ。「今度、刺したときは包丁を捻《ひね》らんといかんな。大きな穴があくように」

「へっ、サシでやる肚《はら》もないくせにほざくなや」

「殺すぞ、こら」

「やるんかい」

ふたりは睨《にら》みあった。

「やめんかい」

初見が割って入った。「小清水は」

「駐車場や。地下二階」

桑原がいう。「出資契約書、見せたれや」

初見は上着の内ポケットに手を入れた。白い封筒を出す。中から紙片を抜いて広げた。

細かい契約条項の下に嶋田の署名と押印があった。

桑原はカローラのキーとレンタル申込書を出した。

「車は白のカローラ。〝A―9〟に駐《と》めてる」

「小清水はトランクやな」初見は紙片を封筒にもどした。

「ロープでぐるぐる巻きにしてる。猿轡してな」

「ほな、見に行こ」

「その前に、封筒を寄越せや」

「小清水を見てからや」

「あほんだら。なんのために取引場所をここにしたんじゃ。のこのこ連れ立って駐車場に行ったら、そこで弾《はじ》かれるやろ」

「チャカは持ってへん。ヤッパもな」

「わしは広瀬にいうた。この地図売場でレンタカーのキーと車のナンバーを書いた紙を渡すとな。広瀬もそれで了承した」

「小清水を見ずに契約書は渡せんな」

「よう考えてみい。契約書を受けとった時点で、小清水はわしにとってゴミなんや。なんの利用価値もない足手まといのゴミを捨てて、わしはきれいさっぱりしたい。ゴミを生かそうと殺そうと、あとはおまえらの好きにせえや」

「………」初見は黙っている。桑原の言葉の裏を読んでいるのだ。

「ほら、契約書を寄越せ」

桑原はレンタカーのキーと申込書を差し出した。「おまえがなんといおうと、ここが取引場所や」

「くそっ……」

つぶやくように初見はいい、桑原に封筒を渡した。桑原は手形とキーと申込書を渡す。取引は終わった。

いった。

「分かってるやろけど、カローラはおまえが返すんやぞ。天王寺の阪南レンタカーや」

桑原は念を押した。初見はなにもいわず、踵《きびす》を返す。牧内は桑原を睨《ね》めつけて去っていった。

「行くぞ」

桑原は地図売場を離れた。モールへ歩く。

「ひやひやしましたわ。初見が駐車場へ行くと言い張ったらどうするつもりやったんですか」二宮はいった。

「初見を殴り倒して封筒をとる。易いこっちゃ」

「大騒動になるやないですか」

「それがどうした。ゴロをまいて騒ぎになるのはあたりまえやろ」

「トランクを開けて小清水がおらんかったら、初見はどうします」

「そら、怒るやろ」

「広瀬も怒りますか」

「広瀬が怒るわけない。初見のシノギがどうなろうと知ったこっちゃないし、広瀬は初見を嫌うてる。初見も広瀬にはなにもよういわんやろ」

「そんな思いどおりにことが運びますかね」

「出資契約書を手に入れたんや。滝沢も初見も二度と嶋田の若頭《かしら》んとこには来ん。もし来よったら、わしがぶち殺したる」

「えらい強気ですね」

「強気もへったくれもあるかい。これで滝沢の脅しのネタはなくなったんや」

桑原は上機嫌だ。追いつめられて崖《がけ》っぷちに立っていたのが、少しは体勢をもどしたと思っているらしい。

「明日の定例会、クリアできますかね」

「やることはやった。あとは俎板《まないた》の鯉や」

エスカレーターで一階に降りた。タクシー乗場へ行く。西成──、と桑原は運転手にいった。


『プラザホテル』をチェックアウトし、桑原をロメオに乗せて守口へ行った。『キャンディーズ』でセツオたちと合流し、セツオと木下と小清水はアルト、桑原と二宮はロメオに乗って愛媛に向かう。途中、休憩はとらず、桑原は今治に着くまで助手席で眠りこけていた。

「桑原さん、そろそろ起きてくださいよ」ラジオの音量を絞った。

「どこや」桑原は薄目をあける。

「今治。もうすぐ南日吉町ですわ」

午後九時前──。車の通行量は少ない。守口から今治まで四時間半で来た。

「小便や。早よう日吉荘へ行け」

「おれもしたいんです。膀胱《ぼうこう》が破裂しそうや」

「そこでせんかい。座りションベン」

「これはね、おれの車ですねん」

今治南高校をすぎ、交差点を右折した。東へ走る。西方寺の築地《ついじ》塀《べい》の脇に車を停めた。後ろについてきたアルトも停まる。

桑原は車を降り、路地の奥に入っていった。日吉荘の部屋の鍵《かぎ》は桑原が持っている。

木下、セツオ、小清水がアルトから降りてきた。

「ここか」セツオは大きく伸びをした。

「日吉荘いうアパートや」

二宮は塀に向かって小便をする。

「広いんか、部屋は」セツオは小清水に訊《き》いた。

「八畳一間と台所」と、小清水。

「風呂《ふろ》は」

「ない」

「風呂もない部屋なんぞ借りるな」

セツオは小清水の腕をとって歩きだした。

日吉荘――。二階にあがった。二宮は10号室のドアを開ける。桑原は台所の椅子に座って煙草を吸っていた。

「木下、食いもん買うて来い」

桑原は札入れから一万円札を出した。木下は受けとって出て行った。

セツオは小清水を和室に座らせて、足首に布テープを巻いた。小清水は木偶《でく》のように、なされるがままだ。よほど疲れているのか、柱にもたれて眼をつむった。

二宮は台所の冷蔵庫を開けた。干からびたジャガイモがひとつころがっている。冷蔵庫の電源は入っていなかった。

「よっしゃ。おまえらはここで爺の守《も》りをせい」

桑原がいった。煙草を消して立ちあがる。

「どこか行くんですか」セツオが訊いた。

「こんな狭いとこで五人も寝られんやろ」

「そら、そうやけど……」

桑原の魂胆は分かっている。タクシーを拾って盛り場を聞き、女のいる店で飲むつもりだ。そのあとはホテルをとるのだろう。

「ほな、な」

桑原は三和土《たたき》に降り、靴を履いて出ていった。

二宮はせいせいした。桑原がいなければ、あれこれ指図されることがない。

「おれ、寝るわ。ずっと運転して、くたくたや」

セツオにいい、押入の戸を開けて布団と枕を出した。黴《かび》臭いが、かまうことはない。

八畳間の窓際に布団を敷き、ジャケットを放って横になった。

「あんた、飯は食わんのか」

「食う。木下がもどってきたら起こして」

ひとつあくびをしたら、すぐに眠り込んだ。


目覚めたときは、窓の外が明るかった。隣にセツオが寝ている。木下は押入の前に座ってスポーツ新聞を読んでいた。

「小清水は」訊いた。

「この中です」

押入に閉じ込めているらしい。

「徹夜かいな」

「そうですねん」木下は笑う。

「代わったろか」

「いや、よろしいわ」

「元気やな。若いし」

腕の時計を見た。午前七時すぎ。十時間ほど眠ったようだ。

二宮は起きてトイレに行き、台所にもどった。テーブルに食い散らかした弁当やビールの空き缶が散乱している。

「おれの弁当はないんか」

「冷蔵庫です」

扉を開けると、コンビニのポリ袋があった。缶ビールやペットボトルのウーロン茶もある。二宮は弁当を食い、ビールや茶を飲んだ。

煙草を一本吸い、八畳間のブラウン管テレビの電源を入れた。NHKはニュース番組を流していた。松山放送局の制作だろう、宇和島《うわじま》の夏祭をレポートしている。

「木下さんはどこの生まれや」

「大阪です。此花《このはな》区の四貫島《しかんじま》です」

「下町やな」

「団地の子ですわ」

木下が幼稚園のときに両親が離婚。美容師の母親が木下と妹を育ててくれたという。

「母は強い。ありがたいな」

「西九条で美容院やってますねん。妹も美容師です」

「妹さん、齢《とし》は」

「二十七です」

悠紀といっしょだ。

「木下さんに似てたら、眼のくりっとした美人やな」

「おれがいうのもなんやけど、けっこうかわいいです」

「いっぺん、顔見たいな」

「背は百六十五で、七十キロです」

「そうかいな……」

七十キロは嘘だろう。二宮には会わせたくないらしい。木下はまた、スポーツ紙に視線を落とした。

二宮は布団に横になった。すぐそばにセツオの顔がある。眉《まゆ》が薄く小鼻が横に張り、鼻毛が一本、寝息とともに震えている。

この男も先行きは暗いな──。まともなシノギのないヤクザが、いったいどうやって食っていくのだろう。川坂会直系組織の組員とはいえ、使い走りのその日暮らし。下っ端のまま一生を終えるのは眼に見えている。勤労意欲なし、金づるの女なし、ひとがいい分、貫目に欠ける。

いまヤクザの下っ端が食えるのはシャブの売買と振り込め詐欺くらいだろうが、シャブは捕まると初犯でも三年から五年の実刑、振り込め詐欺は数百万円の初期投資が要るという。

そう、セツオのようなヤクザには成り上がっていく道筋がない。経済活動というステージにおいて、個人事業者であるヤクザは堅気の何倍もシノギが厳しいのだ。

しかし考えたら、おれも似たようなもんやで──。サバキは先細り、勤労意欲は薄弱、つきあっている女はなく、ひとがいいかどうかは分からないが、もうすぐ四十路の男としての貫目はまったくない。
しゃあない。おれはおれなりにやってる。時流がわるいんや——。
独りごちたとき、携帯の呼び出し音が鳴った。開く。桑原だった。
——はい、二宮です。
——なにしとんのや。
——考えごとしてたんです。
——おまえも考えることあるんかい。
——来し方、行く末をね。
うっとうしいやつだ。朝っぱらから。
——爺はどうしとる。
——押入ん中ですわ。木下くんが張ってます。桑原さんは？
——ホテルや。窓から今治城が見える。
——ベッドに女が寝てるんですか。
——おまえといっしょにするなよ。わしは女を買うたりせんわい。
——いったい、なんの用です。
——昼をすぎたら、おまえ、若頭に電話せい。
——嶋田さんに？
——定例会のことを訊け。亥誠組の諸井とうちのオヤジがどういう話をしたか。

――絶縁の件ですね。

――あほんだら。縁起でもないことぬかすな。手打ちの話じゃ。

本家の定例会は十時からだと桑原はいい、森山は嶋田を連れて神戸に行くという。

――定例会の会場に入れるのは直系組長だけや。別室に幹部やガードが控えてる。重要な議題がなかったら会は二時間ほどで終わって、あとは昼飯や。

――その会食のときに、亥誠の組長と森山さんが話をするんですね。

――そやから、おまえは一時ごろ、若頭に電話せんかい。

――なんで、桑原さんが電話せんのですか。

――こいつはどこまで鈍いんや。わしが若頭に電話したら居場所を訊かれるやろ。今治におることは絶対に喋《しゃべ》るな。セツオと木下がいっしょにおることもな。

――小清水のことはどうなんですか。

――爺はグランフロントで逃げた。それでとおせ。

――せやけど、おれ、嶋田さんには……。

――やかましい。おまえは大阪一の二枚舌や。いままでわしに受けた恩義を返せや。

――恩義ね……。

災厄のまちがいだろう。この疫病神が。

――とにかく、若頭に電話して手打ちの話を訊《き》け。分かったな。

電話は切れた。

「桑原さんか」セツオは起きていた。

「昼すぎに、嶋田さんに電話せい、やと」

「やっぱり気にしてるんやな、絶縁のこと」

「そら、二十年も二蝶の代紋で食うてきたんやからな」

「あのひとは根っからの極道や。組を離れたら生きていけん」

「あんた、桑原さんが好きなんか」

「さぁ、どうやろな……」

セツオはひとつ間をおいて、「嫌いではないな」

「あんたはどうなんや」木下に訊いた。

「おれは好きですよ。桑原の兄貴は裏表がないし、行くときは自分が行く。『昭和残俠伝』を絵に描いたようなひとですわ」

おまえら、どえらい勘ちがいしてるぞ――。そういいたかった。桑原はなにをするにも計算している。イケイケの裏に周到な損得勘定があることを、このふたりは気づいていないのかもしれない。

「桑原さんがもし絶縁になったら、あんたら、どうするつもりや」

「そら、組とは縁が切れるんやから、つきあいはできんわな」セツオがいった。

「桑原さんは滝沢組の標的《マト》になる。それでもええんか」

「しゃあないがな。おれらみたいな下の者には関係ないことや」

セツオはドライだ。白黒がはっきりしている。これがいまどきのヤクザなのだろう。

二宮は靴下を履き、携帯をポケットに入れた。

「ちょっと出るわ」

「どこ行くんや」

「パチンコ」

エアコンも扇風機もない、くそ暑い部屋を出た。


タクシーに乗り、今治駅前に行った。大通りの『零戦』というパチンコホールに入って打ちはじめる。ほんの三十分で一万円を溶かし、また一万円ほど突っ込んで、やっと連チャンが来た。ドル箱をふたつ積んだが、大して勝ってはいない。そうこうするうちに、気づいたら一時をすぎていた。

二宮はパーラーへ行き、缶コーヒーを飲みながら電話をした。

──嶋田さん、啓之です。

──おう、どうした。

──いま、どこですか。

──毛馬や。

本家から帰って二蝶会の若頭の部屋にいるという。

──桑原さんの件です。亥誠組の諸井さんと森山さんの話し合い、どうなりました。

──絶縁、破門は保留や。オヤジはそういうてる。

──ほな、諸井さんと話はついたんですね。

──そこは分からん。とりあえずは保留や。

──『フリーズムーン』の出資契約書、滝沢組から回収しました。

──どういうことや。

──昨日、滝沢の初見と取引したんです。桑原さんが。

これまでの経緯を話した。桑原が亥誠組の若頭、布施に七百五十万円を預けたこと。小清水が振り出した千五百万円の手形を滝沢組の若頭、広瀬に渡したこと。グランフロントの鞆乃屋書店で、小清水の身柄と交換に、滝沢組の初見から嶋田が署名、押印した出資契約書を受けとったこと──。

──森山さんは小清水のことで、なにかいうてなかったですか。

──なにも聞いてへんな、わしは。

──それやったらええんです。

──小清水は初見に渡したんやないんか。

──いや、小清水はまだ、桑原さんが拉致《らち》ってます。

──なんやて……。

──ちょっとした細工をしたんです。グランフロントの駐車場で。

レンタカーのトランクにロープや布テープを残して、小清水が逃げたように見せかけたといった。

——なんで、小清水を庇《かば》うたんや。あの桑原が。

——小清水を初見に渡したら殺されますわ。なんぼ詐欺師でも哀れやと……。

——いや、ちがうな。桑原は小清水を脅しあげて金を吐き出させるつもりなんやろ。

——そのとおりです。小清水はまだ金を隠してるはずです。

——啓坊はどこにおるんや。

——今治です。

——今治？　愛媛か。

——小清水の愛人で玲美いう女が今治の出です。小清水は玲美に金を預けてるんやないかと、桑原さんはみてます。

——ほな、桑原も今治におるんやな。

——そういうことです。

嶋田を騙《だま》すことは、二宮の信義としてできない。できないが、再発行された小清水の銀行通帳が郵送されるのを待っていることまでは話せなかった。

——おれは桑原さんから口止めされてます。このケリがつくまで嶋田さんには喋るなと。そこんとこの事情は察してください。

——分かった。わしは知らんフリしとこ。オヤジにも黙っとく。

——すんません。なにからなにまで。

——しゃあないやっちゃのう。桑原のばかたれは。

——嶋田さんの出資契約書は取りもどしました。滝沢が嶋田さんに因縁つけてくることは二度とないはずです。

——なにからなにまで桑原のいうとおりになるなよ。あいつは地獄の底まで突っ走る。啓坊まで針の山登ることはないんや。

——身の程はわきまえてます。要らん心配かけてすみません。

——遠慮はええ。なにかあったら連絡してくれ。

電話は切れた。頭がさがる。いままで嶋田にどれだけ世話になったか。

缶コーヒーを飲みながら煙草を吸った。携帯が鳴る。嶋田か。

——はい、啓之です。

——阪南レンタカーです。

——あ、どうも。

——二宮啓之さんでしょうか。

——そうです。

——お申し込みは二十四時間のレンタルでしたが、延長なさいますか。

——そうですね。延長しますわ。

カローラは返却されていないようだ。キーも初見に渡してしまった。

――何時間、延長されますか。

――あと一日、お願いできますか。

――延長はできますが、明日の十二時四十分をすぎる場合は、こちらに来ていただいて、いったん精算をしていただかないといけないんです。

――了解です。明日の十二時四十分ね。

――よろしくお願いします。

キーを紛失したとはいえなかった。トランクのキーボックスも壊している。カローラはグランフロントの駐車場に駐《と》められたままなのだろう。

またひとつトラブルを抱えてしまった。カローラをほったらかしにはできない。

桑原に電話した。すぐにつながった。

――二宮です。嶋田さんに電話しました。

――そうかい。

――桑原さんの処分は保留です。いまのとこ、絶縁も破門もないみたいです。

――オヤジがそういうたんか。

――亥誠の組長と森山さんが話をしたそうです。

――くそったれ、オヤジがイモ引きよったから、ややこしいことになったんじゃ。

――よかったやないですか。桑原さんの首はつながりましたわ。

――なんやと、こら。首がつながったやと。もののいいように気ぃつけんかい。

——おれ、これから大阪にもどりますわ。

——なんでや。

——カローラです。レンタカー屋から電話がかかったんです。

事情を話した。

——しまなみ海道で尾道に渡って、三原から新幹線に乗りますわ。五時までには新大阪に着くから、グランフロントに寄ってレンタカー屋に行きます。

——おまえ、そのまま帰って来んつもりやないやろな。

——大阪に泊まって、明日、もどります。

うっとうしいやつだ。どこまで猜疑《さいぎ》心が強いのか。

——金ください。新幹線代とレンタカーの修理費。キーも失くしたし、十万は要ります。

——いちいち細かい男やのう。十万くらい、くれてやる。

——ほな、そっちに行きますわ。どこのホテルです。

——くそめんどいわ。おまえが立て替えとけ。

——十万円、貸しですよ。

——借りといたる。とっとと大阪へ行け。

電話は切れた。二宮はドル箱の玉を換金用の景品に交換し、『零戦』を出た。

JR三原駅前の駐車場にロメオを駐め、こだまに乗った。新大阪着は十七時五分。地下鉄で梅田へ行き、グランフロント地下二階の駐車場へ行く。〝A―9〟にカローラはあった。ドアはロックされておらず、トランクを見ると、ロープや布テープはそのままで、キーはトランク内にも車内にもなかった。

阪南レンタカーに電話をし、カローラのキーを紛失したといった。車上荒らしに遭ってトランクのキーボックスを壊されたというと、女性担当者は予備のキーを持ってグランフロントへ行く、といった。二宮は〝A―9〟で待つといい、ロープと布テープを駐車場のトラッシュボックスに捨てた。

担当者は一時間後に来た。髪はショートカットで色白、眼がくりっと大きい。スカートではなく、丈の短いパンツを穿《は》いていた。車の状態を点検して、

「トランクのキーボックスは中から壊されたようですね」

と、首をひねる。「こんな車上荒らしは初めてです。車室内はきれいだし、盗まれたものもありません。……どういう状況だったんですか」

「グランフロントで飯食うてもどってきたんです。そしたら、このとおりでした」

「キーを失くされたのは」

「いや、それはおれの責任ですわ。どこかで落としたみたいです」

「警察には」

「とどけてません」

「お客さんのいわれるとおりだと、損害保険がおりないんですが……」

「キーを紛失したんはおれの責任ですわ。賠償します」

「いいんですか」

「キーボックスの修理も、おれに請求してください」

「分かりました。そうさせていただきます」

担当者はあっさり、そういった。保険請求をすると手続きが面倒なのだろう。「――修理費用は見積りがとれ次第、キーの費用といっしょに報告させていただきます」

「了解です。後日連絡してください。振込みますわ」

「車はどうされますか」

「返却します」

「延滞料は事務所に来ていただかないと計算できないんです」

「天王寺まで行く時間がないんです。おたくに二万円ほど預けときますわ。それでここの駐車料金も精算してください」

金を差し出した。担当者は少し迷ったようだが、受けとった。

「じゃ、車はわたしが乗って帰ります」

「すんませんな。ややこしいことというて」

「ご利用、ありがとうございました」

担当者はカローラに乗り、駐車場を出ていった。話の分かる、かわいい子だった。

二宮は悠紀に電話した。十回ほどコールしたが、つながらない。フックボタンを押し

かけたとき、

――はい。啓ちゃん？

――はいはい、啓ちゃんですよ。

――どこかで、わたしのこと見てる？

――なんのこっちゃ。

――だって、いまレッスンが終わったばっかりやもん。

――おれ、梅田におるねん。悠紀とお食事がしたいんやけどな。

――あかんわ。先約があるもん。

――男か。

――ううん。女の子。高校のクラスメート。

彼女は大学を出て東京のアパレル会社に就職した。今日は出張で大阪にいる、と悠紀はいった。なんという僥倖《ぎょうこう》だろう。

――おれ、その子にごちそうしたい。悠紀にも積もる話があるんや。

――待ってよ、啓ちゃん。半年ぶりに、その子に会うんやで。

――頼むわ、悠紀。おれにもチャンスをくれ。

――どんなチャンスよ。

――フレンチ、イタリアン、懐石、うどん、たこ焼き……。望むものはなんでもごちそうする。

しばらく間があった。悠紀は考えている。

──お魚がいいな。

──そうか。ほな、法善寺横丁の『櫓庵《ろあん》』にしよ。

櫓庵はミシュランの二つ星だ。

──分かった。シャワーしてから行くわ。

──七時でええか。

──うん。七時。

──マキ、どうしてる。

──元気やで。一日中、おかあさんから離れへんねて。

マキに会いたい。肩にとまって〝ケイチャン　スキスキ〟といってもらいたい。こんなホームレス状態を脱して、マキとふたり、事務所で昼寝がしたい。

──悠紀のクラスメート、なんていうんや。

──理紗《りさ》。

いい名だ。すらっとしたモデルタイプを思い浮かべた。

──理紗ちゃん、男は？

──いまはフリー。四十すぎのおじさんとつきあってたけど、別れた。国立《くにたち》のマンションで独り暮らしだという。東京と大阪、遠距離恋愛に憧《あこが》れる。

──ほな、七時。先に行っとくわ。

電話を切り、ジャケットとポロシャツの匂いを嗅《か》いだ。少し汗臭い。伊勢丹二階の化粧品売場へ行き、試供品のコロンを全身にふった。

21

九月十一日――。三原から尾道へ走り、しまなみ海道を渡って今治にもどったのは夕方だった。桑原に電話をし、今治城近くの『ホテル・キャッスル』へ行く。桑原はひとりで部屋にいた。

「えらい遅かったやないけ。大阪でなにしてたんや」

「レンタカーを返して、ミナミで飲んでたんです」

「釜ヶ崎で寝たんか」

「鰻谷のカプセルホテルです」

理紗はすらりとしていなかった。小肥《こぶと》りの丸顔、ひどい早口で無駄にテンションが高く、ほとんど喋《しゃべ》りづめで櫓庵の懐石料理を食い、日航ホテルのバーラウンジでカクテルを七、八杯も飲んだあげく、明日は早いから、と零時前には悠紀といっしょに帰っていった。二宮は八万円も散財して酔いもせず、鰻谷までとぼとぼ歩いて三千二百四十円のカプセルホテルに泊まった。まさに悪夢といえる一夜だった。

「十万円ください。新幹線代とレンタカーの修理費」

「おまえというやつは、死ぬほど金食い虫やのう」

桑原は札入れから十万円を出した。二宮は受けとってポケットにしまう。

「その財布、ヘルメスですか」

「エルメスじゃ」

「アメリカのギャングは財布持ちませんよね」

「それがどうした」

「映画でしか見んけど、ギャングはポケットに裸の札を入れてますわ。大金は丸めて輪ゴムでとめたりしてます」

「わしはギャングやない。日本の極道じゃ」

「ヤクザ映画の親分は、これで旨《うま》いもんでも食え、いうて財布ごと金を渡しますわ」

「なにがいいたいんや、え」

「絶縁、保留でよかったですね」

「おまえにいわれることやないわい」

「おれもこのホテルに泊まってもよろしいか」

「好きにせいや。おまえの金でな」

「ひとつ、お願いがあるんです」

「その顔は、また金の話か」

渋面で桑原は煙草をくわえ、金張りのカルティエで吸いつけた。

「明日、通帳が手に入りますよね。小清水の銀行預金」

大同銀行が二千四百五十万円、三協銀行が八十万円、といった。「一〇パーセントでけっこうです。おれにくれませんか」

「一割やと？　理由はなんや」

「これまでの滅私奉公です。とことん、桑原さんにつきおうてきました」

「冗談は顔だけにせいよ。わしを笑わそうと思ていうてんのか」

「香港で小清水から千三百万を回収したやないですか。カジノの預け金。……大同銀行で五十万、三協銀行で五十万、おれが払い戻しました。小清水の株を売った六百九十万も桑原さんの財布に入りました」

「あほんだら。わしがなんぼ使うたと思とんのや。若頭に一千万、布施に七百五十万、おまえにやった金も百万や二百万やないぞ」

「おれがもろたんは、香港で百万、関空で五十万です」

「百五十万もわしから毟《むし》りとってるやないけ」

そのほかにも五万、十万の金をやった、と桑原はいう。

「計算したんですわ。桑原さんの総収入は二千九十万。総支出はおれがもろた百五十万を足して千九百万ほどです」

「ぶち叩《たた》かれたいんか、こら。わしのいままでの経費を考えてみい。四百や五百では利かんのじゃ」

「仮に経費が五百万として、小清水の預金二千五百三十万が入ったら、丸々二千万以上の稼ぎやないですか」

「滝沢のクソどもとあちこちでゴロまいて、肺を刺されて死にかけたんやぞ。たった二千万で足りるかい」

「お願いですわ。このとおりです」

頭を垂れた。「稼ぎの一〇パーセント、二百万をおれにください」

「やかましい。おまえに二百万もやるくらいなら、セツオと木下に百万ずつやる」

「ほな、百万ください。セツオくんと木下とおれに百万ずつ」

ここはどこまでも粘らないといけない。桑原にウンといわせれば百万が手に入る。

「嶋田さんには黙ってます。なにをどう訊《き》かれても、一切、金の話はしません」

「んなことはあたりまえじゃ。おまえは二蝶の組内やないやろ」

「こんなことはいいとうないけど、おれの今年の収入は百五十万に足らんのです。コンサルタントの看板もいつおろさないかんか、ほんまにぎりぎりの瀬戸際ですねん」

「泣き言ぬかすな。栄枯盛衰、有為転変、生者必滅は世の習いやろ」

「なんか、難しい言葉をよう知ってますね」

「おまえのヘチマ頭とはな、出来がちがうんじゃ」桑原は耳のそばで指をまわす。

「おれはコンサル商売で食うしか能がないんです。これからも桑原さんの水際立ったサバキを見せてください」

「嘘ぬかせ。わしと組むのは嫌なんやろ」

「ほかの組筋にも仕事はまわしてるけど、サバキに関しては桑原さんがいちばんです。相手がなんであろうと、腹の据わり方がちがいます」

「泣いてみたり誉めてみたり、大した役者やのう」

呆《あき》れたように桑原はいった。「百万やる。爺の金が入ったらな」

「おおきに。ありがとうございます」

やっと桑原にウンといわせた。嶋田には金の話をしない、といったのが利いたのかもしれない。

「去《い》ね。日吉荘で爺を張れ」

「焼き鳥、買うて行きますわ。セツオくんと木下に」今治は〝鉄板焼き鳥〟が名物だ。

日吉荘に帰って朝の六時まで小清水の見張りをし、木下と交替して寝た。

九月十二日――。桑原は十時に姿を現した。どこで買ったのか、ボタンダウンのワイシャツに黒い薄手のジャケットを着ている。よう似合うてはりますわ――セツオがいうと、『ゼニア』や、と桑原はいい、

「郵便屋は何時に来るんや」

「一時ごろです」

昨日、新聞受けに郵便局員が郵便物を入れたのが、その時間だったとセツオはいう。

「三時間も待つんかい」

桑原は八畳間にあぐらをかいて煙草をくわえた。「くそ暑い部屋やのう、え」

「すんません。閉めきってるから」

木下が灰皿と扇風機を桑原のそばに置いた。二宮がホームセンターで買ってきた二千九百八十円の扇風機だ。

「爺を出したれ」

桑原は木下にいった。木下は小清水を押入から出して、足に巻いた布テープを剝《は》がす。トイレに連れて行き、台所の椅子に座らせてテーブルに焼き鳥とおにぎりを置いた。

「通帳を受けとったら、金をおろしに行く」

桑原は小清水にいった。「暗証番号は何番や」

「5430です」小さく、小清水は答えた。

「コ、シ、ミ、ズやな」

「そうです」うなずく。

「おまえには何べんも騙《だま》されてる。今日、また騙しくさったら、おまえを縊《くび》り殺す。分かってるやろな」

「嘘やない。5430です」

「金をおろしてきたら、おまえは解放したる。どこへなと行け。滝沢のクソどもに見つからんとこへな」

小清水は黙って焼き鳥を食い、ペットボトルの茶を飲む。すべてを諦《あきら》めきって脱殻《ぬけがら》になった顔だ。

桑原は振り返って、二宮に、

「書留はおまえが受けとれ」といった。

「書留をもらうとき、本人確認はされませんかね」

「するわけない。これ、持っとけ」

印鑑をもらった。小清水の以前の銀行印だ。改印届を出した新しい印鑑も、桑原は小清水から取りあげて持っている。

桑原は座布団を折って枕にし、横になった。二宮は台所へ行って焼き鳥をつまむ。身が固くなっていて不味《まず》い。

「喫茶店でモーニング食うてきてもよろしいか」桑原にいった。

「好きにせいや。テイクアウトのアイスコーヒー、買うてこい」

桑原は天井に向かってけむりを吐いた。

一時五分、ノック――。小清水さん、書留です――、声が聞こえた。

二宮は立ってドアを開けた。判子、お願いします――。郵便局員がいう。配達票に印鑑を押し、二通の封筒を受けとった。

八畳間に行き、桑原に封筒を渡した。桑原は無造作に破って大同銀行と三協銀行の真新しい通帳を出し、残高を確かめた。

「よっしゃ、銀行に行くぞ」

セツオと小清水を部屋に残して、桑原、木下、二宮は日吉荘を出た。

バス通りでタクシーに乗った。スポーツ用品店に寄って肩掛けのバッグを買い、今治駅に向かう。大同銀行も三協銀行も今治支店は駅前にあった。

桑原は大同銀行今治支店前でタクシーを停めた。二宮は通帳と印鑑を受けとり、バッグを持って木下と店内に入る。ロビーは空《す》いていて、待ち番号は《0》だった。

払戻申請用紙に小清水隆夫の名を書き、残高の〝¥24，500，000〟を書いて捺印《なついん》した。窓口に用紙と通帳を出す。

「ご本人さまですか」窓口係に訊かれた。

「小清水です」

「高額の払い戻しなので、暗証番号をお願いします」

窓口係は端末機をカウンターに置いた。5430——。二宮はボタンを押す。

「お掛けになってお待ちください」

プレートをもらってシートに腰かけた。木下は知らぬ顔で後ろに座っている。

しばらく待って、小清水さま——、と呼ばれた。窓口へ行く。

「お引出しになった現金は隣のブースでお渡しします」

いわれて、ブースに入った。テーブルに帯封の札束が積まれ、男の行員が座っている。二宮はドアを閉め、行員に向かいあって座った。

「二千四百五十万円です。お確かめください」

行員はいった。二宮は先に五十万円を数え、百万円の札束をひとつずつ横に移した。

「まちがいないです。二千四百五十万円」

「ありがとうございます。お納めください」

バッグに金を入れ、ブースを出た。木下がさりげなく尾《つ》いてくる。二十四個の札束は案外に重い。ひとつが百グラムというから、バッグを含めて三キロ以上だ。

銀行を出た。タクシーのドアが開く。桑原にバッグを渡した。

「よっしゃ。三協銀行へ行け」

桑原は低くいい、二宮は横断歩道を渡って三協銀行へ入る。残高は八十万円だが暗証番号を押すようにいわれ、同じ手続きをして払い戻しを受けた。

またタクシーに乗り、南日吉町にもどった。西方寺の山門前で降り、塀沿いを歩く。百万円の駄賃は日吉荘でもらえるようだ。

「木下、チャカは」ふいに、桑原はいった。

「持ってます」木下がいう。

「寄越せ」

「はい……」

木下は歩をゆるめて、ベルトに差していたトカレフを桑原に渡した。

「後ろに二匹、ややこしいのがおる」

「えっ……」

「振り向くな。このまま歩け」

「滝沢の者《もん》ですか」

「ひとりは初見や」

もうひとりは比嘉だろう、と桑原はいう。

「尾けられたんですか」

「いや、張ってたんやろ」

三叉路《さんさろ》を右に折れ、路地に入った。日吉荘は突きあたりだ。玄関の左右に男が立っている。左のデカいのは村居、右は牧内だ。

「これ、持て」

桑原にいわれた。二宮は歩きながらバッグを受けとる。

「わしと木下が突っ込む。おまえはアパートに入って二階にあがれ。あの部屋から下に飛び降りるんや。死んでも金は奪《と》られるな」

なにかいいたいが、声が出ない。バッグを肩にかけた。

間合いがつまった。牧内は左手に白鞘《しろさや》の匕首《あいくち》を持っている。鞘を払った。

「行くぞ」

いうなり、桑原は走った。木下も走る。

村居が桑原に殴りかかった。桑原はかわして股間《こかん》を蹴《け》る。膝《ひざ》をついた村居のこめかみにトカレフを叩《たた》きつけ、銃身で眼を突く。

木下は牧内に突っ込んだ。からみあって倒れる。牧内の突き出す匕首の刃を木下はつかみ、反転して起きる。ガツッ、ガツッと続けざまに頭突きを入れた。

二宮は四人のあいだを走って日吉荘に入り、階段を駆けあがった。10号室のドアを開け中に入ると、台所にセツオが倒れている。顔は血まみれで口に布切れを巻かれ、裂いた布で後ろ手に括《くく》られて呻《うめ》いていた。

「おい、しっかりせい」

セツオを捨てていくわけにはいかない。流しのペティナイフをとって布を切り、猿轡《さるぐつわ》を外す。セツオを抱え起こした。

「立て。逃げるんや」

セツオを支えて八畳間へ。窓を開ける。ブロック塀の向こうは農園だろう、キャベツやタマネギが植わっている。

「降りろ」

セツオを押した。セツオは窓枠をつかんでブロック塀に足をかけたが、バランスを崩して下に落ちた。二宮も塀に足をかけて飛び降りる。勢いあまってキャベツを潰《つぶ》し、ころがった。

　セツオは塀際にうずくまっていた。二宮は腋《わき》に腕を入れて引き起こす。右にトタン屋根の小屋が見えた。

「こっちや」

「もうええ。おれのことは放っといてくれ」

「あほいえ。捕まったら殺されるぞ」

　セツオを抱えて畝《うね》のあいだを歩いた。小屋の戸を引き開ける。薄暗い中、スコップやバケツ、エンジンポンプ、肥料の袋が積まれていた。

　セツオをエンジンポンプの陰に座らせた。上からブルーシートをかける。

「じっとしとけよ。あとで迎えにくる」

　小屋を出て戸を閉めた。走って日吉荘から離れる。どこをどう行ったのか、いつのまにかバス通りに出ていた。


　二宮は食堂に入った。食欲はないが、品書きを見てざるうどんを注文する。ここ、どこですか――。おばさんに訊《き》くと、南宝来町《みなみほうらいちょう》だといった。

　桑原に電話をした。出ない。電源を切っている。

　桑原と木下はやられたのだろうか。相手は四人だ。村居と牧内はともかく、初見と比嘉も加勢に来たにちがいない。

がしかし、真っ昼間の路上の喧嘩《けんか》だ。騒ぎに気づいた住人が一一〇番通報した可能性はある。パトカーの電子音が聞こえたら、滝沢の連中も現場を去るはずだ。

パトカーの音は聞こえたか——。

二宮の耳には入らなかった。少なくとも、農園を出るまでは——。

セツオのことも気になった。隠れておくようにはいったが、ふらふらと小屋の外に出るかもしれない。滝沢の連中に見つかったら、セツオは攫《さら》われる。

ざるうどんが来た。土まみれのズボンと靴をおばさんが見る。そこへ、携帯が鳴った。

——はい、二宮です。

——わしや。どこにおるんや。

——南宝来町です。

——地名をいうな。今治の地図は頭に入ってへん。

——とにかく、日吉荘の近くではないです。

桑原は無事らしい。電話をかけてきたのだから。

——金は持ってるんやろな。

——大丈夫です。ここにあります。……どうなったんです。あれから。

——村居と牧内をぶち倒してアパートに入った。裏口から外に出て塀を乗り越えた。

——初見と比嘉は。

——走ってくるのは見えた。わしらのほうが足は速い。

——怪我はないんですか。

——木下が刺された。左腕をな。

——セツオくんがやられてました。

——それで、どうした。

——いっしょに逃げたんです。二階の窓から。

——セツオもいっしょか。

——いや、満足に歩ける状態やないんです。

経緯を話した。

——農具小屋へセツオくんを迎えに行かんとあきません。

——わしと木下は西方寺の墓場におる。すぐに来い。

寺の裏門を入って右へ行くと大きな楠《くすのき》がある。それを目指して来い、と桑原はいった。

——西方寺はヤバいことないんですか。

——クソどもは手傷を負うて消えた。いつまでもうろうろしてへん。

——小清水はどうしたんですかね。

——爺は用済みや。初見が始末しよるやろ。

——西方寺に行きますわ。裏道伝いに。

電話を切った。ざるうどんに箸《はし》をつける。腰があって、けっこう旨《うま》い。みんな食って西方寺までの道順を聞き、食堂を出た。

西方寺の墓地は広かった。桑原と木下を探して右へ行く。ふたりは楠の根方に座っていた。桑原のワイシャツは点々と血が滲《にじ》み、上着の袖《そで》は裂けている。木下は左の肘《ひじ》から手の先までブルゾンを巻きつけ、袖で縛っていた。

「怪我、大丈夫か」訊いた。

「とりあえず、指は動きますわ」木下は笑う。

「出血は」

「大したことないです」

「匕首の刃をつかんでたよな」

「なにも憶《おぼ》えてないんですわ」

「この男は見どころがあるぞ」

桑原がいった。「将来はわしのあとを継ぐ金筋のイケイケや」

「いや、桑原さんには及びもつきませんわ」

「喧嘩は行き腰や。突っ込んだほうが勝つ」

桑原は二宮に向かって、「金、寄越せ」

「あ、はい……」

バッグを渡した。桑原はジッパーを引き、中の札束を確かめる。

「なんでセツオを救《たす》けたんや」

「後ろ手に括られてウンウン唸《うな》ってたんです。おれひとり逃げるわけにはいかんでしょ」

「おまえは緩い。滝沢のクソどもに捕まったら元も子もないんやぞ」

「このとおり、金は無事やったんです。それでええやないですか」

なんや、こいつは。舎弟より金のほうが大事なんか――。

「ま、ええわい。その小屋へ行こ」

桑原は立ってズボンを払った。膝の後ろが破れて、ふくらはぎが見えている。

農具小屋の戸を開けて声をかけると、返事が聞こえた。二宮は入って、ブルーシートをはぐる。セツオは背中を丸めてうずくまっていた。

「出てこい、セツオ」桑原がいった。

「兄貴……」

セツオはエンジンポンプに抱きつくように立ちあがる。赤黒い血と白っぽい土埃《つちぼこり》にまみれた顔は幽鬼のようだ。

二宮はセツオを支えて外に出た。

「おまえ、死にかけとるぞ」

「村居にどつかれたんです。サンドバッグですわ」

セツオの左眼は腫《は》れて潰れていた。「おれ、村居を殺《や》ります」

「それだけ喋《しゃべ》れたら死にはせんな」

桑原はいって、「病院や。連れてったる」

「あきません。事情を訊かれます」

「今治の病院に行くとはいうてへん。島之内や」

「内藤医院ですか」

「もうちょっと我慢せい。大阪へ帰る」

「すんません。世話かけて」

「爺はどうした。攫われたか」

「逃げました」

「なんやと……」

「おれは台所でやられたんです。ノックの音でドア開けた途端に殴られて」

そのとき、小清水は押入の中にいた。村居と牧内が押入を開けた記憶はないとセツオはいう。「わしをイモムシにしといて、牧内はしょっちゅう電話してました」

「初見と連絡とってくさったんやな」

「そうやと思います」

セツオは立っているのが辛《つら》そうだ。「いつのまにか気を失うて、我に返ったときは村居も牧内もおらんかったです」

部屋のドアが少し開いていた。三和土《たたき》にあったセツオの靴がなくなっていたという。

「爺が履いて逃げよったんか」

「押入ん中でようすを窺《うかご》うてたんですわ」

「爺もやるのう。命拾いしよった」

桑原はいって、「木下、おまえは駐車場に行ってアルトに乗って来い。セツオを乗せるんや」

「アルトのキーは部屋ですわ。アパートの」

「二宮、ロメオに乗って迎えに来い」

「滝沢の連中が張ってませんかね」

ロメオとアルトを駐《と》めている駐車場は西方寺の山門のそばだ。

「よう考えんかい。初見は爺の金が狙いやったんや。いつまでも馬鹿面さらして今治におるわけないやろ」

「初見はなんで知ったんですかね。小清水が今治で書留を受けとることを」

「爺に訊《き》きよったんやろ」

鈍川温泉で小清水を捕まえるまで、初見と小清水は連絡をとりあっていたのだろう、と桑原はいう。

「小清水は初見から逃げてたんです。そんなことを喋るとは思えません」

「ややこしいやつやのう。なにがいいたいんや」

「おれは金本がチクッたんやないかと思いますねん。滝沢組に」

「そうか……。金本の事務所に滝沢のチンピラがおったな」

「金本は初見に分け前を要求した……。ちがいますか」

「んなことはどうでもええわい。ロメオをとって来い」

さも面倒そうに桑原はいった。二宮は農具小屋を出る。百万円をくれと言いそびれたが、大阪への車中でもらおうと思った。

大阪――。島之内に着いたのは十時すぎだった。内藤医院は閉まっている。桑原がインターホンのボタンを押した。

――夜中になんや。また、おまえか。

――すんまへん。桑原です。

桑原はレンズに向かって一礼した。

――おまえというやつは診療時間に来られんのか。

――訳ありですねん。ふたりほど診てもらえませんか。

――どうせ断わっても帰らんのやろ。

――おっしゃるとおりです。

――待っとれ。出る。

ほどなくしてガラス戸の向こうに灯がついた。入れ、と内藤がいう。

木下が車を降りた。セツオを車外に出す。木下と二宮でセツオを支え、医院に入った。

「ひどいな。うちは野戦病院やないんやぞ」

セツオの潰《つぶ》れた顔と木下の左腕を見て、内藤はためいきをつく。「診察室に運んだれ」

診療台にセツオを寝かせた。内藤は器具台を傍らに寄せ、ゴム手袋をつける。

「裸にせい」

二宮と木下はセツオのアロハシャツとズボンを脱がせた。桑原は丸椅子に座って聴診器をいじっている。

内藤は消毒液に浸したガーゼでセツオの顔と身体を拭《ふ》きながら、

「血が固まってる。いつ怪我した」桑原に訊く。

「二時ごろですかね」

「九時間も放っといたんか」

「今治でやられましたんや。プロレスラーとゴロまいて」

「近頃のヤクザは愛媛まで出張して喧嘩《けんか》するか」

「このご時世、シノギが厳しいんですわ」

桑原は煙草を出したが、ポケットにもどした。

内藤はセツオの塞《ふさ》がった左眼を指で開き、ペンライトをあてた。

「瞳孔《どうこう》反射はある。見えてるか」

「見えてます。先生の顔」と、セツオ。

「二重に見えてへんか」

「一重です。ちょっと掠《かす》れてるけど」

「眩暈《めまい》は」

「いまはおさまってます」

「わしの手を眼で追え」

内藤は掌《てのひら》を上下左右に動かした。「眼球は動く。眼窩《がんか》の変形もない。網膜剝離《はくり》とかあったらいかんから、明日、眼科へ行け」

「どこの目医者がよろしいか」

「近所の空いてる目医者や」

内藤はセッォの鼻を診た。「軟骨が折れてるけど、腫れがひどいから変形の度合いが分からん。一週間ほどしたら腫れがひくから、そのころ整復するんや」

「先生が整復してくれますんか」桑原が訊く。

「わしもできんことはないけど、どんな顔にもどるか分からん。整形外科へ行け」

内藤はセッォの顔から頭、胸から腹と全身を診ていった。右胸部と左肩に内出血を伴う打撲傷、左足首捻挫《ねんざ》、頭頂部と額の生え際に挫創があり、その出血と鼻腔《びくう》内の出血で軽度の貧血状態になっているのだろうという。

「頭を縫お。髪の毛、切ったれ」

二宮に向かって、内藤はいった。

「おれがですか……」

「看護師がおらんのや」

鋏《はさみ》と消毒液、滅菌ガーゼを渡された。しかたがない。二宮はセツオの髪を分けた。傷口から血が滲《にじ》み出る。

「痛いやないか」セツオが凄《すご》む。

「我慢せい」桑原がいった。

内藤はセツオの頭を縫ったあと、木下の傷を診た。木下の掌は長さ五センチにわたって斜めに切れ、上腕部の刺し傷は骨に達するほど深かったが、太い血管は損傷していなかった。内藤は局所麻酔をして掌を七針縫い、上腕の傷は切開して中を洗滌《せんじょう》し、縫合して抗生物質を打った。

「おまえは一週間、安静や」

内藤はセツオにいい、「おまえは左腕を吊《つ》って動かすな」木下にいう。

「大したもんや。やっぱりセンセは頼りになりますわ」桑原がいった。

「センセやない。先生や」

内藤はポリ袋に錠剤の抗生物質と消炎剤、鎮痛剤、解熱薬を服用法を説明しながら入れ、消毒薬とガーゼ、絆創膏《ばんそうこう》、包帯も入れた。

「すんまへん。治療費は」

「そうやな、七万ほどもろとこか」

「保険は利きまへんのか」

「もっとおもしろい冗談をいえ」

「ついでというたらなんやけど、わしも診てくれまっか」

桑原は立って上着を脱いだ。ワイシャツのボタンを外してたくしあげる。左脇腹に貼ったガーゼに黒い血が滲んでいた。

「こっち来い」

内藤はガーゼを剝《は》ぎとった。「──また、傷口が開いとるわ」

「縫うてください」

「軽ういうな。雑巾《ぞうきん》を縫うのとちがうんやぞ」

内藤は桑原の脇腹を消毒液で洗った。

内藤医院を出た。赤い光が点滅している。門柱の陰から顔をのぞかせると、パトカーがロメオの後ろに停まり、制服警官ふたりが車内を覗《のぞ》き込んでいた。

「なんや」

「パトカーですわ。ここにおってください」

二宮はキーを持ってロメオのそばに行った。警官が近づいてくる。ちょっとよろしいか──。呼びとめられた。

「駐車違反ですね」

「そうですか」

「飲んではりますか」

「飲んでるわけないでしょ」

「息、吐いてください」

「こうですか」

息を吐いた。警官は匂いを嗅《か》ぐ。

「なにをしてはりました」

「おれがどこから出てきたか見てたでしょ。急患ですわ。胃がきりきりしてゲーゲー吐いたんです。点滴してもらいましてん」

「運転免許証は」

「持ってます」

免許証を渡した。警官は懐中電灯をあてて、

「二宮啓之さん。大正区千島……。千島から島之内は遠いですよね」

「会社が西心斎橋にありますねん」

内藤医院はかかりつけだといった。「胃が痛いだけで救急車を呼ぶのはたいそうやないですか」

「これから、どこへ」

「帰りますねん。千島のアパートに」

「この車は、なんて車です」

「アルファロメオ。イタリアの車です」

「車検証、見せてもらってもいいですか」

警官はしつこいが、逆らってはいけない。ジャケットのポケットには、桑原にもらった百万円の札束がある。

グローブボックスから車検証を出して渡した。警官は免許証と照合する。

「なにか事件でもあったんですか、このへんで」

「いや、別に……」

警官は言葉を濁して、「どうも、お手数をかけました。気をつけてお帰りください」

免許証と車検証を返してもらった。警官ふたりはパトカーに乗り、走り去った。

桑原、木下、セツオが出てきた。

「なんやった」

「職務質問です」

「おまえは挙動不審や。誰が見ても怪しいわ」

「挙動不審ね……」
二、三年に一回は職務質問にあう。そういう体質なのだろうか。
三人を車に乗せた。シートベルトを締める。

「どこ行きます」

「守口や」

『キャンディーズ』ね」

エンジンをかけた。

22

翌日――。セツオは昼から近くの眼科クリニックへ行った。二宮は木下と『ひいらぎ』でチンチロリンをする。黒の碁石は二宮のチップ、白の碁石は木下のチップだが、木下の膝《ひざ》前に黒の碁石が山になっている。ひとつ百円だから、一万円以上負けているだろう。

二宮の携帯が震えた。嶋田だった。

――はい、啓之です。

――どこや、啓坊。

――『キャンディーズ』です。守口の。

嶋田に嘘はつけない。

――木下もいっしょか。

――ここにいてます。

――昨日、今治でやりおうたそうやな。滝沢組と。

――滝沢が来たんですか。二蝶会に。

――さっき、亥誠組の布施が来た。滝沢の名代でな。布施はオヤジとサシで話をした。

――どういう話ですか。

――それがちょいとややこしい。桑原と木下を連れて、わしの事務所に来てくれ。

――桑原さんに連絡とったんですか。

――電源を切っとんのや。電話の。

――分かりました。桑原さんは家におると思います。

フックボタンを押した。

「誰です」木下が訊《き》く。

「嶋田さん。桑原さんとあんたを呼んでる」

靴下を履いた。「おれ、なんぼ負けてる」

木下は碁石を数えた。百八個だった。

「除夜の鐘やな。一万円でええか」

一万円を渡した。「桑原さんの家、どこかな」

「知らんのですわ。この近くのマンションやと思うけど」

「下で訊いてくるわ」

ジャケットをとって立ちあがった。

階段を降り、受付に行った。カウンターの向こうで、真由美がコーヒーを飲んでいる。

真由美は顔をあげた。

「あら、ぼんやりしてました」

「いや、いま覗いたとこです」

笑ってみせた。「嶋田さんが桑原さんを探してます。桑原さんはお家ですか」

「はい、たぶん……」

「お家を教えてもろたら、迎えに行きたいんですけど」

「ごめんなさい。誰にも教えるなといわれてます」

真由美は申し訳なさそうにいい、デスクの電話をとった。短縮ボタンを押す。真由美は用件を話して受話器をおいた。

「桑原はここに来ます」

「すんません。待ちますわ」

「コーヒー、淹《い》れましょか」

「ありがとうございます」

「どうぞ、入ってください」

横のドアから受付に入った。中はけっこう広い。奥は厨房《ちゅうぼう》になっていて、裏にも出入口がある。二宮はスチール椅子を引き寄せて座った。

「最近、景気はどうですか」

「よくないですね。カラオケボックスはどこも」

昼間は主婦、夕方は学生、客筋はそう変わらないが、飲み会のあとのサラリーマン客が減ったという。

「飲酒運転とか、うるさいからですか」

「その影響も多少はあると思いますけど、カラオケそのものが下火なんでしょうね」

真由美はサーバーにドリッパーとペーパーフィルターをセットした。挽《ひ》いた豆を入れて熱湯を注ぎながら、「二宮さんはどうですか」

「さっぱりですわ。うちみたいな隙間産業が食える時代は終わりました」

「二宮さん、建設コンサルタントでしょ」

「ま、そういうてもろたら聞こえはよろしいけど、サバキがほとんどです」

「サバキって……」

「解体屋と組筋をつなぐ仲介業ですかね」

「だから、桑原と知りあったんですか」

「そういうことです」

「あのひと、大変でしょ」

「つきあうのは大変やけど、ことサバキに関しては超一流ですわ」

性根はねじくれているが、いわない。真由美は桑原の身内だから。

「『キャンディーズⅠ』は閉店したんですか」さりげなく訊いた。

「廃業しました。いま、売りに出してます」あっさり、真由美はいった。

「土地値だけでも相当のもんでしょ」

「八十坪ですから……」

坪五十万として八十坪──。四千万は借金の返済に充てるのだろう。

コーヒーが入った。真由美は砂糖とミルクを添えてマグカップをデスクに置く。

「煙草、よろしいか」

「はい、どうぞ」

コーヒーを飲み、煙草を吸った。


桑原は三十分後に来た。濃紺のオープンシャツに生麻のズボン、メッシュのローファー。髭《ひげ》をきれいに剃《そ》り、髪はオールバックになでつけている。

「そのシャツ、透けてますね」脇腹のガーゼが透けて見える。

「絽《ろ》や」着物をほどいて仕立て直したという。

「高級感いっぱいですわ」

「おう、そうかい」

桑原は仏頂面で、「若頭がわしになんの用や」

「事務所に来てくれ、いうてます。嶋田組の」

亥誠組の布施が二蝶会に来て、森山と話をしたといった。「話の内容は聞いてません」

「若頭は知っとんのか、昨日のこと」

「知ってました。布施がいうたんでしょ」

「くそっ、ややこしいのう」

「行きますか、嶋田組」

「行かんとしゃあないやろ。呼ばれたんやから」

桑原はキーホルダーを放って寄越した。

二宮は二階の『ひいらぎ』にもどり、木下を連れて出た。桑原と木下をBMWに乗せて赤川に向かった。


旭区赤川——。嶋田組の事務所前に車を駐《と》めた。桑原は降りて、インターホンのボタンを押す。

——わしや。

——どうも、ご苦労さんです。

ドアが開き、白いジャージの組員が三人を招き入れた。

嶋田は応接室のソファにもたれていた。桑原を見あげて、

「おまえ、携帯の電源ぐらい入れとかんかい」

「すんまへん。滝沢のクソどもとゴロまいたときに壊れたんですわ」

「おまえの携帯はいつでも壊れとるんやのう」

「電池もよう切れますねん」

「座れ」

桑原と二宮は並んで座った。木下は嶋田の脇に立つ。

「おまえ、今治でなにしてた」嶋田は桑原に訊く。

「小清水の金を取りに行ったんです」

「今治に金を隠してたんか」

「小清水は銀行に金を預けてたんやけど、わしに通帳をとりあげられて口座をとめよったんです。再発行の通帳が郵送されるのを、今治で受けとるように細工したんですわ」

腹を決めたのか、桑原は話しはじめた。嶋田は黙って耳を傾ける。

「――滝沢の連中も、どこで嗅《か》ぎつけたんか、今治に来よった。それで昨日の騒動ですわ。セツオはぼこぼこにやられて破れ提灯《ちょうちん》。木下は見てのとおり、名誉の負傷です」

嶋田は木下に眼をやった。

「なんの傷や」

「ヤッパで刺されました」

木下は手拭《てぬぐい》で腕を吊《つ》っている。「島之内の内藤先生に縫うてもらいました」

「今治から大阪まで走ったんか」

「二宮さんが四時間もぶっとおしで運転してくれました」

「すまんな、啓坊」

「いえ、どうってことないです」慌てて手を振った。

「それで、小清水の通帳はどないしたんや」

嶋田は桑原に訊《き》いた。

「金にしました」と、桑原。

「なんぼや」

「大同銀行。二千四百五十万です」

さすがに今回は桑原も嘘をつかなかった。三協銀行の八十万は黙っていたが。

「おまえはその金をどないするつもりや」

「〝折れ〟でどうですやろ。若頭とわしが千二十五万ずつです」

「四百万少ないのは、なんでや」

「セツオと木下に治療費として百万、二宮に二百万やりましたんや」

ちょっと待てよ。おれがもろたんは百万やぞ——。桑原を睨《にら》みつけたが、知らん顔だ。

「わしは一千万でええ。おまえは千五十万にせい」

嶋田は鷹揚《おうよう》にいった。桑原はにやりとして、

「おおきに。すんまへん」

「ただし、三百万ほど、オヤジんとこに持って行け」

「どういうことです」

「亥誠組の布施とオヤジが話をした。……滝沢は初見を絶縁にしたそうや」

「ほう、そらよろしいな」

「どこがええんや。布施はオヤジに、天秤《てんびん》が傾くのは困ります、と釘《くぎ》を刺したんやぞ」

「天秤？　わしも絶縁ですかいな」

「ま、そういうこっちゃ」嶋田は天井を仰ぐ。

「滝沢は初見と小清水に画《え》を描かせて、あちこちに迷惑かけた。玄地組から金をとったし、若頭にも追い込みかけてきた。初見はわしに手を出しよったから、わしもやり返した。滝沢のチンピラをいわして、小清水を攫うて、金を取りもどした。……わしのどこに落ち度がありますねん。滝沢が初見を絶縁にするのは勝手やけど、わしまで絶縁いうのは筋がちがうんやないんですか」

「滝沢はな、親分の諸井にどやしつけられたんや。同じ川坂の組内で揉《も》めごと起こしたんはどういうことやと。……諸井には本家の若頭補佐いう体面がある。次の若頭を狙うてる諸井は、滝沢に手を引けというた。……滝沢はなにもかも初見のせいにして、詰め腹を切らせたというのが、わしの見立てや」

「滝沢組の若頭は広瀬いうて、広瀬は初見が煙たいんです。初見の絶縁は広瀬が滝沢に吹き込んだんですわ」

　桑原はいって、「わしは承服できませんで。あれほど苦労して『フリーズムーン』の出資契約書をとりもどしたのに、いまさらなにが悲しいて、わしが詰め腹切らんとあきませんねん」

「わしもオヤジにそういうた。天秤云々《うんぬん》は突っぱねてくれとな」

「オヤジはどういうたんです」

「なにもいわんかった」

嶋田はかぶりを振る。「せやから、おまえはオヤジんとこへ行け。三百万、オヤジの膝《ひざ》前に積んで、詫《わ》びを入れるんや」

「なんで、わしが詫びを入れなあかんのです」

「滝沢組は亥誠組の枝や。おまえは本家筋と込み合うた」

「…………」桑原は拳《こぶし》を握り締める。

「わしはな、オヤジにいうたんや。桑原を絶縁にするのは絶対にやめてくれと。せめて破門にして釣り合いをとってくれとな」

「破門？　冗談やないわ」

「おまえはわしのいうことが聞けんのか」

嶋田は怒鳴りつけた。「段取り破門や。折を見て復帰できるように、わしが口添えしたる」

「…………」

「オヤジんとこに行くんか行かんのか、どっちや」

「わしは哀しいわ」

「なんやと……」

「但馬《たじま》の田舎から大阪へ出てきて二十年、極道面さらして生きてきたんですわ。わしは若頭が二蝶の二代目とったらどんなによかったかと、いつも思うてますねん」

「滅多なことはいうな。オヤジは組を背負うとんのや。切った張ったでとおる時代やないんやぞ」

「よう分かりました」

桑原は頭をさげた。「三百万、袱紗《ふくさ》に包んで、オヤジに詫び入れますわ」

「オヤジはいま、毛馬におる」

「すんまへん。行きます」

桑原は立って、応接室を出ていった。嶋田はじっと桑原を見送った。

23

月末――。事務所の家賃を払った。マキを肩にとまらせてテレビを見る。吉本の芸人ばかりが出ている番組はどれも変わりばえがしない。タレントの誰と誰がつきあおうと別れようと、公共の電波を使って世に知らしめるようなことか。これは一種の洗脳だ。眼と耳から脳細胞が蒸発しているにちがいないと思いつつ、ほかにすることがないから口をあけて見る。仕事の電話やメールは一本も来ない。
いつのまにか眠っていたのか、ドアが開く音で眼が覚めた。悠紀が傘立てにビニール傘を差している。

「雨、降ってるんか」

「台風が来るんやんか。それも知らんの」

「おれは世俗のことに興味がないんや」

「啓ちゃん、よだれ」

「おう……」手の甲で口もとを拭《ふ》いた。ポロシャツに擦りつける。

マキが飛んで悠紀の頭にとまった。

「あら、マキちゃん。こんにちは」

〝ポッポチャン　オイデョ　ゴハンタベヨカ　ゴハンタベヨカ〟

マキは鳴いて意味不明の歌をうたう。

「いつもご機嫌さんやね」

悠紀はケージの上の餌皿をとり、ソファに座ってマキに食べさせる。

「誰か来たん？　これ」

灰皿に吸殻、発泡酒の空き缶もテーブルにころがっている。

「昨日、セツオが来たんや」

「啓ちゃん、つきあいをやめなさい。セツオとか桑原とか」

悠紀には今回の顚末《てんまつ》を仔細《しさい》に話したからセツオの名も知っている。

「セツオはアメ村にスカジャン買いにきて、ここに寄ったんや」

「どんなひと。セツオって」

「ま、ヤクザには見えんな。貧相で痩《や》せてて、頭は刈り上げで、着るもんが安っぽい。夏場はいつでも雪駄《せった》を履いてる」

「スカジャンに雪駄やて、すごい昭和レトロ」

「ま、人目をひくファッションではあるな」

セツオが肩を揺すりながら街を歩くと不良連中がガンを飛ばしてくる。弱いくせに向こう意気が強いから喧嘩《けんか》になる。セツオの前歯は上も下も差し歯だ。

「セツオは遊びに来ただけ？　なにか話しに来たの」

「おれに喋《しゃべ》りたかったみたいやな。桑原のことを――」

テレビの電源を切った。


セツオの顔の腫《は》れはひいていたが、左眼のまわりはまだ少し青タンが残っていた。鼻は整形外科で整復したといい、もとの形にもどっていた。足首の捻挫《ねんざ》は歩くと痛い、普通に歩けるようになるまであとひと月はかかる、ともいった。

一週間ほど前、滝沢組から回状がまわってきた。初見の絶縁状や。オヤジはそれを受けて桑原さんの破門状を書いた。……ほんまにひどい話やで。オヤジには子分を庇《かば》おうてな気はさらさらない。三百万も桑原さんからとっといてな――。

やっぱり三百万、上納したんか、桑原さんは――。

したはずや。おれはそう聞いた——。

それで、桑原さんは——。

オヤジが破門状をまわす前から、組には顔出してへん。腹に据えかねたんやろ——。

守口に引きこもりか——。

知らん。桑原さんは破門や。二蝶会とは縁が切れた——。

嶋田さんは段取り破門とかいうてたけど、そんな方便がとおるんか——。

破門は破門や。段取りもへったくれもない。復帰はむずかしいやろな——。

いっそのこと、足を洗うたらええんや。これを汐《しお》に——。

あのひとが堅気になって、なにができるんや。コンビニの店員か、宅配のドライバーか。タクシー乗るにも二種免許が要るんやで——。

カラオケボックスの店長でええやないか——。

桑原さんがジュースやピーナッツをトレイに載せてカラオケルームに運ぶの想像できるか。無理や。あのひとに客商売はできへん——。

なんか知らん、哀れやな——。

一寸先は闇や。堅気も極道も、あんたもおれも——。

小清水はどうしたんや。なにか聞いてへんか——。

さあな……。どこぞで野垂れ死んだんとちがうか——。

いうだけいって気が済んだのか、セツオは発泡酒を飲みほして腰をあげた。足を引きずるようにドアのそばまで行って振り返った。

ひとつ忘れてた。滝沢の連中が今治に来たんは な、金本がチクッたんやのうて、玲美がチクッたそうやで——。

女は怖いわ——。セツオは独りごちて出ていった。


「——ということっちゃ。いずれは『キャンディーズⅡ』も廃業して、人手に渡るやろ」

「マキちゃん、聞いた？　桑原は罰《ばち》あたったんやて」

悠紀はうなずき、マキはしきりに餌を食べる。

「いま思たら、あの男もわるいとこばっかりやなかったけどな」

「わたしは嫌いや」

「おれも嫌いやで」

「啓ちゃんはあかんわ。嫌いと好きの境界がジグザグになってる」

「そうかな……。悠紀のことは好きなだけやけどな」

「どこが好きなん？」

「きれいで、賢うて、優しいから」

「うん、分かった。デートしよ」

『ラ・ドゥリエ』のフレンチディナーを予約して、と悠紀はいった。

そこでやっと気づいた。悠紀はいつものジーンズスタイルではなく、ふわりとした白いジョーゼットのワンピースを着ていた。素足に華奢《きやしや》なサンダルがよく似合っている。

「今日は、夜のレッスンないんか」

「そう。ないねん」

悠紀はマキのケージの水を替えた。

二宮はデスクのアドレス帳をとり、『ラ・ドゥリエ』を探した。

解説　『破門』の魅力と舞台裏

石《いし》井《い》　晃《あきら》（紀伊民報編集局長）

『破門』が第一五一回直木賞の最終選考に残ったことを新聞記事で知り、即座に黒川さんに電話をかけた。

「今度は間違いなし。直木賞は僕が保証します」

いきなりそんなことをいうと「何で？」という質問が返ってきた。当然だろう。直木賞の審査には何のゆかりも権限もない田舎の新聞記者が太鼓判を押しても、屁《へ》の突っ張りにもならない。

「うん、なんといっても話の展開が軽快で読みやすい」「シリーズが重なり、登場人物ともなじみが深くなってきたから、その会話に読み手もストレートに入っていける。それがまたいいリズムを作っている」「表向きはバリバリのハードボイルドだけど、行間に何ともいえない哀愁が漂っている。その渋さが読み手にはこたえられない」

そんなことをベラベラ並べ立てると、

「石井さんにそういってもらえると、うれしいわ」

いつも通りのぶっきらぼうな返事だったが、多少は喜んだ口調に変わった。

なんせ、それまでこの賞の最終選考に五回も挙げられながら、五回とも落とされたツキのない作家である。同じ「疫病神」のシリーズで、二宮《にのみや》と桑原《くわはら》が北朝鮮にまで足を伸ばして飛び回った『国境』も、堀内《ほりうち》と伊達《だて》という大阪府警のはみ出し刑事が活躍する『悪果』も、最後の最後で賞から外れた。僕がひそかに黒川さんの最高傑作の一つに挙げている『蒼煌』は、最終選考にさえ残らなかった。

選考委員の目は曇っている、と憤慨したのはその頃のことである。

しかし『破門』は、そういう過去を簡単にぶち破った。『オール讀物』二〇一四年九月号に掲載された選考委員九人の選評がそれをこれ以上ない言葉で証明している。

その一端を紹介してみよう。

「細密なディテールの集積は、まったく映像の表現しきれぬ、小説ならではの世界である。(中略)強く推した」(浅田次郎《あさだじろう》)

「通常の人間社会の常識が通用しない異世界を見事に描いている。会話の練り方も半端ではない。(中略)作者にしか描けない独自の世界で、それを貫くことで勝ち取った受賞だと思う」(東野圭吾《ひがしのけいご》)

「実は私は裏社会ものが苦手(中略)でもその結果、私がこの小説を楽しく味わい、テンポのいい会話にころころ笑ったのは当然のことだったのだとわかって安堵《あんど》しました」(宮部《みやべ》みゆき)

「独特なペーソスがあり、それに色づけされた小説内の風景に棄てがたいものがあっ

た」（宮城谷昌光《みやぎたにまさみつ》）
「時折、地の文でぴしっと描写してほしい、と思うこともあるのだが、大阪弁の台詞《せりふ》には地の文の表現はあまり合わないのかもしれないと気が付いた。（中略）こんな技のある作家は他にいない」（桐野夏生《きりのなつお》）
「文句がつけようもないほど、スピード感があって面白い。（中略）この作品では会話体が描写になっていて、そのあたりも独得の技である。私は『国境』のころからこだわっていたので、受賞作となった時、安堵で大きく息を吐いた」（北方謙三《きたかたけんぞう》）
「小説空間の網目の確かさという意味で、ほかの五作に抜きんでており、初めから受賞作は本作という心づもりで選考会に臨んだ。ひと昔前の小説スタイルながら、もはや職人芸の世界であり、エンターテインメントとして過不足がない」（髙村薫《たかむらかおる》）
「この方の力量は、プロの作家ならすぐにわかる。（中略）スピーディな展開でいっきに読ませる。登場人物のキャラクターと会話のいきいきとして魅力的なことといったらどうだろう」（林真理子《はやしまりこ》）
「この作者が永い歳月をかけて見てきた社会（世間、浪花《なにわ》の浮き世と言った方がいいが）の哀切が見事に描き出されていた。（中略）哀しいものを面白く、愚かなことを懸命に、という一級のペーソスを書いてきた作家のようやくの受賞である」（伊集院静《いじゅういんしずか》）
（以上、選評委員の敬称は省略）
　ここまでいわれると、この上に僕が下手な解説を追加することもなさそうだ。

しかし、それで終わってしまっては解説者の任は果たせない。身近につきあってきた作者の素顔と、小説の舞台裏を少しばかり紹介して務めを果たそう。

黒川さんの名前を知ったのは一九八四年、彼の初めての単行本『二度のお別れ』を読んだ時である。

「まるでグリコ・森永事件を絵に描いたような小説。それを事件の前に書いているのがすごい。高校の美術教師という肩書きだが、どんな作家だろう」と特別の関心を持ったのが始まりだった。

以来、黒川さんの作品は、書店で見つけるたびに読んできた。それでも、会って名刺を交換したのは、二十年余り前。まだ、大阪府羽曳野《はびきの》市の前の住居に彼が住んでいたころだった。

僕はそのころ、朝日新聞大阪本社で社会部デスクや夕刊編集長の名刺を持って働き、毎週一回、大阪の紙面で「味読乱読お買い得」というエンターテインメントに特化した書評を書いていた。さかのぼって一九八九年には、週刊誌『AERA』の「現代の肖像」で、日本冒険小説協会の会長、内藤陳《ないとうちん》さんを描いたこともある。極めつきのハードボイルドファンである。

後には論説委員や編集委員も務めたけれども、根っこは事件記者。神戸支局時代は県警キャップ、大阪の社会部に移ってからも、府警のサブキャップを務め、暴力団犯罪を対象にする刑事部捜査四課を担当した。神戸支局時代には、山口組本家の大広間で行われた記者会見にも出席したし、本家の庭で初めて開かれた盆踊り大会も取材している。

そういう背景があるから、黒川さんとは初対面から意気投合。以来二十年以上、会うたびに麻雀《マージャン》をして勝った負けたと騒ぎ、時には本の話や映画の話をし、腐った政治家の悪口を言い合っている。ごくごくたまに声が掛かれば、カルチャーセンターの講座や地域の文化講演会で「黒川ワールドの魅力」とか「創作の舞台裏」というテーマで話を聞き出す役割も務める。

そういう付き合いの中で、ある日、黒川さんと「小説とリアリティー」について話したことがある。そのとき彼は、黒岩重吾《くろいわじゅうご》さんから教えられたことと断って、こんなことを話してくれた。

「小説家は想像力が勝負というけど、物語はリアリティーが命。それがなくては物語は一歩も進まない」

「けど、嘘も盛り込まなければ、小説にはならないでしょう」と突っ込むと
「それはその通り。けど、リアリティーがない物語は、読者から相手にされない。だから『国境』を書くときには北朝鮮に二回も取材に行ったし、今度の『破門』でも、マカオで何度もギャンブルをした経験が生きている」

「『後妻業』を書くときには、被害を受けた関係者から、事細かく話を聞き、法律的な裏付けもとった。事実の裏付けがあって初めて、創作の部分も生きてくる。読者にもなるほど、と共感してもらえる」

そういう話を聞きながら、僕はいくつかの場面を思い出した。

あるとき、神戸市の高級ホテルで兵庫県警のOBを紹介し、知能犯捜査の裏話を一緒に聞いたことがある。そのときは、相手の了解を得たうえで、参考人を尾行するときの心得や刑事が内密に作った暗号などを事細かに小さなメモ帳に記録していた。

また別のとき、大阪・ミナミの小さな割烹《かっぽう》で元捜査四課の幹部を紹介したときには、話の盛り上がりを損なわないように、あえてメモを取らず、相手に相槌《あいづち》を打ちながら話を引き出していた。

まるで新聞記者の取材である。押したり引いたりしながら適度に相槌を打ち、相手から秘められた話を聞き出す絶妙の呼吸に感じ入ったことを思い出す。

捜査関係者だけではない。必要に応じて友人や知人から創作に必要な情報と知恵を借りるのも、彼の特技といえよう。彼は常々「おれ、友達いてへんねん」と口にするけど、なぜか仲間内の評判はいい。だからテニスサークルの仲間も、輸入中古車を専門に取り扱っている高校時代からの友人も、大学時代の同級生も、必要に応じてどんな質問にも答えてくれる。時には小説の殺され役とか、殴られるしか能のないような登場人物にも、喜んで実名を使わせてくれる。

美術界の暗部から銀行のATMに常備されている現金の金額まで、黒川ワールドの特徴である細部の描写は、そういう人たちが支えている。逆にいえば、市井の人たちから の生きた情報が背景にあるから、それぞれの登場人物が生き生きと動き回り、さえた大阪弁の会話が躍動するのである。

　大阪弁といえば、すぐにあの二宮と桑原、あるいは二宮と悠紀《ゆき》の会話が思い浮かぶ。しかし、厳密にいえば、黒川さんの小説に出てくる大阪弁は大阪で使われている言葉そのものではない。その前に、ひと口に大阪弁といっても、まちのど真ん中の船場《せんば》言葉から河内《かわち》弁、泉州《せんしゅう》弁、あるいは芸人の使う言葉まで、それぞれにニュアンスが違う。同じ関西文化圏にあっても、神戸の人たちが使う言葉と京都の人たちが使う言葉、大阪の人たちが操る言葉は明らかに異なる。

　それらの言葉を小説にそのままの形で使うと、関西在住者にも、もちろん東京をはじめとした全国の読者にも違和感が生まれる。

　そこで、作者はそうした言葉を独自にアレンジし、読者に「さも大阪弁」と受け入れられるように工夫を凝らしているのである。

　その作業は、深夜から未明にかけて、仕事部屋のパソコンの前で行われる。原稿を書き進めながら、会話の部分だけは自ら声に出し、桑原や二宮になりきって「ぶち叩かれたいんか、こら」と怒鳴り、「お願いですわ。このとおりです」「稼ぎの一〇パーセント、二百万をおれにください」と哀願するのである。

　黒川さんは常々「シリーズ物は回を重ねるごとにキャラクターが立ってくる。それにつれて登場人物が勝手に考え、動いてくれる。ある意味、作者が考えなくても、ストーリーは展開していく」という。確かに「疫病神」シリーズの二宮や桑原、「悪果」シリーズの堀内と伊達のコンビの行動と思考回路を追っていくと、その話はうなずける。

ところが、僕が同席したどの講演会、どの会合でも「小説を書くのは本当に苦しい」とのたまう。デビュー作『二度のお別れ』の作者あとがきにも「行きつ戻りつ、何度も書き直し、非常に苦しく、ほんの少し楽しい思いをしました」と書いている。この三十余年、ずっと抱き続けた本音であろう。

深夜、一人、パソコンに向かって「おまえは一生、よめはんなんぞもらわれへん」と怒鳴り、「なんで分かるんです」「貧乏、ケチ、変人、醜男《ぶおとこ》。四拍子そろとる」「醜男はないでしょ。容姿端麗とはいわんけど」と重ねる。

その苦しい一人芝居の成果が、はらはらどきどき、読み応えのある「黒川ワールド」である。僕らはそのやりとりを共有し、アホな会話に笑い転げて浮き世の憂さを晴らす。背景に漂う哀愁に、自分の姿を重ね合わせて、少しばかりのため息をつく。それが黒川さんの小説を読む楽しみであり醍醐味《だいごみ》だ。

楽しみといえば先日、『小説 野性時代』に連載されていた『喧嘩《すてごろ》』が完結した。『疫病神』『国境』『暗礁』『螻蛄《けら》』『破門』と続く「疫病神」シリーズ第六弾だが、そこでも二宮や桑原、悠紀らの掛け合いは快調。マキちゃんも健在だ。まもなく発売になるという単行本が待ち遠しい。

本書は二〇一四年一月、小社より刊行された単行本を文庫化したものです。

作中に登場する人名・団体等は、すべてフィクションです。

また、事実関係は執筆当時のままとしています。

破《は》門《もん》

黒川《くろかわ》博行《ひろゆき》

平成28年 11月25日　初版発行
令和５年 11月10日　19版発行

発行者●山下直久

発行●株式会社KADOKAWA
〒102-8177　東京都千代田区富士見2-13-3
電話　0570-002-301（ナビダイヤル）

角川文庫 20047

印刷所●株式会社KADOKAWA
製本所●株式会社KADOKAWA

表紙画●和田三造

●お問い合わせ
https://www.kadokawa.co.jp/（「お問い合わせ」へお進みください）
※内容によっては、お答えできない場合があります。
※サポートは日本国内のみとさせていただきます。
※Japanese text only

ISBN978-4-04-104117-8　C0193

◆◇◇

角川文庫発刊に際して

角川源義

第二次世界大戦の敗北は、軍事力の敗北であった以上に、私たちの若い文化力の敗退であった。私たちの文化が戦争に対して如何に無力であり、単なるあだ花に過ぎなかったかを、私たちは身を以て体験し痛感した。西洋近代文化の摂取にとって、明治以後八十年の歳月は決して短かすぎたとは言えない。にもかかわらず、近代文化の伝統を確立し、自由な批判と柔軟な良識に富む文化層として自らを形成することに私たちは失敗して来た。そしてこれは、各層への文化の普及滲透を任務とする出版人の責任でもあった。

一九四五年以来、私たちは再び振出しに戻り、第一歩から踏み出すことを余儀なくされた。これは大きな不幸ではあるが、反面、これまでの混沌・未熟・歪曲の中にあった我が国の文化に秩序と確たる基礎を齎らすためには絶好の機会でもある。角川書店は、このような祖国の文化的危機にあたり、微力をも顧みず再建の礎石たるべき抱負と決意とをもって出発したが、ここに創立以来の念願を果すべく角川文庫を発刊する。これまで刊行されたあらゆる全集叢書文庫類の長所と短所とを検討し、古今東西の不朽の典籍を、良心的編集のもとに、廉価に、そして書架にふさわしい美本として、多くのひとびとに提供しようとする。しかし私たちは徒らに百科全書的な知識のジレッタントを作ることを目的とせず、あくまで祖国の文化に秩序と再建への道を示し、この文庫を角川書店の栄ある事業として、今後永久に継続発展せしめ、学芸と教養との殿堂として大成せんことを期したい。多くの読書子の愛情ある忠言と支持とによって、この希望と抱負とを完遂せしめられんことを願う。

一九四九年五月三日

角川文庫ベストセラー

角川文庫ベストセラー

燻《くすぶ》り　黒川博行

あかん、役者がちがう——。パチンコ店を強請る2人組、拳銃を運ぶチンピラ、仮釈放中にも盗みに手を染める小悪党。関西を舞台に、一攫千金を狙っては燻り続ける男たちを描いた、出色の犯罪小説集。

生贄のマチ
特殊捜査班カルテット　大沢在昌

家族を何者かに惨殺された過去を持つタケルは、クチナワと名乗る車椅子の警視正からある極秘のチームに誘われ、組織の謀略渦巻くイベントに潜入する。孤独な潜入捜査班の葛藤と成長を描く、エンタメ巨編！

解放者
特殊捜査班カルテット2　大沢在昌

特殊捜査班が訪れた薬物依存症患者更生施設が、何者かに襲撃された。一方、警視正クチナワは若者を集めたゲリライベント「解放区」と、破壊工作を繰り返す一団に目をつける。捜査のうちに見えてきた黒幕とは？

十字架の王女
特殊捜査班カルテット3　大沢在昌

国際的組織を率いる藤堂と、暴力組織〝本社〟の銃撃戦に巻きこまれ、消息を絶ったカスミ。助からなかったのか、父の下で犯罪者として生きると決めたのか。行方を追う捜査班は、ある議定書の存在に行き着く。

女神記　桐野夏生

遙か南の島、代々続く巫女の家に生まれた姉妹。大巫女となり、跡継ぎの娘を産む使命の姉、陰を背負う宿命の妹。禁忌を破り恋に落ちた妹は、男と二人、けして入ってはならない北の聖地に足を踏み入れた。